KB041177

텐 가디언(십수호자)

불의 이치를 훔치는 자 아르티

"나는 사랑을 성취시키고 싶어."

라스티아라는 한껏 신이 나서
기겁하는 마리아의
몸을 씻겼다.
마리아는 라스티아라가
몸을 만질 때마다
얼굴을 붉히며
야릇한 숨결을 흘렸다.

CONTENTS

이세계 미궁의 최심부로 향하자
2

와리나이 타리사 지음 | 우카이 사키 일러스트 | 박용국 옮김

커버 그림, 본문 일러스트 | **우카이 사키**

1. 재도전의 시간

——이곳은 『미궁』.

미궁에 대한 이미지는 사람마다 다를지도 모른다. 테마파크에 있는 거울의 집 같은 걸 떠올리는 사람이 있는가 하면, 종이 위에 그려진 낙서를 떠올리는 사람도 있을 것이다.

하지만 나 같은 현대인들이라면, 우선 게임 속 미궁을 떠올린다.

그리고, 그 미궁이라는 말을 곧 던전이라는 뜻으로 이해할 것이다. 사춘기 소년이라면 대부분이 그럴 거라고 생각하고 싶다.

그러니 표현을 더해보겠다. ——여기는 『던전(미궁)』이다, 라고.

어둠침침한 석조 회랑에 습기가 감돌고, 피비린내와 짐승 냄새가 뒤섞여 있다. 약간 음침하지만 게임 속 던전의 이미지와 별 차이는 없다.

나는 그 어두운 길을 나아간다. 빨간 머리의 소녀를 데리고——

"으음. 전방에 몬스터를 발견했어, 지크."

앞장서서 미궁 안을 나아가던 소녀는 이상을 감지하고 이쪽을 돌아보았다.

그 얼굴은 천진하고 깜찍하다. 불타는 듯 새빨간 눈이 특징적인 여자아이다.

키가 초등학생 정도밖에 안 되어서 그런지, 옷의 소매가 꽤나 남아돈다. 소매를 걷어붙여서 팔 길이에 맞추고는 있지만, 그 앳된 느낌은 지울 수 없다. 사람에 따라서는 깜찍한 어린아이가 노는 모습을 보는 것 같은 훈훈함을 느끼는 이도 있을 것이다.

하지만, 나는 다르다. 훈훈함을 느끼기는커녕 항상 임전태세다. 언제나 죽음의 위기가 함께한다는 생각으로 전추용 차원마법 〈디멘션 · 글래디에이트(결전연산, 決戰演算)〉을 전개하고 있다. 게임적으로 표현하자면, 보스 전용 보조마법을 사용하고 있는 상태인 것이다.

당연한 일이다. 거기에 있는 빨간 소녀는, 이 미궁의 보스 몬스터니까——

【텐 가디언(십수호자, +守護者)】 불의 이치를 훔치는 자

망막에 비치는 '표시'는, 그녀가 몬스터라는 증명.

빨간 소녀의 이름은 아르티. 그녀가 바로 연합국 탐색가들이 수십 년을 들였으나 물리치지 못한 괴물이다.

"알았어, 아르티. 그럼 전투에 들어가자. 나는 후방에서 지원할게."

그리고, 오늘만 몇 번째인지 모를 전투가 시작된다.

주위를 탐색하는 마법 〈디멘션〉으로, 미궁에 있는 적의

【텐 가디언】 불의 이치를 훔치는 자

모습은 포착한 상태다. 쥐처럼 생긴 재빠른 몬스터가 전방에서 달리고 있었다.

몬스터를 '주시'함으로써, 쥐 몬스터의 이름이 그레인 래트라는 것을 알아냈다. 랭크는 낮지만 움직임이 재빠른 몬스터다. 어지간한 모험가들이라면 그 움직임을 눈으로 따라잡기도 힘들 것이다. 하지만, 아르티는 달랐다.

그 작은 사지를 있는 힘껏 움직여 미궁의 어두운 회랑을 내달린다. 지난번에 싸웠던 보스 몬스터 『어둠의 이치를 훔치는 자』 티다를 방불케 하는 스피드로 움직이며, 팔에서 화염검을 뻗어 몬스터를 베어낸다.

그 화염이 그녀의 옷에 옮겨 붙지 않을지 조금 걱정했지만, 『불의 이치를 훔치는 자』라는 이름은 괜히 붙은 게 아니다. 화력 조절은 완벽했다.

그레인 래트는 화염검에 찢어발겨져서 빛이 되어 사라져 간다.

미궁 안에서 죽은 몬스터는 시체가 남지 않는다. 남는 것은 마석이라 불리는 광석뿐이다.

아르티는 떨어진 마석을 주워서, 득의양양한 얼굴로 나에게 던진다.

그 얼굴에서 칭찬을 바라는 마음이 엿보인다. 벌레를 잡아 온 고양이가 따로 없다.

"그래, 그래. 아주 잘했어. 그러니까 빨리 가기나 해."

내가 쌀쌀맞게 대하자, 아르티는 살짝 뺨이 부루퉁해졌다.

"우움. 선의의 협력자에게 너무 쌀쌀맞은데. 이럴 땐 솔직하게 칭찬해줘도 좋지 않을까 싶다만?"

"지금 칭찬해줬잖아. 뭐, 너는 보스 몬스터니까 굉장한 건 당연한 거겠지만."

"솔직하지 못하네, 지크는."

아르티는 체념한 듯 어깨를 축 늘어뜨린 채, 지시대로 안쪽으로 나아갔다.

경계를 풀지 않은 채 그 뒷모습을 바라본다.

아르티는 협조적이다. 좀 수다스러운 구석이 있긴 하지만, 내 미궁 탐색에 공헌해주고 있다는 점은 의심의 여지가 없다. 그런 호의를 행동으로 표현하고 있다.

하지만 그렇다고 해서 바로 신용할 수는 없다. 그녀의 모든 것이 수상쩍기 짝이 없다.

오늘 아침, 아르티와 만나서 그녀의 소원을 들었다.

그 소원은 '사랑을 성취시키고 싶다'는 애매모호한 것이었다.

그런 후에 자세한 얘기를 들어본 결과, 아르티가 특별히 좋아하는 사람이 있다거나 하는 건 아니었다. 물론, 아르티 자신이 사랑에 빠져서 그것을 성취할 수만 있다면, 그게 제일 좋은 결과라고 한다. 하지만, '나는 사랑을 할 수 있는 존재가 아니다'라며 아르티는 뭔가 체념한 듯이 스스로를 비하했다.

그래서 타협안으로, 사랑에 빠져 있는 사람을 소개해달라고 부탁하는 것으로 결론이 났다.

사랑에 빠져 있는 모습을 보고, 느끼고, 그것이 이뤄지는 것을 지켜보기만 하면 더 이상 미련은 없다는 모양이다.

　세속적인 얘기다. 그리고, 수상쩍다. 그 얘기가 정말인지 어떤지 의심스럽기 짝이 없다.

　하지만, 거절할 수는 없었다.

　사랑에 대해 얘기할 때의 아르티에게서는 외모에 걸맞은 앳된 분위기가 느껴졌다. 사랑을 동경하는 소녀처럼 눈이 초롱초롱 빛나고 있었다. 만약에 내가 이 제안을 거절한다면, 그녀는 심각한 충격을 받게 되리라. 그렇게 됐을 때 그녀가 어떤 식으로 나올지 짐작할 수 없다. 강적인 티다와 동등한 힘을 갖고 있을 아르티의 기분을 거스르는 것은 위험하기 짝이 없는 일이었다.

　그래서 고민에 고민을 거듭한 결과, 제안을 받아들이는 척을 하기로 마음먹은 것이었다.

　싸울 뜻은 없다고 한 이상, 아르티와의 교전은 최대한 늦추는 게 제일이다. 무엇보다, 여자아이의 얼굴을 한 아르티에게 검을 들이대는 건 영 꺼림칙하기도 하다. 그리고 시간이 더 지나면 내 레벨이 올라서 안전성이 증가한다── 그런 타산도 있다.

　──그렇게 해서, 지금 나는 마지못해 아르티와 함께 미궁을 걷고 있는 것이다.

　나의 신뢰를 얻기 위해 아르티는 의기양양하게 앞장서서 나아간다. 그러는 동안에도 그녀는 자기 얘기를 해주곤 한다. 미궁에 들어온 후로 줄곧, 나와의 거리를 좁히고 싶다는 뜻을 피력하는 중이다.

"──한마디로 지크. 이대로 사랑을 모른 채 죽는다는 건 여자아이로서 좀 문제가 있지 않을까 하는 게 내 생각이라는 거야."

"아니, 애초에 너 말야, 여자아이라고 할 만한 나이이긴 해?"

"으응, 적어도 1000년은 살고 있는…… 것 같은데 말이지."

"그럼 완전히 할머니잖아. 빨리 성불하는 게 좋을 것 같은데. 그러는 게 모두를 위해서도 좋을 테고."

"버릇없는 녀석이네, 지크는. 이렇게 깜찍한 여자를 보고 할머니 취급을 하다니. 여자를 대하는 태도가 되어먹지 못했어."

"그야 그럴 만도 하지. 여자로서가 아니라 몬스터로서 대하고 있으니까."

가볍게 자기소개를 마친 우리는, 서로를 이름으로 부르고 있다. 최저 레벨로나마 파티 체제를 구축하고 있는 상태다. 하지만 이렇게 위에 구멍이라도 날 것 같은 탐색을 주구장창 계속할 생각은 없다. 최대한 빨리 아르티의 진의를 파헤칠 생각이다. 그러기 위한 계획은 이미 수립해놓은 상태다.

지금부터 나는 몬스터를 상대로 싸우다가 일부러 궁지에 몰려서, 아르티로 하여금 나를 구하게 할 것이다. 만약에 아르티가 그 빈틈을 노려서 나를 공격하려고 든다면 계획은 대성공이다. 계획에 걸려든 아르티에게 강력한 카운터 공격을 퍼부으면 그만이다. 반대로, 그 빈틈을 보고도 아르티가 나를 도와주려고 한다면, 그것도 그것대로 성공이라 할 수 있다. 나를 도와준 아르티를 실컷 칭찬해주고, 그걸 계기로 아르티를 완전히 신용하게 된 척을 하면 된다. 그런 후에 효율을 높이기 위해서라는 구실을 대고, 따로 행동하자고 제안하는 거다. 그리고 그 사이에 레벨을 올려두는 게 가장 이상적이다.

걸어가면서 그 계획을 실행할 타이밍을 쟀다.

그리고 미궁의 2층, 3층을 나아가던 도중에, 적당해 보이는 몬스터를 발견했다.

"으음, 처음 보는 몬스터네. 아르티, 움직임이 재빨라 보이니까, 이번에는 둘이서 포위해서 공격하자."

"좋은 제안이야. 그럼, 내가 적의 배후로 우회하지."

민첩해 보이는 4족 보행 짐승형 몬스터였다. 척 보기에도 날렵해 보이는 몬스터였으므로, 아르티는 아무런 의문도 제기하지 않고 제안을 승낙했다.

둘이서 몬스터에게 접근하면서 조금씩 포위 공격의 형태를 이루어간다.

아르티가 몬스터의 배후를 제압하게 되면, 둘이서 동시에 덮치——는 척을 한다.

그냥 평범하게 싸우면 금방 처치할 수 있는 몬스터라는 건 알고 있다. 그렇기에 나는 은근히 아르티를 방해하면서 몬스터를 돕는 식으로 전황을 악화시킨다. 그리고 아르티가 몬스터에게서 약간 떨어진 것을 확인하고는, 일부러 몬스터가 내 검을 쳐내게 했다.

무기를 상실한 나는 무방비한 모습을 몬스터에게 노출한다. 물론, 오른손을 등 뒤로 돌려서 '소지품'에 들어 있는 예비용 검을 언제든지 뽑을 수 있도록 준비해둔 상태다.

그리고는, 방심해서 실수한 시늉을 한다.

"──큭, 이런!"

아르티에게로 시선을 던진다. 도와달라는 의사를 표현하면서, 아르티가 어떤 감정을 보이는지를 꼼꼼하게 관찰한다.

그러나, 아르티의 반응은 지극히 단순한 것이었다.

"지크!"

초조한 표정을 지으며 있는 힘껏 내달린다. 그 표적은 내가 아니라 몬스터였다. 있는 힘껏 검을 내지르면서 몸 전체를 몬스터에게 내던진다.

아르티의 몸을 던진 희생 덕분에 나는 몬스터의 공격을 받지 않을 수 있었다. 그녀는 그대로 몬스터의 발톱에 찢기면서도 화염을 분출시켜서, 몬스터를 불살라 처치했다.

몬스터를 빛으로 바꾸어버린 아르티는, 곧바로 내 쪽으로 고개를 돌린다.

"지크, 괜찮아?!"

거기에는 악의도 적의도 없었다. 그저 순수하게 내 안부를 걱정하는 말. 그것이 아르티의 대답.

여기서 더러운 것은 오직 나뿐이었다.

"……괘, 괜찮아. 고마워, 아르티. 도움이나 받다니, 나도 참 못났다니까."

"다행이야……. 후후, 마음 쓸 것 없어. 동료끼리 서로 돕는 건 당연한 거 아냐?"

구해주는 건 당연한 일이라면서 아르티는 웃었다.

붕대가 찢겨나가고 피를 흘리면서, 나의 무사함을 기뻐해 줬다.

죄책감만 쌓여나간다. 자연스런 웃음을 지어 보일 자신이 없다.

아르티는 보스 몬스터다. 몬스터인 이상, 신뢰할 수는 없다. 그건 충분히 알고 있다. 하지만 그런 결의도 그녀와 접하면 접할수록 옅어져만 간다.

아르티를 몬스터라고 판단하고 있는 건 '표시' 때문이다. 그리고 그녀 스스로도 그렇게 자칭하고 있다. 그게 없었더라면 나는 아르티를 이세계 특유의 아인(亞人)이라고 판단했을 것이다. 여기서는 내가 보기에는 몬스터와 별반 다를 게 없어 보이는 수인(獸人)들도 생활에 자연스럽게 녹아들어간 채 살고 있다. 만약에 나에게 '표시'라는 게 없었고, 아르티가 몬스터를 자처하지 않았고, 지금처럼 우호적인 태도로 접근해 왔다면, 나는 아무런 의심도 없이 그녀와 동료가 됐을 게 틀림없다. 그렇다. 그녀는 그만큼 사람에 가까운 것이다. 사람과 마찬가지로 지능을 갖고 말하며, 사람처럼 감정을 갖고 있고, 사람에 가까운 모습을 갖고 있다. 그것이 나를 고민에 빠뜨린다. 마음을 뒤흔들고, 결의를 흐리게 만든다. 아르티를 거절하는 건 정말로 옳은 일일까? 인간으로서 최악의 행동 아닐까? 몬스터로 다뤄도 괜찮은 건가? 마음을 나눌 수 있는 '사람'을, 일방적으로 폄하하고 있는 것 아닐까—— 아아, 그만하자.

더 이상 고민하다가는, 스킬 '???'가 폭주할 것 같다.

스킬 발동 조건을 알고 있으면서도 그걸 폭주시킨다는 건 바보나 할 짓이다.

몬스터는 모조리 경계한다. 철저하게 그렇게 행동하는 것이 가장 안전하고 합리적이다.

그래서 나는 예정대로, 우선 아르티를 신용하기 시작한 시늉을 한다.

"하핫, 서로 돕는 건 당연한 거란 말이지……. 알았어. 인정할게. 아르티는 내가 소망을 이뤄주길 기대하는 것일 뿐, 나에 대한 적의 같은 건 하나도 없다는 걸."

"어라, 벌써 신뢰하는 거야? 나는 좀 더 시간을 들여가면서 신뢰를 쌓을 생각이었는데."

"이렇게까지 해주는데도 계속 고집을 부리는 건, 어린애 같고 한심한 짓이니까. 조금 정도는 신뢰하기로 할게."

"으응, 조금 정도라. 하지만 그 정도면 돼. 아무래도 우리는 인간과 몬스터 사이니까."

아르티가 밝은 얼굴로 고개를 끄덕였다. 나는 그런 아르티를 참담한 기분으로 바라봤다.

"그럼 더 가볼까. 확실히 아르티 덕분에 전투가 편해졌어. 더 깊은 곳까지도 갈 수 있을 것 같아."

"후후, 쑥스러운가 보네, 지크. 아예 이제부턴 계속 나한 테만 맡겨둬도 돼."

아르티는 즐거워 보였다. 인간 어린아이처럼 웃으며 앞장 서서 나를 인도했다.

그 뒤에 있는 내 마음속에는 어두운 감정이 회오리쳤다.

아르티의 얼굴을 쳐다보지 않으려고 애쓰면서 미궁 탐색 을 재개했다.

◆ ◆ ◆ ◆ ◆

아르티와 힘을 모아, 미궁 4층과 5층을 별 탈 없이 클리어 해나간다.

오늘의 탐색에는 두 개의 목표가 있다.

우선 첫 번째 목표는 혼자서 탐색을 진행하는 것. 디아는 나 혼자서도 미궁 탐색을 할 수 있을 거라고 얘기해주었다. 그걸 증명하는 것은 아주 중요한 일이다.

특수한 형태이긴 하지만, 그 목표는 달성한 상태다. 지금 우리는 두 명의 탐색자처럼 보이지만, 엄밀히 말하면 한 명 이다. 오히려 혼자서 탐색하는 것보다도 더 무서운 상황이 니, 증명은 충분히 한 셈이리라.

그리고 두 번째 목적은 잘려 나간 디아의 팔을 회수하는 것이다.

5층에 도달한 우리는 지난번에 티다와 전투를 벌였던 공간에 들어갔다.

하지만 방 안을 빙 둘러보며 찾아보아도 디아의 팔은 찾아낼 수 없었다. 누군가 가져간 건지도 모른다. 아니면, 미궁에는 자정작용 같은 게 있는 건지도 모른다. 예를 들어, 오물이나 쓰레기를 먹이로 삼는 몬스터가 배회하는 식으로 말이다.

내가 턱에 손을 짚고 고민하고 있으려니, 아르티가 그 의문에 대답해줬다.

"디아라는 애의 팔은 되찾기 힘들 거야. 아마, 잡아먹혀 버렸을 테니까."

"잡아먹다니, 누가……?"

"〈미궁〉이."

의미심장하게, 아르티는 그렇게 말했다.

아르티는 미궁의 몬스터다. 미궁 측인 그녀가 한 얘기이니, 아마 그녀의 말이 맞을 것이다. 디아의 팔은 미궁이 잡아먹었고, 이제 다시는 되찾을 수 없다.

없는 걸 찾아다녀봤자 헛수고일 뿐이므로, 우리는 6층으로 내려가기로 했다.

그리고 〈디멘션〉을 펼쳐서, 근처의 적을 탐색하려 했으나──

"우와아아아아아아──!!"

찢어질 듯한 비명에 가로막히고 말았다.

나는 펄쩍 뛰다시피 하며 놀랐다가 검을 움켜쥐고 주위를 둘러보았다.

하지만, 아무도 없었다. 시야가 닿는 범위 안에서 난 비명은 아니었다.

"오, 비명 소리네. 어쩔 거지?"

나와는 달리, 옆에서 걷는 아르티는 차분했다.

미궁 안에서 터져 나온 비명——솔직히, 흔히 있는 일이다. 모두가 각자 스스로의 뜻으로 도전한 자들인 만큼, 마음을 냉정하게 유지하고 무시하는 것이 가장 현명한 선택이다. 하지만, 이번에는 그런 현명한 선택을 하기에는 비명의 종류가 너무 안 좋았다.

그 비명은 묘하게 높은 목소리였던 것이다. 마치 어린아이의 것처럼.

만약에 성인의 것으로 들리는 비명이었다면, 나도 아르티와 마찬가지로 냉정할 수 있었을 것이다. 하지만, 상대가 어린아이라면 양심의 가책을 느끼지 않을 수가 없다.

위선이라는 건 나도 안다. 이세계에는 걸맞지 않은 가치관이라는 것도 안다. 하지만, 이대로 외면했다가는, 안 그래도 이세계에 온 후로 밤마다 나를 괴롭히는 불면증이 한층 더 악화될 것만 같다.

"지크. 그런 표정을 짓고 있느니, 차라리 구하러 가는 게 나을 것 같은데?"

내 얼굴을 보고, 아르티가 조언한다.

"……아르티 생각은 어때?"

순수하게 의견을 묻고 싶은 뜻도 있었지만, 보스 몬스터인 그녀의 도덕관이 궁금하기도 했다.

"물론, 남을 돕는 건 좋은 일이야. 다만, 구해준다면 끝까지 책임을 져야만 해. 자신이 감당할 수 있는 범위를 정확하게 평가해야 해. 내가 얘기해줄 수 있는 건, 그 정도밖에 없어."

눈앞에 있는 몬스터는, 더없이 지당한 소리를 했다.

다만, 약간 남 일처럼 얘기하는 것 같은 느낌도 든다. 남을 돕는 건 좋은 일이라고 평가했지만, 스스로가 움직일 생각은 없는 모양이다.

"아르티는 도와주러 안 갈 거야?"

"그야 당연하지. 왜냐하면, 나는 몬스터니까. 너 이외의 다른 인간을 도울 생각은 없어."

다정한 말과는 딴판으로, 아르티의 태도는 냉정하다. 몬스터로서의 규칙을 엄수하고 있다는 걸 알 수 있었다. 만약에 도와주러 간다면 나 혼자서 가야 할 것이다.

저편의 비명 소리는 시급을 요하고 있었다. 망설일 시간은 없다. 곧바로 결단을 내렸다.

"가서 구해주고 올게. 그냥 내버려뒀다가는 꿈자리가 뒤숭숭할 테니까."

스스로의 성격에 대해 넌덜머리를 내면서, 비명이 들려온 방향을 향해 〈디멘션〉을 전개한다.

수백 미터 앞, 꽤 넓은 회랑에서 4인조 파티가 대형 몬스터와 교전하고 있었다.

그중 한 명이 위기에 빠져 있는 걸 파악한 나는, 아르티의 대답이 돌아오기도 전에 내달린다.

"——아아. **역시, 너는**——"

달려가는 도중에, 뒤에서 아르티의 목소리가 들려왔다.

하지만 〈디멘션〉 저편에 있는 4인조 파티에 집중하고 있었기 때문인지, 그 말을 끝까지 들을 수는 없었다.

아르티를 그 자리에 내버려두고, 짐승처럼 회랑을 내달렸다. 소리가 난 방향으로 점점 더 다가갈수록 회랑에 조금씩 물기가 증가해갔다. 그리고 회랑이 아예 얕은 여울처럼 변했을 즈음, 전장에 도달했다.

그 중앙에서 무수한 촉수가 돋아 있는 거대한 보스 몬스터가 날뛰고 있었다. 얼핏 보면 크라켄(거대 오징어)처럼 보였다. 그 근처에는 문어처럼 생긴 권속 몬스터가 열 마리 가량 우글거리고 있었다.

4인조 파티 중 한 명——금발 소년이 크라켄에 붙잡혀 있었다. 촉수에 다리를 붙잡혀서 공중에 거꾸로 매달려 있었다. 그리고 동료 소녀 하나가 소년을 구하려고 무모한 돌격을 시도하려 있는 모습도 보였다. 나머지 두 동료들도 소년을 구하려 하고 있지만, 권속 몬스터가 벽이 되어 그들의 접근을 허락하지 않고 있는 상황이다.

최악이다. 나와 비슷한 또래의 탐색가 파티. 게다가 여자들까지.

이들을 그냥 방치했다가는, 내가 스트레스를 감당하지 못할 것 같다.

그래서 나는 곧바로 목청껏 소리쳤다.

"구해드릴게요! 저는 적이 아니에요!!"

제일 먼저 한 것은 적대할 의사가 없다는 선언.

상황에 따라서는 아이템 강탈범 취급을 받아서 역으로 공격을 받을 위험이 있기 때문이다.

그리고 그 선언에 대한 대답을 기다리지 않고, 대형 몬스터를 향해 내달린다.

지금 이 순간에도 사태는 악화되고 있다. 공중에 매달려 있는 소년은 크라켄의 거대한 입으로 끌려가고, 강공을 펼치려던 소녀까지 촉수에 붙잡혀 있는 게 보인다.

"——마법 〈디멘션 · 글래디에이트〉!"

내 난입을 알아챈 권속 몬스터들이 진로를 가로막으려 하지만, 나는 차원마법으로 감각을 예민하게 만들어 최소한의 움직임으로 회피해 나간다.

우선 나는 허공에 끌려 올라가 있는 소녀에게로 다가가서, 소녀를 옥죄고 있는 촉수를 베어낸다. 곧바로 검을 칼집에 집어넣고, 낙하하는 소녀를 받아 안았다.

"꺄악! 어, 어?"

소녀는 뭐가 어떻게 된 건지 이해를 못 하고 있는 것 같았다. 작은 비명과 함께 어리둥절한 표정을 지었다.

그리고 잠깐의 순간이 지난 후, 자신이 내 품에 안겨 있다는 것을 깨닫고 얼굴을 붉혔다. 설명하고 있을 시간은 없다. 곧바로 소녀를 바닥에 내려놓고, 다음 목표를 향해 내달렸다.

가장 큰 문제는 소년이다. 소년이 크라켄의 입속으로 던져지기 직전——그야말로 아슬아슬한 타이밍에, 소년의 다리를 옭아매고 있는 촉수를 찢어발겼다.

떨어지는 소년의 몸을 안아 들고, 재빨리 크라켄에게서 거리를 벌렸다.

"아, 아——"

소년은 공포에 질려 말도 제대로 하지 못하는 것 같았다. 나이는 나보다 조금 어린 정도일까. 얼굴은 파랗게 질리고, 몸은 덜덜 떨고 있었다. 보아하니 이대로는 몸도 제대로 가누지 못할 것 같다.

소년을 안심시키기 위해서 최대한 자상한 미소를 지으며 소년의 머리를 쓰다듬는다.

"이제 괜찮아. 안심해도 돼. 그러니까, 좀 떨어져 있어."

"아, 아, 네……."

약간이나마 침착함을 되찾은 소년은, 고개를 끄덕이고 내 품에서 내려왔다.

그가 멀리 떨어진 것을 확인하고 괴물 쪽으로 돌아섰다.

이제 적을 처치하기만 하면 된다. 검을 움켜쥐고, 크라켄을 '주시'한다.

【몬스터】 칼라페스 크라켄 : 랭크 7

신장은 5미터쯤 될까. 무수한 촉수들은 오징어를 연상케 하지만, 그 몸통에 해당하는 부분은 갑각류에 가깝다. 마치 오징어와 새우를 섞어놓은 것 같은 몬스터다.

보아하니 몸통의 움직임은 둔하고, 촉수를 주력으로 사용하는 몬스터인 것 같다. 특징으로 보아 물에서 서식한다는 건 짐작할 수 있었지만, 딱히 특수한 능력을 사용하는 것 같지는 않다.

하지만, 그래도 헤아릴 수 없이 많은 촉수를 혼자 상대하는 건 성가시기 짝이 없다.

할 수 없이 더 강력한 보조마법을 사용하기로 결심했을 때…… 화염이 전장에 몰아쳤다.

"……어, 불꽃?"

〈디멘션〉에 의식을 기울여봐도, 그 불꽃의 출처는 알 수 없었다. 뒤에 있는 4인조 파티의 마법이 아니라는 건 확실했다.

그런데 그 불꽃은 마법처럼 움직여서, 촉수를 불살라나간다. 척 봐도 나를 도와주고 있다는 걸 알 수 있었다.

"혹시……."

아르티의 불꽃일 거라고 예측하고, 나는 불꽃과 함께 갈

라페스 크라켄을 공격하기 시작했다.

덮쳐 오는 촉수를 찢어발기면서, 감각기관으로 여겨지는 부분을 찾아내서 잇따라 제거해나간 끝에, 마지막으로 칼라페스 크라켄의 머리 위로 뛰어올라 정수리에 검을 꽂아 넣었다.

"기이, 끼이아아아아아아아악!"

괴물은 째질 듯한 비명을 내지른다. 그 목소리에 아랑곳하지 않고, 정수리에 박은 검에 한층 더 힘을 주어서 세로 방향으로 찢어발긴다. 그 일격에서 필살의 예감을 느낀 나는, 곧바로 괴물로부터 물러섰다.

상처에서 검은 액체가 분수처럼 뿜어져 나오고, 그 거구는 물보라를 흩뿌리면서 땅바닥에 고꾸라진다. 그와 함께 무수한 촉수들도 움직임을 멈추었고, 얼마 안 가 빛이 되어 사라져 갔다.

【칭호 『심해의 어둠』을 획득했습니다】
기량에 +0.01의 보정이 붙습니다.

나는 그 '표시'를 확인하고, 다음으로 주위의 권속들에게로 눈길을 돌렸다.

미궁의 권속들은 주인이 처치되더라도 사라지지 않는다. 분노에 차서, 자기들의 주인을 죽인 내 쪽으로 덮쳐들었다.

──다행이다.

4인조 파티와 교전하고 있던 몬스터까지 이쪽을 향해서 달려오고 있으니, 이제 사망자가 발생할 일은 없을 것이다. 안심하면서 권속 몬스터들을 요격한다.

권속 몬스터들은 유연한 몸의 특성을 이용해 공격해 왔지만, 움직임은 느리다. 〈디멘션·글래디에이트〉를 전개하면 적에게 밀릴 요소는 없다. 섬멸을 완료하는 데는 그리 오랜 시간이 걸리지 않았다.

"……하악, 하아, 하아."

대미지는 입지 않았지만, 전력을 다해서 움직였기 때문에 호흡이 거칠어졌다.

〈디멘션〉으로 주위에 더 이상의 몬스터가 없는 걸 확인한다. 전장에 남아 있는 건 한 팀의 파티와, 회랑의 여울에 떨어진 마석뿐.

어느 틈엔가 아까 나를 도와주었던 불꽃은 사라져 있었다.

"저, 저기……!"

내가 안심하고 있으려니, 파티원 중 한 명이 내게 말을 걸었다.

처음에 구해주었던 소녀다. 긴 금발을 트윈테일로 묶고 있는, 상당히 화려한 패션의 소유자이다. 몸에 장비하고 있는 것들도 하나같이 고급스러운 것들뿐이라, 미궁의 분위기와는 좀 동떨어져 보였다. 청결함과 실용성을 중시한 감색 옷은 마치 학교 교복처럼 보이기도 한다.

"으음, 위험해 보여서 도와줬는데, 혹시 괜한 짓을 한 거야?"

구해준 후의 뒷일에 대해서는 생각해본 적이 없었다. 그 탓에 이상한 말이 튀어나왔다.

그걸 들은 소녀는 당황한 듯, 붕붕 세차게 고개를 가로젓는다.

"아, 아뇨, 그렇지 않사옵니다!"

……말투가 무슨 양갓집 규수 같잖아?

이 세계에서…… 아니, 원래 세계까지 포함하더라도, 이런 말투를 직접 들어보는 건 처음이었다. 물론 이야기나 게임 같은 곳에서는 들어본 적이 있었다. 하지만, 실제로 이런 식으로 얘기하는 사람을 보니 놀랄 수밖에 없었다.

"그, 그래? 그럼 다행이고."

"위험한 상황에서 구해 주신 것, 진심으로 감사하게 생각하옵니다. 그 흉악한 몬스터를 눈 깜짝할 사이에 처치하시다니……. 혹시 괜찮으시면, 성함을 가르쳐주실 수 없을까요……?"

소녀는 초롱초롱 빛나는 눈으로 내 이름을 묻는다. 뺨에는 홍조가 서리고, 콧구멍이 약간 팽창되어 있는 것처럼 보인다. 간단히 말하자면, 흥분상태다.

양갓집 규수 같은 단정한 얼굴이 엉망이 돼버렸다.

"아, 아니, 이름까지 댈 정도는……."

일이 성가셔지는 건 질색이기도 하고, 이름을 가르쳐주기에는 아직 이르다고 느껴졌다.

"어찌 그런 말씀을……. 부탁드리옵니다. 제발 성함을! 성함으을……!!"

"지, 지크예요."

하지만 소녀의 기세에 밀려서 이름을 대고 말았다.

"아아, 지크 님이라고 하셨죠? 어쩜 이렇게 아름답게 들리는 이름이람."

소녀는 황홀한 표정으로 내 이름을 반추한다.

……아, 이 사람 뭔가 좀 맛이 간 거 같은데.

소녀에 대한 첫인상은 그 한마디로 축약되었다. 그냥 말없이 떠날 걸 그랬다고 바로 후회했다. 아니, 지금부터라도 늦지 않았다.

나는 도망치기 위해, 양발에 힘을 주었다. 그러자, 귀 근처에서 팍 하고 터지듯 불꽃이 튀었다.

"앗 뜨거!"

불이 켜지고 동시에 목소리가 들려왔다. 나에게만 들리는 작은 진동이었다.

'그건 안 돼, 지크. 아까 얘기했잖아? 도와주기로 했으면 끝까지 책임을 져야 한다고.'

아르티의 목소리다.

아침과 같은 요령으로 불을 이용해서 말을 건 모양이다. 〈디멘션〉을 사용해보니, 작은 불꽃이 내 귀 뒤쪽에 떠 있는 걸 알 수 있었다. 주위 사람들에게는 들리지 않는 목소리로 나는 불꽃을 향해 대답했다.

"아르티, 이 정도면 다 구해줬잖아. 더 이상 뭘 어쩌라는 거야?"

'보면 알 거 아냐? 그 소녀는 너에게 보답을 하고 싶어 하고 있어. 그걸 받지 않고 떠나는 건 내가 용서 못 해. 그건 책임을 내팽개치는 거야. **그것만은 절대 용납 못해.**'

아르티가 이렇게 묵직한 목소리를 내는 건 처음 있는 일이었다.

나는 할 수 없이 양보하기로 했다.

"……알았어. 아르티가 그렇게까지 얘기한다면, 얘기 정도는 들어둘게. 하지만, 그렇다면 너도 모습을 드러내서 합류해줘. 혼자 있으면, 뭔가 불길한 예감이 들어."

'그럼, 지금은 그냥 지켜보기로 할게. 지크랑은 반대로 나는 좋은 예감이 들거든.'

"자, 잔말 말고 빨리 이리로 와. 얘 뭔가 좀 이상하다고."

'……하지만, 몬스터와 한패라는 소문이 나는 건 너도 피하고 싶을 거 아냐? 나는 몸이 불꽃으로 되어 있는 몬스터야. 아무리 조심하더라도 만에 하나라는 게 있어. 그러니까 네가 혼자 있게 될 때까지는 불꽃 형태로 곁에서 대기하기로 할게.'

"그야 그렇긴 하지만……."

아르티의 말은 그냥 적당히 갖다 붙인 구실로밖에 들리지 않았다.

얼마 전에 그녀가 얘기했던 '사랑을 지켜보고 싶다'라는 염원이 뇌리를 스쳤다.

그런 내 고뇌를 무시하고 문제의 그 소녀는 내게 다가와서 손을 부여잡았다.

"지크 님! 얘기 좀 하지 않으시겠어요? 얘기요!!"

"으, 응."

그 기세에 눌려서 나는 어쩔 수 없이 고개를 끄덕이고 말았다.

'후후후.'

아르티는 웃으며 지켜보기만 할 뿐, 끼어들 생각은 없는 모양이었다.

어쩔 수 없다. 최대한 빨리 소녀의 얘기를 들어주고, 냉큼 끝내도록 해야지. 그렇게 마음속으로 다짐한다.

……하지만, 그 결의는 아무런 의미도 없었다.

소녀에 대한 첫인상과 자신이 아까 한 후회는 잘못된 게 아니었다는 건, 금방 증명되었다.

◆ ◆ ◆ ◆ ◆

"시험……?"

"네. 저희들은 학원 시험 때문에 미궁에 도전하고 있는 것이랍니다."

트윈테일 아가씨, 프랑류르 헤르빌샤인은 득의양양하게 가슴을 펴고 말했다. 그녀는 4인조 파티의 리더로, 혼자서 대부분의 설명을 도맡아 해주었다.

프랑류르 일행은 미궁 서쪽에 위치한 국가 엘트라류의 학원에 다니는 학생이라는 모양이다. 엘트라류라는 나라는 마법문화가 발달한 국가로, 근면함이 특징이라고 들었다. 특색 가운데 하나로 교육기관의 수가 많고, 특히 미궁 바로 옆에 대륙 최대 규모의 학원을 지어두었다는 건 유명한 얘기다. 그게 바로 프랑류르 일행이 다니는 학원이라고 한다.

"헤에, 그렇구나……."

하지만, 지금의 나와는 무관한 얘기다. 될 수 있으면 좀 더 한가할 때 듣고 싶은데.

"1급 탐색가 자격은 집안의 힘만 가지고는 얻어낼 수 없어요. 미궁 탐색 시험은 최상급 클래스 학생들 중에서도 실력이 뛰어난 자들만이 도전하는 시험인걸요."

솔직히, 지금 당장이라도 도망치고 싶다.

하지만 쉴 새 없이 말을 쏟아내는 프랑류르 때문에 좀처럼 기회가 나지 않는다.

"그거 대단한데. 그렇게 대단한 너희들이라면, 앞으로의 여정도 걱정할 것 없겠지. 응. 그럼 나는 이제 슬슬 실례할까 하는데."

"자, 자자잠깐만 기다려주세요! 보답을, 보답을 할 기회를 주세요! 목숨을 구해주신 분께 아무런 보답도 하지 않는다는 건 귀족의 이름에 먹칠을 하는 짓인걸요!"

내가 자리를 뜨려고 말을 꺼낼 때마다, 프랑류르는 얼굴이 빨개져서 필사적으로 만류한다.

이렇게까지 노골적으로 나오니, 분위기 파악에 젬병인 나도 알 수 있었다.

아무래도 프랑류르는 내가 동행해주기를 바라는 모양이다. 나를 이용해서 시험인지 뭔지를 쉽게 클리어하려는 것이거나, 아니면 내 자만일지도 모르겠지만 나에게 호의를 품고 있는 건지도 모른다.

'후훗, 후후후훗.'

귀 뒤에서 들려오는 웃음소리가 환청이 아니라면, 후자일 확률이 높다.

"자, 라이너, 너희들도 인사를……. 아, 지크 님, 이 아이는 제 동생이랍니다."

아까 죽음의 위기에 처했던 소년이 앞으로 나온다.

사이즈가 작은 교복으로 몸을 감싸고 있으며, 얼굴에서 기품이 느껴진다. 다만, 누나인 프랑류르와 비교하면 약간 화사함이 덜하다. 같은 금발이지만, 색이 살짝 탁하다. 눈빛도 마찬가지다.

"지크 씨. 위험한 상황에서 구해주셔서, 정말 감사드립니다. ……하지만, 상황은 보셔서 아시겠지요? 실력 좋은 탐험가이신 지크 씨께서 우리 누님을 좀 설득해주시지 않겠어요? 누나는 돈도 많으니까, 쓸데없이 목숨 걸지 말고 돌아가라고 얘기해주세요."

라이너는 피곤에 절은 목소리로 독설을 뱉는다.

응. 죽음의 위기에 처했던 애는 말하는 게 뭐가 달라도 한참 다르군.

"라, 라이너, 지금 무슨 소리를!"

"누님. 지금 당장 이분께 답례를 해야 해요. 길을 되짚어가서, 미궁 밖으로 나가서, 우리 저택에서 대접해야겠죠. 그게 제일이에요. 이번에는 시기가 안 좋았다고 생각하고, 그만 단념하는 게 좋겠어요."

보아하니 라이너는 미궁 탐색이 내키지 않는 모양이다. 어떻게든 프랑류르를 설득해서 돌아가려 애쓰고 있다.

하지만 그렇다고 여기서 연행당하는 것도 곤란하다. 나로서는 대접 같은 건 별 필요도 없다. 그보다 미궁 공략을 속행하고 싶다.

"라이너, 대접 같은 건 필요 없어. 나는 갈 길이 바빠서⋯⋯."

"아, 잠깐만, 기다려주세요. 굳이 가시겠다면 제발 가시기 전에 누님의 마음을 꺾어주세요. 설득해주신다면, 나중에 사례는 얼마든지 할 테니까요!"

라이너의 태도가 너무나도 절박해서, 내 발걸음이 멈추고 말았다.

이 친구도 제법 끈질긴 녀석이다. 어떻게든 기회를 살려서 누나를 설득하려 하고 있다.

"아뇨, 저 프랑류르는 무슨 일이 있어도 포기하지 않겠어요. 이번 시련은 저 혼자만의 문제가 아니라 헤르필샤인 가문의 명예가 달린 일이기도 한걸요."

하지만 프랑류르에게서는 포기하는 기색을 전혀 찾아볼
수 없다.

내가 남매 사이에 끼어 오도 가도 못하고 있으려니, 세 번
째 인물이 얘기에 끼어들었다.

"있잖아, 오빠. 탐색가인 오빠한테 의뢰를 하고 싶은데,
괜찮을까?"

커다란 검을 허리춤에 차고 있는 수인이다. 다만, 수인이
라고는 해도 천으로 된 쓰개와 헐렁한 옷을 입고 있어서 겉
으로 보기에는 인간과 별 차이가 없다. 이름은 에르나라고
들었다.

"의뢰?"

처음 듣는 단어에, 무심코 되물었다.

원래는 긴 말 않고 떠나는 게 좋겠지만, 의뢰라는 단어를
들으니 게임 마니아인 아이카와 카나미가 자기주장을 하기
시작한 것이다.

"그래, 의뢰 말야. 으음……. 여기 금화 한 닢이 있어. 이
걸 보수로 줄 테니까, 미궁을 좀 안내해주면 안 될까? 실력
도 제법 있는 것 같으니까 보디가드 대금도 포함해서. 우리
는 시험이라는 전쟁 속에서 1위를 차지하고 싶거든. 그러니
까 오빠가 적임자가 **너**닐까 싶어. ──냐하하. 미안, 말이
좀 씹혔지 뭐야."

요컨대, 게임적으로 말하지면 '퀘스트'에 해당하는 이벤

트인 모양이다.

내 호기심에 약간 불이 붙는다. 덧붙이자면, 아르나의 머리를 덮고 있는 천을 벗기면 어떤 귀가 나올지도 궁금해진다. 말을 씹으면 고양이어(語)가 된다는 건, 고양이귀일 가능성이 높다.

아직 이 세계에서 고양이귀는 본 적이 없었으므로, 괜히 호기심이 발동한다.

"그, 그거예요! 훌륭한 제안이에요! 라이너도 그 정도는 괜찮겠지?!"

프랑류르는 기다렸다는 듯이 라이너를 구슬리려 든다.

흥분한 프랑류르를 보고 나는 이성을 되찾는다.

"아니, 나는 적임자가 아닌 것 같아. 더 나이 많은 숙련된 탐험가를 찾는 게 좋을 거야. 나는 보다시피 애송이라서, 안내에는 적합하지 않을 테니까."

"전혀 그렇지 않아요! 지크 님이 역부족일 리가 없다고요!"

하지만 이상하리만치 나를 맹신하고 있는 프랑류르가 그것을 부정한다.

그 맹신의 정도가 광기에 가까워서 살짝 무섭다. 나는 프랑류르로부터 약간 거리를 둔다.

보다 못한 에르나가 내게로 다가와서 작은 목소리로 속삭인다.

"조, 좀 이해해줘, 오빠~. 우리 공주님이 오빠를 마음에 들어 하고 있는 거라고. 공주님이 폭주해서 이상한 일이 벌어지기 전에, 용병이라는 형태로 따라와줬으면 좋겠단 말야. 민폐라는 건 알고 있으니까, 사례는 아까의 두 배를 줄게. 엄청난 액수라고~. 금화 두 닢이라니까~. 안내는 여기이 드래고뉴트(용인, 龍人) 여자애가 할 거야. 10층까지, 10층까지만 데려다줘도 좋으니까. 무슨 일 생기거든, 그냥 우리를 버려도 아무 말 안 할 테니까. 일단 그냥 같이 가주기만하면 된다니까~……."

에르나는 약간 울상까지 짓고 있다. 그녀가 말하는 '공주님'——프랑류르의 폭주가 무서운 모양이다. 하긴, 이 모습으로 보아 무슨 짓을 저지를지 짐작조차 하기 힘든 건 사실이다.

그렇기에, 나는 떠나지 않았다. 떠나고 싶지만, 금화 두 닢이라는 보수가 발목을 붙잡았다. 얘기로 미루어 보아 네 사람은 귀족 집안 자제들로 보이고, 상당한 부자들이라는 건 충분히 짐작할 수 있었다. 그들이 제안한 보수의 액수는 거짓이 아닐 것이다. 더불어, 이 세계에서 받은 첫 번째 의뢰(퀘스트)라는 점도 내 마음을 뒤흔들었다.

그 결과, 나는 타협하고 말았다.

"아, 알았어요. 나도 미궁 안쪽에 용건이 있으니까, 10층까지 같이 가는 식이라면 상관없어요……. 당신도 참 고생이 많네요……."

엄청난 보수와 퀘스트의 매력…… 무엇보다, 에르나의 눈물 어린 애원에 꺾이고 말았다.

"고마워, 오빠. 자, 이제 다 결정됐어요, 프랑! 지크 씨가 용병이라는 형식으로 10층까지 호위해주신대요. 이야~, 진짜 잘됐지 뭐야~."

에르나는 곧바로 파티원들에게 보고한다.

"아아, 근사해요! 지크 님께서 저를 지키는 기사가 되어주신다는 거군요!"

"아니, 기사는 아니에요……. 잠시 동안이지만, 잘 부탁드려요……."

흥분하는 프랑류르의 태도에 기가 질리면서, 인사를 건넸다.

나머지 세 명도 정식으로 인사를 하기 위해 내 쪽으로 다가왔다.

"저는 라이너라고 해요, 지크 씨. 지크 씨만 믿을게요. 마음 같아선 당장이라도 돌아가고 싶었지만, 어쩔 수 없게 됐네요. 만에 하나의 사태가 벌어지면, 제가 몸을 바쳐 누님의 방패가 되도록 할게요. 제가 가진 재주라고는 그것밖에 없으니까요."

"난 수인인 에르나고 전사 일을 하고 있어. 여기 이 과묵한 여자애는 스노우. 스카우트(척후병)야."

"……반가워요."

세 사람이 저마다 인사를 건네 온다.

"그리고 저는 헤르빌샤인 가문의 제7녀, 프랑류르라고 해

요. 지크 님, 부디 기억해주시길."

리더인 프랑류르의 인사를 끝으로 우리는 임시 파티를 결성했다.

하지만, 그러는 동안에도 귓전에 울리는 웃음소리는 멈출 줄을 모른다.

'후훗. 좋아. 아주 좋아. 재미있어. 걱정 마. 10층까지 가는 길은 아무 문제없을 테니까. 식은 죽 먹기일 거야. 왜냐하면, 10층의 가디언인 내가 네 편이니까 말이지.'

아르티는 이 전개에 희열을 느끼고 있는 것 같았다.

이렇게 해서, 나는 새로이 결성된 5인 파티와 함께 미궁 탐색을 재개했다.

그녀들의 시험 과제는 특정 아이템을 입수하는 것이다. 각 층에 존재하는 보스에게서 나오는 드롭 아이템을 모아서, 자신들의 미궁 탐색 사실을 증명해야 한다고 한다.

1층부터 10층까지의 아이템을 수집해서 돌아온 자들만이, 학원으로부터 1급 탐색가로서 인정을 받게 되는 것이다.

아르티의 말마따나 학원생 파티의 시험은 식은 죽 먹기일 것이다.

적인 10층의 파수꾼이 남몰래 협조해 주고 있으니, 짜고 하는 연극이나 다름없다고 해도 과언이 아니다.

다섯 명+α가 함께하는 탐색이다. 그렇다면 노력과 위험은 5분의 1······ 나는 그렇게 느긋하게 생각하고 있었다.

하지만, 현실은 항상 혹독한 법.

5인 파티의 탐색이 개시되었다. 하지만, 다섯 배의 인원이 함께하건만, 혼자 싸울 때보다도 다섯 배나 더 피곤하다는, 예상치도 못한 사태에 빠지고 만 것이다…….

"숨통을, 끊어주겠어요!"

프랑류르의 호사스러운 검이, 거대한 벌 모양 보스 몬스터의 머리를 쪼갠다.

보스 몬스터는 부력을 상실하고 곤두박질친다. 곤두박질치면서 빛이 되어 사라졌기에, 그 위에 올라타 있던 프랑류르가 허공으로 내팽개쳐지고 말았다.

나는 고용주인 프랑류르를 구하기 위해서 낙하지점으로 달려간다.

검을 칼집에 집어넣고, 프랑류르에게 부담이 걸리지 않도록 받아 안는다.

아까 상황의 재탕 같은 상태가 되어, 프랑류르는 아까와 마찬가지로 뺨을 붉혔다.

하지만 그녀만 돌봐주고 있을 수는 없다. 곧 모두의 안부를 확인한다.

라이너는 프랑류르를 보조하느라 기진맥진한 상태였다. 양 어깨를 거세게 들썩이며 가까스로 숨을 고르고 있었다. 그리고 수인 소녀 에르나는 멀찌감치 떨어진 곳에서 권속 몬스터를 처치하고 있는 모습이 보였다. 그녀는 자신의 목숨을 가장 소중히 여기는 사람이라, 좀처럼 앞으로 나서려 하지 않는다. 마지막으로 스카우트인 드래고뉴트 스노우는…… 응, 의욕이 없다.

단순한 얘기다. 이 넷은, 파티로서의 기능을 전혀 발휘하지 못하고 있는 것이다…….

개개인의 실력은 제법 출중하지만, 저마다의 목적이나 의사가 일치하지 않기 때문인지 움직임이 제각각이다. 그 네 사람 사이를 중재하는 역할을 떠맡는 건, 혼자서 싸울 때보다 비교도 할 수 없을 만큼 고된 일이었다.

"해냈어요! 이제 8층은 클리어! 지크 님이 참가하신 후로 엄청난 스피드예요! 역시 저의 기사님!"

"추, 축하해요, 프랑류르 양……. 하지만 그 속도를 내느라 항상 동생인 라이너가 죽음의 위기에 처하고 있다는 걸 잊지 마시길……."

피라도 토할 것 같은 기세로 숨을 몰아쉬면서 라이너가 다가온다.

"하아, 하아……. 괜찮아요, 지크 씨. 저 같은 뜨내기 귀족의 가치는 누님을 보호하는 것 정도밖에 없으니까요. 이런 상황에서 도움이 되지 못한다면, 저는 쓰레기일 뿐이에요. 아무 짝에도 쓸모없는 쓰레기죠. 하하하, 하하하핫, 하, 하아, 하아……."

라이너는 죽을상을 지으며 웃는다.

그는 복잡한 가정환경이 엿보이는 발언을 자주 해서 난감하다. 하지만, 신경 쓰면 지는 거다. 괜히 얽혔다가는 어쩐지 진흙탕에 발을 담그는 일이 될 것만 같아서, 무슨 일이 있어도 끼어들지 않기로 마음먹은 상태다.

끝까지 아무것도 물어보지 않고 이 파티에서 빠져나가겠노라고, 나는 새삼 결의를 다진다.

그리고 안전구역에서 싸우고 있던 에르나가 돌아온다.

에르나의 전투 양상으로 미루어 보아, 시험을 돌파하려는 의지가 없다는 걸 바로 알 수 있었다. 그녀의 입장은 철저하게 자기 우선이다. 여유가 있으면 헤르빌샤인 남매를 도와주는 정도. 그 담백한 자세는, 오로지 이해관계에 의해서만 움직이고 있다는 증거일 것이다. 그 자세 자체는 마음에 들지만, 절대로 등을 보여서는 안 되는 타입이다.

"후우…… 수고했어."

나른한 표정으로 스노우가 돌아온다. 사실 따지고 보면 그녀가 가장 문제아다.

【스테이터스】
이름 : 스노우 워커 HP 511/533 MP 211/240 클래스 : 스카우트
레벨 14
근력 10.22 체력 10.01 기량 5.24 속도 5.43 지능 7.91
마력 10.84 소질 2 .62
선천 스킬 : 용의 가호 1.09 최적행동 1.89 고대마법 2.02

심안 1.07 선혈마법 1.00
후천 스킬 : 없음

　가장 레벨이 높고, 가장 재능이 넘치는 여자아이다. 종족이 드래고뉴트인 덕분에 기본 능력치도 높다. 디아를 제외하면, 지금까지 만난 탐색가들 중에서 가장 뛰어난 소질을 갖고 있다. 무엇보다, 현 상황에서 나에 필적하는 능력치는 상당히 매력적이다. 솔직히 무지하게 탐나는 인재다.

　하지만, 치명적으로 의욕이 없다.

　마법 적성이 높은데도 마법은 전혀 쓰지 않고, 힘에만 의존하는 성의 없는 공격뿐.

　진지하게 과제를 수행하고 있지 않다는 건 명확했다.

　스노우에 관해 프랑류르에게 물어보니, "머릿수 채우려고 데려온 거예요"라고 대답했고, 스노우 본인에게 물어보니 "……누구 하나 안 죽으려나. 죽으면 돌아갈 수 있을 텐데"라고 대꾸하는 지경이다.

　물불 안 가리는 돌격형 아가씨. 누나 이외에는 안중에도 없는 소년 기사. 자기중심주의 수인 전사. 의욕 제로의 드래고뉴트. 이보다 더 나쁜 조합의 파티는 생각하기도 힘들다.

　아직 본 적도 없는 학원의 주가가 한없이 곤두박질친다. 학원이라는 이름을 갖고 있는 이상, 가르치는 사람이 있을 터. 그 가르치는 사람은 이 네 사람의 구성을 보고도 아무런 지적도 안 한 걸까. 나라면 말렸을 것이다. 반드시 말렸을 것이다.

하지만 용병이라는 일을 받아들인 이상, 중간에 그만둘 수도 없는 노릇이다.

보스가 떨어뜨린 드롭 아이템 회수를 마친 프랑류르가 전원에게 얘기하는 것을 묵묵히 듣는다.

"다들 수고하셨사옵니다. 라이너, 에르나, 스노우 씨, 그럼 어서 9층으로 내려가요. 이대로 가면, 1위 통과도 불가능한 일은 아닐 거예요!"

고용주는 들뜬 걸음으로 나아간다. 그녀들에게 남은 과제는 앞으로 두 개.

9층의 보스를 물리치고, 10층에 있는 '꺼지지 않는 불'을 손에 넣으면 끝이다.

10층 보스는 없으니까 실질적으로는 하나만 남은 거나 다름없다는 것이 프랑류르의 얘기였다. 그 10층의 보스는 지금 내 귓가에서 웃음을 참고 있으니, 실제로도 그 말 그대로일 것이다.

9층 보스를 격파하는 건 파티의 실력으로 미루어 보아 별 문제없을 것이다. 하지만 내 마음고생은 틀림없이 점점 더 쌓여가겠지.

원래 세계에서 즐기던 효과적인 게임플레이와, 이 세계에 온 후에 디아와 함께했던 이상적인 2인 파티. 그 둘과 비교하면, 이 산만하기 짝이 없는 팀플레이는 나에게 스트레스만 줄 뿐이다. 솔직히, 도망치고 싶다. 무지하게 도망치고 싶다.

……아, 아니, 진정하자.

이제 남은 건 실질적으로 한 번. 한 번만 더 싸우면 끝나지 않는가.

부정적인 생각은 잊고, 긍정적인 것만 생각하면서 정신을 안정시키자.

그래. 나는 잘 해나가고 있는 거야.

이건 혼자서 10층까지 가는 것보다도 몇 배는 더 가치 있는 탐색이다. 다 끝나면 좋은 경험이 될 것이 틀림없다. 당초의 계획에서는 상당히 틀어지고 말았지만, 혼자서 도전하는 것보다 훨씬 난이도가 높은 시험에 임하게 된 셈이다. 오히려 흔치 않은 기회를 얻게 된 걸 기뻐해야 할 상황인 것이다.

나는 그렇게 마음을 다잡고, 선두에 서서 걸어 나갔다.

"그럼 어서 가죠. 스노우 씨, 같이 앞장서서 가요."

"……네."

나란히 걷는 스노우의 옆얼굴을 곁눈질한다.

드래고뉴트라고는 하지만, 겉모습은 인간과 별 차이가 없다. 굳이 차이가 나는 부분을 찾자면, 약간 푸른 기운이 감도는 흑발 옆으로 작은 뿔이 돋아 있고, 허리 언저리에 비늘로 덮인 꼬리가 튀어나와 있다는 것 정도일 것이다. 뿔은 민속적인 장신구로 장식되어 있어서 머리장식의 연장선상처럼 보이고, 꼬리도 옷자락이 긴 옷을 입은 상태에서는 별로 거슬리지는 않는다.

그 나른해 보이는 삼백안만 없다면, 민속의상을 입은 새침한 미소녀로만 보인다.

"……왜 그러죠?"

스노우는 내가 흘깃거리고 있는 걸 감지했다. 역시 고레벨 탐험가다.

성격에 다소 문제가 있긴 하지만 가장 우량 매물인 것도 사실이므로, 스노우와의 교섭을 시도해본다.

"저기, 스노우 씨는 왜 시험에 참가하신 거죠? 별로 안 내켜하는 것 같은데."

"……학점이 부족해서요."

"학점?"

"으음, 학점이라는 건, 저기……. 아아. 귀찮으니까 다음에……."

다소 정도가 아니다. 상당히 문제가 있다…….

"저기, 잘은 모르겠지만 학원에서는 학점이라는 게 필요하다는 거겠죠? 스노우 씨는 그게 부족하지만, 이 시험을 통과하면 부족한 학점을 채울 수 있다는 건가요?"

원래 세계의 경험을 통해서 얘기를 추측해본다. 대학교의 학점과 같은 거라 생각하면 별 차이는 없을 것이다.

"……오오, 대단하네요. 맞아요. 학원생도 아니면서 잘 아시네요."

내 추측이 정확했던 모양이다. 스노우는 놀란 표정을 보인다.

"그랬군요. 스노우 씨는 본의 아니게 시험에 참가하고 계시다는 거죠? 그래서, 저기, 그다지 의욕이 없었던 거군요……. 그치만, 괜찮으시겠어요? 클리어하지 못하면 학점도 못 받는 거 아닌가요?"

"아니, 도전하는 것에 의의가 있다…… 라는 모양이에요. 일단 참가만 하면 학점은 딸 수 있어요."

"아아, 그래서……."

그래서 의욕이 제로인 건가.

왜일까. 내 세계의 학생들이 떠오른다. 학점을 따기 위해 강의나 수업에는 출석하지만, 내용에는 별 관심이 없으니 자면서 시간을 때운다. 그런 것과 비슷한 느낌이 든다.

"지크 님. 앞장서는 건 스노우 씨 하나면 충분하니까 이쪽으로 오세요!"

스노우와 얘기를 하고 있으려니 뒤에서 프랑류르가 얘기에 끼어든다.

뒤를 돌아보니 토라진 표정의 프랑류르가 나를 손짓해 부르고 있었다.

기분을 거스르면 성가셔지는 고용주님이다. 마음 같아서는 스노우에 대한 정보를 조금 더 얻고 싶었지만, 일단은 프랑류르의 말대로 뒤쪽으로 물러나는 수밖에 없었다.

뒤쪽으로 물러나서 프랑류르를 보호하듯이 나란히 걷기 시작한다.

프랑류르의 왼쪽을 내가, 오른쪽을 라이너가 지키는 형태다.

에르나는 가장 뒤에서 걸으며 후방을 경계하고 있다.

"……."

"……저기, 지크 님. 저에 대해서는 뭐 없나요?"

"저기, 뭐라니요?"

"저에 대해서 말이에요. 궁금한 점이라거나, 평소에는 뭘 하면서 지내는가 하는 점이나!"

갑작스럽게 높아진 프랑류르의 언성에, 나는 당혹스러울 뿐이었다. 묵묵히 탐색하는 건 별로 안 좋아하는 모양이다.

하지만, 솔직히 말하면 그녀와 하고 싶은 얘기는 하나도 없다. 이 파티 중에서 관심이 가는 건 스노우뿐이다. 프랑류르도 재능은 남 못지않지만, 스노우에 비하면 한참 떨어져 보인다.

그래도 이대로 가다가는 일이 성가시게 돌아갈 게 분명해 보였으므로, 프랑류르의 비위를 맞추기 시작한다. 그리고 맞선이라도 보듯이 취미나 특기 등에 대한 얘기를 주고받다 보니, 어느덧 8층을 클리어할 수 있었다.

다소 분위기가 산만하다 해도 잔챙이 몬스터 정도는 식은 죽 먹기다. 역시 능력치 하나만은 높은 파티인 것이다. 스펙만 따지자면 말이다.

9층으로 가는 계단을 내려갈 때쯤에는 하잘것없는 잡담도 소재가 고갈되어갔다.

시험의 마지막이 다가오고, 파티의 긴장감이 고조되어 간다.

사전 조사를 해둔 덕분에, 목표물인 보스의 위치는 이미 알고 있다고 한다. 앞서 가는 스노우는 망설임 없이 보스 에어리어로 나아간다. 회랑은 점점 빛을 잃어가고, 바닥이 불안정해져간다. 동굴 같은 울퉁불퉁한 바위 길을 걸어간다.

마지막 보스의 이름은 레기온 배트.

다수의 거대한 박쥐가 출현한다고 한다. 한 마리에 치명상을 입혀도 다른 박쥐가 결합해서 회복하는 성가신 능력을 갖고 있다. 칠흑 같은 어둠 속에서 어떻게 빛을 유지하면서 다수의 몬스터에 대처하는지를 평가하기에 적합한 몬스터다…… 라는 이유로 학원 수업의 마무리로 지정되었다고 들었다.

다만, 솔직히 말해서 내 마법 〈디멘션〉이 있으면 식은 죽 먹기인 보스다.

단순히 어둡기만 한 것은 내 공간파악능력 앞에서는 아무 의미도 없기 때문이다.

아니나 다를까, 레기온 배트와의 전투는 금방 끝났다.

종유석 동굴 같은 공간으로 들어가자마자 레기온 배트가 기습을 해 왔지만, 〈디멘션〉의 탐지능력을 이용해서 손쉽게 역습할 수 있었다.

그 다음부터는 교과서적으로 전투를 진행하는 것뿐. 프랑류르를 비롯한 네 명의 개성이 악순환하지 않는 이상, 패배할 만한 요소는 없었다.

내 마음고생이 쌓이기는 했지만, 그다지 시간도 잡아먹지 않은 채 9층 과제를 클리어할 수 있었다.

각자 썰렁하게 하이파이브를 주고받은 후, 일행은 10층으로 향했다.

마지막까지 방심하지 않고 '정도'를 따라 걸어, 10층으로 내려갔다.

귓전의 불꽃을 향해 의식을 기울이니, 자기 집으로 돌아온 것 같은 반응이 되돌아왔다.

'드디어 10층까지 도착했네. 다녀왔습니다.'

10층은 미궁이라고 믿기 힘들 만큼 빛으로 가득했다.

끝없이 펼쳐진 방에 시야 가득 들어찬 불꽃, 그것이 10층의 전부였다.

몸을 그을릴 정도의 불꽃은 아니다. 그렇지만, 여기저기에 흩어져 있는 불꽃은 이 방에 들어서는 것을 주저하게 만든다.

'정도'의 결계에 의해 불이 꺼져 있는 길을 따라서, 우리는 10층 안을 걸어갔다.

어느 정도 나아간 후, 스노우가 병을 꺼내서 그 안에 불꽃을 담으려 했다. 이채로운 광경이었다. 불꽃은 칼로 도려낸 것처럼 병 안으로 빨려 들어가서는, 연소될 만한 게 아무것도 없을 터인 병 안에서도 계속 타올랐다.

보통 불이 아니다. 마치, 원념이 들어간 도깨비불처럼 보였다.

어쨌거나 이걸로 과제는 끝. 이제야 이 파티에서 해방될 수 있게 됐다.

"좋아, 다 클리어 한 것 같네요. 모두들 축하해요."

작별의 말을 고하기 위해 일단 대충 축하부터 건넨다.

"정말이지, 오빠 덕분에 살았지 뭐야. 오빠 같은 탐색가 와 협력할 수 있었던 건 정말 행운이었다니까. 도중에 누군 가 부상을 당해서 돌아가게 될 줄만 알았었는데. 아, 약속 한 보수야."

에르나가 금화를 건네면서 인사를 한다. 그때 프랑류르가 끼어든다.

"지크 님! 기왕 이렇게 된 김에 지상까지 호위를 부탁해도 될까요? 아니, 기왕 이렇게 된 거, 헤르빌샤인 가문의 집까 지 호위를! 그리고 난 후에 감사의 의미로 저녁식사를 대접 할까 해요! 저희들은 지크 님처럼 젊고 강하고 성실하면서 다정한 탐색가님과 연을 맺고 싶다고 항상 생각해왔답니 다! 모쪼록 부탁드릴게요!"

프랑류르가 내게 푹 빠져 있다는 건, 남의 마음을 읽는 데 서투른 나조차도 알 수 있을 정도다. 솔직히, 그녀처럼 아 름다운 외모를 가진 여자아이가 호감을 보이는 건 기쁘긴 하다. 하지만, 그녀와 거리가 가까워져 봤자, 성가신 일만 더 늘어날 것 같다는 생각밖에 안 든다.

"미안해요, 프랑류르 씨. 제 본래 목적은 10층보다 더 깊은 곳까지 가는 거였어요. 애석하지만 지상까지 호위해드 릴 수는 없을 것 같아요."

적당히 둘러대서 거절했다. 애석한 척 연기하는 것도 잊지 않았다.

"그, 그러셨군요……. 도움을 받았는데 무리한 부탁까지 할 수는 없죠. ……하지만, 저희 헤르빌샤인 남매는, 지크 님을 저희 집에 초대할 용의가 있다는 것만 알아주셨으면 해요. 언제든지 찾아와주세요……."

"어, 나도? 뭐, 지크 씨가 놀러 오신다면 환영이긴 하지만요."

프랑류르는 독단적으로 라이너까지 나를 환영하는 걸로 만들어버린 것이었다.

나는 쓴웃음을 지으면서 마지막 인사를 했다.

"고맙습니다. 그럼, 기회가 있으면 또 만나요."

"네, 기회가 있으시다면, 부디 엘트라류 학원에도! 아, 헤르빌샤인 가문의 집은 후즈야즈 3번지에 있답니다! 어느 쪽이든 좋으니, 무슨 일이 생기면 꼭 찾아주세요!"

프랑류르는 아쉬운 듯 끝까지 어필을 계속한다. 만약에 원래 세계에서 만났더라면, 그 열정적인 태도에 호감을 느꼈을지도 모른다. 하지만 냉정하게 말해서, 지금의 나에게는 필요 없는 인물이라고 판단했다. 마지막으로 나머지 두 사람과도 인사를 주고받았다.

"오빠, 속기 쉬운 성격 같으니까, 안 속게 조심하라고. 그럼 또 봐."

"……당신은 미궁에는 안 맞아요. 전직을 고려해보는 걸 추천할게요. 그럼 이만."

어째선지 야박한 평가와 함께 작별을 고한다. 짧은 시간이나마 서로 협조해왔던 사이이니, 나를 걱정해서 해준 말이라고 믿고 싶다.

이렇게 해서, 나는 학원생 파티와 작별했다.

프랑류르만은 훈훈하게도 연신 나를 돌아보며 손을 흔들어주었다.

네 사람의 뒷모습이 시야에서 사라지고, 나 혼자 10층에 남겨졌다.

방 안을 가득 메운 불꽃들 때문에 송골송골 땀이 맺히는 가운데, 나는 이 방 주인에게 말을 건다.

"이제 다들 갔어."

"그런 것 같네. 잠깐만 더 기다려줘."

대답과 함께, 방의 불꽃 일부가 사람의 형태로 변해 간다. 그리고 또 어디선가 붕대가 모여들어서 불꽃에 휘감겼다.

붕대만 감긴 상태는 속옷 바람에 가까웠으므로, '소지품' 속에서 갈아입으려고 가져온 웃옷을 꺼내서 던져 준다.

아르티는 내가 던져준 옷으로 재빨리 갈아입고, 푸핫 하고 숨을 토해냈다.

"후우, 역시 인간 몸이 좋다니까. 너와 옷도 똑같이 입고."

"나도 귓전에서 웅얼웅얼 소곤거리는 것보다는 이 편이

나아."

귓전에서 간살거리는 열과 목소리. 그건 어떻게 보면 호러에 가깝다.

"그리고 이쪽이 훨씬 더 귀엽잖아?"

"하하, 그래 봤자 거의 불꽃이잖아. 집적거리려거든 인간 몸이 된 후에 하라고."

"후훗, 지크는 솔직하시가 못하다니까."

우리는 가볍게 농담을 주고받으면서, 10층을 나아간다.

아르티가 있는 덕분인지, 회랑에 타오르는 불꽃이 우리를 피해 줘서 편히 나아갈 수 있었다.

"그나저나, 이 10층이 네 본거지란 말이지? 꽤나 살벌한 곳인데."

"하지만, 미궁에서 안전하게 불을 조달할 수 있는 곳은 여기뿐이야. 몬스터도 안 나오지. 다른 탐색가들 사이에서는 휴식 포인트로 애용되는 곳이야."

"나는 네 뱃속에 있는 것 같아서 영 가시방석에 앉은 것 같은 기분인데……."

"예리한걸. 역시 지크야. 말 그대로 여기는 내 안. 10층은 나 그 자체라고 해도 돼."

아르티는 혀로 날름 입술을 핥으며 요염하게 웃는다. 그 발언을 들으니, 저절로 내 발걸음이 빨라진다.

10층은 그다지 넓지 않았다. 아르티 덕분에 불길도 손쉽게 피할 수 있었기에, 금방 11층으로 내려갈 수 있었다.

11층으로 내려간 우리들은 새로운 몬스터를 찾으러 갔다.

내 현재 레벨은 10. 우선은 이 레벨로도 안전하게 상대할 수 있을지 어떨지를 확인해볼 생각이다. 〈디멘션〉을 전개해서 11층의 몬스터들을 찾는다.

그리고 멀리서 2족보행을 하는 고릴라 모습의 몬스터가 배회하고 있는 걸 발견했다.

10층을 경계로 해서 몬스터의 사이즈가 한층 더 커진 것 같은 느낌이다.

"아르티. 일단 11층의 몬스터들과 싸우면서 분위기를 좀 보자."

"알았어. 그럼 이번에도 내가 전위를 맡도록 하지."

굳이 내가 부탁하지 않았는데도, 아르티는 스스로 전위를 맡겠다고 나섰다.

몬스터가 혼자서 돌아다니는 틈을 노려서 우리는 기습을 가했다. 내 〈디멘션〉이 있으면 선수를 치는 것쯤은 식은 죽 먹기다.

우선 아르티가 화염검으로 적을 베고, 내가 그 뒤에서 마법을 사용한다.

"──마법 〈아이스 애로우(급조시, 急造矢)〉."

디아를 보조할 때와 같은 마법이다. 하지만, 레벨 업 덕분에 그 경도가 훨씬 더 상승한 상태다. 2족보행하는 몬스터의 약점은 다리다. 나는 스테이터스의 기술에 몸을 맡기고, 차분하게 조준해서 몬스터의 다리를 향해 얼음 화살을 투척

했다.

"잘했어, 지크!"

그 때를 노려서 아르티가 일격으로 숨통을 끊는다.

화염검에 머리를 관통당한 몬스터는 빛이 되어 사라져 갔다.

한 자릿수 층에 있던 몬스터와 비교해서 그다지 힘들 건 없는 상대였다. 약간 맥 빠지는 기분에 휩싸이면서, 떨어진 마석을 주웠다.

"흐음, 11층 몬스터도 식은 죽 먹기 같군."

"그래. 아르티가 전위를 맡아주니까 싸우기 편하네."

연기는 계속한다. 아르티의 헌신에 의해, 마음이 움직이고 있는 척을 한다.

"말 한번 잘했어. 나만 믿으라고."

"너 참 씩씩하기도 하네……."

아르티는 내 신뢰를 얻어간다고 생각했는지, 한결 밝아진 얼굴로 선도해나간다.

"그럼 거침없이 가보자. 10층 이하의 던전은 나도 잘 모르지만, 분위기를 보아하니 20층까지 쉽게 갈 수 있을 것 같으니까."

이런 식으로 20층까지 갈 생각인가 보다.

나도 20층까지 갈 수 있을 거라는 자신이 있었다. 11층 몬스터의 움직임을 보니, 부상당할 일은 절대 없을 거라는 자신이 들었다.

그 예상대로, 우리는 이렇다 할 위험도 겪지 않고 몬스터를 사냥하며 11층을 나아갔다. 전투들은 하나같이 낙승이었기에, 계단을 찾아내는 대에도 그리 시간이 걸리지 않았다.

순조롭기 그지없는 진행. 애를 먹을 구석은 전혀 없다.

……하지만, 그것은 어디까지나 잔챙이 몬스터를 상대로 했을 때의 얘기고, 보스 몬스터인 아르티는 경우가 다를 것이다.

나는 의기양양하게 계단을 내려가려 하는 아르티를 불러 세운다.

"……잠깐만, 아르티. 이 정도가 딱 좋을 것 같으니까, 오늘은 여기서 돌아가자. MP도 떨어져 가고, 집중력도 저하돼가고 있어. 10층까지 올 수 있다는 걸 확인한 것만으로도 오늘의 성과로는 충분해."

"으음, 그렇게 피곤해?"

"그래, 프랑류르 일행과 파티를 맺은 탓에 말야. 그 일행을 지원하느라, MP가 뭉텅 깎여 나갔지 뭐야."

실은 MP는 반 이상 남아 있다. 하지만 예상치 못한 보스 몬스터와의 교전을 대비한다면, 이 정도가 최저한의 한계선이었다.

다시 말해 보스 몬스터, 즉 아르티와 함께하는 탐색은 여기가 한계라는 것.

하지만 포석은 이미 충분히 깔아둔 상태다. 11층까지 탐색해 오면서 마음을 주고받은 우리 사이라면, 다음 단계로도 얼마든지 넘어갈 수 있다.

"흐음. 알았어. 오늘은 여기까지만 하지."

"그럼 돌아가자. ……그리고 기왕 이렇게 같이 있게 된 김에 돌아가면서 자세한 얘기를 들려줄게."

한결 온화해진 내 태도에 아르티는 고개를 갸웃거린다.

"으으음? 그건 내 소망에 협조해주겠다는 건가?"

"소금쯤은 신뢰하기로 했다고 아까 얘기했잖아. 잔말 말고 일단 얘기해보기나 해."

왔던 길을 되짚어가면서 재촉하자, 아르티는 살짝 승리의 포즈를 취한 후 얘기를 시작했다.

"좋았어. ……후훗, 그럼 어디 얘기해볼까. 처음에 얘기했던 대로, 지금 내 목적은 사랑에 빠져 있는 아이를 관찰하는 거야. 그 구체적인 방법을 말하자면, 내 능력을 이용해서 들키지 않도록 빙의할 생각이야. 나에게는 기생능력이 있으니까."

"빙의한다고? 그거, 빙의당하는 사람한테 피해는 없는 거야?"

"없어. 경우에 따라서 조력 정도는 할 수 있지, 기본적으로 빙의 대상에게 피해가 갈 짓은 안 해. 빙의된 애의 마음을 나도 느낄 수 있는 것뿐이야. 그 상태에서, 그 애의 사랑이 성장할 때까지 지켜볼 생각이야. 그 과정을 끝까지 지켜보기만 하면, 나는 아마 그것만으로도 사라질 거야."

한마디로, 적당한 여자애를 소개해주기만 하면 아르티는

그 아이에게서 떨어지지 않는다는 것이다. 그 동안은 마음 놓고 미궁에서 레벨을 올릴 수 있다.

"호오……. 알았어. 그렇다면 적당한 애를 찾아볼게. 미궁 탐색과 병행하는 거지만."

"오오, 정말?"

"하지만, 나는 그 일에 적임자는 아니라고 봐. 나는 사람들의 애정 문제에는 둔감하고, 인맥도 없어. 아마, 상당히 시간이 걸리겠지. 그래도 괜찮겠어?"

"괜찮아. 너는 티다의 소망을 이루어준 실적이 있으니까. 그게 중요한 거야. 그리고 나는 참을성 있는 성격이야. 수십 년이라도 기다릴 수 있어."

아르티는 나의 무성의한 협조를 반겨주었다.

"그런데, 적당해 보이는 여자애를 발견했을 때, 나는 뭘 어떻게 하면 되지? 애초에 아르티는 평소에 어디에 있는데?"

그리고 본론으로 들어간다. 이 질문에 아르티가 "24시간, 지크 곁을 따라다니고 있으니까 걱정 마"라는 식으로 대답해 버리면 끝장이다. 교전에 의한 제거도 염두에 두어야 할 것이다.

"그럴 때는……. 그래, 10층의 불꽃에 보고해주면 돼. 나는 나 나름대로 적당한 사람을 찾아보고 있으니까, 항상 거기에 있는 건 아니지만. 여기 있는 불꽃에게 얘기해주면 내가 어디에 있든지 반응할 수 있을 거야."

다행히, 나와 행동을 함께하겠다는 식으로 나오지는 않을 것 같다. 나를 배려해주려고 그러는 건지도 모르지만, 어쨌거나 한시름 던 셈이다.

"알았어. 그렇게 할게. 그나저나 아르티, 적당해 보이는 사람을 찾는다는 건, 미궁에서 찾을 거란 얘기야?"

"아니, 도시에서. 결계 때문에 힘이 확 깎여나가기는 하지만, 가디언은 미궁에 얽매인 존재가 아니니까, 가벼운 마음으로도 쏘다닐 수 있어."

"뭐랄까, 그건 좀 놀라운 얘긴데……."

그런 얘기는 술집에서도 들은 적이 없었다. 연합국 정부 측에서도 파악하지 못한 정보이리라.

"티다도 이따금씩 복면을 쓰고 도시를 돌아다니곤 했어."

거기에 모골이 송연해지는 정보까지 손에 들어온다.

마침 좋은 기회이다 싶었기에, 아르티에게서 최대한으로 정보를 끌어낼 궁리를 한다.

"그거 무시무시한 얘긴데. 하나 궁금한 게 있는데, 티다와 아르티 말고 다른 가디언도 있는 거야?"

"아니, 없어. 한심하게도 인간들은 아직 23층까지밖에 봉인을 풀지 못했으니까 말이지. 가디언의 봉인은 아마 10층씩 내려갈 때마다 하나씩 해제될 거고. 그러니까 지금은 둘밖에 없어."

아르티는 아쉽다는 듯, "인간들이 좀 더 힘을 써줘야 할 텐데" 하고 덧붙인다.

의외였다. 보스라는 건 인간이 미궁을 나아갈 수 없도록 방해하는 존재라고 생각했었는데, 꼭 그렇지만도 않은 모양이다. 아르티의 얘기만 듣자면 오히려 협조하고 있는 것 같은 느낌까지 든다.

그런 소소한 얘기를 주고받다 보니, 어느덧 우리는 10층에 도착했다.

여전히 불길이 타오르고 있어서 인간 입장에서는 지내기가 영 불편한 공간이다.

"그런데, 오늘은 이제 어쩔 거지? 이쯤에서 헤어질까?"

"아니, 지상으로 나갈 거야. 지크가 재미있어 보이는 애를 찾아줬으니까."

"내가?"

"그 프랑류르라는 애 말야. 나는 그 어수룩한 사랑의 불꽃이 마음에 들어. 뭐, 보아하니 가망은 없어 보이지만. 후후후, 후훗."

아르티는 음흉한 웃음을 짓는다.

"아, 아, 그거 말이지……."

떠올리기도 싫은 기억이 떠올라서, 단번에 진이 빠진다.

"'그거'라니 말이 너무 지나친 거 아냐? 내가 보기에 그 애는 너를 사모하고 있어."

어렴풋이 느끼고 있었지만 인정하기 싫었던 사실을, 아르티가 딱 짚어 지적한다.

"후후, 네가 썩 내켜하지 않는다는 건 나도 알아. 하지만, 워낙 재미있어 보여서 말이지. 잠깐 그 애 주위에서 좀 놀고 있을게."

"그래, 좋을 대로 해……."

내 입장에서는 그 성가신 프랑류르가 어찌 되든 알 바 아니다. 그렇기에 아무런 양심의 가책도 느끼지 않고 프랑류르를 제물로 내놓았다. 다만, 아르티가 프랑류르에게 협조할지도 모른다는 점이 약간 무섭다.

그리고 우리는, 아르티의 소원을 이루기 위한 의논을 하면서 지상을 향해 걸었다.

결국, 기본적으로는 개별행동을 하면서 적당해 보이는 인물을 발견하거든 보고를 주고받기로 결정되었다.

정기적으로 아르티와 만나야 한다는 조건이 붙기는 했지만, 가디언과 싸우지 않고 넘어갈 수 있는 길이 생겼다는 건 다행스러운 일이었다. 내가 생각한 계획은 대성공이라 할 수 있다.

다만, 마음속 깊은 곳에서 자기혐오의 짙은 뻘이 고이는 게 느껴졌다.

당연한 일이다. 아마, 아르티는 나를 믿고 있을 것이다. 그렇건만 나는, 몬스터라서 무섭다는 한심하기 짝이 없는 이유로 그 신뢰에 거짓말로 응수하고 있다.

자기 마음의 나약함에 넌덜머리가 난다. 질척질척한 불쾌한 감정이 가슴속에서 소용돌이친다.

스킬 '???'를 사용하면 그 감정을 지워버릴 수 있을 것이다. 하지만 혼란이 10.00을 넘는 건 피하고 싶다. 게임적으

로 생각하자면, 10단위의 수치에 다다르는 건 모종의 조건
을 충족하게 되는 결과가 될지도 모른다는 예감이 든다.

아냐. 아직 치명적인 감정 상태는 아니야…….

그렇게 스스로를 타이른 나는, 오늘의 탐색을 마치고 지
상으로 돌아갔다.

2. 노예는 누구?

"아무리 내가 참을성이 있다고 해도, 제대로 찾아봐줘야 해. 답례는 꼭 할 테니까. 그럼, 이만 다녀올게."

지상으로 돌아온 후, 아르티는 곧바로 엘트라류 학원에 다녀온다면서 떠나갔다. 사춘기 남녀들만 모여 있는 학원에 있으면 그것만으로도 아르티의 소망이 이루어지는 게 아닐까 하고 생각했지만, 아르티는 떠나면서 단단히 못을 박아버렸다.

아르티를 배웅하면서, 한숨을 짓는다.

지상의 공기가 맛있게 느껴진다. 미궁의 위험이 사라지고, 안도감이 포근하게 나를 감싼다.

하지만 날이 저물어가는 것과 마찬가지로, 내 기분도 점점 어두워져간다.

"아아……."

디아의 팔을 찾으러 가는 김에 단독 탐색의 가능성을 시험해보려 한 것이었는데, 뜻밖의 상황이 너무 많이 벌어졌다.

오늘 있었던 일들을 머릿속으로 정리하면서 친구인 디아가 입원해 있는 병원으로 발걸음을 옮긴다.

앞으로는 정기적으로 문병을 갈 생각이다. 미궁 탐색의 성과에 대해서도 보고해두고 싶다.

발트에서 가장 큰 병원에 도착해서, 거침없이 병동 쪽으로 걸어갔다. 그리고 디아가 잠들어 있을 병실로 들어갔다.

실내는 마법의 빛으로 충만해 있었다.

티다와의 전투 때 보았던 어렴풋한 빛의 거품이 병실을 가득 메우고 있다.

"디아…… 지금 뭐 하고 있는 거야……?"

"앗, 지크! 응? 뭘 하고 있기는, 재활운동을 하는 건데……?"

디아는 병상 위에서 양반다리를 하고, 양팔에서 빛을 내뿜고 있다.

"이봐, 의사가 안정을 취하라고 안 그랬어?"

"그랬어. 하지만, 최대한 빨리 제 컨디션을 되찾고 싶으니까. 이 1주일은 재활을 위해서 주어진 거나 다름없는 시간이고……."

"잔말 말고 푹 쉬기나 해."

그렇게 말하고 디아의 머리에 손을 얹었다. 디아는 내 팔을 빤히 쳐다보다가, 고분고분 고개를 끄덕였다.

"알았어. 지크가 그러라고 한다면, 그렇게 할게."

"그렇게 해. 괜히 입원 기간이 길어지면 곤란하잖아."

"하핫, 하긴 그러네."

디아는 밝게 웃으며 말하고, 일의 진행 상황을 확인해 온다.

"그건 그렇고 지크, 미궁에는 다녀왔어?"

"그래, 11층까지 갔어. 아마 그 너머도 충분히 갈 수 있을

거야."

굳이 세세한 사항까지 얘기할 생각은 없었다.

특히 아르티에 대해서는 함구해두고 싶다. 그 가디언은 내 혼자 힘으로 해결할 생각이다. 아직 몸 상태가 온전하지 않은 디아에게 걱정의 씨앗을 뿌리고 싶지는 않다.

디아의 환자복 소매로 나와 있는 의수가, 그런 결의를 다지게 했다.

"그것 봐. 지크는 혼자서도 잘해낼 수 있어. 나 같은 거 없이도 아무 문제없어. 그러니까 더 자신을 가져도 돼."

"고마워, 디아. 하지만, 나는 디아가 같이 있어주면 더 기쁠 것 같아."

"아니, 그래서는 안 돼. 예전의 나 같은 상태라면 지크에게 힘이 되어줄 수 없어. 그러니까 기다려줘. 나는 지크에게 어울리는 존재가 돼서 돌아갈 테니까……."

"그, 그래, 알았어."

디아는 새로운 신념이 담긴 눈으로 나를 바라봤다. 그 눈 속에서 집념 같은 것이 느껴졌다. 평소의 디아로 돌아왔구나, 하는 식으로만 생각했던 나는 당황해서 쩔쩔 맸다.

"저기, 퇴원일까지는 앞으로 7일이었지? 내 기억이 정확하다면 그날은 성탄제 날일 거야."

디아는 퍼뜩 뭔가가 생각난 듯이 말한다.

보아하니 퇴원하는 날에는 축제가 있는 것 같다.

"호오. 연합국에도 축제가 있나 보지?"

"그래. 연합국을 설립한 영웅들을 기리는 성탄제가 매년 열려. 그 성탄제 전의 며칠 동안은, 북쪽의 후즈야즈부터 온 나라가 떠들썩해져. 그리고 성탄제 당일에는 후즈야즈에 있는 대성당에서 성대한 의식이 거행되지."

축제라는 단어를 처음 듣는 나에게 디아가 친절하게 설명해줬다.

"그렇구나. 난 먼 나라 출신이라서 몰랐어. 하지만, 어쨌건 잘됐네. 디아가 퇴원하거든 퇴원 축하도 할 겸 그 축제에 참여해볼까?"

"오, 그거 괜찮겠는데. 좋아, 축제를 즐기기 위해서라도 빨리 나아야지!"

"빨리 낫고 싶거든 마법 연습은 그만하는 게 좋을걸."

"아, 알았다니까!"

축제 얘기 덕분에 방안의 분위기가 한층 밝아진다.

역시, 둘 사이의 관계는 양호하다.

아르티와 프랑류르 일행과 파티를 맺어보면서, 그런 생각은 한층 더 굳어졌다. 하지만, 디아가 퇴원하는 건 7일 후. 그때까지는 상당히 시간이 비게 된다.

나 스스로 자초한 일이기는 하지만 원통할 따름이다.

결국 문병은 한 시간 정도에 끝났다.

근황 보고를 하고, 성탄제에 대해 자세하게 물어보다 보니, 눈 깜짝할 사이에 시간이 흘렀다.

아쉽기는 하지만, 나는 지나치게 긴 면회를 피하기 위해 적당히 면회를 끊었다.

헤어질 때 디아는 내가 시야에서 사라질 때까지 계속 손을 흔들었다.

그리고, 다시 혼자가 되었다.

혼자서 시가지를 걸으며 남은 시간을 처리할 방법을 궁리했다. 아르티와 최대한 빨리 헤어지려고 애를 쓰다 보니 미궁을 나와서 문병까지 마쳤음에도 아직 오후 무렵에 불과했다.

HP와 MP에는 여유가 있다. 하지만 미궁에 들어갈 수는 없다. MP가 고갈됐다는 이유로 미궁에서 나왔다가 만에 하나라도 미궁에서 아르티에게 발견되는 사태는 피하고 싶다.

걸어가면서 예정을 짜나갔다.

며칠 전과는 달리 선택지는 무한대에 가깝다. 무엇보다 티다의 마석을 판 덕분에, 지금의 나는 살짝 갑부가 된 상황이다.

그렇지만 생활필수품은 이제 다 갖춘 상태고, 미궁에서 필요한 물건들은 '소지품' 속에 다 넣어둔 상태라, 딱히 살 만한 물건이 떠오르지 않는다.

얼굴을 찌푸린 채 걸어가다 보니 미궁에서 약간 떨어진 주택가에 다다랐다.

거기에는 보석으로 장식된 길과는 어울리지 않는 투박한 목조 집들이 늘어서 있었다. 주위를 둘러보니 발트의 시민들이 생업에 열중하고 있었다.

놀다 지친 아이들이 걷고 있다. 피곤에 찌든 노파가 짐을 나르고 있다. 미궁에서 돌아오는 길인지, 검사가 무거운 발걸음을 옮기고 있다. 여인이 갓 빨래한 의복을 널고 있다.

지금까지는 미궁 주위에서만 생활해왔기에, 이런 일반시민의 생활 광경을 보는 건 처음이었다. 그 거리를 보고 있으려니, 어떤 한 가지 발상이 떠올랐다.

"아마, 내가 받은 돈 정도면 집도 살 수 있었던 것 같은데……?"

금화가 든 주머니를 꺼냈다.

지금은 술집 한편을 빌려 쓰고 있기에 주거에는 문제가 없다. 하지만, 계속 그 호의에만 기대고 있을 수는 없다. 본래는 자신의 수입으로 숙소를 잡아서 숙식하는 게 탐색가의 올바른 생존 방식이다. 그리고 지금 내 손에는, 수입의 상징인 금화가 있다. 그것도 단순히 숙소를 잡아서 생활할 정도가 아니다. 집을 구입할 수 있을 수준이다.

나는 걸음을 내딛었다.

지금까지와 같은 정처 없는 발걸음이 아니라 가고자 하는 가게를 정확히 정한, 또렷한 걸음걸이었다.

◆ ◆ ◆ ◆ ◆

그리고 어느덧 해가 저물었다.

혼자서 지내기에는 넓은 목조 가옥.

내 세계로 따지자면 4LDK(방 4개에 거실과 부엌이 딸린 구조)에 해당하는 방 안에서, 나는 한 여인과 마주 서서 얘기를 나눴다.

"그럼, 이 집을 1년 동안 임대하는 걸로 계약하도록 하겠습니다만, 괜찮겠습니까?"

"네, 부탁드려요."

디아에게 문병을 다녀온 후, 나는 곧바로 주거지를 알선하는 가게로 갔다. 그리고 가게 카운터에서 소지금을 제시하니, 가게 측에서는 대환영을 하며 척척 주거지 계약을 진행해주었다.

토지와 집을 완전히 구입하자면 지출이 껑충 뛰기 때문에 일단은 임대 계약으로 하기로 했다. 애초에 계속 이세계에서 지낼 생각은 없다는 것도 한 가지 이유였다. 1년 안에 돌아가는 걸 목표로 삼고 있기에, 계약기간은 1년으로 선택했다.

"그럼, 상세한 계약서는 내일 가져오겠습니다만…… 지크 님이라면, 지금 당장부터 집을 이용하셔도 괜찮아요."

여인은 빙긋 웃으며 대답했다. 조금의 빈틈도 없는 완벽한 영업용 미소다. 같은 서비스업 종사자로서 본받고 싶은 점이다.

"어, 그래도 되나요?"

"대금은 일시불로 지불하셨고, 본계약의 계약서도 이미

작성한 상태니까, 문제 될 것 없습니다. 이제 세세한 옵션 계약서만 남아 있는 상태예요."

"하아, 그렇군요······."

"그럼 저는 이만 실례하겠습니다."

말끔하게 계약을 마치고, 여인은 집을 떠나갔다. 그리고 나는 새 집에 홀로 남았다.

곧바로 방의 상태를 확인하기 위해 움직였다. 꼼꼼하게 청소가 되어 있다는 건 〈디멘션〉을 이용해 확인했지만, 직접 만져봐야만 알 수 있는 것도 있는 법이다.

하지만, 어디를 만져봐도 먼지 하나 찾을 수 없었다. 콘크리트 도시에서 나고 자란 현대인인 나도 충분히 인정할 수 있을 만큼, 완벽한 위생 환경이다.

이 집은 단독주택 중에서도 1등품이다. 이 세계의 마법건축기술을 아낌없이 사용한 집으로, 먼지와 열에 강하다고 한다. 게다가 '라인(마석선, 魔石線)'이 집 내부를 통과하고 있으며 세탁, 목욕물 데우기, 점화 등이 가능한 마법도구도 완비. 부엌은 아예 내가 지금 일하고 있는 술집보다도 더 거창할 지경이었다.

무엇보다 가장 반가운 건 집 열쇠다. 문단속에 민감한 현대인이다 보니, 이 잠금장치의 완성도가 궁금하지 않을 수 없었다. 자물쇠의 완성도를 확인하기 위해 일단 집 밖으로 나왔다.

문에는 마석과 철로 만들어진 자물쇠가 채워져 있었다.

물건 자체는 낡아 보이는 큼직한 자물쇠였지만, 문을 잠그는 구실을 수행하기에는 충분해 보였다. 보석 세공으로 장식된 열쇠로 여러 번 잠갔다 열었다를 반복하면서 안전성을 확인했다. 그리고 원래 세계와 같은 수준의 보안성에 감동을 느꼈다. 가게에 가서 막무가내로 요구한 보람이 있었다.

계약금만으로 금화 열 닢을 쓰기는 했지만, 덕분에 원래 살던 세계의 수준에 가까운 집을 구할 수 있었다. 이 금액에는 유지비나 소모품 비용은 들어가 있지 않다. 상당한 지출인 건 확실하다.

하지만, 그래도 나는 이것만은 양보하고 싶지 않았다. 주거지의 질이 향상되면 휴식의 질도 향상되는 법이라는 게 내 믿음이었다. 돈으로 정신적 안정을 살 수 있다면야, 돈을 아낄 필요는 없다고 생각했다.

"하하, 아하하핫."

더없이 즐거웠다.

여러 곳의 매물들을 꼼꼼하게 확인하는 시간, 필요한 것을 생각하는 시간, 자신의 요구사항을 얘기하는 시간, 그 모든 시간이 나에게 쾌락을 안겨주었다. 돈을 쓴다는 행위가 견딜 수 없이 즐거웠다.

"하하핫, 하, 하……. 하아……."

그리고 한바탕 웃어젖힌 후에, 땅이 꺼질 듯 한숨을 지었다.

압도적인 무기력감이 나를 지배하고, 그 모든 것들이 후회라는 감정으로 변질되어간다.

간단히 말하자면, 너무 무리를 했다. 도가 지나쳤다.

동시에, 나 자신이 내 생각 이상으로 비정상적인 상태였었다는 걸 깨닫는다.

오늘 하루, 스킬 '???'는 한 번도 사용하지 않았다. 아르티와 프랑류르 같은 문제아들과 미궁 탐색을 함께했는데도 말이다.

나도 모르는 사이에 스트레스가 쌓여서, 몸이 제멋대로 그것을 해소하려 한 결과인지도 모르겠다.

"아아, 도가 지나쳤어. 그냥 지붕과 잘 곳만 있으면 충분한데……. 돈은 미궁 탐색을 위해서 써야 하는데……."

식사는 지금까지 그랬던 것처럼 술집에서 해결하면 된다. 자택에서 요리하는 건 아무런 의미도 없다.

목욕물을 끓이는 도구도 필요 없다. 목욕을 하고 싶거든 그날에만 전용 시설에 가는 게 더 효율적이다. 특히 열쇠는 낭비 중에서도 가장 큰 낭비다.

이 집의 무엇을 지킨다는 건가? 나는 모든 걸 '소지품' 속에 넣을 수 있으니, 집에 보관할 물건은 없다. 애초에, 이 집은 나무집이니 문 자체를 부숴버리면 얼마든지 침입할 수 있다.

나는 집 뜰에 우두커니 주저앉아서, 집과 접하고 있는 가도를 멍하니 바라봤다.

근사한 입지다. 햇볕도 잘 들고, 미궁에서도 가깝다. 이

집은 바람이 잘 통하는 언덕 위에 우뚝 서 있기 때문에, 주택가를 발밑으로 내려다볼 수 있다.

어느샌가 하늘은 이미 완전히 어두워져 있었다. 검게 물든 도시에 하나씩 하나 둘 불이 켜지고, 활기가 잠잠해져 간다.

그 모습을 바라보면서, 나는 반성한다.

──나, 남은 돈은 미궁 공략을 위해서 쓰는 거야!

그렇게 마음속으로 다짐하고 있으려니, 어둠속에서 동물이 달리는 소리가 들려왔다.

"……응? ──마법 〈디멘션〉."

반사적으로, 마법을 이용해서 그 소리의 정체를 파악했다.

말발굽이 지축을 울리는 소리였다. 마차가 가도를 내달리고 있었다. 예전에 보았던 노예 수송 마차와 쏙 빼닮았다. 예상대로, 마차 안에는 목줄이 채워진 사람들이 빼곡하게 들어차 있었다.

──노예.

재산 낭비 때문에 푹 가라앉아 있던 머릿속에, 한 가지 계획이 떠오른다.

'표시'를 이용해서 재능 있는 노예를 찾아낸다는, 참으로 쓰레기 같은 계획이다.

'노예'라는 단어를 '약자'로 치환할 수도 있다. 결국은, 자기 뜻대로 부릴 수 있는 약자를 찾아서 자신의 말로 삼아 이용하려는 꿍꿍이니까.

쓰레기 같은 생각이지만, 효율적인 방안인 건 사실이었다.

돈을 사용함에 있어서 내가 남들보다 유리한 점은 무엇인가? 그것은 바로 '표시'다.

'표시'를 이용해서 물건과 인물에 대한 상세한 정보를 확인할 수 있다. 그것은 그 아무리 숙련된 상인이라 해도 얻을 수 없는 이점일 것이다.

노예라는 입장 때문에 재능을 살리지 못하고 있는 사람들은 얼마든지 있을 것이다.

나라면, 그런 가치가 있는 사람을 한눈에 판단할 수 있다. 이보다 더 효율적인 쇼핑이 어디 있겠는가.

남은 자금을 확인하고, 머릿속으로 계획을 세워나갔다.

보석 세공이 들어간 열쇠를 '소지품' 속에 넣고, 이번에는 후회할 짓은 하지 않겠다고 각오를 다지며 일어섰다.

집에 대해서는 실수했다. 그 점은 인정하자.

하지만, 남은 돈은 효율적으로 쓰고 말겠다. '표시'가 없는 집에 관한 일에서는 손해를 봤지만, '표시'가 있는 대상에 대해서라면 그릇된 선택을 할 리가 없다.

노예를 싣고 있는 마차의 뒤를 밟으며 걸어갔다.

인적 드문 뒷골목으로 향할 수록 발트의 치안 불안 지역으로 접어들어 갔다. 역시 노예를 거래하는 공간이라는 게 멀쩡한 공간일 리가 없다. 하지만 HP와 MP에는 아직 충분한 여력이 있으니까, 예기치 못한 사태에 휘말리더라도 대처에는 별 문제가 없을 것이다.

레벨 10이면 연합국 전체로 따져도 상위에 속하는 수준이다. 그 술집 점장이나 크로우 씨와 맞먹는 수준이라고 생각하니, 이상하게도 발걸음이 가벼워졌다. 그리고 '소지품' 속에서 큼직한 천을 꺼내서 머플러처럼 감았다.

얼굴 부분을 가리고, 도시의 어둠속으로 빠져들었다.

그런 끝에 다다랐다. 어두운 암흑 밑바닥에 가라앉은 불온한 저택에.

예전에 방문했었던 노예 매매 업소와는 다른 곳이었다. 하지만 장소는 다를지언정, 형식은 지난번에 갔던 곳과 비슷했다. 뒷골목에 조용히 자리 잡고 있는 문을 연다. 그랬더니, 외부 입구의 모습만 봐서는 상상도 할 수 없을 만큼 화려한 홀이 도사리고 있었다.

손님으로 보이는 어른들의 시선이 나에게로 쏠렸다. 하지만 거기에 전혀 위압당하지 않고, 예전에 얻은 정보를 바탕으로 당당하게 들어갔다. 그 행동을 보고, 내가 이런 곳에 처음 오는 사람이 아니라는 걸 알아본 모양이다. 어른 손님들은 나에게서 관심을 잃고, 다시 시선을 원래대로 되돌렸다.

접수원 남자에게 설명을 구하지 않고, 〈디멘션〉으로 정보를 수집해가며 걷는다.

이 시장을 이해하는 데에는 그리 오랜 시간이 필요하지 않았다.

시간이 흘러서 밤이 깊어 지면 노예시상의 질은 일반적인 것에서 위법적인 것으로 서서히 변해간다는 모양이다. 노예의 단계는 시간이 갈수록 올라가서, 단순한 전쟁 피해자가 아닌 자들까지 단상으로 올려지게 된다.

나는 이곳의 가장 커다란 경매장으로 들어가 한쪽 구석에 자리를 잡았다.

그리고 잇따라 단상에서 소개되는 노예들을 봤다.

아마 납치당해 온 걸로 보이는 아가씨나 희귀한 수인, 어린아이들이 있는가 하면, 특이체질 때문에 피부나 모발의 색소가 빠져나간 사람도 있는 등, 그야말로 가지각색이다.

밤이 깊어가는 것과 비례해서, 경매장의 열기도 점점 더 후끈 달아오른다.

인간이 가진 원시적인 그 열기에 취해서 나는 현기증이 일 지경이었다.

이런 나락에 빠져들면 이렇게 될 줄은 알고 있었다. 각오도 하고 있었다.

그러나, 머리로 생각했던 예측과 실제 체험은 차이가 있었다. 나는 딱히 스스로가 청렴결백한 사람이라고 생각한 적은 없다. 하지만 도무지 이 공간에는 도저히 적응할 자신이 없었다.

콧구멍에 달라붙는 마약 같은 냄새. 거기에 섞여 있는 인간의 갖가지 체취. 이 공간을 지배하는 부자들의 천박한 웃음소리. 그리고, 단상에 서 있는 노예들의 비참한 눈.

특히, 노예들의 상태가 내 마음을 갉아먹는다. 내 '표시'가 그것들을 가감 없이 전해주는 것이다. 노예들의 '상태'란

79

에,『혼란』『정신오염』『기억 장해』등이 나열되어 있는 것만 보아도 저절로 얼굴이 굳어지려고 했다.

그래도 나는 스스로의 염원을 이루기 위해, 초지일관 노예들의 재능을 확인해나간다.

이름을 인식하지 않도록, 단순작업식으로 레벨과 스테이터스와 스킬만을 파악한다.

이름은 절대로 보지 않을 것이다. 그 원칙을 철저하게 지키지 않으면 감정이입을 하게 되기 때문이다.

그리고 또 새로운 노예들이 단상에 늘어서고, 사회를 맡고 있는 남자가 목청을 높인다.

"그럼, 다음 상품을 소개합니다! 7번부터 10번까지의 노예들에 대해 설명해드리겠습니다…….."

사회자의 말은 귀담아듣지 않고, 오로지 '주시'만을 계속한다.

오직 수치만을 머릿속에 새겨나간다.

7번. 레벨이 높고 스테이터스도 높다. 다만 스킬이 전무.

8번. 스테이터스의 밸런스가 좋고, 스킬도 네 개나 있다. 하지만, 상태에 결함 존재.

9번. 스테이터스도 스킬도 별로고, 상태도 좋지 않다.

10번. 스테이터스는 평균적이고, 그리고……

"……그만하자."

……일이 더 커지기 전에, 나 스스로를 제지했다.

내 나름대로는 단단히 각오를 다지고 임한 것이었지만, 그 정도로는 턱없이 부족했다. 이 노예시장에서 냉정을 유지한 채 내가 원하는 걸 찾아낼 자신이 없었다.

아무런 거부감도 없이 웃으면서 노예들을 입찰하는 경매장의 어른들. 나도 이 자리에 있는 부자들과 무엇 하나 다를 게 없다. 일단 그 점을 이해하고 나니, 더 이상은 견딜 수가 없었다.

더 이상은, 이 경매장의 공기를 들이쉬고 싶지 않았다.

천천히 자리에서 일어나서 경매장을 떠나려 했을 때,

"음……? 형씨, 벌써 가는 거야?"

뒤에서 누군가가 말을 걸었다.

갑자기 자리를 뜬 게 문제였을까. 안 그래도 젊은 풍모 때문에 유독 튀는 존재였던 나는, 기어이 한 남자의 이목을 끌게 된 모양이었다.

훤칠한 키의 남자였다. 뻣뻣해 보이는 갈색 머리는 말끔하게 다듬고 있건만, 입매는 칠칠치 못하게 늘어져 있다. 상인 같은 차림을 하고 있지만, 허리춤에는 검을 차고 있다. 누군가의 호위로 온 건지, 아니면 손님인지, 외모만 봐서는 판단이 되지 않는다. 정체를 가늠하기 힘든 남자라는 느낌이었다.

놀라면서도, 무난한 말로 대처하며 바로 자리를 뜨려 했다.

"그래, 속이 좀 안 좋아서……."

"이런, 젊은 형씨한테는 자극이 너무 강했나?"

"아니, 그런 건 아니고……."

오래 얘기할 필요는 없다. 나는 이 말을 끝으로 경매장을 떠나려 했다.

"아, 방금 팔린 애는 참 불쌍하게 됐다니까. 저 귀족은 취향이 고약하기로 유명하거든."

하지만, 남자는 나에게 다 들리도록 얘기했다. 그 말에 반응해서 나는 발걸음을 멈추고 말았다.

그리고 비명을 지르는 노예를 목격하고 말았다. 아마 그 귀족에 대한 소문을 알고 있었던 것이리라. 그 귀족에게 팔리느니 차라리 죽고 말겠다며 노예는 저항하고 있다.

그 모습을 애써 외면했다. 그러자 히죽거리는 남자의 얼굴이 눈에 들어왔다.

"나한테 하고 싶은 말이 뭐지?"

"아니, 그냥. 형씨가 좀 재미있어 보여서, 집적거려본 것뿐이야."

"……."

역시, 정신머리가 똑바로 박힌 녀석이 없다.

상대하지 않기로 마음먹고 이곳을 떠나려 했다.

"그럼 다음 상품으로 넘어가겠습니다! 13번, 파니아 출신, 상당히 진귀한 흑발 흑안의 소녀입니다."

하지만 경매장을 떠나려 했을 때 사회자의 목소리가 들려왔다.

'파니아', '흑발 흑안'.

나와 똑같다. 그 기구한 경력이 뒤에서 내 발목을 붙잡았다.

이곳을 떠나려고 몇 번이나 마음먹었지만, 스스로의 약한 마음 때문에 떠나지 못하고 있다. 그런 나 자신에게 넌덜머리를 내면서 이번에야말로 떠나야겠다고 다짐하고 슬쩍 단상 위를 쳐다보았다.

거기에 있는 것은, 이미 이름을 알게 되어버린 소녀였다.

며칠 전에 서로에게 이름을 가르쳐주었던 소녀.

——"……저는 마리아라고 해요. 이름은 마리아예요."

소녀 마리아의 목소리가 뇌리에 되살아난다.

그리고, 그 소녀의 공허한 눈을 또 한 번 보고 말았다.

우연하게도, 단상에 있는 소녀도 나를 발견한 것 같았다. 그녀도 나를 기억하고 있었던 모양이다. 공허하던 눈에 어렴풋이 빛이 들어오고, 서로의 시선이 교차해서 뒤얽혔다.

"응? 형씨, 저 노예한테 무슨 일 있어?"

"아니, 아무것도……."

남자의 말 따위, 내 귀에는 전혀 들어오지 않았다.

"형씨. 아무것도 아닌 것 같은 표정이 아니니까 나 같은 녀석에게 놀림을 받는 거라고."

나는 남자의 말 따위는 안중에도 없이, 마리아라는 소녀를 뚫어지게 쳐다보고만 있다.

딱히 특이할 것도 없는 소녀다.

스테이터스도 예전에 봤을 때와 달라진 게 없다. 요리를 잘는, 아주 조금 뛰어난 재능을 타고난 소녀일 뿐이다. 이 정도 스테이터스라면 다른 노예들도 얼마든지 있다.

하지만 그 소녀와는 대화를 나눈 적이 있었고, 서로의 이름을 알고 있다.

감정이입하기에 충분한 요소가 갖추어져 있는 것이다.

──끔찍하다.

"오, 경매가 시작됐군."

입을 다문 나를 놀려대듯이, 남자는 계속 지껄여댔다.

남자의 말이 계기가 되어, 쌓이고 쌓여온 나의 악감정이 회오리치기 시작했다. 티다와의 전투를 거치며 감정 정리에는 어느 정도 적응이 됐다. 그렇기에, 이 감정은 절대 수습할 수 없을 거라는 걸 알 수 있었다.

"아아, 이러다가는 저 취향 고약한 귀족한테 팔려 나가겠군. 저 귀족, 오늘은 아예 몽땅 사들여버릴 작정인가 본데. 어떻게 생각해, 형씨?"

나는 깨닫고 말았다.

여기 있는 노예들은, 돈만 있으면 얼마든지 구해낼 수 있다.

목청을 높여 외치기만 하면 된다. 그러기만 하면, 저 마리아라는 소녀의 목소리가 비명으로 물드는 걸 막을 수 있다. **'흑발 흑안의 소녀'**를 구해낼 수 있다.

마음 속의 저울에 달아본다. 마리아라는 소녀의 죽음을

외면하는 것을, 과연 내 미숙한 정신이 견뎌낼 수 있을까. 그래서 나는 확인을 위해서 남자에게 말을 건넨다.

"이봐, 이 경매에 참여하려면 어떻게 해야 되지?"

"응? 형씨, 역시 참여하려는 거야? 입찰하고 싶으면, 손을 들고 가격을 부르면 돼. 주위 사람들이 하는 걸 따라 하기만 하면 된다고."

확인은 끝났다. 순서를 틀릴 리는 없다.

하지만 마지막 순간에 내 이성이 행동을 제지하려 든다.

한 명을 구해봤자 아무런 의미도 없다. 추악한 행위다. 그렇게 나를 다그친다.

그에 대해서 나는 변명을 거듭한다. 지금 저 소녀를 구해내면 조금이나마 마음이 편해진다. 추악한 행위라 해도, 스킬 '???'가 폭주하지 않도록 마음의 안식을 위해 돈을 써도 되는 것 아닌가. 다행히, 소지금은 아직 꽤 남아 있다. 그러니까——

"진행자, 내가 두 배를 내지."

손을 들고 회원들 모두에게 들리도록 말했다.

노예 마리아의 눈이 휘둥그레졌다. 그리고 처음 만났을 때와 똑같은 눈——뭔가를 발견하기라도 한 것 같은 눈으로 나를 쳐다봤다.

장내 전체가 들썩이기 시작했다.

어안이 벙벙한 얼굴로 나를 쳐다보는 자. 재미있다는 듯 떠들어대는 자. 흥미를 느끼고 얘기를 주고받는 자. 장내에 있는 부자들 전원이, 재미있어 보이는 사람을 발견하고 수런거린다.

"자, 이번에는 부호 청년이 입찰했습니다! 가격은, 놀랍게도 금화 단위의 액수입니다! 청년의 안목을 만족시킨 이 노예! 관심 있는 다른 신사 분은 안 계십니까?!"

사회자 사내는 연설의 기세를 한층 더 끌어올린다. 이 열기가 식지 않도록, 목소리를 쥐어짜서 장내의 분위기를 띄운다.

옆에 있는 남자가 웃었다.

"하핫, 형씨. 갑자기 값을 너무 끌어올린 거 아냐? 그런 짓을 하면, 봐, 저렇게 된다고."

남자는 웃으면서 장내를 가리킨다. 그가 가리킨 곳에 있던 것은 나에게 앞서 입찰했던 귀족이었다.

귀족은 장내의 잡음에 지지 않겠다는 듯 목청을 높인다.

"두 배 더 내지!"

"오오, 이번에는 페블 경의 입찰입니다! 청년과 마찬가지로 두 배! 이제 가격은 1급 중에서도 초1급. 시세의 4배까지 껑충 뛰었습니다!"

입찰한 귀족이 이쪽을 쳐다보았다. 자리는 멀지만, 나에 대해 썩 좋지 않은 인상을 갖고 있다는 건 알 수 있었다. 사회자 쪽은 흥분한 얼굴로, 예상 밖의 상품 가격 폭등을 기뻐하고 있다.

옆에 있는 남자는 어깨를 으쓱하고 내게 말을 건다.

"그것 봐, 발끈해서 덤벼들잖아."

"으……."

그의 말마따나 내가 경솔했다. 충동에 휩쓸려서 어리석은 짓을 저지르고 말았다.

나 때문에 그저 평범한 소녀에 불과한 마리아에 대해 흥미를 느끼는 자가 나타났다. 마리아의 가격은 점점 더 올라간다. 그녀에게는 아무런 재능도 없건만, 멍청한 녀석들이다.

장내가 열광에 빠져드는 것과 반비례해서 나는 점점 냉정해져갔고——

"난처한 모양이네, 형씨. 혹시 원한다면 내가 요령껏 낙찰시켜줄까?"

하지만, 남자의 감언이설이 나를 뒤흔든다.

이쯤 되니 남자의 속셈을 저절로 알게 될 수밖에 없었다.

"요령껏? 왜 네가 나한테 힘을 빌려주지?"

얕보이지 않도록 일부러 거친 목소리로 남자에게 대꾸한다.

"왜긴. 뭐, 재미있을 것 같아서지."

하지만 남자는 움츠려드는 기색도 없이, 히죽 웃으며 내게 다가온다. 말 그대로, 반쯤 재미 삼아 집적거리는 것 같은 분위기다.

"할 수 있다면. 미리 말해두지만, 예산은 얼마 없어."

"할 수 있고말고. 어느 정도까지 쓸 수 있지?"

남자는 가볍게 '할 수 있다'고 말하고 내 예산을 묻는다.

별것 아니라는 듯한 그 말투에, 또 다시 마음이 흔들리고 만다. 머리가 제멋대로 회전해서, 변통할 수 있는 돈을 산출해낸다.

"……금화 세 닢. 금화 세 닢까지는 낼 수 있어."

"네 닢까지는 낼 수 있을 것 같군. 조금 기다려봐."

"나는 딱히 널 신뢰하는 건 아냐."

"괜찮아, 괜찮아. 일단 기다리기만 해."

그렇게 말하고, 남자는 경매에 참가했다.

손을 들고 미세하게 가격을 올려서 입찰했다. 나는 묵묵히 그 모습을 지켜봤다.

조금씩 가격을 올려가고 있기에, 그다지 주목을 받고 있는 것 같지는 않다.

다만, 이따금씩 경쟁상대에게 손을 흔들어 보이거나 하는 제스처를 취한다. 상대방도 이 남자를 보고 손을 흔든다. 아무래도 이 남자는 인맥이 넓은 모양이다.

마지막으로 페블 경과 경쟁을 벌였지만, 남자는 별 탈 없이 금화 세 닢보다 약간 비싼 가격에 낙찰을 받았다. 기묘하게 느껴질 만큼 허무한 결말이었다.

"자, 낙찰 받았어."

스스로 선언한 대로, 남자는 손쉽게 노예 마리아를 낙찰 받았다.

다만 낙찰 가격은 내가 제시한 가격을 조금 웃도는 금액이었다.

"나는 금화 세 닢까지라고 했을 텐데."

"어라, 안 되는 거였어? 그럼, 페블 경한테 가서 다시 얘기해봐야겠군."

"——그렇게 말하긴 했지만, 내가 부탁한 건 사실이니까. 그걸 구실로 얘기를 뒤엎을 생각은 없어."

"하핫, 재미있는 친구군. 그럼, 금화 네 닢으로 하지."

남자는 배꼽을 부여잡고 웃으며, 수수료를 요구해 온다.

그 요구에 미간이 찌푸려졌지만, 한번 한숨을 내쉬고는 바로 체념한다.

"그러지 뭐."

"어라, 정말 괜찮아?"

"내가 아무리 발버둥 쳐봤자, 네 손바닥 위에서 놀아날 수밖에 없다는 걸 알았으니까."

"그렇게 쉽게 체념해버리면, 그건 그것대로 재미가 없는데. 하핫, 조금 더 재미있게 해달라고."

남자는 심술궂은 얼굴로 웃으면서 자리에서 일어섰다. 그리고는 나를 손짓해 불렀다.

"형씨, 보고 있기 괴롭잖아? 경매장에서 나가서 먼저 상품을 수령하는 게 어때?"

"……바로 가지."

남자는 내 감정까지 모두 파악하고 있는 것 같았다.

대들어봤자 소용없을 거라 느끼고, 시키는 대로 그를 따라갔다.

나와 남자는 경매장 밖으로 나가서 담당자의 안내를 받아 경매장 뒤쪽으로 이동했다. 거기에는 낙찰된 노예들이 빼곡하게 늘어서 있었다.

마리아는 그 가운데 서 있었다. 그리고 그 두 눈이 줄곧 내 눈을 응시하고 있었다.

남자는 담당자에게 가서 수속을 마치고 마리아를 인수받았다. 그리고 곧바로 내게 다가와서 손바닥을 펼쳐 내밀었다. 나는 품속에서 금화 네 닢을 꺼내서 남자의 손바닥 위에 올려놓았다.

"금화 네 닢 맞군. 형씨, 노예의 목줄 등록은 아직 백지상태야. 마음대로 등록해서 써."

남자는 금화를 품속에 집어넣고, 군말 없이 마리아를 내게 떠밀었다.

까다로워 보이는 남자라서 뭔가 또 교섭을 하려 들 줄 알았건만, 맥이 빠지는 기분이었다. 마리아를 내 쪽으로 끌어당기고 내 생각을 있는 그대로 남자에게 전했다.

"너라면 여기서 또 조건을 추가하려고 들 줄 알았어."

"아니, 나는 형씨가 어쩔 줄 몰라 하는 모습을 본 것만으로도 대만족이야. 그러니까 더 긁어먹을 생각은 없어. 오히려 형씨가 마음에 들 지경인데."

"……취향 한번 고약하군."

"그래도 내 덕에 한시름 덜었잖아? ……아니, 내가 없었더라면 **애초에 망설이지도 않았으려나?**"

남자는 내 마음속을 훤히 꿰뚫어 보는 것 같은 말투로, 끝까지 놀려댔다.

"이제 용건 다 끝났잖아. 난 그만 애를 데려가야겠어."

더 이상의 접촉은 좋지 않다고 판단하고 남자에게서 벗어나려 했다. 남자는 그런 나를 제지했다.

"그렇게 서두를 것 없잖아. 마지막으로 자기소개 정도는 듣고 가지 그래? 나중에 불만 신고를 받아줄 테니까."

"이름을 대고 싶거든 마음대로 해. 나는 안 댈 테니까."

내 이름을 가르쳐줄 생각은 없지만, 상대방의 이름을 듣는 건 손해 볼 것 없다고 판단한다. 나는 남자를 재촉했다. 남자는 히죽 웃고 자기소개를 시작했다.

"내 이름은 팰린크론. 북방인 후즈야즈의 기사지. 이래 봬도 『셀레스티얼 나이츠(천상의 7기사)』라 불리는, 높으신 분들 중 하나라고."

그렇게 말하고, 팰린크론은 아무것도 들고 있지 않은 손으로 검을 휘두르는 시늉을 했다.

그 동작은 놀라우리만치 유려했다. 분명 맨손인데도 불구하고 마치 그 손에 검이 들려 있는 것 같은 착각이 들 만큼 자연스러운 움직임. 철저한 반복훈련을 통해 몸에 익힌 기술이리라.

그 기술에 경계심을 느낀 나는, 뒷걸음질을 치면서 팰린크론의 스테이터스를 확인했다.

【스테이터스】

이름 : 팰린크론 레거시 HP 301/312 MP 59/62 클래스 : 기사

레벨 22

근력 7.89 체력 9.87 기량 11.89 속도 5.67 지능 7.34

마력 4.77 소질 1.80

선천 스킬 : 관찰안 1.45

후천 스킬 : 검술 1.89 신성마법 1.23 체술 1.87 주술 0.54

　인간 최고 클래스의 레벨, 범상치 않은 소질, 실전적이면서도 수치가 높은 스킬.

　팰린크론이라는 남자가 만만치 않은 자라는 걸 이해했다.

　내 몸이 굳어지고, 몸이 제멋대로 〈디멘션〉을 전개했다. 그리고 오른손을 뒤로 돌려서, 언제든지 '소지품'에서 검을 뽑을 수 있도록 준비했다.

　"하핫, 그렇게 긴장하지 말라고. 오늘은 그냥 좀 살펴보러 온 것뿐이니까."

　팰린크론은 내 대응을 재미있어 하며, 양손을 들어 적의가 없음을 표현했다.

　"살펴보러 오다니, 노예를……?"

　"아니, 당신 보러 온 거야. 당신에게 들키지 않도록 미행하고, 가까운 곳에 자리를 잡느라 얼마나 고생했는지 모른다니까."

　팰린크론은 별 대수로운 일도 아니라는 듯, 나를 미행했

다는 사실을 털어놓았다.

 그 사실에 경악하고, 그 말이 거짓이 아니라는 걸 확신했다. 팰린크론의 스테이터스는 그만큼 높았고, 놀라우리만치 빈틈이 없었다.

 "어, 어째서 내 뒤를 밟은 거지?"

 "내 주인이 사모하는 사람이라고 들어서. 제일 먼저 보려고 왔지."

 '주인이 사모하는 사람'? 처음 듣는 소리다.

 "무슨 소리를 하는 건지 모르겠는데, 혹시 그 주인이라는 게 프랑류르를 말하는 거야?"

 떠오르는 건 단 한 사람. 미궁에서 만났던 프랑류르다.

 "프랑류르? 아니, 틀렸어. ……그나저나, 여기서 헤르빌샤인 가문 아가씨의 이름이 튀어나올 줄이야. 역시 형씨는 재미있는 사람이라니까."

 팰린크론은 그 주인이 프랑류르가 아니라고 했다. 하지만, 프랑류르 이외에는 짐작 가는 사람이 없다.

 "네 주인이 누군지 전혀 모르겠는데. 짐작 가는 사람이 전혀 없어."

 "호오, 그래? 뭐, 몰라도 별 상관없어. 이번에는 내가 호기심 때문에 미리 보러 온 것뿐이거든. 그냥 간 보러 온 거니까, 그쪽이 마음 쓸 필요는 없어."

 팰린크론은 그렇게 말하고 돌아섰다.

 "그럼 잘 가라고, 형씨."

손을 들어 작별을 고하고, 팰린크론은 건물 밖으로 걸어
갔다.

가능하면 쫓아가서 따져 묻고 싶었다. 하지만, 팰린크론
의 레벨을 보니 그럴 엄두가 나지 않았다. 싸웠다간 승리를
장담할 수 없다. 이렇게 알아서 떠나준다면 그냥 내버려두
는 게 낫다.

팰린크론의 모습이 시야에서 사라지고 나서야, 몸에서 긴
장이 풀렸다.

문득 마리아에게 눈길을 돌리니 그녀는 아직도 나를 응시
하고 있었다. 팰린크론에게 인수됐을 때도, 방금 그 대화를
나누는 동안에도, 계속 나를 쳐다보고 있었다는 걸 깨달았
다.

마리아에게 깃들어 있는 이상성을 느끼고 잇따라 몰려오
는 성가신 일들에 침울해하면서도, 그녀의 손을 붙잡았다.

"따라와."

"……네."

마리아는 가만히 고개를 끄덕였다.

결국, 감정에 휩쓸려서 사들인 노예 하나가 내 수중에 남
았다.

……아아, 이해가 간다.

내 정신력으로는 노예 문제에 맞대응할 수 없다.

그리고 분수에 맞지 않는 돈을 손에 넣더라도, 그것을 효
율적으로 소비할 수 없다.

그것이 완전히 증명되었다.

두 번 다시 노예시장에는 발을 들이지 않겠다고 마음속으로 다짐하며, 마리아의 차가운 손을 끌고 새로운 집으로 돌아왔다.

◆◆◆◆◆

집으로 돌아오자마자, 먼저 집의 욕조를 확인했다. 이 욕조는 마석을 듬뿍 사용해서 만들어진 것으로, 집 밖에서 뻗어 들어오는 '라인'을 통해 열을 공급할 수 있다. 물론, 열을 사용하면 돈이 나간다.

마력을 이용해서 욕조에 받은 물을 데웠다.

노예시장에서 어느 정도 말끔하게 단장을 하긴 했지만, 마리아는 일반인에 비하면 아직 지저분하다. 나는 목욕물에 몸을 담그도록 그녀에게 재촉했다.

"물을 데워뒀으니까, 목욕 좀 하고 오지그래? 대충 몸을 깨끗하게 씻고 오기만 하면 돼."

"목욕, 이라고요……?"

마리아는 어리둥절한 표정으로 욕조를 쳐다본다.

"목욕이라는 걸 몰라?"

"네."

"물로 몸을 씻는 거야. 욕조 물은 뜨끈뜨끈하니까 조심해."

"……하아. 그렇군요. 알겠습니다."

마리아는 한 마디씩 뚝뚝 끊어 대답하고, 느릿느릿 욕조에 몸을 담그기 위한 준비를 시작했다.

그녀는 최소한의 발언밖에 하지 않는다. 나에 대해 흥미는 갖고 있지만, 아직 경계하고 있는 단계인 것이리라.

그렇기 때문인지 마리아가 어떤 사람인지를 짐작할 수가 없었다. 내가 알고 있는 건 그녀가 사냥과 요리에 소질이 있는 아이라는 '표시'상의, 다시 말해 수치상의 정보뿐이다.

마리아를 욕실에 남겨두고, 주방으로 향했다. 그리고 미리 사서 '소지품' 속에 넣어 두었던 식재료를 꺼냈다. 주방도 마석을 이용해서 손쉽게 불을 사용할 수 있게 되어 있지만, 이번에는 빵과 채소를 꺼내서 간단한 샌드위치와 샐러드만 만들기로 했다.

그런데 식사 준비를 마쳤는데도 마리아가 욕실에서 나오지 않았기에, 욕실과 거실 사이에 있는 문을 통해 말을 걸어 보기로 했다.

"마리아, 아직 안 끝났어?"

"아, 아뇨, 다 끝났어요. 하지만, 몸에 물기가……."

"그냥 아무 천으로든 대충 닦고, 옷은 아무거나 입어도 돼."

"알았어요."

생활에 필요한 최소한의 물품들은 처음부터 상비되어 있었다. 그것을 사용하도록 마리아에게 권했다.

문 너머로 물건을 뒤지는 소리가 들려오고, 잠시 후에 마리아가 욕실에서 나왔다.

베이지색 새 옷을 입은 마리아는 아무 말도 없이 내 곁으로 다가왔다. 목욕 직후의 여자아이라는 점만으로도 쑥스러운 기분이지만, 동요를 들키지 않으려고 무표정을 유지했다.

어깨 길이로 잘린 머리카락은 여전히 흐트러져 있고, 물기도 다 닦이지 않은 상태였다. 나는 근처에 있던 천으로 마리아의 머리를 닦아주고, 음식이 놓인 테이블 앞에 앉도록 지시했다.

"거기 앉아. 좀 늦었지만 저녁식사야."

"하아."

마리아는 맥 빠진 반응을 보였다. 식사를 한다는 것 자체가 어리둥절한 모양이다.

위태위태한 발걸음으로 테이블 앞에 앉았다. 나도 마리아의 맞은편 자리에 앉았다.

나는 말없이 식사를 시작했지만, 마리아는 여전히 어리둥절한 표정으로 샌드위치를 손에 든 채 굳어 있을 뿐이었다.

"왜 그래?"

"아뇨, 얘기로 들었던 거랑은 달라서⋯⋯."

"흐음. 무슨 얘기를 들었는데?"

노예가 어떤 얘기를 들었는지가 궁금해져 그 내용을 물었다.

"여자로 태어난 것을 후회하고, 하루도 지나지 않아서 혀를 깨물고 죽게 될 거라고 들었어요."

"……."

얘기를 듣자마자 후회했다. 입에 넣었던 샌드위치를 토할 뻔했다. 역시, 노예에 관련된 얘기에는 얽히지 않는 게 좋겠다고 재확인했다.

"강간하거나, 농락하거나, 망가뜨리거나 하는 거죠?"

"나는 안 해. 그러니까 일단은 안심해도 돼."

"일단은, 인가요?"

"당장 내일이라도 널 팔아치우러 나설지도 모른다는 소리야. 그러니까 네가 하고 있던 각오는 그대로 갖고 있는 게 좋을 거야. 오늘 내가 너를 산 건 실수, 일시적인 판단 착오였으니까."

나는 이후의 대응에 대해 고민하고 있다.

누가 봐도 마리아는 미궁 탐색에는 적합하지 않은 인물이다. 즉흥적인 감정에 휩쓸려서 구입한 것에 불과하니, 경우에 따라서는 다시 되팔아서 자금을 회수해야만 한다. 냉정하게 생각하면 그런 결론이 나오는 것이다.

하지만 그렇게 말하면서도, 어차피 나는 그렇게 할 수 없을 거라는 생각도 들었다.

무엇보다, 그녀가 **닮았다**는 점이 문제다. 미궁 공략과는 별개의 가치를 느끼지 않을 수가 없다.

"음……. 그럼 왜 저를 사신 건가요?"

"……반대로 물어볼게. 너는 왜 계속 나를 쳐다보고 있었지?"

질문에 질문으로 대답한다. 이유를 말하기 싫었기 때문이기도 하지만, 애초에 마리아가 그렇게 나를 뚫어지게 쳐다보지 않았더라면 아무 일도 일어나지 않았을 가능성이 높았을 것이다. 일종의 분풀이에 가까운 심정으로, 나는 마리아의 의문에 대답해주지 않았다.

"머리도 눈도 까매서……."

마리아는 샌드위치를 덥석 물고 대답했다.

단순한 대답이었다. 확실히 흑발 흑안은 이 세계에는 희귀하다. 하지만 고작 그런 이유 때문이었다니, 약간 맥이 빠지는 것도 사실이었다.

"정말 그게 다야? 검은 머리에 검은 눈은 너도 마찬가지잖아?"

"저도 같으니까 그런 거예요. 그 머리와 눈 때문에 제 일족은 멸망당했어요. 이 머리와 눈 때문에 저한테는 비싼 값이 붙었어요. 그래서, 이것과 같은 머리와 눈을 가진 당신한테 눈길이 갈 수밖에 없었던 거예요."

그렇게 말하고, 마리아는 손으로 자신의 검은 머리칼을 빗는다.

그 말이 거짓말처럼 느껴지지는 않았다. 자신의 처지에 대한 얘기를 곁들여, 마리아는 진심을 얘기하고 있다. 그렇게 느낀 나는, 아까 마리아가 한 질문에 대해 대답해주기로 마음먹었다.

"그래, 불쌍하게 됐네. 참고로 내가 너를 산 건 정말 우연이야. 나와 너 사이에는 이상한 인연이 있었어. 그 탓에 네 처지에 대해 유독 마음을 아파하는 신세가 됐고, 자기만족을 위해 산 거지. 그냥 그것뿐이야. ……정말 그게 다야."

원래는 복잡하게 얽힌 배경이 있다. 하지만, 얘기가 길어질 것 같았기에 그 이상은 얘기하지 않았다.

"알았어요. 하지만 그 말씀이 사실이라면, 다른 노예들의 처지에는 마음이 안 아팠나요?"

"아파. 그러니까 그 이상은 얘기하지 마. 생각하기 싫으니까."

"……그러시군요. 다만 당신은 그렇게 넘어갈 수 있을지 몰라도, 이번에는 제가 다른 노예들에 대한 미안함에 마음이 아파오겠지만요."

얘기를 거듭할수록 마리아의 언동에 거침이 없어져간다. 그와 더불어서, 그녀의 성격도 드러나기 시작한다. 그 가차없는 언동에 울컥 화가 치민다.

"별 건방진 노예가 다 있군. 내 기분을 거스르면 내 마음이 변할지도 모른다는 생각은 안 드나 보지?"

"보는 '눈'에는 자신이 있으니까요. 그런 걱정은 안 해요."

마리아는 자기 말마따나, 자신만만한 표정으로 식사를 계속한다. 이건 어디까지나 내 편향된 지식일지도 모르지만, 내가 알기로 노예는 이런 태도를 취하지 않는다.

조금 전까지만 해도, 마리아는 조용히 관찰에만 몰두했었다. 그녀는 고작 십여 초 만에 나라는 인간의 본성을 꿰뚫어 보기라도 했다는 건가.

"걱정을 안 한다니, 어째서……."

"당신은 약한 사람을 보면, 안쓰러워하면서도 안도하는 사람이니까요."

마리아는 내 의문을 미리 예측하고, 조금의 오차도 없이 대답했다.

나는 넋이 나가서 말문이 막혔다.

"약한 사람을 구해주는 것으로 만족감과 성취감을 얻는…… 대략적으로 말하자면, 당신은 저에게 난폭하게 굴 수 없는, **지나치게 다정한 사람이에요.**"

마리아의 눈이 똑바로 내 눈을 응시하고 있었다.

그 눈은 더 이상, 노예시장 단상 위에 있었을 때의 빛을 잃은 눈이 아니다. 모든 것을 꿰뚫어 보는, 아까 만났던 팰린크론의 눈과 비슷한 눈으로 변모해 있었다.

나는 마리아의 인물평에 숨을 죽였다. 아니, 숨이 막혔다고 표현하는 게 맞을지도 모르겠다.

나 자신도 파악하지 못하고 있었던 것을, 마리아는 확신을 갖고 지적했다. 나에 대해서 나보다 더 잘 이해하고 있는 마리아에게 공포를 느낄 수밖에 없었다.

그 공포 때문에 나는 습관처럼 마리아를 '주시'했다.

【스테이터스】

이름 : 마리아 HP 31/41 MP 35/35 클래스 : 노예

레벨 3

근력 0.89 체력 2.02 기량 1.23 속도 0.73 지능 1.07

마력 1.91 소질 1.52

상태 : 혼란 0.42 무기력 0.89

선천 스킬 : **안력** 1.44

후천 스킬 : 사냥 0.67 요리 1.07

결코 높은 스테이터스라고는 할 수 없다. 하지만, 한 가지 남들에게는 없는 강점이 있다.

한마디로, 이 '안력'이라는 스킬이 마리아의 핵심인 것이다.

아마 마리아는 이 스킬을 이용해서 그 넓은 경매장 안에서 나를 선택한 것이리라.

그리고 지금도, 이 스킬로 나라는 인간을 알몸으로 만들고 자신에게 유리한 상황을 만들어내려 하고 있다. 나는 얕보이지 않도록 고압적으로 굴었다.

"손을 대지는 않겠지만, 팔아치우지 않는다는 보장은 없어."

"마음대로 하세요. 어차피 그건 제가 막을 수 있는 일이 아니니까요."

마리아는 의연하게 대꾸한다. 그 모습을 보니 절로 한숨이 나온다.

목숨을 비롯한 자신의 모든 것을 손아귀에 쥔 내 앞에서도 의연한 태도를 취하는 마리아의 모습에, 존경심마저 느껴졌다. 노예라면 내 마음대로 부릴 수 있을 거라고 생각했던 나 자신이 부끄럽다.

그건 어림도 없는 생각이었다. 한 사람과 마주한다는 건
이런 것이다.

마리아가 특수한 면도 있지만, 애초부터 나는 능력이 뛰
어난 노예를 구하려 했었던 것이다. 그런 변명은 통하지 않
는다.

"하아…… 노예라는 게 이렇게 성가신 거였다니. 정말이
지 한때의 충동 때문에 큰 실수를 했다니까."

패배감 때문일까. 지금껏 애써 겉으로 드러내지 않고 있
었던 표정을, 나도 모르게 드러내고 말았다.

"그, 그건 그저, 저는 도시 사람들 손에 일족이 멸망당한
원한을 갖고 있어서……."

내 그런 모습을 본 마리아는, 약간 당황한 듯 변명했다.

"그런 사정이 있으면 그런 사람답게 겁에 질려서 떨기만
해주면 편할 텐데."

"……정말로 약자를 좋아하시는군요. 형편없는 인격이
네요."

"고분고분 내 말을 들어주는 애가 좋다는 얘기야. 하아,
내가 졌어, 졌다고. 그냥 마음대로 해. 너는 거기 그 침대에
서 자. 나는 여기서 잘 테니까. 뒷일은 내일 생각할 테니까,
그때까지 깨우지 마."

그렇게 말하고, 식사를 마친 식기도 씻지도 않은 채 근처
소파에 드러누웠다.

주도권 확보를 포기하고, 일단 휴식을 우선시하기로 했다.

그러자 마리아는 언성을 높여서 내 휴식을 방해한다.

"자, 잠깐만요! 목줄, 목줄 등록은 안 하실 거예요……? 이대로 뒀다가는 다른 사람한테 도둑맞을지도 모른다고요!"

마리아가 뭘 그렇게 허둥대는 건지 이해가 가지 않았다. 고개를 들어 보니 마리아는 등록사항이 백지로 되어 있다는 목줄을 내게 내밀고 있었다.

노예시장에서 얻은 정보를 떠올렸다. 이 목줄에 피를 떨어뜨리고 계약을 맺으면, 정식으로 주인과 노예 관계가 된다고 한다. 그걸 통해서 노예의 도망을 방지한다고 들었다.

"아아, 그러고 보니까 그런 게 있었지. 잠깐 가만히 있어."

벽에 세워 두었던 『아레이스 가문의 보검』을 손에 든다.

"히익."

마리아는 조그만 비명을 질렀다.

방금 전까지의 무표정한 얼굴과는 딴판으로, 나이에 걸맞게 겁에 질려 얼굴이 일그러진다.

"아, 미안. 날붙이가 무서운가 보지? 하지만 걱정할 것 없어. 실수로 잘못 벨 일은 없을 테니까 잠자코 있어. ……마법 〈디멘션 · 글래디에이트〉."

예상치 못한 마리아의 반응에 놀라면서 마법을 전개했다.

그리고 가볍게 『아레이스 가문의 보검』을 휘둘러 내렸다. 내가 휘두른 검은 1밀리미터의 오차도 없이 목줄만을 베어버렸다.

전용 시설에 가면 해제할 수 있다는 모양이지만, 내 경우는 이 방법이면 충분하다. 계약이 되어 있는 목줄이라면 문제가 있겠지만, 아직 계약이 되어 있지 않은 목줄이라면 억지로 파괴해도 별 문제 없다는 건 이미 알고 있었다.

"꺅!"

마리아는 비명을 지르면서도, 내가 검을 휘두르는 동안 얌전히 기다렸다.

"도망치고 싶으면 마음대로 도망쳐."

검을 소파에 기대어 세워 두고 다시 드러누웠다.

만약에 마리아가 정말 내 말대로 도망친다면 어쩔 수 없다. 오늘은 금화 네 닢으로 마음의 안정을 산 거라고 생각하면 된다. 뒷일을 생각할 필요가 없다는 점에서는 오히려 도망쳐주는 게 차라리 속 편하다.

마리아는 쪼개진 목줄을 놀란 표정으로 집어 들고 뇌까린다.

"……사람 좋게 구는 것도 정도가 있을 텐데요?"

"사람 좋은 거 아니니까 걱정 마. 지금껏 수많은 사람을 버려왔고, 약자밖에 믿지 못하는 겁쟁이니까."

"……아까 한 말은 농담이었어요."

나는 아예 눈을 감고 있다. 만약에 대비해서 검을 쥐고는 있지만, 완전히 취침 태세다.

그럼에도 마리아는 말을 그치지 않는다.

"도망쳐도 상관없다니……. 하지만, 이 나라에 저를 도와

줄 사람은 아무도 없는걸요. 돌아갈 곳도 없어요. 그러니까 저는 노예인 거죠. 도망칠 곳은 그 어디에도 없으니까요. 어설픈 배려 따위로는, 아무것도 달라지지 않아요."

"그건 나도 알지만, 내 알 바 아냐. 나는 그만 잘 거야."

노예가 되어 끌려온 자는, 구입자인 주인에게 의지하지 않고는 살아가지 못한다.

마리아는 내게 그렇게 얘기했다.

그리고 나는 문득 생각한다. 도와줄 사람도 도망칠 것도 없다. **그건 나도 마찬가지다.** 돌아갈 곳이 있긴 하지만, 그 곳은 이 세계에는 없다.

나도 노예와 다를 바가 없다는 생각에, 저도 모르게 자조가 떠오른다.

미궁을 클리어하기 위한 노예.

그렇다면 내 주인은 누구일까. 미궁일까. 아니면 '시스템'일까. 도무지 모르겠다.

"안녕히 주무세요······. 나의 주인님······."

눈을 감아 생겨난 어둠 속으로 마리아의 목소리가 들려왔다.

마리아는 이제 와서 나를 주인이라고 부른다. 훌륭한 야유라 생각하고 입을 열어 대꾸했다.

"······비꼬는 재주도 좋네."

마리아가 침대에 눕는 소리가 들렸다. 나는 이제야 잠들 수 있겠다는 생각에 안도한다.

지금까지 해왔던 것처럼, 잠들기 전에 앞으로의 계획을 짜려 했다. 하지만 상상 이상으로 지쳤는지, 곧바로 암흑 속으로 빨려 들어가고 말았다.

기나긴 하루가 끝났다. 새로운 동거인이 더해진 채…….

기상과 동시에 세수를 하고, 오늘의 미궁 탐색을 준비한다.

그리고 어느 정도 냉정을 되찾은 머리로 마리아의 처우에 관해 생각했다.

어제는 마리아의 말에 발끈해서 '되팔아버린다' 운운하는 소리를 했지만, 역시 당초 예정대로 미궁 탐색의 동반자로 키워나가기로 마음먹었다. 물론, 마리아는 거친 싸움은 감당하지 못할 가능성이 높다. 하지만 마리아를 이용해서 미궁에서 찾고 싶은 게 있다. 그리고 그 '안력'이라는 미지수의 스킬을 확인해보고 싶기도 하다. 뒤늦게 일어난 마리아에게 그런 내 생각을 전달했다.

"──무슨 얘긴지 알겠지?"

"못 해요. 죽을 거예요. 순식간에 죽어요. 죽어도 못해요."

"싫으면 도망쳐. 하지만, 여기서 살 생각이라면 일을 해. 그 점은 이해하겠지?"

나는 쌀쌀맞게 마리아에게 방값 지불을 요구했다.

마리아는 목줄이 사라진 자신의 목덜미를 어루만지며, 내 말의 정당성을 이해했다.

"그럼, 집안일을 할게요."

"그건 내가 할 수 있으니까 필요 없어."

"하지만 제가 할 수 있는 일은 얼마 없어요. 혹시 그건 몸을 팔아서 돈을 벌어 오라는 간접적인 명령인가요?"

"그런 소리 한 적 없어. 누군가가 말했다시피, 나는 지나치게 다정한 사람이라서 말이지."

"하지만 미궁에는 절대로 못 들어가요. 거기는 전문가들이 목숨을 걸고 도전하는 곳이잖아요?"

"그러지 말고 한번 해봐. 정 안될 것 같으면 다른 방법을 생각할 테니까. 지금 내가 너한테 원하는 건 미궁 공략 보조밖에 없어."

"하아……. 사람 좋은 철부지인 줄만 알았는데, 설마 미궁 탐색가였을 줄이야. 제 살 날도 이제 얼마 안 남았을지도 모르겠네요."

마리아는 뭔가 체념한 듯 풀이 죽었다.

하지만 딱히 비장감이 감돌거나 하는 건 없다. 애초에 처음부터 목숨 같은 건 포기하고 있었는지도 모른다. 죽는 것에 대해 이렇다 할 거부감이 없는 것처럼 보인다.

"아니, 죽을 일은 없을 거야. 부상당할 일도 없을 거고."

팔을 잃은 디아를 떠올리며, 마리아에게 약속했다.

"아, 네……."

그런 내 결의에, 마리아는 어리둥절한 표정으로 나를 쳐다본다.

그런 건 불가능하다고 생각하는 것이리라. 탐색가들이 미궁에서 매일같이 죽어나가고 있다는 건 주지의 사실이다. 자기 같은 나약한 존재는 당연히 죽을 거라고 확신하는 눈치였다. 하지만, 그런 일은 절대 일어나지 않는다. 나는 승산이 있기에 마리아를 데려가려 하고 있는 것이다.

지금까지 나는 디아와 파티를 이루고, 그 경험치를 반씩 나눠 가졌다.

하지만 다른 파티들에게서는 그런 일을 찾아볼 수 없었다. 기본적으로는 마물을 처치한 자가 모든 경험치를 독점하게 된다. 보조에 전념하는 마법사는 레벨을 올리기가 힘들다는 얘기는 흔히 듣는 얘기다.

하지만 내 파티는 완전히 경험치를 반반씩 나눠 갖는다. 요컨대, 나는 파티의 레벨을 올리는 작업에 유리하다는 얘기다. 그 결과가 디아의 현재 레벨이라는 결과물로 나타나게 된 것이다.

아마 나와 함께 미궁을 탐색하기만 해도, 마리아는 충분히 레벨이 오를 것이다.

"마리아, 미궁에서 너를 데리고 다닐 방법은 이미 생각해 뒀어. 그러니까 따라와줘."

"……하아. 알았어요."

마리아는 확신에 찬 내 말투에 압도당해서, 기어이 고개를 끄덕였다.

"우선, 준비를 위해 장부터 보러 가자."

"네, 주인님."

마리아를 데리고 집을 나서려다가, 발걸음을 멈춘다.

"주, 주인님이라니……. 호칭은 신경 쓸 것 없어. 내 이름은 지크프리트 비지터니까, 내키는 대로 부르면 돼."

"저는 당신의 노예예요. 주인님이라고 부르는 게 당연하잖아요."

마리아는 어렴풋이 웃으며 당연한 일이라고 우긴다.

"무슨 소릴 하는 거야. 너는 이제 노예가 아냐. 목줄이 없잖아."

"아니, 당신의 노예로 지내는 편이 더 편하게 살 수 있을 것 같거든요."

"그렇다고 해도, 주인님이라고 부르는 건 그만둬. 쑥스럽잖아."

"아뇨, 아뇨, 주인님이라고 부르는 게 노예로서 최소한의 예절. 그걸 지키지 않으면──"

"뭐야, 그냥 곯려먹는 거였잖아."

장황하게 노예로서의 예절 운운하는 소리를 늘어놓기 시작했을 때부터, 마리아가 나를 놀리고 있다는 걸 깨달았다.

"후훗, 아뇨, 아뇨, 그럴 리가요."

하지만 마리아는 그 말을 부정하고, 큭큭거리며 웃는다.

마리아의 진의는 읽을 수가 없다. 하지만 이제 예전 같은 공허한 눈은 아니라는 것만은 확실했으므로, 더 이상은 언급하지 않기로 한다.

"저는 당신의 노예예요. 그건 마음의 자세가 그렇게 만드는 거겠지요."

나는 노예 문화에 대해 잘 모른다. 마리아의 그 말을 무턱대고 부정하기에는 정보가 부족했고, 진담인지 농담인지 구별도 가지 않았다. 그랬기에, 그 말에 대해서 딱히 아무런 대답도 하지 않았다.

【파티에 마리아가 참가합니다】
파티 리더는 아이카와 카나미입니다.

노예에 관한 얘기를 마치고, 우리는 상점가로 발걸음을 옮겼다. 우선은 마리아의 장비를 갖추기 위해서 무기와 방어구 상점으로 가야 한다.

물론 '표시'를 이용해서 물건의 품질을 확인한다. 하지만, 일반 고객을 상대하는 가게에 숨겨진 보물 같은 건 없다. 대량생산품들이 난잡하게 늘어서 있을 뿐이다.

고가의 무기에 대해 은근슬쩍 점주에게 물어봤지만, 그런 건 경매장이나 후즈야즈와 연줄이 있는 특수한 가게에 가야만 구할 수 있다고 한다.

나는 『아레이스 가문의 보검』이라는 1급품을 사용하고 있기에, 멀리까지 가서 고가의 무기를 사야겠다는 생각은 하지 않았었다.

　사용하기 편한 단검과 가볍고 튼튼한 방어구를 마리아에게 사 주고 쇼핑을 마쳤다.

　"나이프도 무겁게 느껴지는데요⋯⋯."

　"금방 적응이 될 거야."

　가죽 방어구로 몸을 감싸고, 양손에 단검을 든 마리아. 그 정도 장비의 무게에도 휘청거리고 있다.

　적응시킨다기보다는, 레벨 업을 통해 근력을 상승시킬 예정이다.

　그렇게 장비를 갖춘 우리는, 만반의 태세로 미궁 앞에 다다랐다.

　"마리아, 잠깐 좀 업혀봐."

　확인해야 할 게 잔뜩 있다. 나는 허리를 숙여서 등을 마리아 쪽으로 내민다. 더불어, 검의 칼집을 의자 삼아 앉을 수 있는 각도로 조절해준다.

　"네?"

　마리아는 황당한 듯 얼빠진 소리를 냈다.

　그 기분은 이해한다. 이제 막 목숨을 걸고 미궁으로 들어가려 하고 있는 마당에 어부바를 해주겠다는 사람이 있다면, 나라도 이성을 의심할 것이다.

　"진지하게 하는 얘기야. 나를 믿고, 내 등에 업혀."

　"네?"

　"일단 5층 정도까지 단숨에 내달릴 생각이야. 마리아가 달리는 것보다, 내 등에 업히는 게 훨씬 더 빠를 거야. 게다가 등에 업혀 있는 편이 보호하기도 쉽고."

"아, 아아, 그렇군요……아니, 아니, 아니아니! 업힌 채로 미궁에 들어가는 사람은 본 적도 없고 들은 적도 없어요!"

마리아는 내 얘기를 이해하고 무심코 고개를 끄덕이려 하다가, 퍼뜩 놀라 고개를 가로저었다. 아깝군.

참고로, 5층까지 주파하기로 한 건 그 정도 층이라면 마리아가 즉사하지는 않을 거라고 판단됐기 때문이다. 내 일천한 전투 경력을 기준으로 한 판단이라, 솔직히 자신은 없다.

하지만 이건 시험해보고 싶은 항목 중에서도 최상위에 해당하는 방안이었다. 맥없이 물러날 수는 없다.

"그런 얘기는 나도 들어본 적 없어. 하지만, 한번 시험해보고 싶어. 잠깐만이라도 좋아. 부탁이야."

내 계산이 정확하다면 충분히 가능할 것이다.

숙련된 탐색가, 그것도 덩치 큰 남자 검사의 근력이 5.00 정도. 체력도 대충 그 정도다. 그에 비해서 스테이터스 상의 내 근력과 체력은 6.00에 다다라 있다. 다시 말해, 지금의 나는 단련에 단련을 거듭한 2미터짜리 거한과 동등한 근력과 체력을 갖추고 있다는 얘기다.

이 스테이터스로 체중 40킬로그램 가량의 소녀를 업어 나를 경우, 어느 정도의 노력이 드는지를 실험해보고 싶었다. 5층 정도까지라면 가볍게 주파할 수 있을 거라고 추측했다.

"어, 어쩔 수 없죠……."

마리아는 쑥스러워하며 마지못해 내 등에 업힌다.

칼집 너머로 마리아의 체중이 느껴진다……. 하지만 놀랍도록 가볍다. 예전의 나였더라면, 상상도 할 수 없었을 가벼움이다. 그 가벼움으로 미루어 보아, 내 추측이 틀리지 않았다는 걸 확신한다.

"좋아. 그럼 이제 살짝 달려볼 테니까, 꽉 붙잡아야 돼."

"네."

마리아가 내 어깨를 꽉 붙잡은 걸 확인한 후, 〈디멘션〉을 전개하고 내달린다.

"──히익?!"

마리아의 짤막한 비명을 무시하고, 미궁의 '정도'를 쉼 없이 달려간다.

내 스테이터스 상의 속도는 10.00에 가깝다. 다만, 그게 어느 정도의 빠르기인지는 나도 모른다. 애초에 비교할 대상이 없다.

"자, 자자잠깐! 잠깐만 세워주세요!"

마리아가 곧바로 브레이크를 걸었으므로, 속도를 늦추고 말을 걸었다.

"역시 힘들겠어?"

보아하니, 매달려 있는 것만으로도 상당한 체력을 소모하는 모양이다.

마리아는 자기가 달리고 있는 것도 아닌데 숨을 헐떡이고 있다.

"아, 아뇨, 주인님의 괴물 같은 힘에 놀라서 그런 것뿐이에요. 방금은 자세가 좀 안 좋아서……. 다음에는 괜찮을 거예요."

그렇게 얘기한 마리아는, 본격적으로 나에게 매달렸다. 밀착하는 형태가 되는 바람에, 나도 마리아도 저절로 얼굴이 붉어진다. 붉어진 얼굴을 마리아에게 들키지 않도록, 나는 뒤돌아보지 않고 확인한다.

"그럼, 다시 달린다!"

"네, 얼마든지요."

온 힘을 다해서 내달린다.

달리면 달릴수록, 매달리는 마리아의 팔에 힘이 들어간다.

도중에 다른 탐색가들과 마주쳤다. 너무나도 빠른 속도에 다들 놀랐지만, 모조리 무시하고 달렸다.

무시무시한 속도로 달려가고 있으니 상대도 쉽게 내 얼굴을 확인할 수는 없을 것이다. 하지만 이목을 끄는 건 사실이었으며, 사람들이 우리 얼굴을 기억하지 못할 거라는 보장은 없다.

지금까지 나는 이목을 끄는 걸 피해왔지만, 발트에서 티다의 마석을 판매한 시점부터는 그것도 이미 포기한 상태였다. 더 이상은 숨길 수 없을 정도로 힘이 강해졌기 때문이기도 하다.

"엄청나게, 빨라요! 꼭 아르아우나에 탄 것 같아요!"

이제 속도에 적응이 됐는지, 마리아는 신이 나서 떠들어

대고 있다.

아르아우나라는 건 동물의 이름이리라. 어림짐작이지만, 그 이름을 들으니 어쩐지 말의 이미지가 떠올랐다. 그 생물에 타본 경험이 있어서인지, 이 속도에도 마리아는 여유가 있었다.

마리아의 스킬 중에는 '사냥'이라는 것이 있다. 노예가 되기 전에는 말 같은 걸 타고 다니면서 사냥을 생업으로 했었는지도 모른다.

"너무 많이 말하지 않는 게 좋을 거야. 그러다가 혀를 깨물 수도 있으니까."

"아, 네. 알았어요."

마리아에게 충고하고, 속도를 한층 더 올렸다.

그 결과, 우리는 채 30분도 걸리지 않아 5층까지 다다를 수 있었다.

"괴, 굉장해요! 주인님, 벌써 도착했어요!"

"헤엑, 헤엑, 하아하아, 허억!"

하지만 그 대가는 막대하다.

내 예상으로는 30분 정도는 끄떡없이 달릴 수 있을 줄 알았는데, 6.00의 체력이 있어도 30분 간의 질주는 버거운 일이었던 모양이다. 어쩌면 '표시'의 '체력'과 내 세계에서 얘기하는 지구력은 직접적인 관련이 없는 건지도 모르겠다.

"아, 괜찮으세요……?"

"허억, 허억, 응, 괜찮아……."

숨을 헐떡거리는 나를 보고, 마리아는 쭈뼛쭈뼛 나를 걱정했다.

예측했던 대로 나온 결과도 있었고, 예상과는 달랐던 결과도 있었다. 하지만 마리아를 업고 달릴 수 있다는 게 밝혀진 건 수확이다. 이제 긴급 상황에서는 마리아와 함께 후퇴할 수 있다는 보증을 얻은 셈이다.

숨을 고르며 마리아를 내려놓았다. 그리고 자유로워진 양손으로 검을 뽑은 다음, '정도'를 벗어나서 걸음을 내딛었다.

"벌써 가시는 거예요? 조금 더 쉬었다 가는 게 좋지 않을까요?"

"시간이 아까우니까. 아무리 숨이 차다고 해도, 5층에 있는 적 정도에 밀릴 일은 없으니까 안심해도 돼."

"제가 알기로는, 5층이면 중견 모험가들도 위험한 영역이라고 들었는데요……."

"나도 그렇게 들었어. 하지만, 나라면 별 문제없을 거야."

"아뇨, 제가 위험하다는 말씀인데…….."

아까는 나라는 이름의 롤러코스터를 타면서 흥분하던 마리아였지만, 이것이 언제 죽어도 이상할 게 없는 상황이라는 걸 떠올린 모양이다. 떨리는 목소리로 반론한다.

나는 나 자신의 실력과 〈디멘션〉의 탐색 능력을 이해하고 있으므로, 마리아를 안전하게 보호하면서 전진할 수 있다는 자신이 있다. 하지만 나에 대해서 잘 모르는 마리아로서는 불안이 가득할 것이다. 그 불안을 없애 주기 위해서, 가슴을 펴고 말했다.

"걱정 마. 지켜줄 수 있는 확신이 없었다면 데려오지도 않았을 테니까."

"그, 그러셨군요. 그치만, 주인님은 중요한 상황에서 실수를 저지르는 분 같아서, 저는 그게 걱정이에요."

마리아는 더듬거리면서 내게 충고한다.

스킬 '안력' 덕분인지, 마리아는 은근슬쩍 핵심을 찌르는 지적을 한다. 나는 마리아의 간언을 마음속에 새기면서 고개를 끄덕였다.

"세심하게 주의를 기울일게."

〈디멘션〉을 광범위하게 전개한다. MP에 관한 걱정은 없다. 레벨 10이 된 지금의 내 MP는, 예전에 5층을 탐색했을 때의 2배 가까운 수준까지 다다랐기 때문이다.

MP를 듬뿍 사용해서, 몬스터가 밀집해 있는 영역이나 경험치 높은 보스 몬스터가 있는 영역을 파악해나간다. 다시 말해, 효율적으로 레벨을 올릴 수 있는 영역을 찾는 것이다.

방향은 북동쪽. 수백 미터 앞에 몬스터 밀집지역이 있다. 조건에 맞는 영역 중에서는 그곳이 가장 가깝다는 걸 알 수 있었다. 나는 마리아에게 이동하도록 재촉했다.

"이쪽으로 가자."

수십 미터쯤 이동해서, 전망이 탁 트인 공간에 자리를 잡았다.

그리고 주위 수백 미터 이내에 있는 표적이 될 만한 몬스터를 재확인했다. 내가 몬스터를 사냥하는 동안에 마리아가 몬스터에게 습격을 당할 위험이 없는지도 확인한다.

그 모든 확인을 마친 후에야 본격적인 실험을 개시할 수 있었다.

"마리아, 여기서 기다려. 나는 몬스터를 좀 사냥하고 올 테니까."

"네? 아니, 아니아니아니, 잠깐만요. 저를 혼자 방치해둘 생각이에요?"

"걱정 마. 나는 몬스터의 위치를 탐지할 수 있는 스킬을 갖고 있으니까, 마리아가 위험에 처하면 바로 돌아올게. 뭐, 그래도 만에 하나 몬스터와 맞닥뜨리거든, 길을 따라서 반대 방향으로 도망쳐."

"아뇨, 물론 말씀 안 하셔도 도망치긴 하겠지만, 포위당하면 끝장이잖아요."

"포위당하면…… 그때는 포기하는 수밖에 없겠지."

"포기하시면 어떡해요?!"

"포기한다는 건 농담이야. 걱정 마. 나는 정말로 미궁 안에 있는 몬스터들의 위치를 알 수 있으니까."

마리아는 언성을 높여 가며 반대했지만, 내 의견을 밀어붙여서 설득한다.

설득이라고 해봤자 "하아……. 저는 어차피 죽게 돼 있었던 거였네요. 그것도 몬스터에게 잡아먹혀서. 멍청한 주인님에게 팔려 오는 바람에 잡아먹혀 죽다니. 고문당하거나 불타서 죽는 것 다음으로 싫었던 게 잡아먹히는 거였는데" 하고 주구장창 중얼거리는 걸 보면, 체념이라고 하는 편이 옳을지도 모르겠다.

"그럼, 다녀올게."

"네, 네. 저 같은 건 죽든 말든 잘 다녀오세요."

마리아는 기가 막히다는 듯 손을 흔들었고, 나는 몬스터가 밀집되어 있는 영역으로 달려갔다.

아까 마리아가 얘기했던 가능성도 완전히 부정할 수는 없다. '정도'가 마리아의 배후에 위치해 있다고는 해도, 몬스터에게 포위당한 상태에서 내가 제때 구해주지 못할 수도 있다. 내가 발휘할 수 있는 최고의 속도로 몬스터 섬멸 작업에 착수한다.

5층은 짐승이나 곤충계 몬스터가 많다. 이따금씩 행 섀도라는, 물리공격이 잘 안 통하는 특수한 몬스터도 출현하곤 하지만, 그것들은 티다와 싸울 때처럼 빙결마법으로 고형화시켜서 깨어버린다.

기본적으로는 일격이다. 내 공격력에 『아레이스 가문의 보검』의 힘이 더해진 덕분인지, 모든 몬스터들을 종잇장 자르듯이 쓱쓱 베어버릴 수 있었다.

참고로, 보스 몬스터의 마석을 제외한 드롭 아이템은 줍지 않는다는 방침이다. 아직 금화 열 닢에 가까운 재산이 남아 있으므로, 동화 정도 가격밖에 나가지 않는 마석을 줍는 것보다는, 시간과 경험치를 우선시했다. 무엇보다 이번 사냥은 실험적인 요소가 강하기 때문이다.

우선 마리아의 레벨 업 속도가 어느 정도인지를 측정해야 한다.

그 결과 여하에 따라서는, 미궁 탐색이 아니라 남들에 대한 레벨 업 지원에 집중하게 될 수도 있다. 성장시킨 사람들을 잇따라 미궁으로 파견하는 수단도 고려해볼 수 있다.

그 밖에, 파티 기능이 작동하는 거리를 측정하는 것도 중요하다. 만약에 원거리까지 작동한다면 마리아는 계속 '정도'에서 대기시켜 두면 된다.

아무래도 지상까지는 범위에 들어가지 않을 것이다. 거기까지 적용된다면 병원에 있는 디아에게도 경험치가 들어간다는 얘기가 될 테니까.

수십 분 정도 사냥을 한 후에 일단 마리아가 있는 곳으로 걸어서 돌아왔다.

"다녀왔어."

"이럴 땐 뛰어서 돌아오셔야죠! 전속력으로 달려오라고요!"

초췌한 표정의 마리아가, 절박하게 내게 불만을 호소했다. 고작 수십 분 만에 여유를 완전히 잃은 상태였다.

잘 생각해 보면, 나도 레벨 1이었을 때는 그저 미궁 안을 걷고만 있어도 미쳐버릴 것만 같았다. 그렇게 오래된 얘기도 아니건만, 어째선지 오랜 옛날의 기억처럼만 느껴진다.

"소, 솔직히 말해서 꽤 무서웠다고요. 저는 이래봬도……."

"으음, 그런 것 같네. 마리아라면 괜찮을 거라고 안이하게 생각했었어."

"괜찮을 리가 없잖아요. 저에 대해 오해하고 계신 것 같은데, 전 그냥 가녀린 어린아이일 뿐이라고요."

나에게 한바탕 불평을 늘어놓은 후, 마리아는 의기소침해져서 약한 소리를 한다.

미안한 마음이 들긴 했지만, 그렇다고 해서 실험을 멈출 생각은 없었다.

곧바로 스테이터스를 '표시'시켜서, 마리아의 경험치가 증가해 있는지 어떤지를 확인한다.

【스테이터스】 경험치 : 1521/400

100미터쯤 떨어진 거리에서 사냥했는데도, 마리아의 경험치는 분명히 올라 있었다.

"좋아. 그럼, 이번에는 '정도'에서 기다리고 있어도 돼."

"하, 하하. '정도'에서요? 그야 물론 여기에서 기다리는 것보다는 낫긴 한데, 이럴 거면 굳이 제가 따라올 필요가 있었던 건가요?"

"있고말고. 얼마나 큰 도움이 됐는데."

"도대체 무슨 도움이 됐다는 건지 이해가 안 되는데요."

마리아는 투덜거리면서도 내 지시에 따른다. '정도'에는 몬스터에 대한 결계가 쳐져 있다는 걸 알고 있는 것이리라.

마리아는 약간이나마 안심한 기색으로 걸어갔다.

　마리아와 함께 '정도'로 향하면서, 다음 몬스터의 위치를 탐색했다.

　몬스터가 있는 영역에서 '정도'까지의 거리를 정확하게 측정한다. 이번에는 300미터 떨어져 있을 경우를 시험해볼 생각이다. 이 거리에서도 경험치가 들어간다면, 동료를 '정도'에 남겨둔 채 레벨 업을 보조해주는 것도 가능하다.

　다양한 곳에 방치당하는 신세가 된 마리아의 눈에 눈물이 그렁그렁 맺혔지만, 〈디멘션〉을 이용해서 마리아를 경호할 자신은 충분히 있었기에, 불평은 모조리 무시하고 다음 실험을 속행했다.

　그리고 몇 시간에 걸친 조사 결과──『경험치 분배는 레벨 차이와 무관하게 균등 분배』『분배의 한계 거리는 100미터 전후』『특수한 조건으로서 '정도'와 같이 결계가 쳐져 있는 곳에서는 한계거리에 변동이 발생』──등의 확고한 정보를 얻어냈다.

　더불어 경험치도 제법 모였다.

　이제 슬슬 점심식사를 하기에 딱 좋은 시간이라 생각하고, 심신이 피폐해진 마리아를 위로하면서 지상으로 돌아왔다. 이번에도 마리아는 등에 태운 채였다.

【스테이터스】

이름 : 마리아 HP 92/92 MP 102/102 클래스 : 노예

레벨 7

근력 2.92 체력 3.12 기량 2.25 속도 1.75 지능 3.07

마력 4.91 소질 1.52

상태 : 혼란 0.28

경험치 : 221/6400

장비 : 철제 나이프 튼튼한 외투 경량 가죽갑옷 가죽 건틀릿
비단옷

"레벨 7이 됐네요……."

"응. 축하해."

마리아는 자신의 두 손바닥을 쳐다보면서, 바들바들 떨고
있었다.

나는 싱거운 수프를 마시면서, 건성으로 축하의 말을 건
넨다.

지금 우리는 교회에서 레벨 업 작업을 마치고, 술집에서
식사를 하고 있는 중이다.

"저는 아무것도 한 게 없는걸요……?"

"나는 그런 스킬을 갖고 있거든. 같이 다니는 동료의 레벨
을 올려주는 스킬 말야. 그래서 마리아를 미궁으로 데려갔
던 거야."

이제 마리아도 내가 미궁에서 한 행동의 정당성을 이해해

줄 것이다.

"이상하잖아요! 마을 어른들도 다들 레벨 5 전후였는걸요! 그런데 고작 하루 만에, 이렇게 간단하게! 레벨 7까지 오르다니——!"

실제로 레벨이 오른 것을 확인하고도, 마리아는 그 사실이 도무지 믿기지 않는 모양이었다. 언성을 높이며 테이블을 탕 하고 내리쳤다.

"조, 조용히 해. 사람들이 알면 곤란해지니까."

나는 입술 앞에 검지를 세워서 마리아를 조용히 시킨다.

남들에게 알리고 싶지 않은 힘이다. 이를테면, 이 레벨 업 보조 능력이 국가의 권력자들에게 알려지면 그들은 내 신병을 구속하려고 들 것이다. 다만, 만약에 그렇게 된다 해도 그리 호락호락하게 잡힐 생각은 없다. 지금 내 레벨은 첫날과는 차원이 다르다.

"죄, 죄송해요, 주인님. 제가 경황이 없어서⋯⋯."

마리아는 당황한 내 모습을 보고 그 점을 깨달았는지, 사죄와 함께 얌전해졌다.

"주인님이라고 부르지 좀 말라고 했잖아. 어쨌거나, 내 능력을 이용하면 마리아도 미궁 탐색을 할 수 있어. 고작 몇 시간 만에 마리아는 어지간한 어른들보다 더 강해졌잖아."

"완전 반칙이네요, 그 스킬⋯⋯."

얌전해진 마리아는 식사를 시작하면서 뇌까린다.

——'반칙'

마리아가 가진 '안력'이, 이것을 반칙으로 판명했다.

이 파티 시스템이라면 하루에 한 명씩 숙련된 탐색가를 양산할 수 있는 셈이 된다. 앞으로 내 레벨이 더 오르면, 그 양산 속도를 한층 더 높일 수도 있을 것이다.

실험은 성공이라 해도 좋다.

파티 시스템을 이해하고 나니, 선택지의 폭이 단번에 확 넓어졌다.

'표시'와 '시스템'에 대한 이해의 중요성을 재확인했다. 작은 실험을 거듭함으로써, 이 장치들을 마련한 **누군가**의 꿍꿍이를 알아내고 싶다. 그렇게 하면, 미궁의 최심부까지 도달하는 시간을 단번에 단축할 수 있을 것이다.

"어서 오세요!"

마리아와 내가 조용히 식사를 하고 있으려니, 점원인 린 씨가 활기차게 인사하는 소리가 들려왔다.

이 술집은 낮에는 한산한 게 보통이었는데, 오늘은 웬일로 손님이 온 모양이다. 나는 대낮부터 술을 마시러 온 손님의 얼굴을 보려다가──그 얼굴을 확인하는 순간 얼굴이 굳어졌다.

"마, 마리아. 부자연스럽게 보이지 않을 정도로 고개를 숙여."

"네? 아, 네."

목소리를 낮추어 지시했다. 마리아는 갑작스런 지시에 놀라면서도, 바로 고개를 숙여주었다.

숨을 죽인 채, 가게에 찾아온 손님이 떠날 때까지 기다리려 했다. 마리아는 그런 내 태도를 어리둥절한 얼굴로 쳐다보면서, 조용히 수프를 마신다. 그리고 정면에 있던 마리아의 눈이 뭔가를 포착하고 움직인다.

그 눈의 움직임은, 내 등 뒤에서 멈추었다.

"여어, 지크. 이거 참 별일이네."

내 염원을 허무하게 깨부수고, 등 뒤에서 내 이름을 부르는 목소리가 들려왔다.

"……."

"부르는 것 같은데요?"

마리아는 손에 든 스푼을 흔들거리며 내게 대응을 촉구한다.

마음 같아서는 모르는 척 넘어가고 싶었다. 하지만 일단 마리아가 반응한 이상, 계속 무시할 수는 없는 노릇이다. 할 수 없이 뒤를 돌아봤다.

"무슨 일이지, 아르티?"

"너무 쌀쌀맞은 거 아냐? 우리는 서로 협력하는 사이잖아. ──아아, 거기 귀여운 아가씨, 미안하지만 좀 합석할게."

뒤를 돌아본 내 눈앞에 있던 건, 엘트라류 학원 교복을 입은 아르티(무슨 수로 교복을 입수한 거야, 이 녀석……)였다. 그리고 여자 일행이 한 명 더 있었다.

"어, 어라? 지크 님이세요? 정말요?!"

프랑류르였다.

"오, 오랜만이네요, 프랑류르 씨……."

"감격했어요! 아르티가 좋은 곳에 데려다주겠다면서 데려오기에 무슨 일인가 싶었는데! 설마 이렇게나 빨리 지크 님과 다시 만나게 될 줄이야!"

나도 설마 이렇게 될 줄은 몰랐다고. 왜 이렇게 빨리 만나게 된 거야. 서쪽 나라인 엘트라류에 있었던 거 아니었어?

"자. 자리 좀 만들어줘, 지크."

아르티는 당연하다는 듯 내게 합석을 요구했다. 나는 할 수 없이 마리아 옆으로 자리를 옮겨서, 두 사람이 앉을 자리를 마련했다.

두 사람은 들뜬 얼굴로 자리에 앉아서 린 씨에게 음식을 주문한다.

그야말로 가시방석에 앉은 것 같은 기분으로, 넷이서 한 테이블에 앉게 되었다. 나는 두 적들의 눈치를 살피면서, 어떻게 이 자리를 빠져나갈지 고민한다.

눈치를 살피다 보니, 아르티가 마리아를 흘깃거리고 있는 걸 알 수 있었다. 이름도 모르는 사이니까, 자기소개를 주고받을 타이밍이라도 궁리하고 있는 걸까. 프랑류르는…… 응. 마리아는 안중에도 없는 모양이다. 어쨌거나, 자기소개 정도는 해두는 게 좋겠지.

"아아, 이쪽은 마리아야. 최근에 미궁 탐색의 동료가 됐어."

"안녕하세요, 마리아예요."

범상치 않은 존재감을 가진 두 사람 앞에서도 움츠러들지 않고, 마리아는 의연하게 인사한다.

"난 아르티야. 잘 부탁해."

"헤르빌샤인 가문의 제7녀, 프랑류르라고 해요."

아르티는 가볍게 인사하고, 프랑류르는 거만하게 허리를 젖히고 이름을 댄다.

"그나저나 아르티, 무슨 용건이야? 난 지금 바쁜데."

"후후, 여기서 만난 건 그냥 우연이라니까."

"그럴 리가 없을 텐데. 점심을 먹다가 우연히 마주친다는 건 말도 안 되는 일이야. 보나마나 네 능력 같은 걸 사용해서 내 위치를 알아낸 거겠지?"

아르티는 내가 이 술집 점원으로 일하고 있다는 걸 모르고 있을 것이다. 알고 있었다고 해도, 이 시간에 식당이 아닌 술집으로 온다는 건 이상하다. 다시 말해, 아르티는 내 위치를 알아낼 수 있는 스킬을 갖고 있다는 결론밖에 나오지 않는다. 어제 했던 말로 미루어 보아, 불꽃이 있는 곳이라면 어디든 청각을 확장시킬 수 있는 걸까.

"오오, 정답이야. 나는 불꽃으로 지각의 범위를 확장시킬 수 있으니까. 그렇긴 하지만, 오늘 네 행동을 파악해낸 건 정말 운이 좋았던 것뿐이야. 그래, 이건 운명이란 얘기지. 그리고 그 운명이 바로 내 용건이고. 무슨 말인지 알지, 지크?"

운명이 바로 용건. 한마디로, 사랑을 성취시키기 위해서 프랑류르를 내게로 데려왔다는 듯이리라.

나는 최대한 쌀쌀맞은 태도로 아르티를 대했다. 이 점에 대해서는, 티끌만큼의 희망도 주어서는 안 된다.

"그 운명은 나한테서는 싹틀 일이 없을 거라고 내 입으로 똑똑히 얘기했잖아. 고분고분하게 다른 애를 알아봐."

"후후, 그래도 한번 시험해보고 싶었거든."

우리는 추상적인 표현을 구사해가며, 사랑 성취 의뢰에 관해 얘기한다.

프랑류르와 마리아는 우리가 무슨 얘기를 하는 건지 도통 모르겠다는 표정이었다.

"아르티, 조급하게 굴지 말고 좀 느긋하게 기다려. 나는 나대로 할 일이 있어. 그렇게 재촉하지 말아줘."

"어쩔 수 없네. 너를 방해할 생각은 없었어. 그럼 이제 조용히 굴도록 할게."

그렇게 말하고 아르티는 입을 다문다.

아르티가 입을 다무니, 이번에는 지금까지 기회를 노리고 있던 프랑류르 차례다. 곧바로 몸을 쑥 내밀고 질문공세를 퍼붓는다.

어디에 살고 있는가. 어디서 식사를 하고 있는가. 좋아하는 곳은 어디인가.

기다렸다는 듯 내 소재지를 파악하려고 들었다.

하지만 나는, 정해진 거주지는 없다고 얼렁뚱땅 넘어가는 것부터 시작해서 나에 대한 정보를 프랑류르에게서 철저히 감추려 애썼다.

그렇게 헛바퀴 도는 것 같은 대화를 나누다 보니, 화제는 자연스럽게 미궁 쪽으로 넘어갔다. 내 관심사가 오직 미궁 뿐이기 때문이기도 했지만, 프랑류르 역시 미궁에 대하 얘기는 싫어하지 않는 것 같다.

이 시간을 조금이라도 유익한 시간으로 만들기 위해 정보를 수집해 가는 도중, 아르티가 끼어들었다.

"……응? 뛰어갔다고? 미궁 5층까지, 굳이 마리아를 업고서?"

아르티는 어리둥절한 얼굴로, 내 미궁 탐색 방법에 대해 의문을 제기한다.

"그랬는데, 그럼 안 되는 거야?"

계속 조용히 듣고만 있던 아르티가 갑자기 끼어든 것이 마음에 걸려서 되묻는다.

"아니, 뜻밖이라서 말야. 지크는 차원속성 마법사잖아? 그럼 공간 전이마법도 쓸 수 있는 거 아냐?"

"아니, 잠깐. 내가 차원속성 마법사라는 걸 어떻게 알았지?"

그것 말고도 마음에 걸리는 단어가 더 있긴 했지만, 우선은 그 점이 중요하다. 나는 그런 얘기는 한 번도 입에 담은 적이 없었고, 아르티 앞에서 적극적으로 〈디멘션〉을 사용한 적도 없었다.

"아, 숨기고 있었던 거였어? 그럼 미안해. 네 전투법과 마법은 잘 알고 있어. 내 옛날 지인과 쏙 빼닮아서 말이지. 그 지인은 공간 전이마법을 쓸 줄 알았던 것 같았…… 아니…… 분명히 사용했었어."

말꼬리가 흐려진다. 자기 입으로 말하고도 자신이 한 밀들이 도무지 믿기지 않는다는 것 같은 태도다.

"뭐야, 그 애매모호한 소리는."

"아니, 옛날 일이 갑자기 생각나서 그래. 왜 이런 거지? ……여하튼, 차원마법 중에는 미궁 이동시간을 단축시켜주는 게 있다는 얘기야. ──내 말 맞지? 학원에서 필기로는 최고 성적인 프랑."

아르티는 프랑류르에게로 말머리를 돌린다. 프랑류르를 띄워주기 위해 한 말이었겠지만, 대답하는 프랑류르는 곤혹스러워하는 표정이었다.

"네? 차, 차원마법이라고요? 듣고 보니 그런 마이너한 속성도 있었던 것 같기는 하지만, 아무리 저라도 시험에도 안 나오는 속성의 마법까지 하나하나 알고 있는 건 아니라서……."

"어, 어라? 이 시대에는 차원마법이 그렇게 마이너한 거였나?"

"네, 학원 전체를 따져도 한 명도 없는 레벨의 속성인 걸요."

"우와, 세대차이가 느껴지네."

아르티는 진심으로 놀란 표정을 지었는데, 내 입장에서는 아까부터 아르티가 노인네 같은 표정을 거리낌 없이 지어대는 게 마음에 걸린다. 얘기하는 걸로 미루어 보아, 자신의 외모 연령에 걸맞지 않은 소리를 프랑류르에게는 태연하게 얘기하는 것 같다. 아르티가 프랑류르와 어떤 관계를 맺고 있는 건지 궁금했지만, 너무 깊이 파고들고 싶지는 않았으므로 잠자코 있기로 했다.

아르티는 프랑류르가 차원마법에 대해 모른다는 걸 알고, 자신이 설명을 시작했다.

"프랑이 모르는 이상, 내가 설명해주는 수밖에. 차원마법의 특성은, 공간을 지배한다는 점에 있어. 그건 곧 공간을 이해하고, 조종하고, 연결한다는 거야. 최종적으로는 공간을 만들어내고, 파괴하기도 하지. 그중에는 공간과 공간을 연결하는 마법도 있는데……. 이름이 아마 〈커넥션〉이었던가? 그걸 사용하면, 마리아를 업고 달릴 필요 따위는 없어져."

"공간과 공간을 연결한다고? 정말 그런 게 가능한 거야?"

공간을 만들어내고 파괴한다는 표현에 놀란다. 레벨이 올라가면 마법도 변모한다는 건 알고 있었지만, 공간을 파괴한다는 말을 들으니 등골이 오싹해졌다.

"할 수 있다니까 그러네. 자, 마법을 연상해봐. 공간과 공간을 잇는 문의 이미지를. 그리고 살짝 마법 〈커넥션〉을 **만들어볼까**. 지크 정도 레벨이라면 아마 충분히 가능할 거야."

아르티는 설렘 가득한 표정으로, 마법을 만들어내라고 말한다.

나는 반신반의하는 심정으로, 아르티가 시키는 대로 이미

135

지를 구축하려 시도했다.

하지만 그걸 본 프랑류르와 마리아가 언성을 높이는 바람에 제지당했다.

"잠깐, 아르티! 마법을 만들어낼 수 있는 거예요?"

"마, 맞아요. 마법을 만들어내는 건 옛날얘기 속에서나 나오는 거라고요."

두 사람의 목소리에 놀라서, 이미지가 흩어졌다. 나와 아르티는 서로를 마주 봤다.

"어, 지크. 이 시대는 마법을 못 만들어내는 거야?"

아르티는 두 사람의 기세에 흠칫 놀라며, 내게 말머리를 떠넘긴다.

"나한테 물어보지 마. 난 그냥 레벨이 오르면 저절로 배우게 되는 것인 줄로만 알았으니까."

"아니, 나도 그런 식으로 생각하고 있었어. 마법은 재능과 발상으로 이루어지는 게 보통인 줄 알았는데⋯⋯."

전혀 생각도 못했던 면에서 아르티와 의견이 일치했다.

그런 우리의 의견을 듣고, 먼저 마리아가 재빨리 반론한다.

"그건 말도 안 되는 말씀이에요. 독학으로 마법을 익힐 수는 없어요. 예외적으로 마법사 가문의 아이들이, 선조들의 마법을 상기해서 사용하는 경우가 종종 있는 게 고작이에요. 하지만 그건 '만들어내는' 것과는 거리가 멀어요. 구체적으로 말하자면, 선인들의 지혜를 그 피에 새겨 넣는 식으로만 마법을 얻을 수 있는 거라고요. 아무것도 없는 백지 상태에서 마법이 생겨난다는 건 있을 수 없는 일이에요."

마리아의 반론에 맞춰 다음은 프랑류르가 말을 잇는다.

"정확히 말하자면, 마법식이 새겨진 마석을 삼켜서, 몸속에 도는 피를 통해 기억하게 하는 거죠. 핏속으로 기억하는 것이기 때문에, 마법사 가문에서는 선천적으로 마법을 쓸 수 있는 아이가 태어나곤 하는 거예요. 하지만 그것도 마석을 삼킨 부모가 있다는 전제하에나 가능한 일이에요. 다시 말해, 마석을 삼키는 것 이외에는 마법을 쓸 수 있는 방법은 아무것도 없다는 거죠. 두 분이 생각하시는 그런 마법은 존재하지 않아요."

프랑류르는 학원에서 배운 것으로 보이는 용어를 구사해서 마리아의 얘기를 보충했다.

탐색가들의 얘기에서는 들을 수 없었던, 처음 듣는 정보다.

보아하니 마리아와 프랑류르는 마법에 대한 조예가 깊은 모양이다. 더 이상 두 사람을 자극하지 않도록, 나는 맞장구를 쳐준다.

"아, 알았어. 마법에 대해 가르쳐줘서 고마워. 그러니까, 한마디로 마법식이 들어간 마석을 삼키는 게 올바른 마법 습득법…… 이라는 거지?"

"그런 셈이지요."

"맞아요."

프랑류르와 마리아가 동시에 고개를 끄덕였다.

보아하니 내 대답에 오류는 없었던 모양이다.

"그럼 오늘 그 마석이라는 걸 사러 가볼까……?"

마리아가 식사를 마친 걸 확인하고, 이 자리에서 빠져나갈 구실을 만들기 시작한다. 마리아도 낯모르는 사람들과의 식사 자리가 길어지는 게 불편했는지, 내 의견에 동의한다.

"그거 좋겠네요. 이제 배도 채웠으니까, 지금쯤 가면 딱 좋겠어요."

나와 마리아는 물건 구입을 위해 자리를 뜨려 했다.

"그, 그러시다면 제가 안내해드릴게요! 최고급 마석을 갖추고 있는 가게를 알고 있으니——"

"아니, 잠깐, 프랑. 오늘은 볼일이 있잖아. 여기 들르는 바람에 안 그래도 시간이 아슬아슬한 상태라고. 포기하는 게 좋을걸."

"우, 우우우, 하긴 그랬었죠……. 오늘은 포기하는 수밖에……."

아무래도 이 둘 역시 시간적 여유가 많지는 않은 모양이다.

"그럼, 우리는 먼저 실례할게. 너희들은 천천히 먹고 가도록 해."

1초라도 빨리 떠나기 위해, 린 씨에게 돈을 내고 술집을 나서려 했다.

"그럼 다음에 또 만나자. 지크, 마리아."

"지크 님. 기회가 있으면 또 뵐게요!"

작별인사를 마치고, 나와 마리아는 가게 밖으로 나왔다.

그리고 내가 기억하고 있는 마법 관련 가게로 가는 길을 떠올리고, 걸음을 내딛는다.

마리아가 그런 내 뒤를 쫄래쫄래 따라오며 말을 건다.

"어라, 정말로 가시는 거예요?"

마리아는 마석 얘기를 그저 그 자리에서 빠져나오기 위한 구실로만 생각했던 모양이다.

"한번 가보려고. 흥미가 일어서."

"흥미 정도라면 상관없지만, 마법이 새겨진 마석은 상당히 비싼걸요. 학원에 다닐 정도의 부자들 입장에서는 그냥 쇼핑에 불과하겠지만, 일반인 입장에서는 무시무시한 가격이라고요."

"걱정 마. 돈이라면 있으니까."

아무래도 마법을 배우려면 큰돈이 필요한 모양이다. 하지만 돈이라면 아직 많이 남아 있다.

새 집에 금화 10닢, 마리아를 구입하는 데 금화 4닢을 쓰긴 했지만, 금화는 아직 7닢 정도 남아 있다. 가로챌 생각은 없지만, 디아의 몫인 금화 20닢도 내가 소지하고 있으니까, 돈이 떨어질 일은 없을 것이다.

"일단 보러 가기나 해보자. 가능하면 마리아에게 마법을 가르치고 싶어."

"네?"

우선순위는 나보다 마리아 쪽이 높다. 내 경우는 검 쪽이 더 다루기 편하고, 만일 새로운 마법을 익히더라도 MP의 대부분은 차원마법에 쓰게 될 것이다. 일반적인 마법이 〈디멘션〉의 응용력을 웃돌 수 있을 것 같지는 않다.

그렇기에, 나는 마리아에게 마법을 가르쳐야겠다고 한 것이다.

하지만 마리아는 도무지 믿기지 않는다는 눈으로 말한다.

"저한테 마법을요?"

"마리아도 미궁 탐색에 참여시킬 생각이니까. 그 정도 투자는 할 생각이야."

이제 레벨도 7이 됐으니, 간단한 전투 보조 정도는 맡길 생각이다.

스테이터스로 보아, 마리아는 마력 면에서 돋보이는 면이 있다. 마법만 익히면, 어지간한 탐색가보다 더 성장할 수 있을 것이다.

"제가 마법만 익히고 그대로 도망쳐버리면 어쩌려고 그러세요?"

마리아는 썩 내키지 않는 모양이다. 그 정도를 넘어, 마법을 익히면 그냥 도망쳐버릴지도 모른다는 암시까지 주고 있다.

"그럴 일은 없을 거라고 생각해. 애초에 마리아는 도망칠 곳이 없는 거 아니었어?"

"그건 아무 힘도 없을 때 얘기에요. 지금은 이렇게 레벨이 올랐고, 거기에 마법까지 쓸 수 있기 되면 얘기가 달라진다고요. 만약에 제가 도망쳐서, 주인님의 능력에 대한 정보를 팔아넘기고, 그 돈을 이용해서 독립해버리면 어쩌실 건데요……?!"

마리아는 내 가벼운 태도에 반발해서 언성을 높였다.

마리아 말이 옳기는 하다. 하지만, 그렇게 된다 해도 딱히 곤란할 건 없다. 마리아가 독립한다면, 오히려 더 반가운 일이다. 그렇기에 나는 천천히 대꾸했다.

"도망치는 건 상관없지만, 나에 대한 정보가 새어 나가는 건 좀 그런데. 도망치려거든 나에 대한 정보만은 함구해주면 안 될까? 부탁할게."

"일단 도망쳐버리면 주인님이 어찌 되든 알 바 아니라고요……!"

"으응, 마리아는 그런 짓 안할 것 같아. 그냥 내 추측이지만."

"──윽!"

내 가벼운 말투에, 마리아는 말문이 막혔다.

이건 상식의 차이다.

나는 어찌 되든 상관없다는──앞으로 상황이 어떻게 되든 허용할 수 있는 문제라고 생각하고 있다. 그렇기에 그냥 아무렇게나 대충 얘기할 수 있다.

마리아는 노예가 주인에게 거스르는 건 중죄라고──주인에게 충성을 다하는 것이 당연한 일이라고 생각하고 있

141

다. 그렇기에 진지하게 생각하고 있다.

침묵 속에서 마리아는 줄곧 내게 비난을 퍼부었다.

다시 마리아의 자유에 대해 장황하게 설교할 수도 있겠지만, 그랬다가는 어제 상황이 되풀이될 뿐이다.

애초에 '안력'을 가진 마리아라면, 내가 무슨 말을 하려는 건가 하는 것쯤은 이 침묵을 통해서 감지할 수 있을 것이다. 그래서 나는 굳이 일일이 설명하려 하지 않았다.

"하아…… 이럴 땐 좀 자신 있게 딱 잘라 얘기해주셔야죠……."

먼저 침묵을 깬 건 마리아였다.

예상대로 '안력'을 이용해서 내 심정을 파악한 모양이다. 그 때문인지, 이번에는 '그냥 내 추측이지만'이라는 식의 내 자신 없는 태도를 비난한다.

나와 마찬가지로, 상식의 차이에 대해서 논쟁을 벌여봤자 헛수고라고 판단한 모양이다.

"나는 그렇게 딱 잘라 얘기할 수 있을 만큼 마리아에 대해서 잘 아는 건 아니니까. 다만, 애초에 그런 소리를 하는 애는 그런 짓 안 해. ……안 할 거라고 생각해."

"뭐예요, 그 이론은. 안이하기 짝이 없네요."

원래 세계에서 본 영화나 만화에서 얻은 지식이다. 창작물의 학설이라고나 할까.

"아마 안이한 게 맞겠지. 하지만 방침을 바꿀 생각은 없어. 자, 마리아의 마법을 사러 가자."

"안이해요. 정말 안이해요⋯⋯."

마리아는 계속 중얼거리면서 걸어갔다. 불평은 많지만, 일단 내 방침에 따르기로 한 모양이다. 분위기로 보아 별 문제없을 거라 추측된다.

하지만, 솔직히 말해서 그런 추측은 믿을 게 못 된다. 왜냐하면 나는 사람 보는 안목이 없기 때문이다. '표시'를 통해 남들의 스테이터스를 훔쳐보고 숫자만으로 판단하는 나에게는, '사람 보는 눈' 같은 고등의 안목은 평생 가질 수 없을 것이다.

자기 자신의 한심한 천성을 원망하면서, 마석을 구할 수 있는 가게로 향했다.

술집에서 그렇게 멀지 않은 곳에 '마법상점'이 있었다. 마법이나 마술식에 관련된 물품을 취급하는 가게를 통칭 '마법상점'이라 부른다. 금붙이를 파는 가게를 무기상점이라 부르는 것과 마찬가지다.

"어서 오세요."

가게로 들어서자마자, 쾌활한 인사가 우리를 맞이한다.

마법상점이라는 이름만 듣고 옛날얘기에 나오는 마녀가 사는 집 같은 곳을 떠올렸지만, 그런 것과는 전혀 다른 분위기였다.

굳이 표현하자면, 원래 내가 살던 세계에 있는 서점에 가깝다. 손님의 움직임에 지장이 없을 만큼의 공간만 남겨두고, 책장이 빼곡하게 늘어서 있다.

우선 카운터에 앉아 있는 여인에게 말을 걸었다. 흰칠한 키에 엘프 귀를 가진 점원이다.

"마법을 익힐 때 쓰는 마석을 사러 왔는데요……."

"마석 말이군요. 알겠습니다. 어디 보자…… 요즘은 재고가 적어서……. 으음, 일단 이 카탈로그를 보여드릴게요. 이 중에서 고르시면 된답니다."

점원은 그렇게 말하고 카운터 밑에서 낡은 카탈로그를 꺼낸다. 가볍게 넘겨보며 확인하니, 대량의 마석 이름들이 나열되어 있었다. 다만, 재고 없음이라는 딱지가 여기저기에 붙어 있다.

"이 '재고 없음'이라는 건……."

"네, 말 그대로예요. 요즘에는 어느 나라나 다 품귀현상을 겪고 있거든요. 안 그래도 수량이 적은 데다가, 대회나 이벤트가 얼마 안 남아 있으니까요. 쓸 만한 건 거의 없어요. 예약을 하신다고 해도, 상품은 대회가 끝난 후에나 받으실 수 있을 거예요. 소재도 적은 데다가 생산 속도도 더딘 상품이니까요."

이 세계에는 투기장이라는 곳이 있다. 그 연장선상에 전투를 생업으로 삼는 사람들 중 최정상을 결정하는 '무투대회'라는 것이 있다고 들었다. 아마도, 그 대회에 참가하는 사람들이 마법을 구입해 가는 시기인 모양이다.

왜 하필 타이밍이 이런지 낙담하면서 카탈로그를 훑어봤다.

대충 보기에도 수천 가지 마법이 있었다.

"잠깐 자세히 좀 볼게요."

공격마법과 회복마법, 속성마법과 보조마법처럼 나에게도 친숙한 기본적인 것들부터, 생활마법이나 의식마법 같은 것까지 있다.

일단 마리아에게 보조용 마법을 하나 구입해주고 싶다. 하지만 유용해 보이는 것들은 하나같이 재고 없음 상태였다.

당사자인 마리아는 내 뒤쪽에서 호기심 어린 눈길로 가게를 둘러보고 있었다.

"마리아도 좀 봐. 재미있어 보이는 게 있으면 사줄 테니까."

"아, 네. 알았어요."

어슬렁거리며 가게 안을 둘러보던 마리아를 불러서, 마법 선택에 가담시킨다.

"잠깐만요, 손님. 혹시 그 아이에게 가르치실 생각인가요?"

점원은 당황한 얼굴로 우리를 제지한다.

마리아 같은 어린아이에게 마법을 사주는 건 흔치 않은 경우인 모양이다. 나는 키가 큰 편이라서 어린애 취급을 받는 일 없이 쇼핑을 할 수 있었지만, 마리아의 키로는 그렇게 넘어갈 수 없는 모양이다.

"애한테 사주면 문제가 되요?"

"아뇨, 그 아이는 좀 지나치게 어려서…… 우선 마법에 대한 소양이 있는지 어떤지를 조사해보시는 게 좋지 않을

지……."

가능하면 어린아이에게는 팔고 싶지 않은 것이리라. 완곡
하게 거절하려는 태도임을 알 수 있었다.

점원은 카운터 밑에서 수정구슬이며 종이 다발을 꺼낸다.

"그걸로 알아볼 수 있나요?"

"아, 네. 이 수정에 손을 대면, 그 사람이 가진 피의 질이
며 양을 알 수 있답니다. 그것에 따라, 익힐 수 있는 마법의
장르와 용량을 판정할 수 있죠."

참 편리한 물건도 다 있구나 싶어서 수정구슬을 찬찬히
관찰한다.

마법이 발달한 세계이니만큼, 이런 도구도 개발돼 있는
모양이다.

그리고 나는 방금 점원이 얘기한 '익힐 수 있는 마법의 장
르와 용량'이라는 말에 대해 고찰한다. 아마, 익힐 수 있는
마법에는 제한이 있는 것이리라. 돈만 있으면 카탈로그에
있는 마법을 모조리 익힐 수 있으리라는 기대는 품지 않는
게 좋을 것 같다.

"그럼 아가씨. 여기에 손 한번 대보겠니?

점원이 마리아에게 마법도구를 내밀었다.

"네."

마리아는 수정에 손을 얹는다. 그러자, 곧바로 수정구슬
안에 빨간 안개가 생겨났다.

"어, 어라? 오오, 괴, 굉장해. ……중견 수준의 마력입니

다. 게다가 불과 무(無)의 2중 속성까지!"

마리아 정도면 중견 수준이라는 모양이다. 그럼, 나와 디아는 어느 정도 수준일까.

눈앞에 있는 수정구슬을 만지기가 두려워졌다.

재능 있는 아이를 발견해낸 것에 흥분했는지, 점원은 마리아에게 속사포처럼 칭찬의 말들을 쏟아낸다.

"아가씨 정말 굉장해. 이 언니도 꽤 오랜 세월 동안 이 일을 해왔지만, 아가씨처럼 젊은 나이에 이렇게 강한 마력을 가진 사람은 본 적이 없는걸."

"고, 고마워요……."

칭찬 받는 데에 익숙지 않은 건지, 마리아는 부끄러운 듯 카탈로그로 얼굴을 가렸다.

"그럼, 다음은 거기 오빠 차례예요."

수정구슬을 내게 내민다. 잠시 망설였지만, 마음을 다잡고 수정구슬에 손을 얹었다.

변화는 바로 나타났다. 수정구슬 전체가 한층 더 투명해진 것이다. 수정구슬은 원래부터 투명했었지만, 약간 존재했었던 오염되거나 탁한 부분까지 사라져서 완전히 투명해졌다.

"어, 어라? 이건 처음 보는 현상과 색깔이에요. 아니, 애초에 이걸 색깔이라고 해야 하는 건가요?"

점원은 그렇게 말하고, 근처에 있던 두툼한 책을 꺼낸다. 그 책을 뒤적여서 이 현상에 대해 조사하고 있는 모양이다.

나는 어떤 현상인지 대강 짐작이 갔으므로, 그런 그녀를 제
지하려 했다.

"아뇨, 괜찮아요. 딱히 조사할 것까지는……."

"아뇨, 아뇨, 금방 알아낼 수 있어요. 이 투명한 색은 '차
원속성'이라고 한다는 모양이네요. 엄청나게 마이너하고 오
래된 속성이에요. 다만, 색깔이 투명해서, 이 수정으로는
용량까지는 확인할 수가 없네요……. 죄송합니다……."

점원은 면목 없다는 듯 고개를 숙였다.

하지만 나에게 있어서는 충분한 결과였다. 내 스테이터스
로 미루어 보아 용량이 부족하지는 않을 것이다. 오히려 수
정구슬로는 측정할 수 없을 만큼의 용량이 있을 거라 생각
하는 게 타당하리라. 내 마력은, 중견이라는 평가를 받은 마
리아보다 몇 배는 더 높을 게 분명하다.

"괜찮아요. 제 속성을 알아낸 것만으로도 만족하니까요."

"수정 이외에 측정 가능한 도구가 있으면 좋을 텐데, 저희
가게에는 없지 뭐예요. 일단 차원속성의 카탈로그도 가져
올게요. 마이너한 마법 카탈로그가 분명 여기 있었을 텐
데……."

점원은 얇은 카탈로그를 꺼내서, 내게 건넸다.

가볍게 훑어보니, '별' '태양' '빛' '어둠' 등의 속성이 나열
되어 있었다. 이 마이너용 카탈로그 중에서도, 차원속성의
마법은 유난히 더 적었다. 고작 두 종류뿐이다.

"차원마법 〈커넥션〉, 차원마법 〈폼〉. 이 두 개밖에 없는

것 같네요……."

"저, 적기는 적네요. 아, 그렇지만 재고는 있을 거예요. 아니, 차원마법은 워낙 해당하는 사람이 없어서 남아 있다고 하는 게 맞을 테지만요."

"그럼, 둘 다 주세요."

"네? 괜찮으시겠어요? 본인 용량도 잘 모르는데?"

"뭐. 지금은 안 된다고 해도 언젠가는 익힐 수 있게 되겠죠, 뭐."

"너, 너무 가볍네요. 오빠, 혹시 갑부세요?"

"이 마법 정도는 가볍게 살 수 있을 만큼은요."

"부러워라. 알았어요. 그럼, 가져올 테니까 잠깐만 기다리세요."

점원은 자리에서 일어나서 가게 안쪽으로 들어갔다. 그러는 동안에 마리아에게 가르칠 마법을 정하기로 한다.

"마리아는 어때? 뭐 좀 재미있어 보이는 거 있었어?"

"시시한 것들밖에 없던걸요. 실용적인 불속성 공격마법은 전부 품절이에요. 다만, 무속성은 인구가 워낙 적어서인지, 그럭저럭 쓸 만한 게 남아 있었어요."

마리아가 보던 카탈로그를 살펴본다.

마리아의 말마따나, 불속성은 재고가 남아 있는 게 거의 없었다. 기본 중의 기본인 〈플레임 애로우〉조차도 남아 있지 않았다.

겸사겸사 얼음속성도 살펴보았지만 비슷한 상태다. 다

만, 나는 차원마법을 중심으로 생각하고 있으니 얼음속성
이 없더라도 딱히 문제 될 건 없다.

"이 〈파이어플라이〉는 어때?"

대충 살펴보고 적당해 보이는 걸 가리킨다.

"네? 그거요?"

반딧불이의 이름을 가진 마법으로, 불을 이용한 눈속임을
가능하게 해주는 마법이라고 한다. 열기가 약해서 공격력
은 없다는 주의사항이 적혀 있다.

"나는 마리아한테 공격력을 기대하는 게 아냐. 보조를 해
줬으면 하는 거지."

"그런가요……. 무속성 쪽은 〈임펄스〉가 제일 좋아 보이
네요. 제대로 된 공격마법이에요."

마리아는 무속성 난에서 〈임펄스〉를 가리킨다.

사정거리가 짧은 진동마법이라 적혀 있다. 그 마법을 단
거리에서 맞은 적은 충격 때문에 몇 미터를 나가떨어진다고
한다.

"그럼 그 두 개를 사자. 가격도 적당해 보이니까. 그리고
내가 쓸 마법으로, 적당한 빙결마법을 하나 사둘까."

"……."

"왜 그래?"

"정말 거액을 척척 내시네요."

마리아는 기가 막힌다는 듯 나를 쳐다본다.

"목숨 걸고 싸워서 손에 넣은 돈이니까. 안 쓰면 손해잖아."

"그냥 남들처럼 저축하시면 될 걸……."

마리아는 내 의견에 정면으로 반박한다.

하지만 내게 저축이라는 발상은 전혀 없다. 결국은 이 세계에서 빠져나갈 생각이니 당연한 일이다.

"──자아, 오래 기다리셨어요. 오빠, 마석 가져왔어요."

마리아와 입씨름을 벌이고 있는 사이에 가게 안쪽에서 점원이 나왔다.

"고맙습니다. 그리고 얘한테 사줄 마법도 정했어요. 〈파이어플라이〉와 〈임펄스〉로 부탁드릴게요. 덤으로 빙결마법 〈리틀 스노우〉도 구입할게요."

"〈파이어플라이〉, 〈임펄스〉, 〈리틀 스노우〉라고 하셨죠? 바로 가져올게요. 다만, 〈리틀 스노우〉는 두 분의 속성에 안 맞으니까 익히실 수 없을 텐데요?"

"아아, 그건 신경 쓰지 마세요. 부자의 돈자랑이니까요."

아까 수정으로 측정했을 때 빙결속성의 적성은 나타나지 않았다. 히지만 내가 빙결마법을 사용하고 있는 건 사실이니, 한번 시험해볼 필요가 있다.

"하아, 돈자랑이라. 제 입장에서야 뭐 팔리면 좋긴 하지만요."

"대금은 선불로 낼게요."

"네. 감사합니다."

값은 금화 두 닢도 채 되지 않았다. 〈임펄스〉가 약간 비싼 편이었지만, 그 이외에는 용도가 한정되어 있기 때문에 저렴했다.

늘 그랬듯이 뒤에 매달고 있는 보따리에서 꺼내는 척을 하며 '소지품'에서 금화 두 닢을 꺼냈다.

"하아…… 정말 척척 내버리는군요……."

마리아는 도무지 믿기지 않는 광경이라도 보듯 나를 쳐다본다.

돈 얘기가 나올 때마다 그 표정을 짓는 것 좀 그만해주면 좋을 텐데.

"구입해줘서 고마워요. 정말 부자신가 보네요. 그럼, 바로 아가씨 마석을 가져올게요."

돈을 받은 점원은, 거스름돈인 은화와 차원마법 마석을 내게 건넨다.

차원마법 마석은 신비로운 색채를 내뿜고 있었다. 물건만 보면 미궁에서 구할 수 있는 마석과 다를 게 없지만, 새겨져 있는 세공이 전혀 다르다. 돌 내부에까지 빼곡하게 새겨진 마술식이 이채로운 분위기를 내뿜고 있다.

"제법 예쁜데. 삼키기가 아까울 정도로."

"장신구로 쓰는 분도 계세요. 애초에 그렇게 생긴 액세서리도 있다나 봐요."

마리아는 나를 위해 지식을 선보인다. 액막이를 위해서 신성마법의 마법석을 결혼반지로 만드는 사람도 있다고 한다. 그런 얘기를 주고받다 보니, 점원이 마리아의 보석을 가져온다.

"자, 이게 아가씨의 마석이에요. 그리고 국가에서 발행한 증명서도 첨부해둘게요. 무슨 일 생기면 다시 한 번 가게로 찾아오세요. 부자 손님이니까 애프터서비스도 철저하게 해드리죠."

"고마워요. 그나저나, 이건 이 자리에서 바로 삼켜도 되는 건가요?"

"네, 물론이죠. 물 가져다드릴까요?"

"부탁할게요. 처음 삼키는 거니까, 전문가분이 곁에 있는 게 좋을 것 같아요."

"네에."

점원은 익숙한 동작으로 가게 안쪽에서 물을 가져왔다. 그리고 나와 마리아는 점원이 준 물과 함께 마석을 삼켰다. 나는 빙결마법을 포함한 세 개, 마리아는 두 개다.

돌을 삼킨다는 행위에 대한 거부감이 있긴 했지만, 마리아가 두 말 없이 단번에 삼키는 걸 보고 나도 지지 않겠다는 듯 마석을 삼켰다.

마리아가 마석을 모두 삼킨 걸 보고 점원은 칭찬의 말을 퍼붓는다.

"좋아, 아가씨, 축하해. 이제 마법을 쓸 수 있을 거야. 그치만 가게 안에서 쓰지는 말아줘. 아, 오빠 쪽은 쓸 수 있을지 어떨지 모르겠지만요."

"저도 알아요. ……어때, 마리아. 효과가 있는 것 같아?"

"전들 그걸 어떻게 알겠어요. 저도 처음 먹는 거라고요."

마리아는 자기 손바닥을 쳐다보고 있었지만, 뭐가 달라진 건지 감이 안 잡히는 모양이다.

"저기요, 잠깐 밖에 나가서 시험 좀 해볼게요."

"다른 손님도 없으니까, 저도 따라가서 지켜봐드릴게요."

친절하게도 우리의 마법을 지켜봐준다고 한다.

점원은 우리를 밖으로 데리고 나가서 가게 뜰로 안내했다. 지푸라기 인형으로 된 표적이 설치되어 있는 걸 보면, 손님들이 시험사격을 해보는 건 흔한 일인 모양이다.

"그럼 아가씨, 연상해보세요. 몸속을 순환하는 마력이 손바닥으로 모여들고, 그 마력의 열기가 급상승해서 넘치듯 손에서 불꽃이 흘러나오는 이미지를요. 그리고 읊조리는 거예요. 〈파이어플라이〉라고!"

"——파, 〈파이어플라이〉!"

마리아의 손에서 불길이 분출된다.

점원의 지도도 능숙했다. 아마 많은 사람들에게 마법을 지도한 경험이 있는 것이리라. 마리아는 이 점원에게 맡겨 둬도 괜찮을 것 같다. 나는 내 마법을 시험해봐야 한다.

"오! 아가씨, 굉장해요! 정말이지 센스의 결정체라니까요. 그럼 이제 다음으로 넘어가죠. 다음은 무색의 마력을 긁어모으는 이미지에요. 무색의 마력이 모여들어서, 당장이라도 손바닥 밖으로 뛰쳐나가려고 경련하고 있는 거예요. 그 경련을 억누르고 또 억누르고——그리고 외치는 거예요. 〈임펄스〉라고!"

"——〈임펄스〉!!"

지푸라기 인형이 나가떨어진다. 그 모습을 시야 한쪽으로 포착하면서 '스테이터스'를 '표시'시킨다.

【마법】

빙결마법 : 프리즈 1.04   아이스 1.06

차원마법 : 디멘션 1.42   커넥션 1.00   폼 1.00

고유마법 : 디멘션 · 멀티플 1.02   디멘션 · 글래디에이트 1.04

자신의 마법을 확인한다.

〈커넥션〉, 〈폼〉은 새로 생겨나 있지만, 〈리틀 스노우〉 항목은 생겨나지 않았다.

가게 안에서 받은 속성 진단 결과에 따르면, 내게 빙결속성 소양은 없었다. 나는 차원마법밖에 구사할 수 없는 걸까? 그렇다면 현재 습득한 상태인 〈프리즈〉와 〈아이스〉가 존재하는 이유를 알 수 없다.

다른 가설을 생각하자면 용량이라는 게 부족했기 때문일 가능성도 있지만, 확신은 할 수 없다. 마법상점의 마법진단이 애매모호했으니 스스로 여러모로 시험해보는 수밖에 없을 것 같다.

불명확한 점들은 차후에 해소해나가기로 하고, 일단은 이번에 구한 마법들에 대한 상세정보를 파악하기로 한다.

【커넥션】

소비MP 100

상급 차원마법 술사의 역량에 따라 차원을 연결한다

【폼】

소비MP 1

차원마법의 기초 차원 · 시공의 개념을 부여한다

아까 본 카탈로그에 적혀 있던 소개문과 별반 다를 게 없는 설명이다.

다만, 문장만 보자면 저절로 〈커넥션〉 쪽으로 기대감이 쏠린다. 설명 그대로라면 곧장이라도 원래 세계로 돌아갈 수 있을 것 같다.

내가 스스로의 마법을 조사하고 있으려니 마법 연습을 마친 마리아가 다가온다.

"주인님! 저도 마법을 쓰는 데 성공했어요!"

"……밖에서는 주인님이라고 부르지 좀 마. 그리고 잠깐 조용히 좀 있어. 나도 마법을 쓸 테니까."

마리아는 들끈 얼굴로 떠들고 있었다.

만약에 〈커넥션〉으로 원래 세계로 돌아갈 수 있다면, 오히려 내가 더 신이 날 상황이다. 나는 마리아를 방치해두고 마법을 시도했다.

이미지──오직 하나의 염원. 원래 세계로 돌아가는 이미지──!

"──마법 〈커넥션〉!"

손을 내뻗고, 모든 마력을 쏟아 부을 각오로 마법을 구축했다.

차원에 간섭하는 마력이 손바닥으로부터 용솟음친다. 그리고 주위의 공기를 집어삼키고, 응축되어, 마력으로 구성된 연보라색 벽이 생겨난다.

아니, 자세히 보면 벽이 아니다. 일렁이는 수면에 비추어진 것 같은, 형태가 일정치 않은 마법의 '문'이었다.

그 문으로 손을 가져간다. 이미지 그대로라면 이건 내 원래 세계로 이어져 있을 것이다.

문을 밀어서 열려고 했으나──

"──아, 안 열리잖아."

문은 꼼짝도 하지 않았다.

내가 마법 문을 열어봤다가 당겨봤다가 하며 애쓰고 있으려니, 점원이 신기해하며 다가온다.

"헤에, 이런 건 처음 봐요. 이게 차원마법 〈커넥션〉이군요. 책에서밖에 본 적 없는 마법을 이 두 눈으로 볼 수 있게 되다니, 감개무량이네요. 하지만 그건 그대로는 안 열릴 걸요. 그건 다시 한 번 영창해서 '쌍'으로 만들어야 작동하게 돼 있거든요."

"네? '쌍'이라고요?"

"자, 자, 다시 한 빈 영창해보세요."

점원은 이 마법에 대해 나보다 더 잘 알고 있는 것 같다. 이럴 때는 전문가인 그녀의 말을 따르는 게 좋을 거라 판단하고, 다시 한 번 마법을 영창한다.

"마법 〈커넥션〉."

점원의 지시대로 근처에 또 하나의 문을 만들어냈다.

"이제 이 문과 저 문이 통하게 돼 있을 거예요. 문헌에 나온 얘기가 사실이라면요."

보아하니 자기 힘으로 설치하는 '어디로든 문' 같은 것인 모양이다. 이 마법의 사용법이 이해가 간다.

"그런 거였구나. ……좋아, 가봐, 마리아."

"네? 싫어요. 수상해요. 무서워요."

나도 같은 심정이다.

내가 만든 문이긴 하지만, 척 보기에도 물질적인 것이 아닌 듯 보이는 연보라색 문을 지나가는 건 용기가 필요하다.

어쩔 수 없이 내가 나서서 경계를 늦추지 않은 채 오른손으로 문을 민다. 이번에는 아무런 저항 없이 문이 열렸다.

또 하나의 문이 열리고, 그 안에서 내 오른팔이 나오는 것이 보인다.

뭐야 이거, 무섭잖아…….

"문헌에 나온 내용이 맞았네요. 축하드려요, 오빠."

"고, 고맙습니다."

"그치만, 가실 때는 꼭 없애고 가세요. 거추장스러우니까."

"아, 네."

팔을 거둬들이고 문을 지우는 이미지를 떠올리니, 문은 말끔하게 사라졌다.

아무래도 '귀환'할 수 있는 수단은 되지 못할 것 같다. 게임으로 따지자면, 워프게이트에 해당하는 마법이리라. '귀환'하고 싶으면 우선 이 문을 원래 내가 살던 세계에 설치해야만 한다. 하지만, 그런 게 가능했다면 애초에 이런 고생을 할 일도 없었겠지.

마음을 가다듬고 나머지 하나의 마법도 점원에게 선보이기로 한다.

"죄송해요. 나머지 마법 하나도 좀 가르쳐주실래요?"

"다른 하나의 마법⋯⋯ 〈폼〉 말씀이군요. 으음, 〈커넥션〉은 삽화도 있고 알아보기 쉬운 마법이지만, 〈폼〉은 자료가 워낙 적어서 말이에요. 차원마법을 '부여'한다는 것밖에 아는 게 없거든요."

애석하게도, 다른 하나의 마법 쪽은 완전히 추측밖에 할 수 없는 수준인 모양이다.

할 수 없이, 직접 써서 실험해보기로 한다.

"그럼, 일단 한번 써볼게요. ――마법 〈폼〉."

적당히 마법을 구축해서, 앞쪽을 향해 마력을 내쏜다.

손바닥에서 발생한 것은 연보라색 비눗방울이었다.

"거품⋯⋯인가요?"

점원은 어리둥절한 표정으로, 손가락으로 그 비눗방울을 쿡 찌른다.

그러자 그것은 비눗방울처럼 터져 나가지는 않고, 안개처럼 흩어져서 사라져버렸다.

"거품이네요."

나도 똑같은 감상을 느낀다. 다만, 나는 그것이 단순한 거품이 아니라는 걸 알고 있다.

거품을 지배하고 있는 나만은 직감적으로 이해할 수 있다. 이 거품은 **어긋나 있다**.

아마도 이 거품의 윤곽을 구성하는 것은 수분이 아닐 것이다. 이건 물속성 마법이 아니니 당연한 일이다. 이 둥근 윤곽을 만들어내고 있는 것은 **차원의 어긋남**이다.

"어때요, 오빠? 뭔가 좀 알 것 같아요?"

"아뇨, 딱히……. 그냥 거품이라는 것밖에 모르겠어요……."

여기서 전문가인 점원에게 마법의 감촉을 곧이곧대로 설명해주면, 효과적인 이용 방법을 알아낼 수 있을지도 모른다. 하지만 모처럼 이 세계에서도 이용자가 극소수인 마법을 손에 넣지 않았는가. 최대한 비밀로 하고 싶은 마음이 앞서서 점원에게 거짓말을 하고 말았다.

"그러셨군요. 아쉽네요."

"〈폼〉은 별 쓸모가 없을 것 같네요. 그래도 여러모로 점원님 도움이 컸어요. 저나 이 아이나 둘 다 초보자니까요."

"별 말씀을요. 이게 제 일인걸요."

겸손하게 고개를 가로젓는 점원에게 감사의 뜻을 전했

다. 그리고, 내 거품을 쿡쿡 찌르고 있는 마리아에게 말을
걸었다.

"마리아, 넌 더 안 해봐도 돼?"

"괜찮아요. 요령은 익혔어요."

마리아는 자신만만하다. 종업원에게 재능에 대한 칭찬을
받고 들떠 있는 것 같다.

"그럼 이만 실례할게요. 고맙습니다. 아마 다음에 또 오
게 될 거예요."

"네, 안녕히 가세요. 오빠. 아가씨도요."

"신세 많이 졌습니다. 이만 실례할게요."

서로에게 작별인사를 건네고, 나와 마리아는 마법상점을
떠났다.

떠나가는 우리의 모습이 시야에서 사라질 때까지 점원은
손을 흔들고 있었다.

그 인사는 내가 아닌 마리아에 대한 인사인 것 같은 느낌
이 든다. 점원이 마리아를 마음에 들어 했다는 건, 척 봐도
명백히 알 수 있었다. 다음에 또 마법이 필요해지거든 이 가
게로 사러 와야겠다. 마리아를 데려오면 여러모로 서비스
를 받을 수 있을 것 같다.

점원을 향해 마주 손을 흔드는 마리아의 얼굴은 해맑다.
물론 내 얼굴도 마찬가지일 것이다.

힘을 얻고 들뜨지 않는 사람은 없다. 나 같은 게임 마니아
에게 있어 새로운 마법을 얻는 이벤트는 너없는 쾌감을 주

는 법이다.

이렇게 우리 두 사람은 새로운 마법을 습득함으로써, 다음 미궁 탐색을 위한 새로운 발판을 손에 넣었다.

곰만큼 커다란 갑각류가, 늑대와도 같은 속도로 덮쳐든다.

상대가 몬스터가 아니라면 설명하기 힘든 광경이다.

가재 같은 형태를 한 그 빨간 몬스터는, 집게발이 달린 팔을 내게 휘두른다.

검을 이용해서 집게발을 튕겨내고, 상대의 관절을 베어버리려 한다. 하지만 실패했다. 그 직전에 적이 몸을 트는 바람에 검은 단단한 껍질 부분에 막혀버리고 말았다.

아까부터 실수가 많다. 바닥이 질척거려서 무슨 행동을 해도 위화감이 느껴지는 탓이다. 반면에 가재처럼 생긴 몬스터는 민첩하게 움직이니, 수지타산이 영 맞지 않는다.

결정타를 먹이기는 힘들 것 같다 판단하고 후퇴를 선택하려 했을 때, 마리아의 목소리가 울려 퍼진다.

"〈파이어플라이〉!"

작은 불꽃이 몬스터의 머리 부분에 달라붙는다.

그 불꽃 때문에 시야가 혼란되어, 저도 모르게 양팔을 얼굴 쪽으로 가져가서 불꽃을 털어내려 한다.

그 빈틈을 놓칠 내가 아니다. 몬스터에게 육박하여 아까 실패했던 관절 공격을 성공시켜 그 양팔을 잘라내버린다.

양팔을 잃은 몬스터는 비명을 내지른다.

뒤이어서 눈에 보이는 모든 급소를 검으로 공격한다. 다른 관절들, 팔다리의 가느다란 부분, 감각기관——명확한 약점을 알 수 없었기에, 그 급소들을 모조리 파괴해나간다.

"——까아아아아!"

몬스터는 단말마의 비명과 함께 빛이 되어 사라졌다.

사라져 가는 몬스터를 바라보고 거친 숨을 몰아쉬며 성취감에 젖어 쓴웃음을 지었다.

【칭호 『늪 속에 숨은 자』를 획득했습니다】
마력에 +0.05의 보정이 붙습니다.

"하아…… 성가신 적이었어."

"축하드려요, 주인님."

"주인님이라고 부르지 좀 말라니까 그러네."

멀찌감치 떨어져서 보조에 전념하던 마리아가, 이쪽으로 다가오며 축하의 말을 건넨다.

마법을 익힌 후, 우리는 바로 다시 미궁에 들어왔다.

마리아의 레벨이 오른 덕분에 별다른 걱정 없이 성큼성큼 안쪽으로 나아가는 중이다. 10층에 〈커넥션〉을 설치해둘 계획이기에, 현재로서는 10층을 목적지로 삼고 있다. 그리고 지금, 마리아와 힘을 모아서 8층의 몬스터를 해치운 것이다.

몬스터가 떨어뜨린 드롭 아이템을 주우면서, 또 나를 주인님이라고 부르는 마리아를 나무랐다. 하지만 마리아는 개의치 않고 얘기를 계속한다.

"이번에는 꽤 애를 먹으셨네요. 뭔가 문제라도 있었나요?"

"아니, 바닥이 불안정해서 싸우기가 영 껄끄럽게 느껴졌던 것뿐이야. 네가 마법을 써주지 않았더라면 더 애를 먹었을 거야. 적절한 타이밍이었어."

"아뇨, 아뇨. 보스전에서 제가 도움이 돼 드릴 수 있는 건 기껏해야 그 정도뿐인걸요."

마리아는 토라진 듯 새침한 표정을 지어 보인다.

이번 싸움에 들어가기 전에 후방에서 보조에만 전념하라고 지시했던 게 불만인 모양이다.

8층까지 다다르는 동안 단검으로 잔챙이 몬스터들을 몇 마리 처치해온 것 때문에 괜히 자신감이 붙은 모양이다. 지금까지 자기도 여러모로 활약해왔으니, 보스 몬스터를 상대할 때도 충분히 활약할 수 있을 거라고 생각하게 된 것이리라.

역시 어떤 사람이든, 급격한 레벨 업을 하게 되면 평정심이 사라지는 모양이다.

사려 깊은 성격이던 마리아마저 흥분 때문에 들떠서 어쩔 줄 몰라 하는 느낌이다. 고작 몇 시간 만에 두 배 이상의 근력과 체력을 갖게 된다는 건, 여러모로 말썽을 동반하는 것 같다.

그런 마리아를 강력한 적과의 전투에 참가시키는 건 불안 감이 남는다. 〈디멘션〉으로 몬스터의 일거수일투족을 감시 하고 있더라도, 처음 접하는 공격으로부터는 마리아를 지 켜주기 힘들지도 모른다.

"아니, 방금 그 보스 정도는 마리아 혼자서도 잡을 수 있 었을지도 모르긴 해. 하지만, 보스는 무슨 짓을 해 올지 예 측할 수 없으니까. 조금 더 레벨이 오를 때까지 기다리는 게 좋을 거야."

"그럴 때일수록, 뭐랄까, 노예인 저를 총알받이로 쓰셔야 하는 것 아닌가요?"

"노예가 아니라니까 그러네. 그리고 난 그런 거 싫어."

나는 마리아를 친구로 대하고 있지만, 마리아는 스스로를 노예라 생각하고 있다.

만약에 마리아 말마따나 그녀를 총알받이로 삼았다가 그 녀가 죽기라도 한다면, 나는 자기혐오 때문에 죽고 싶은 충 동에 휩싸일 것이다. 마리아는 그걸 모르고 있다.

아니, 알고 있으면서도 이렇게 구는 건지도 모르지 만……

"하아……. 모질지 못하신 건 여전하네요."

"아니, 충분히 모질어. 이런 때가 아닌, 더 중요한 상황에 서 적재적소에 마리아를 활용하려는 것뿐이야."

165

"또 거짓말. 그냥 과보호일 뿐이잖아요."

그렇게 말하면서 마리아는 손에 든 나이프를 갖고 논다. 손 안에서 빙글빙글 돌리기도 하고, 저글링을 하듯 던지기도 한다.

레벨이 7이 된 만큼 기량도 상당히 오른 것이리라. 그 상승한 능력을 실감하고 싶어서인지, 마리아는 아까부터 쉴 새 없이 몸을 움직여 대고 있다.

나는 그런 마리아의 태도를 보다 못해 못을 박아둔다.

"과보호하려는 생각은 전혀 없어. 지금 마리아가 마음이 너무 들떠 있는 것 같아서 이러는 것뿐이야. 한마디로, 네가 개죽음을 당하면 손해를 보는 건 바로 나라는 얘기라고. 내 입장에서는, 적어도 금화 네 닢의 가격만큼은 너를 부려먹고 싶으니까."

"그것도 순 거짓말이네요. 마음에도 없는 소리는 작작 좀 하시라고요. 예전에는 도망쳐도 상관없다고 했으면서."

"……."

그러고 보니까 그런 소리도 하긴 했었지…….

찔리는 구석이 있었기에 반론할 수가 없었다.

미궁을 탐색하면서 마리아와도 그럭저럭 대화를 주고받았는데, 말다툼을 벌여서 이긴 적은 한 번도 없었다. 마리아의 말주변이 나에 비해 뛰어나기 때문이기도 하지만, 가장 결정적인 문제는 스킬 '안력'이다. 그녀의 예리함은, 마치 내 마음속의 목소리까지 다 듣고 있는 게 아닐까 싶을 정도다.

마리아와의 말다툼에 패배하고 낙담해 있으려니, 〈디멘션〉의 탐색 능력이 또 다른 몬스터의 접근을 감지한다.

"아, 전방 오른쪽 모퉁이 너머에 몬스터가 한 마리 있어. 이 녀석 정도면 마리아 힘으로도 처치할 수 있을 것 같은데."

"드디어 나타났군요. 저만 믿으세요!"

4족보행을 하는 일반적인 짐승형 몬스터다. 8층에 있는 짐승형 몬스터들에게는 특수한 능력이 없다는 걸 알고 있었기에, 마리아의 연습상대로 붙여줬다.

랭크 8 몬스터, 바운드 도그.

레벨 7 탐색가라면, 여럿이서 포위공격을 하지 않으면 해치우기 버거운 몬스터다.

그런 적이건만, 마리아는 단검 한 자루만 든 채 맨몸으로 덮쳐든다. 그런 마리아를 지원하기 위해서, 나도 그 뒤를 따라갔다.

인간이 모퉁이 너머에서 기습을 가해 왔음에도 불구하고, 바운드 도그는 민첩하게 반응하여 짐승 특유의 움직임으로 크게 후퇴해 마리아의 첫 공격을 회피한다.

그리고 네 다리를 이용해 후퇴의 속도를 흡수하고, 헛손질을 한 마리아의 몸을 향해 곧바로 돌진하려 한다. 나는 차분하게 그 동작을 관찰한다. 마리아도 마찬가지다.

바운드 도그의 돌진에 대응해서 마리아는 몸을 날렸다.

바운드 도그의 등에 손을 짚고 뛰어넘었다. 그리고 뛰어넘으면서 그 등을 나이프로 벤다.

대미지를 입은 바운드 도그는 거리를 벌린 후에, 내가 아닌 마리아를 향해서 연신 돌격을 되풀이한다. 보통 사람이라면 눈으로 따라잡기도 힘들 만큼 재빠른 공격이다. 물론 마리아의 현재 속도보다도 훨씬 빠르다. 하지만, 그럼에도 마리아는 그것들을 모조리 회피해낸다.

마리아의 신체능력은 레벨 7의 평균, 혹은 그 이하밖에 되지 않는다. 그럼에도 이 바운드 도그의 스피드에 무난히 대처하고 있는 건, 오로지 스킬의 힘 덕분이다.

스킬 '안력'이 바운드 도그의 심리를 꿰뚫어 보고, 거동을 놓치지 않게 해준다.

스킬 '사냥'이 효과적인 움직임과 공격방법을 도출해낸다.

이 두 스킬이 어우러져서 몬스터의 약점을 정확하게 찌른다.

몇 번인가 돌진을 거듭했을 무렵, 바운드 도그의 몸은 이미 너덜너덜해진 상태였다. 중요한 근육과 인대만을 집요하게 노리는 마리아를 상대하다 보니, 장기인 그 속도마저 땅이 떨어지고 말았다.

최후에는 불마법에 의해 불살라지고, 인대가 끊어지고, 눈이 짓이겨지고, 심장을 찔러서 절명했다.

멋들어진 '사냥'이다. 마리아는 스테이터스에 비해서 강하다.

나와 디아에 비하면 좀 가엾은 수준이지만, 평균적인 탐색자들보다는 우수하다.

군이 내가 손을 댈 필요도 없이, 마리아는 8층의 몬스터를 처치했다.

"허억, 허억……. 죄송해요. 좀 애를 먹었네요."

"아니, 첫날에 이 정도로 해낼 수 있다는 건 대단한 거야."

"아뇨, 원래부터 이런 적을 상대하는 건 자신이 있었는걸요. 그래 봤자, 마을에서 상대한 건 작은 동물 같은 것들뿐이었지만……."

"호오, 그래서 그렇게 잘 싸운 거였구나."

스킬 중에 '사냥'이 있었던 데에는 다 이유가 있었던 것이다.

"예전에는 눈으로는 몬스터의 움직임을 파악해도, 몸이 따라잡지 못했었어요. 하지만, 지금은 달라요. 몸이 가볍고 힘이 용솟음치는걸요. 굉장해요. 이렇게 무시무시한 짐승을 상대로도 싸울 수 있다니."

마리아는 즐거운 표정으로 피투성이 단검을 휘둘러서 피를 털어낸다. 몬스터를 처치한 덕분에 성취감을 얻은 모양이다.

원래부터 '사냥'이라는 행위에 소질이 있었던 것이리라. 레벨 7이 된 덕분에, 자기가 원하는 대로 움직여 주는 몸을 얻을 수 있게 된 것으로 보인다.

그 후에도, 마리아에게 몬스터 처치를 일임해도 문제는 일어나지 않았다.

물리공격이 통하지 않는 특수한 몬스터와 맞닥뜨리더라도, 스킬 '안력'으로 약점을 꿰뚫어 보고 마법을 이용해 공격하니 빈틈이 없다. 아니, 오히려 그런 특수한 적을 상대로 할 때야말로 마리아가 가진 능력의 진가가 발휘되었다. 특유의 통찰력을 이용해서 유효한 공격을 선택하는 그 모습은, 내 전술과 비슷하게 느껴졌다.

8층을 지나서 9층에 다다랐다.

9층부터는 마리아 혼자 힘으로는 대처하기 힘든 몬스터들이 많아졌다.

애초에 공격 자체가 먹혀들지 않으면, 예리한 안목만이 무기인 마리아로서는 어떻게 해볼 수가 없는 것이다. 그런 경우에는 〈파이어플라이〉를 이용한 지원에만 전념하게 하고, 내가 앞장서서 싸우게 된다.

적당히 몬스터를 사냥해가며, 마리아의 마법 지원이 통하는 것을 확인하면서 10층까지 나아간다.

그곳은 아르티가 지배하는 층. 불타오르는 화염의 공간이다.

주위에 아무도 없는 것을 확인하고, 실험을 위해 불꽃으로 다가갔다.

"아르티. 내 말 들려, 아르티?"

전화를 하는 것 같은 감각으로 불꽃에 말을 건다.

"이봐, 아르티, 내 말 들리면——"

"그래, 다 들려. 거기는 내 집이니까."

내가 말을 걸었던 불꽃이 입 모양으로 변해서 대답한다. 뒤에 있는 마리아가 놀라는 기색이 느껴졌다.

"반신반의했었는데, 정말 대답하는구나."

"당연하지. 하지만 본체가 지금 좀 바빠서 말야. 미안하지만 너무 길게는 얘기 못 해."

"알았어. 이 층에 내 마법을 설치해두고 싶은데, 괜찮겠어?"

"아까 얘기했던 차원마법 말이지? 괜찮아. 바로 자리를 마련해주지."

아르티가 그렇게 말하자, 불꽃 일부가 꺼져서 길을 터준다.

"그 길 끝에 불꽃이 없는 공간을 만들어뒀으니까 시험해 봐."

"한번 해볼게."

아르티가 만들어준 길을 따라가, 불꽃이 없는 공간에서 마법을 영창한다.

"마법 〈커넥션〉."

이미지를 연상한다. 보라색의 마력 덩어리. 마법의 문 구축.

손바닥에서 쏟아져 나온 마력이 모여들어서 문을 형성──하지만, 채 고정되지 못하고 사라져버렸다.

"──큭. 방의 마력이 너무 강해서 문이 안 만들어지잖아……!"

〈커넥션〉은 섬세하고 약한 마법이다.

그 때문에, '정도'상에서는 결계의 작용 때문에 문을 유지할 수 없다. 그 외의 공간에서는 몬스터에 의해 파괴당하기 십상이다. 그렇기에 결계도 몬스터도 존재하지 않는 10층을 설치 위치로 선택한 거였는데, 여기는 주위의 마력이 너무 거칠어서 문제인 모양이다.

"으음. 나도 아까부터 그 위치에서 마력을 없애려고 애써 보고 있지만, 잘 안 되는 모양이야. 이 방은 내가 살아 있다는 증거니까. 불꽃은 그렇다 쳐도, 마력 그 자체에 구멍을 뚫는 건 어려운 것 같아."

"어떻게 좀 해볼 수 없겠어? 여기에 이걸 설치할 수 있느냐 없느냐 하는 건 꽤 큰 차이라고."

10층까지의 미궁 탐색은 이미 가치를 상당히 잃은 상태다. 이번에는 마리아가 있으니까 사냥을 하면서 왔지만, 다음부터는 그럴 필요도 없을 것이다. 여기까지 이동하는 데 걸리는 시간은 최대한 단축하고 싶다.

"으음…… 무리일 것 같아. 이건 나한테 숨을 멈추라고 하는 거나 다름없는 거니까."

"그렇군……."

아르티는 미안해하며, 내 요구를 들어줄 수 없음을 알렸다.

하지만, 곧 다른 방안을 내게 제시한다.

"하지만, 티다의 방이라면 가능할지도 몰라. 거기는 이제 주인 없는 방이 됐으니까. 방의 마력이 사라져 있을 가능성이 높아."

"티다라……. 거기는 20층이잖아. 너무 먼데……."

"지크 정도 실력이면 20층쯤은 식은 죽 먹기잖아? 슬쩍 가서 시험해보면 될 거 아냐?"

"그렇게 쉽게 말하지 마. 지금은 마리아도 같이 있고, 시간도 빡빡해."

"흐으음……. 그렇단 말이지."

"그래도 다음에 시험해볼게. 오늘은 고마웠어. 일단 인사는 해둘게."

"아니, 그럴 것 없어. 협력자들끼리 서로 돕는 건 당연한 일이잖아. 무슨 일 생기거든, 얼마든지 또 부탁해도 돼."

그 말을 끝으로, 불꽃 입은 형태를 상실하고 평범한 불꽃으로 돌아갔다.

10층에서는 〈커넥션〉을 이용할 수 없다는 게 밝혀졌다. 다음 목표는 20층이 될 것 같다.

"다 끝났나요, 주인님?"

뒤에서 잠자코 기다리던 마리아가 말을 건다.

"그래, 끝났어. 일단 오늘 할 수 있는 일은 다 했어."

"방금 그 목소리는, 낮에 만났던 아르티 씨인가요?"

불꽃 입을 통해 말하긴 했어도, 음색 자체는 본체의 목소리와 다를 바가 없다. 마리아는 목소리의 주인공이 아르티라는 걸 눈치챈 모양이다.

"맞아, 아르티야. 그 녀석은 불꽃 분야의 스페셜리스트니까. 이런 것도 할 줄 알지."

"이건 그냥 스페셜리스트 수준이 아니잖아요……. 도대체 정체가 뭐죠, 그 분은……?"

"나도 자세한 건 몰라. 정체를 알 수 없는 녀석이지만, 지식을 갖고 있다는 건 확실해. 이 미궁에 대해 그 애보다 더 잘 아는 사람은 없을 거야."

아르티가 몬스터라는 사실은 함구해두기로 했다. 어찌 됐건 일단 서로 협력하는 사이이니, 그녀에게 있어서 불리할 수 있는 정보의 확산은 억제해야 한다. 무엇보다 아르티가 몬스터라는 게 들통 나면 뒷일이 두렵다.

"그렇군요……."

내가 아르티에 대한 정보를 감추고 있다는 걸 눈치챘는지, 마리아는 짤막하게 맞장구를 칠 뿐이었다.

마리아가 그걸로 만족한다면, 나도 더 이상의 설명은 하지 않기로 했다.

가볍게 스테이터스를 확인해 보니 남은 MP가 얼마 없었기에 이만 물러나기로 했다.

"그럼, 그만 집으로 돌아가자."

"어라, 벌써 돌아가는 건가요?"

"그래. 나는 아침부터 미궁에서 싸웠으니까, 이제 MP가 얼마 안 남았어."

"그렇군요. 그럼, 돌아가는 길에서 만나는 몬스터는 제가 맡아서 처리할게요."

마리아는 아직도 기운이 남아도는 모양이다.

스킬 '안력' '사냥'은 MP를 소모하지 않는 패시브(상시발동) 스킬이기 때문이리라. 나의 〈디멘션〉이 항상 MP를 소모한다는 걸 생각하면, 부럽기 그지없는 얘기다.

돌아가는 길에서는, 앞서 선언한 대로 마리아가 대부분의 몬스터를 해치웠다.

몇 번인가 위험한 상황도 있었지만, 내가 보조해준 덕분에 큰 부상은 입지 않고 지상까지 도달할 수 있었다.

그렇게 마리아의 미궁 탐색 첫째 날이 끝났다. 대성공이라 해도 과언이 아닌 전과다.

지상으로 나오는 즉시, 우리는 오늘의 전리품을 팔아서 돈으로 바꿨다.

환금된 돈을 보고, 마리아는 경악한다. 단 하루의 탐색만으로도, 우리는 몇 달 동안의 생활비에 상당하는 금액을 벌어들였다. 마리아의 기존 인식으로는 그것은 결코 있을 수 없는 일이었다.

"괴, 굉장해요. 미궁에서 나온 마석이 고가에 거래되는 건 알고 있었지만, 이 정도일 줄이야……. 이게 고소득이라고 소문이 자자하던 탐색가님의 실태였던 거군요……."

환금해서 얻은 돈이 든 보따리를 손에 들고 쳐다보면서 마리아는 바들바들 떤다.

"하긴 뭐, 이렇게 쉽게 돈을 벌 수 있다는 건 좀 이상하긴 하겠지……."

마리아의 말을 듣고, 지금까지 내가 터무니없는 수준의 수익을 얻고 있었다는 걸 실감한다.

그리고 기왕 이렇게 된 거, 그 실감을 마리아와 공유하고 싶다고 생각했다.

"그럼, 반은 마리아 걸로 해도 돼."

"네?"

"도움을 받았으니까, 반으로 나누는 게 어떨까 하고 생각하고 있는데……."

"아뇨, 아뇨아뇨! 그건 이상해요, 이상하다고요! 이 모든 건 다 주인님 덕분에, 주인님이 계셨기에 가능했던 일이었 잖아요!"

마리아는 고개를 획획 저으면서, 돈이 든 보따리를 내게 내민다.

하지만 나는 그 정도 푼돈에 별 매력을 느끼지 않는다.

티다를 처치하고 거금을 벌어들였던 탓에 금전감각이 이상해진 건지도 모른다. 그렇기에, 지금은 나 자신의 감각이 아닌, 소시민인 마리아의 의견을 받아들이기로 한다.

"아무래도 반반씩 나누는 건 좀 이상하긴 하지. 그럼, 마리아는 어느 정도면 좋다고 생각해?"

"아뇨, 저는 주인님 거니까, 보상 같은 건 받을 필요 없어요. 저는 그저, 이렇게 곁에 둬주시기만 해도 충분해요……."

마리아는 돈은 필요 없다고, 당연하다는 듯이 말한다.

자신은 내 노예라는 입장을 여전히 고수하려 한다. 오늘 아침에는 농담으로 넘겼지만, 이렇게까지 완고하게 굴면 나로서도 난감하다. 어쩔 수 없이 내 속내를 털어놓는다.

"그건 내가 싫어. 마리아라면 이미 알고 있을 거 아냐? 나는 노예를 거둘 수 있을 만큼 그릇이 큰 사람이 아냐. 그러니까 좀 더 편한 관계가 되고 싶어."

"……겸손이 지나치시네요. 주인님은 충분히 큰 그릇을 가진 분이세요. 보통 사람과는 다르다고요."

솔직하게 애원하는데도, 마리아는 내 뜻을 받아들이지 않는다.

내가 큰 그릇을 가진 사람이라는 건 도통 납득이 가지 않는다. 만약 그 말이 사실이라면, 마리아는 여기에 있을 일도 없을 것이다. 하지만 여기서 입씨름을 벌여봤자 어차피 내가 밀릴 거라는 건 나 스스로도 충분히 예상이 간다. 미궁 안에서는, 그야말로 참패였다.

"알았어. 그럼 중간을 취하기로 하자. 그 정도면 불만 없지?"

"중간, 이라고요?"

"마리아는 목숨을 걸고 싸웠잖아. 돈도 안 주고 부려먹기는 싫어."

"하긴……. 특히 아침에는 고생이 심하긴 했죠……."

"그렇지? 그러니까, 5할까지는 아니더라도 조금 정도는 받아줬으면 해."

"……알았어요. 그렇게까지 말씀하시니, 조금이라도 받

기로 할게요."

마리아는 각오를 다잡고, 급여를 받기로 동의한다.

이런 일에 굳이 각오까지 다잡지는 말아줬으면 좋겠다. 마리아는 크게 숨을 들이쉬고, 금액을 제시했다.

"그럼…… 동화 다섯 닢 정도를, 내놓으세요."

동화 다섯 닢, 식사 한 끼 가격 정도다.

이 녀석, 내 말을 전혀 이해 못 하고 있잖아…….

내 무언의 반대에, 마리아는 싱긋 하고 웃음으로 대답한다. 아니, 역시 다 이해하고 하는 소리인지도 모르겠다. 나는 어깨를 으쓱하면서 교섭에 들어간다.

"아니, 은화 몇 장 정도가 적당해."

"제가 무슨 귀족이라도 되는 줄 아세요? 말도 안 되는 소리. 동화 열 닢 이상은 절대로 못 받아요."

"그럼 은화 한 닢으로 하자. 이게 최소한이야."

"최대한 올려 받아도 동화 열한 닢이 한계예요."

"고작 한 닢만 올린 거잖아……. 좀 더 내 의견과 중간치를 택해야 할 거 아냐……."

"흐음, 그럼 열다섯 닢."

"동화라면 80닢 정도는 받아. 목숨을 건 대가라는 걸 잊지 말라고."

"그렇죠. 목숨을 걸었으니까 열다섯 닢이에요."

"아니, 이럴 땐 좀 더 올려서 불러야지. 중간을 취하기로 아까 결정했으니까…….

"그렇게까지 나오시니 어쩔 수 없네요. 그럼 20닢——"

"이제야 좀 말이 통하기 시작한 것 같네. 그럼——"

——반쯤 농담이 섞인 교섭이 이어진다.

마리아는 이런 얘기를 하는 게 즐거운 듯, 끝까지 버티고 또 버텼다.

그리고 결국에는 황당하다는 표정으로, 나에게서 동화 50 닢을 받고서야 교섭을 마쳤다. 나는 이 정도면 마리아도 개인적인 쇼핑 정도는 가능할 있을 거라고 안심했다.

교섭을 진행한 후, 나는 마리아를 집에 남겨두고 밖으로 나가려 했다.

어디 가는 건지 마리아가 물어봤으므로, 일하러 가는 거라고 솔직하게 대답했다. 그러자 그 일의 내용도 물어봤기에, "술집에서 허드렛일을 하고 있어"라고 대답했더니 오늘 들어서 가장 황당해하는 표정으로 따지고 들었다.

"이렇게 큰돈을 갖고 있으면서, 왜 잡일이나 하면서 푼돈을 버는 건데요……?"

뭐라 대꾸할 말이 없었다.

미궁 탐색에는 술집에서 수집한 정보가 꼭 필요하다고 그럭저럭 마리아를 설득하고 술집으로 향한다. 하지만 나를 배웅하는 마지막 순간에도, 황당해하는 마리아의 표정은 변함이 없었다.

3. 네 번째 동료

마리아를 집에 두고 술집으로 향했다.

며칠 간 쉰 후의 출근이었지만, 딱히 달라진 건 없다. 가볍게 점장과 린 씨에게 인사하고, 업무에 들어간다. 그리고 나는 평소와 다름없이 접시닦이를 중심으로 부지런히 일했다.

물론 정보 수집도 게을리 하지 않았다. 말이 통함 직한 손님을 발견하면 은근슬쩍 화제를 미궁 쪽으로 끌고 갔다. 〈디멘션〉을 통해서 엿듣는 것만 가지고는 20층까지에 관한 충분한 정보를 얻을 수 없는 것이다.

오늘은 안면이 있는 전사──크로우 씨에게서 정보를 끌어내고 있었다.

"──호오, 그럼 14층에는 몬스터가 적다는 거네요."

"그래, 맞아. 13층의 습한 들판과는 딴판으로, 14층은 불모지야. 드넓은 사막이 펼쳐져 있고, 물은 전혀 찾아볼 수 없지. 몬스터의 숫자는 적고, 에어리어 보스의 수도 얼마 안 돼. 거기를 탐색하거나 거기서 몬스터 사냥을 하려고 드는 녀석은 거의 없어. 보통은 그냥 '정도'를 따라서 15층으로 직행하지."

"하긴 그렇겠죠. 사막이라면 더울 것 같기도 하고."

"그게 가장 큰 원인이야. 14층은 습도가 워낙 낮아서 몸속의 수분을 빼앗기거든. 덕분에 미탐사 지역이 많은 층이라고도 하더군."

"호오……."

크로우 씨는, 이 일을 시작한 첫날부터 어울리기 시작해서, 여러모로 인연이 깊은 사이다. 내가 일을 하러 가면 거의 항상 술을 마시고 있다.

한동안 크로우 씨와 얘기를 나누고 있으려니, 처음 보는 단체손님이 가게에 찾아왔다.

하나같이 낯선 면면들이었다. 그 복장은 발트에서 많이 보이는 조잡한 것이 아니라, 정성들인 세공이 들어간 미려하고 청결한 복장이었다. 무엇보다, 돈이 많아 보인다는 것이 내가 느낀 첫인상이었다.

그 돈 많아 보이는 단체의 선두에서 걷고 있는 건 여자였다. 그 여자의 행동거지에서 강자 특유의 분위기를 감지하고, '주시'했다

【스테이터스】

이름 : 세라 레이디언트　HP 256/256　MP 101/101　클래스 : 기사

레벨 21

근력 6.22　체력 7.91　기량 8.89　속도 10.02　지능 5.60

마력 7.77　소질 1.57

선천 스킬 : 직감 1.77

후천 스킬 : 검술 2.12　신성마법 0.89

레벨 20대——인간 최고 클래스의 기사께서 납신 모양이다.

여자는 파란빛이 도는 은발을 나부끼며 걷는다. 앞머리는 한 줄기만 묶어서 왼쪽으로 늘어뜨리고, 뒷머리는 허리까지 닿을 정도다. 머리카락 속에서 동물 귀가 튀어나와 있고, 늑대의 것 같은 꼬리가 돋아 있는 걸로 보아 수인일 거라 판단된다. 무엇보다 가장 큰 특징은 눈이다. 이 여자의 엄격함이 엿보인다. 움직이기 편해 보이는 복장에, 최소한의 은제 방어구를 장착하고, 허리에는 검을 차고 있다.

여자는 술집을 둘러봤다. 뭔가를 찾고 있는 것 같은 모습이다. 다른 손님들은 무슨 일인가 싶어 그 단체를 흘깃거린다. 그리고 여자는 담담함을 견디지 못한 듯, 주위 사람들에게 모두 들리도록 말했다.

"지크라는 남자가 여기서 일하고 있다고 들었다만."

"——?!"

내 심장이 쿵 하고 요동친다. 생각지도 못한 지명이었다.

이 여자의 말 한마디에, 몇몇 손님들의 시선이 나에게로 모여들었다. 가게의 손님들은 내 이름을 알고 있으니, 그렇게 될 수밖에 없었다.

그 시선을 따라서 여자도 내 쪽으로 눈길을 돌리고, 내게 말을 걸었다.

"네가 지크프리트 비지터인가?"

여자의 눈은 한층 더 날카롭게 나를 노려봤다.

나는 대답이 궁해졌다. 이 사람의 목적을 알 수 없다는 게 문제다. 분위기부터가 심상치 않고, 줄줄이 데려온 갑옷 입은 자들도 살벌하다. 할 수만 있다면야, 시치미를 떼고 싶다.

하지만 여기서 거짓말을 해봤자 여자가 손님들에게 확인을 취하면 끝장이다. 솔직하게 털어놓는 수밖에 없다.

"네, 제가 점원인 지크인데요……."

"그랬군."

나를 확인한 여자는 숨을 한 번 들이쉬고, 엄중하게 말을 이었다.

"내 이름은 세라 레이디언트. 후즈야즈에 소속된 『셀레스티얼 나이츠』의 일원이다. 용건은 단 하나. 네놈에게 결투를 신청하러 왔다."

그 말과 함께 칼집에 든 칼을 그대로 들어 올려서 싸우고자 하는 뜻을 표한다.

술집이 술렁거린다. 갑작스런 결투 도전에 대한 놀람도 있지만, 세라 레이디언트라는 인물 그 자체에 대해 경악하고 있는 자도 있었다.

"도무지 이해가 안 되는데요. 왜 저와 결투를 하자는 거죠?"

애써 냉정하게 상대방의 진의를 묻는다. 이전에 팰린크론이라는 기사에게서 충고를 들었던 건 기억하고 있다. 그렇지만, 왜 이런 상황이 벌어졌는지 도통 이해가 안 간다.

"왜, 왜냐고……? 뻔뻔하게 감히 그 입으로 그따위 소리를──!"

그런 내 대답이 마음에 들지 않았는지, 레이디언트 씨는 분노를 노골적으로 드러내며 다가왔다. 하지만 방금 전까지 나와 얘기를 나누던 크로우 씨가 사이에 끼어들어서 나를 감싸줬다.

"이봐, 잠깐. 후즈야즈의 기사인지 뭔지는 모르겠지만, 밑도 끝도 없이 나타나서 그 따위로 굴면 못쓰지. 여기는 술집이야. 점원한테 시비 걸지 말라고."

크로우 씨 이외에도 나와 교류가 있던 손님들이 자리에서 일어선다.

일이 너무 커질 것 같아서 걱정이다. 실력에 자신이 있어 보이는 사람들이 잇따라 한마디씩 거든다.

"어이, 발트를 우습게 보지 말라 이거야."

"그리 오래 알고 지낸 건 아니지만, 지크 꼬마와는 나름 안면이 있는 사이거든."

여러 목소리들이 레이디언트 씨를 비난하고 든다. 나를 위해서 들고 일어나 주는 사람들을 보니 가슴이 뜨겁게 달아오른다. 어느 틈엔가 그럭저럭 인정을 받아왔던 모양이다.

"안 그래, 점장?"

그중에 한 명이 마무리 짓듯이 소리친다.

언제부턴가 주방에서 나와 있었던 점장이, 험상궂은 얼굴로 내 뒤에 서 있었다.

점장은 내 머리 위에서 얘기한다.

"다들 너무 살벌하게 굴지 좀 마. 후즈야즈에서 온 아가씨도 지금 당장 날뛸 것처럼 구는 건 아니잖아. ……하지만 말이지, 후즈야즈에서 온 아가씨. 여기는 술집이야. 가게라고. 남의 영업을 방해했다가 성가셔지는 건 피차일반일 텐데."

역시 20레벨에 근접한 남자다. 점장은 살벌한 분위기를 풍기는 일행을 상대로 한 발짝도 물러서지 않는다.

"실례했군. 내가 좀 지나치게 흥분한 모양이다. 영업에 방해가 됐다면 사과하지. 다만, 우리에게는 반드시 이루어내야만 하는 사명이 있어. 그것은 거기 그 남자와 결투를 벌여서 우리 아가씨를 되찾는 것이다."

레이디언트 씨는 점장에게 사과하고, 온화한 말투로 얘기한다. 조금 전에는 지나치게 격앙되었었지만, 원래는 이지적인 사람인 모양이다.

점장은 레이디언트 씨의 얘기를 듣고는, 히죽 웃으며 나에게 묻는다.

"호오, 이거 재미있는데. 이봐, 지크. 어디서 귀족 가문 아가씨라도 꼬신 거냐?"

"저기, 제가 그럴 사람으로 보이나요?"

"뭐, 너 같이 기생오라비 같은 녀석이 의외로……. 안 그래?"

"뭐가 '안 그래?'라는 거예요? 저는 그런 적 없어요."

점장은 재미있어하는 모양이다. 처음에는 살벌한 분위기였는데, 문제의 내용이 치정에 얽힌 일이라는 게 밝혀지자마자 가벼운 분위기로 변해버렸다.

"레이디언트 씨라고 했던가? 우리 지크는 그런 적 없다는데. 그래도 뭐, 내용이 내용이니까 말이지. 찬찬히 얘기를 해보고 싶긴 하겠지. 일단 이 녀석 휴식시간까지 좀 기다려주면 안 될까?"

"나도 귀공의 가게에 폐를 끼치러 온 게 아니니까. 그래, 그 남자의 휴식시간이 될 때까지 기다리도록 하지. 물론, 음식도 주문할 거고."

그렇게 말하고, 레이디언트 씨 일행은 커다란 테이블에 둘러앉았다.

"다들 들었지? 이 후즈야즈 기사님들은 식사를 하러 온 것뿐이야. 너희들은 신경 쓰지 말고 술이나 마셔."

"이봐. 정말 괜찮은 거야, 점장?"

"괜찮고 자시고 할 것도 없어. 가게랑은 상관없는 일이잖아? 이건 지크의 문제야. 부당한 원한도 아닌 것 같으니, 그냥 지켜보는 수밖에."

"하긴, 그래 보이기는 한데……."

점장은 손님들을 타이른다.

하지만, 그건 나에게 있어서는 불리한 상황이다. 지금은 사람들의 도움이 절실하게 필요하다.

"아뇨, 점장님, 이건 부당한 원한이에요. 전 짐작 가는 게 아무것도 없다고요."

"이 자식, 그래도 시치미를 떼려는 거냐──?!"

내가 발언하자 레이디언트 씨는 무시무시한 표정으로 나를 노려본다.

"하지만 기사님은 저렇게 나오잖아? 뭐, 나중에 찬찬히 얘기해보라고."

자업자득이라는 듯 얘기를 마치고 점장은 주방으로 돌아갔다.

"후후, 네놈의 명줄은 휴식시간에 들어갈 때까지다. 단단히 각오해두시지."

레이디언트 씨가 뇌까린다.

저 사람의 살기등등한 시선을 받아 가면서 휴식시간까지 일해야 한다고 생각하니, 저도 모르게 땅이 꺼질 듯한 한숨이 나온다.

"하아, 뭐야. 이건⋯⋯."

그래도, 나는 평소처럼 일을 하는 수밖에 없었다.

갑옷으로 중무장한 일행의 시선을 견뎌내면서⋯⋯.

"그래서, 그 아가씨라는 게 누구죠? 디아인가요?"

점장님과 린 씨의 배려 덕분에 평소보다 일찍 일을 마칠 수 있었다.

바늘방석에 앉은 것과도 같은 시간을 견뎌내고, 휴식시간을 맞이해서 레이디언트 씨와 같은 자리에 착석한다. 등 뒤에서는 레이디언트 씨의 동료인 기사들이 도주로를 봉쇄하고 있다.

문제가 된 아가씨가 프랑류르가 아니라는 건 팰린크론을 통해 확인했으니, 일단 디아의 이름을 언급해보았다. 일단 남자 행세를 하고 있지만 난 디아를 여자로 생각하고 있으니 아가씨라고 해도 충분히 납득이 간다.

"디아는 누구지? 시치미 떼지 마. ——라스티아라 아가씨를 말하는 거다."

레이디언트 씨는 '라스티아라'라는 이름을 언급할 때, 순간적으로 목소리를 낮추었다.

아마도 그 이름이 외부에 드러나는 건 원치 않는 모양이다.

"라스티아라……. 아아, 그 민폐녀 말이군요."

며칠 동안 워낙 빡빡하게 지내다 보니, 첫날 만났던 소녀를 기억해내는 데 시간이 걸렸다.

무시무시한 눈과 웃음이 인상적인 소녀였다. 내가 묵고 있던 숙소에 불법침입해서 덮친 것으로도 모자라서, 마법까지 건 위험인물이다. 미궁에서 내 목숨을 구해준 건 사실이지만, 고맙다는 마음보다 두려움이 웃돌았기에 두 번 다시 얽히고 싶지 않은 인물이었다.

아르티와 프랑류르가 등장하는 바람에 인상이 흐려지긴 했지만, 지금도 그녀는 위험인물 리스트의 상위권에 이름을 올리고 있다. 아무래도, 이 상황이 벌어진 건 그녀 때문인 모양이다.

"미, 민폐녀라고? 아가씨를 유괴한 것도 모자라서, 그런 모욕까지 하다니!"

"잠깐만요. 제가 라스티아라를 유괴했다고요?"

"그렇다! 아가씨는 실종됐고, 아가씨가 남기고 간 메모에는 네놈과, 네놈과, 사, 사랑의 도피를 하겠다는 내용이 적혀 있었고──!"

"하아, 사랑의 도피라니……."

사랑의 도피라니 말도 안 되는 소리다. 당사자인 나부터가, 첫날 이후로는 라스티아라와 만난 적도 없었던 것이다. 이건 명백한 누명이다.

그리고, 녀석을 만났다면 날려버렸을 것이다. 그렇게 생각했다. 레벨로 미루어 보아, 이제는 싸워볼 만한 상대다.

레이디언트 씨는 흥분해서 혀가 제대로 돌아가지 않는 지경이다. 그런 와중에도 나에 대한 비난을 멈추지 않는다.

"그그, 그런 아가씨께서, 아가씨께서! 그 가녀리고 다정한 아가씨께서, 대성당에서는 네놈 얘기밖에 안 하셨단 말이다! 미궁에서 우연히 알게 된 네놈이 어떤 남자고, 어떤 일을 해줬는지, 매일같이 매일같이 우리 일곱 기사들에게 줄줄이 늘어놓곤 하실 때, 그 얘기를 듣던 우리들이 어떤 심정이었을지, 네놈은, 네놈은 절대 모를 것이다!"

"좀 진정하세요. 물 좀 드시고."

"지금 물이나 마시고 있을 때냐! 자, 불어라! 아가씨를 어디에 숨긴 거냐!"

"저는 모른다고 그랬잖아요. 요 며칠 동안, 그 여자와는 만난 적도 없어요. 그 여자 말은 다 거짓말이었어요. 그 성격으로 봐선, 그냥 재미삼아 가출한 것 아닌가요?"

솔직히 내가 보기에 그녀는 그저 재미를 위해 벌인 일일 것 같다. 레이디언트 씨에게는 미안하지만, 아무리 나한테 호통 쳐봤자 아무 의미도 없는 짓이다.

"후, 후후후, 후후후훗, 그 아가씨가, 재미삼아? 가출? 그 조신하시고 속 깊으신 아가씨께서 그런 짓을 할 리가 없지 않으냐. 후훗, 난 다 알고 있었어. 네놈이 그런 식으로 시치미를 뗄 거라는 걸. 그러니까 결투다. 결투를 통해서 네놈을 처치해주마. 아가씨를 찾는 건, 네놈을 없앤 후에 천천히 해도 되니까……!"

"으음, 제가 군이 결투를 받아들여야 할 이유가 없는 것 같은데요……."

"결투 신청을 받아들이지 못하면, 결국 네놈과 아가씨는 절대로 맺어질 수 없을걸. 일곱 기사 모두를 이기지 못하면, 네놈은 평생 우리에게 쫓기는 신세가 될 거다."

"저를 쫓아다녀봤자 그 여자를 찾을 수는 없을 텐데요. 정 못 믿겠으면 제 집에 와보세요. 어차피 없을 테니까요."

정말이지 얘기가 헛돌기만 한다. 애초에 라스티아라에 대해 갖고 있는 인상이 서로 달라도 너무 다르다.

말로 설명해봤자 헛수고일 거라 생각하고, 집으로 부르기로 한다.

"후후, 네놈 꿍꿍이는 훤히 다 꿰뚫고 있어. 그런 식으로 거짓 정보를 흘려서 우리를 혼란시키려고 하는 거겠지. 무슨 일이 있어도 꼬리를 붙잡고 말겠다."

"으음."

정말 말이 안 통한다.

뭐가 어떻게 된 건지는 모르겠지만, 레이디언트 씨는 내가 범인이라고 믿어 의심치 않는 모양이다.

이대로 결백을 주장할 수도 있지만, 계속 이렇게 휘둘리는 것도 곤란하다. 나는 가능한 한 나 자신에 대한 정보를 감춰두고 싶다. 마리아에 대한 레벨 업 보조는 그중에서도 가장 감추고 싶은 정보다. 이렇게 가다가는, 하루 24시간 내내 나를 쫓아다니고, 미궁 탐색 때도 따라다닐 것 같다.

머릿속 한구석으로 손익 계산을 해나갔다. 그 결과, 결투를 하는 것도 딱히 나쁘지는 않을 것 같다는 결론을 내렸다. 레벨이 오른 덕분에 감수할 수 있는 위험성의 허용 범위가 넓어진 것이다.

"알았어요. 그럼 결투를 하죠. 제가 지면 뭐든지 다 얘기할게요. 라스티아라가 어디 있는가 하는 건 모르지만, 협조하겠다고 맹세할게요."

"이제야 단념했나 보군. 아니, 자기가 저지른 죄를 깨닫고, 목을 내놓을 생각이 든 거겠지."

"아니, 죽이지는 마세요! 결투 신청은 받아들이겠지만, 그 대신 규칙을 하나 정해야겠어요. 중상을 입는 건 안 돼요. 상대가 죽으면 자신의 패배, 상대방에게 항복한다는 얘기를 들으면 이기는 걸로 하죠. 평화가 제일이니까요."

"……으음. 뭐, 그렇게 하지. 본래는 나도 거친 행동은 좋아하지 않으니까. 그래, 우선 악행을 벌일 생각이 사라질 때까지 네놈을 농락해주마."

레이디언트 씨는 거친 행동은 좋아하지 않는다고 하면서도, 나를 농락하겠다고 한다. 될 수 있으면 접촉하고 싶지 않은 인물이다. 나는 결투에 대한 보상을 제시했다.

"그리고, 제가 이기면 두 번 다시 제 앞에 나타나지 마세요."

"좋아. 하지만, 결투 내용은 당연히 일대일 시합이다."

"네, 저도 그럴 생각으로 얘기하던 거였어요."

"좋은 각오다. 후후, 밖으로 나와."

그 한마디에, 내 등 뒤에 늘어서 있던 기사들이 길을 터줬다.

나는 자리에서 일어서서, 기사들이 터준 길을 따라 나아가려 했다.

주위에서 나에 대한 걱정 어린 시선들이 날아든다. 웨이트리스 일을 하면서 내 얘기를 엿듣고 있던 린 씨가, 나에게 말을 건넨다.

"지, 지크 군──"

"괜찮아요, 린 씨. 방금 규칙을 정했으니까요. 최악의 경우에도 죽지는 않아요."

점장을 비롯한 주위 손님들에게도 다 들리도록, 밝게 웃으며 답했다.

"그, 그럴지도 모르지만── 조심해야 돼, 지크 군──"

걱정하는 린 씨의 말에도, 내 미소는 무너지지 않는다.

이 결투는 그리 나쁜 상황이 아니다. 오히려 좋은 상황인 것이다.

줄곧 궁금했었다. 나는 지금껏 온 인류의 애를 먹이고 있던 티다를 물리쳤다. 그렇다면, 지금의 내 힘은 인류 중에서 어느 정도 위치에 와 있는 걸까.

그런 상황에서 마침 나타나 준 레벨 20대의 인물. 지금은 격앙되어 있지만, 예절과 인의를 중히 여기는 그 인격은 다루기도 용이하고, **편리하다**. 내가 제시한 뜨뜻미지근한 규칙도 받아들여주었다. 나 자신의 현재 위치를 확인할 수 있는 절호의 기회라는 생각이 들지 않을 수 없었다.

레이디언트 씨를 '주시'해서, 나의 스테이터스와 비교한다.

내 레벨은 레이디언트 씨의 절반 정도. 하지만, 스테이터스 면에서는 뒤처지지 않는다.

어느 정도의 수치 차이는 〈디멘션〉이 메워 줄 것이다.

그리고, 새로 얻은 마법도 시험해보고 싶다. 제대로 된 대인전에도 관심이 갔다.

긍정적으로 생각하자. 상대는 일부러 술집까지 날 찾아와

주지 않았던가. 상대하지 않을 수는 없는 노릇이다.

"여기서 붙도록 하죠. 레이디언트 씨."

사람들의 이목이 없는 곳에서 시합하고 싶었기에, 술집 뒤쪽으로 일행을 안내했다.

레이디언트 씨 일행 입장에서도 이런 곳을 결투 장소로 원했었던 모양이다. 순순히 술집 뒤쪽에서 결투 준비를 갖추어나갔다.

마지막으로 각자의 요망을 도시의 '라인'에 맹세하고, 우리는 서로를 향해 검을 겨눴다.

"——마법 〈디멘션 · 글래디에이트〉, 마법 〈폼〉."

마법을 영창한다. 퍼져 가는 마법의 감각. 그리고 검에서 마법 거품 몇 개가 쏟아져 나온다.

시험해보고 싶었던 마법전술 중 첫 번째, 〈폼〉의 실전 활용이다.

마리아와 함께 미궁으로 들어갔을 때, 한가했던 시간이 어느 정도 있었다. 그 시간을 활용해서 이것저것 마법을 시험해본 결과, 간단한 이용 방법을 발견한 것이다.

미궁 내에서는 〈디멘션〉과 〈폼〉을 병용하는 경우가 많았다. 그 과정에서, 〈폼〉이 〈디멘션〉의 역할을 보조해준다는 것을 깨달았다.

〈폼〉만 가지고는 이렇다 할 효과를 얻지 못한다. 하지만, 다른 마법과 병용하면 충분히 진가를 발휘하는 것 같은 느낌이었다.

다시 말해, 이 마법 거품이 있으면 더 강하게 공간을 파악할 수 있는 것이다.

감각적으로 표현하자면, 거품에 〈디멘션〉을 깃들이는 것 같은 이미지라고나 할까.

거품이 달라붙어 있는 검을 정면으로 겨눈다. 레이디언트 씨는 그런 내 모습을 보고 코웃음을 쳤다.

"홋, 강화마법인가? 하지만 그래 봤자 신성마법도 아니고, 자세도 아류. 얄팍한 꼼수 따위는 내 상대가 안 될 텐데."

그렇게 얘기하고, 레이디언트 씨도 마법을 영창했다.

"──〈글로스〉."

레이디언트 씨의 몸에 하얀 빛이 깃든다.

디아가 선보였던 신성마법과 닮아 있다. 아마 같은 속성이리라.

'주시'를 통해서 레이디언트 씨의 상태를 확인한다.

【스테이터스】상태 : 신체강화 1.00

알기 쉬운 효과라 안도했다.

반대로, 아마 지금껏 본 적이 없었을 차원마법에 즉흥적으로 대처해야 하는 그녀 쪽이 불쌍해진다.

"그럼, 갑니다."

"언제든지 덤비도록."

레이디언트 씨는 비스듬하게 서서, 오른손에 든 한손검

칼끝을 땅바닥에 찍는다.

독특한 준비자세다. 내가 보기에는 아무런 이점도 없는 자세처럼만 보인다. 하지만 그녀는 고레벨 검술 스킬의 보유자이니, 단순히 폼을 잡으려고 저런 자세를 취했을 리는 없다.

근육의 내부 압력을 끌어올리듯, 축이 되는 발에 힘을 싣는다.

보아하니, 레이디언트 씨가 먼저 공격해 들어오려는 기색은 보이지 않는다. 한 수 접어주려는 생각임을 알 수 있다. 이대로 상황을 지켜볼 수도 있지만, 쓸데없이 시간을 낭비하는 건 내 신조에 위배된다.

축이 되는 발에 불어넣었던 힘을 해방하는 동시에 내달려, 단숨에 거리를 좁혀 들어간다.

동시에 검을 휘둘러서 레이디언트 씨의 오른손을 노린다.

하지만 그녀는 그런 내 공격을 여유롭게 회피한다. 그리고 회피하는 동작과 함께, 내 목을 겨누고 검을 휘두른다.

순간적이고도 유려한 동작. 성실한 노력의 흔적이 엿보이는, 완벽한 카운터 공격이었다.

하지만 나는 그 검의 움직임을 별 문제없이 포착하고 있다. 마법의 특성상, 내가 뭔가를 놓치는 일은 있을 수 없다. 몸을 뒤쪽으로 젖혀서 거리를 벌리는 식으로 피해냈다.

순간적인 해후가 끝났다. 거리를 벌리는 동작의 결과, 나는 처음의 자리로 되돌아왔다.

"호오……. 네놈도 솜씨가 제법이군."

레이디언트 씨는 여전히 깔보는 듯한 말투로 나를 평가한다.

그럴 만도 하다. 방금 전의 공방에서, 그녀는 최선을 다하지 않았다.

방금 전의 공방을 머릿속에서 재생시킨다.

나는 레이디언트 씨의 손등을 베어버릴 심산이었다. 하지만, 그녀는 내 목 바로 앞에서 검을 멈출 생각이었다. 레이디언트 씨에게는, 그것을 실현할 수 있는 기술이 있다. 틀림없이.

──꿀꺽 하고 마른침을 삼킨다.

두려움 때문은 아니다. 경외심 때문에 숨이 막힐 지경이다.

티다와 싸울 때에는 느끼지 못했던 감정이다. 그것은 티다의 기술이 조잡했기 때문이다.

티다도 칼을 휘두르기는 했지만, 그건 기술이 아니었다. 압도적인 힘과 속도에 의한, 순수한 힘일 뿐이었다.

하지만 오늘은 다르다. 세련된 기술에 의한, 예술에 가까운 힘.

발 움직이는 법, 허리를 쓰는 법, 어깨를 활용하는 법, 팔꿈치의 유연함, 손목의 강인함──모두 단련의 성과로 얻어낸 것들이다.

그 완성된 기술을 눈으로 포착할 수 있다는 사실이, 나에게 행복감을 안겨줬다.

레이디언트 씨와의 1합은 그 정도로 너무나도 아름다웠
다.

내 마음속 깊은 곳에 있는, 꿈 많은 게임 마니아적 성분이
흥분하기 시작한다.

검술에 매료되어간다. 하지만, 나는 곧 그 흥분을 잠재웠
다.

이번 싸움의 목적은 레이디언트 씨의 검술을 감상하는 게
아니다. 이 싸움의 목적은 나 자신의 역량을 가늠하는 것.
놀고 있을 때가 아니다.

레이디언트 씨의 검술을 더 이끌어내고 싶다는 욕구를 결
연한 의지로 억누른다.

"왜 그러고 있지? 다시 공격하지 않는 거냐?"

"아뇨, 생각을 좀 하느라고요."

거리를 벌린 채 넋을 놓고 있는 모습이, 레이디언트 씨의
눈에는 이상하게 보였나 보다.

마치 공격 방법이라도 고민하고 있었다는 듯이, 반사적으
로 허세를 부리고 말았다.

"호오. 방금 전의 움직임도 그렇고, 흔해빠진 얼간이 놈
들과는 좀 다른 것 같군. 방금 그 한 합의 공방으로 내 실력
을 꿰뚫어 본 건가. 아가씨를 현혹시킨 게 우연은 아니었나
보군."

내 허세를 곧이곧대로 믿고, 레이디언트 씨는 알아서 나

에 대한 평가를 상향시킨다.

"아뇨, 그건 누명이라고요."

"이렇게 재미있는 상대를 만나는 것도 오랜만이야. 좋아, 그럼 이번에는 내가 먼저 공격해주지."

내 부정 따위는 들리지도 않는 모양이다. 하지만 그건 분노 때문이 아니다. 새로운 관심거리가 생겨났기 때문에 내 얘기는 안중에도 두지 않는 것 같다.

레이디언트 씨의 전의가 상승했다는 걸 피부로 느낀다.

그 정도로 강력한 위압감이다. 이것이 인류 최고 클래스의 검술.

그리고 레이디언트 씨의 몸이──두 개로 보인다.

군더더기 없는 신체 운용을 통한 이동술이다. 미리 예측하지 못했더라면, 그 움직임을 육안으로 포착하지도 못했을 것이다. 하지만 그녀가 속도에 특화된 기사라는 것을, 나는 스테이터스를 통해 사전에 알고 있었다.

그 돌진을 가까스로 눈으로 쫓는다.

그리고 레이디언트 씨의 검이 하단으로부터 나를 베어 올린다.

나는 검을 옆으로 눕혀서 그것을 막아낸다.

날카로운 금속음이 울려 퍼지는 동시에, 내 검이 튕겨 올라갔다.

하지만 그 접촉을 틈타서 〈폼〉의 거품을 레이디언트 씨의 칼에 부착하는 데 성공했다.

그 즉시, 적에 대한 정보의 입수 속도가 껑충 뛰어오른다. 검의 움직임만을 파악하는 것──거기에 특화된 공간파악으로 전환한다. 〈디멘션·글래디에이트〉가 한층 더 정교해져서, 양쪽 검의 움직임을 밀리미터 단위로 내게 전달해 준다.

실험은 성공이다.

검사와의 전투에서 〈폼〉이 상당히 유효한 마법이라는 사실을 확인한다.

실험하고자 했던 것은 이제 다 실험했다.

이제는 최대한 능력을 은폐한 채 단기결전으로 승부를 끝내기만 하면 된다.

막대한 마력을 소비해 순간적으로 마법 〈디멘션·글래디에이트〉를 강화한다.

검의 움직임을 찰나 단위로 뇌리에 새기면서, 최적의 신체 운용을 계산해나간다.

3합째는 서로의 검을 종이 한 장 차이로 회피했다.

4합째는 서로의 검이 스쳐서 불꽃을 튀겼다.

그리고 5합째는 레이디언트 씨의 검은 허공을 가르고, 내 검은 그녀의 목 앞에서 멈추었다.

"뭐야──?!"

레이디언트 씨는 도무지 믿기지 않는다는 표정으로, 정지한 내 검을 바라본다.

"이 정도면 제 승리 맞죠?"

승부를 가른 것은 정보량의 차이다.

단순한 역량 차이만 따지자면, 내 쪽이 압도적으로 뒤떨어졌으리라.

하지만 나는 레이디언트 씨의 실력을 세세한 수치로 알고 있었던 반면, 그녀는 내 실력을 모르고 있다. 방심이나 마음가짐의 차이라는 요인도 있었을지 모르지만, 사전의 정보량 차이가 너무나도 컸다. 그리고 가장 큰 것은, 그녀는 그 격차의 존재조차도 모르고 있다는 점이다.

레이디언트 씨는 스스로의 기술을 온전히 발휘하기도 전에, 완급을 조절하던 나의 최고 속도에 뒤처져서 패배했다. 실전이었다면 그녀의 목은 날아가버렸을 것이다.

아이러니하게도, '표시'는 몬스터를 상대할 때보다 사람을 상대로 싸울 때 진가를 발휘한다.

결투의 결과를 이해한 기사들이 술렁거린다. 허리에 찬 검으로 손을 가져가는 자도 있었다.

살벌한 분위기를 감지하고, 천천히 레이디언트 씨로부터 검을 뗀다. 그리고, 그녀가 입을 열기를 기다린다.

"큭, 이건 분명한 내 패배다. 기사는 치졸한 발악을 하지 않는다. 너희들은 절대로 검을 뽑지 말도록."

레이디언트 씨도 주위 기사들의 분위기를 깨닫고, 검을 뽑지 말 것을 명령한다.

"고맙습니다."

순순히 패배를 인정하는 그녀의 태도에, 나는 안도의 한숨을 내쉬었다.

이 많은 사람들에 둘러싸여서 싸움을 벌이기에는, 잔여 MP의 양이 넉넉지가 않다. 도주에만 전념한다 하더라도 어느 정도 부상을 입을 가능성이 있다.

"굴욕이다……. 이런 남자에게 패하고 말다니……."

"약속대로 철수해주세요. 가능하면 지금 당장."

"크윽, 크으으……. 결투에서의 선서는 절대적인 것. 지시대로 하지."

레이디언트 씨는 말귀를 참 잘 알아들었다.

기사라는 존재에 대해서 잘 알지는 못하지만, 약속을 허투루 여기는 짓은 하지 않는 모양이다. 다른 기사들도 이렇다면 참 편하겠다고 생각한다. 하지만, 팰린크론의 얼굴을 떠올리고는, 낙관적 전망을 곧바로 파기한다.

"허, 허나! 약속 내용은 두 번 다시 네 앞에 나타나지 않는 거였지!"

"아, 네, 그랬는데요."

"그렇다면, 다른 기사를 보내주마! 나를 이겼다고 해서 우쭐댔다가는 큰코다칠 줄 알아라!"

"에, 에에……."

그건 치졸한 발악에 해당하는 것 아닐까…….

"오늘은 이 정도 선에서 물러나도록 하마!"

레이디언트 씨는 그렇게 말하며 돌아서서 술집으로부터 멀어져 갔다.

주위의 기사들도 그런 그녀를 따라 사라졌다.

아직 끝난 게 아니라는 듯한 그녀의 뒷모습을 보며, 역시 결투라는 시스템은 믿을 게 못 된다는 것을 재인식했다. 다음에는 나한테서 아예 신경을 꺼달라고 해야 할까.

조건은 잘 생각해서 결정하자. 그렇게 단단히 마음먹었다.

기사 일행이 완전히 시야에서 사라진 후, 〈폼〉의 거품을 없앴다.

파란만장한 일들이 있었지만 이것에 대한 실험이 성공한 건 큰 성과다. 마지막 3합은, 이 〈폼〉이 없었더라면 실현할 수 없었을 것이다. 검술로 대결을 펼칠 때, 이것보다 더 큰 이점은 없을 것이다.

"후우."

만족하면서 한숨을 내쉰다.

그에 맞춰서──**박수소리가 울려 퍼진다.**

동시에 목소리도 들려온다.

"역시 굉장해요. 카나미."

예상도 못했던 칭찬에, 온몸이 굳어버렸다. 재빨리 주위를 둘러본다.

그 목소리의 발생지는 술집 지붕 위였다.

그곳에 달빛에 반짝이는 머리칼을 나부끼며 한 소녀가 앉아 있었다.

무기질적인 황금색 눈을 가진 소녀는 요염하게 웃는다.

그것은 너무나도 환상적이고도 예술적인 한 폭의 그림──

지붕 위에 나타난 소녀는, 결투의 원인이 된 장본인 라스티아라였다.

◆ ◆ ◆ ◆ ◆

머리 위에서 들려온 목소리.

곧바로 그쪽을 향해 몸을 돌린 나는 경악한다.

티다 때와 마찬가지다. 나는 높은 곳에 대한 주의력이 부족하다. 특히 전투에 집중하고 있는 상황에서는 그런 경향이 현저하게 나타난다.

라스티아라는 술집 지붕 위에서 훌쩍 뛰어내린다.

"오랜만이네요. 너무 오래 기다리게 했나요?"

금색과 은색이 뒤섞인 머리칼을 나부끼면서, 그녀는 내 쪽으로 다가온다.

복장은 예전에 습격해 왔을 때와 똑같다. 고급스러운 비단옷을 착용하고 있다. 그때와 다른 점은 단 하나, 허리에 은검을 차고 있다는 점이다.

라스티아라와 눈이 마주친다. 사람의 것 같지 않은 영도(零度)의 눈은 그때나 지금이나 여전하다.

"딱히 기다린 적 없는데요."

담담하게 대꾸했다. 그리고 라스티아라의 깊은 눈을 똑바로 응시하고, 노려본다.

지금의 나는 예전과 다르다. 이 세계에도 적응했고, 맞

서 싸울 만한 힘도 길렀다.

예전 같은 중압감도 느끼지 않는다. 만반의 대비를 갖춘 채, 그녀를 '주시'한다.

【스테이터스】

이름 : 라스티아라 후즈야즈 HP 670/689 MP 312/315

클래스 : 영웅

레벨 15

근력 11.01 체력 10.56 기량 6.78 속도 7.89 지능 12.38

마력 8.78 소질 4.00

상태 : 없음

선천 스킬 : 무기전투 2.12 검술 2.02 의신(擬神)의 눈 1.00

　　　　　마법전투 2.27 혈술(血術) 5.00 신성마법 1.03

후천 스킬 : 독서 0.52 소체(素體) 1.00

【천검 노아】

공격력 7. 소모율 99%

예전에는 확인할 수 없었던, 라스티아라에 대한 상세정보가 머릿속에 흘러 들어온다.

레벨, 스킬, 무기, 어느 하나 빠질 데 없는 1급품이다.

하지만, 그래도 허용범위를 벗어날 정도는 아니다. 지금 내 힘 정도면 충분히 겨뤄볼 만한 상대일 터였다.

"어째 반응이 떨떠름하네요. 저는 이날을 줄곧 기다려왔는데."

"떨떠름하다니……. 저는 당신 때문에 방금 험한 꼴을 당했는데요?"

"아, 고작 그 정도로요?"

라스티아라는 인간 최고 클래스와의 결투를 '고작 그 정도'라고 표현했다.

"그것보다, 그 높임말. 데면데면하게 굴지 좀 말라고요. 우리는 서로 사랑하는 사이로 설정돼 있으니까."

우리 사이에 그런 서먹서먹한 태도는 필요 없다면서 웃음 짓는 라스티아라. 그리고 뻔뻔하게도 '그런 사이로 설정돼 있다'는 소리까지 한다.

경계를 한층 더 강화한다. 그 일방적인 행동거지에 벌써 여러 번 휘둘려왔던 것이다.

"그럼 그렇게 하지. 나도 너 같은 녀석에게 예의를 다할 생각은 없으니까."

"후후후, 레벨이 오르니까 강하게 나온다 이거죠? ──아, 그럼 나도 높임말 그만 써야겠네. 그런 딱딱한 말투는 카나미랑 얘기하기에는 적당하지 않으니까."

"미리 말해둘게. 나는 네 꼭두각시가 될 생각 없어. 덮친다고 해도 순순히 질 생각은 없으니까, 그리 알아둬."

"덮친다니 표현이 너무 험한 거 아냐? 나는 언제나 선의와 호의로 대하고 있는데."

"그 결과가, 아까 그 레이디언트 씨라는 거냐?"

"그래, 도움이 됐잖아?"

라스티아라는 별 대수로운 일도 아니라는 듯 말했다. 그 목소리에는 일말의 동요도 없다. 정말로 그 결투가 별것 아니라고 생각하고 있는 것 같다.

술집에서 내가 처하게 될 입장, 검술 대결의 위험성, 기사들이 나에 대해 품게 될 인상──이 녀석은 그런 건 조금도 생각하지 않고 있다.

"도움이 되기는 무슨……."

"그치만, 정말로 억울한 누명이라면 끈기 있게 설명해서 벗으면 되는 거 아냐? 하지만 카나미는 결투를 받아들였지. 『셀레스티얼 나이츠』 정도라면 내 상대가 안 될 거야. 실력 점검에 딱 좋겠어'라고 생각했으니까 받아들인 거 아냐?"

라스티아라는 내가 결투 전에 했던 생각을 꿰뚫어 보았다.

그 눈──스킬 항목에 있던 '의신의 눈'이라는 녀석의 힘일까.

요즘 들어 안목에 관련된 스킬의 소유자만 상대하고 있는 기분이다. 대화하기가 여간 껄끄러운 게 아니다. 순진무구하던 디아가 그립다. 라스티아라의 날카로운 지적에, 나는 말문이 막힐 수밖에 없었다.

"……."

반응하지 못하고 침묵하는 나를 보며, 라스티아라는 혼자서 말을 잇는다.

"내 말이 맞지? 세라와 니는, **차원이 다른 거야.** 그 몸에 깃들어 있는 혼의 밀도부터가 달라. 레벨 차이 따위는 의미가 없는 거나 마찬가지야. 나는 너한테 그걸 가르쳐주고 싶었고, 더불어 그걸 같이 공유하고 싶었어. 실은, 세라가 딱 적당한 상대라고 생각한 건 나도 마찬가지였어."

라스티아라는 뺨에 홍조를 띠고, 콧구멍을 확장시켜 가며 말했다.

그렇게 애기하는 그녀의 두 눈은 광기에 찬란하게 빛나고 있었다.

말투가 점점 더 연극적으로 변하고 있어서, 그녀가 자기 스스로에게 도취되어 있음을 알 수 있었다.

"나와 카나미는, 다른 사람들보다 한층 더 높은 무대 위, 이야기의 스포트라이트 근처에서 살고 있어. 세계로부터 사랑받고, 혜택 받고, 선택받았지. 그래, 우리는 선택받은 존재야. 우리는 곧 고독해지고, 그 곁에는 우리 서로밖에 안 남게 되겠지──내 말은, 그러니까 우리는 서로 손을 맞잡아야 한다는 거야."

라스티아라는 얘기를 마쳤다.

그 광기에 휘말리지 않기 위해서라도, 나는 찬찬히 말을 자아내야 했다.

"일리 있는 얘기일지도 몰라. 하지만, 시야가 너무 좁아. 그래서 결국 넌 뭘 하고 싶은 거지?"

"──어, 어라? 반응이 시원찮네. 이래 봬도 꽤 고민해서 짜낸 권유문이었는데."

기세에 휩쓸리지 않는 내 태연한 대꾸에 라스티아라는 고개를 갸웃거린다.

"거봐. 결국 너는 반쯤 재미삼아 이러는 거잖아. 그러니까 나도 건성건성 듣고 있는 거고."

"반 정도는 취미 같은 거라는 건 나도 인정해. 하지만, 나머지 반은 진심이라는 것도 믿어줬으면 좋겠어. 나는 진심으로 파트너를 찾고 있다고. 간단히 말하자면, 네 미궁 탐색에 나도 끼워달라는 거야. ……어때, 나와 동료가 돼주지 않겠어?"

"싫어. 거절한다."

깊이 생각하지도 않고 척추반사에 가깝게 대꾸했다.

"버, 벌써?! 너, 너무하잖아! 조금 더 생각해보라고. 거절이 빨라도 너무 빠르잖아."

라스티아라는 허겁지겁 양손을 젓는다. 나는 냉정하게 딱 잘라 대응했다.

"당연하지. 너는 정체불명인 구석이 너무 많아."

"처음부터 정체를 다 알고 있으면 재미가 없잖아. 뭐랄까, 시간이 갈수록 점점 더 내 정체가 밝혀지는 게 더 재미있을 것 같지 않아?"

"아니, 난 딱히 재미 같은 건 필요 없으니까……."

"응? 그럼 왜 미궁에 들어가는 건데?"

"그야…… 돌아가기 위해서지."

주위에는 아무도 없다. 그래도 누군가 들을지도 모르기

에, 어디로 돌아가는가 하는 것까지는 말하지 않는다. 세계가 두 개 존재한다는 걸 알고 있는 라스티아라라면, 이 말만으로도 충분히 얘기가 통할 것이다.

"어, 돌아가려고?"

라스티아라는 뜻밖이라는 표정이었다.

"당연하지. 내 머릿속에는 그 생각밖에 없어. 그날부터 계속."

"흐응, 그럼 더더욱 내가 필요할 거라고 보는데."

라스티아라의 말마따나, 그녀의 협조를 얻으면 탐색은 한결 더 수월해진다. 디아 수준의 재능을 갖고 있는 데다, 전위를 맡기에 적합한 능력. 솔직히 탐나는 인재인 건 사실이다.

"너와 같은 편이 되면 확실히 든든하긴 하겠지만, 나는 너에 대해 모르는 게 너무 많아. 적어도 이해관계가 일치한다는 게 확인되기 전에는 같이 다닐 수 없어."

"으응, 이해관계라. 내가 보기엔 일치하는 거 같은데?"

"그럼, 말해봐. 네 목적은 뭐지?"

라스티아라의 목적.

첫날, 내 몸을 고쳐준 것. 일부러 밤중에 습격해서 강제적으로 레벨 업을 시킨 것. 『셀레스티얼 나이츠』가 나를 추적하도록 유도한 것. 레이디언트라는 기사와 결투를 하도록 만들고, 자신을 동료로 삼아달라고 홍보하고 있는 것.

그 이유를 알지 못하면 나는 평생 동안 라스티아라를 적으로 인식할 것이다.

그것만은 절대 양보 못 한다는 내 의지가 전해진 건지, 라스티아라는 평소와는 조금이나마 달라진 표정을 보이며 오도카니 말을 내뱉었다.

"내 목적은 단 하나야. ……해보고 싶어, 모험을."

그 눈은 변함없이, 올곧게 미쳐 있었다. 하지만 지금까지와는 다르게, 거기에는 인간다운 동경 같은 것이 엿보였다.

"모험을 하고 싶다고?"

"그래, 가슴 뛰는 모험을. 될 수 있으면 동료라는 것과 함께. 있는 한껏, 미궁을 즐겨보고 싶어. 아, 동료라고 해도 나를 특별 취급하지 않는 녀석이어야 해. 그리고 나를 따라올 수 있는 사람이어야 하고. 이게 중요한 거야."

"하긴, 나는 그 조건에 들어맞긴 하지만……."

"나는 항상 따분했어. 태어나서 지금까지 항상 새장 속이고, 자극 같은 건 하나도 없었어. 그저 주어진 대로만 살아가야 하는 감옥. 그래서 영웅담이나 모험담 속에 등장하는 사람들이 샘났어. 스스로의 의지로 잃기도 하고, 손에 넣기도 하는 인생이 부러웠어. ──부러워서 견딜 수가 없었어."

라스티아라는 자신의 감정을 있는 그대로 털어놓는다.

지금이라면 그녀의 마음을 쉽게 알 수 있다. 서투르고 순진한 선망을 있는 그대로 외치고 있는 것처럼 들린다. 마치 떼쓰는 어린애 같다고 느껴졌다.

"……네 생각은 대충 알겠어."

"알겠으면 책임을 져줬으면 좋겠는데. 너처럼 유쾌한 녀석을 만나기 전까지는, 나는 별 탈 없이 스스로를 억제할 수 있었어. 그랬는데 '이방인' 같은 스킬을 가지고, 레벨 1에 만신창이가 된, 아슬아슬한 한계 상황에서 오로지 혼자 몸으로 미궁을 탐색하다니……. 그런 부러운 녀석을 만난 탓에, 더 이상은 억제할 수 없게 된 거야. 그런 이야기 속 주인공 같은 녀석이 앞으로 어떤 모험을 하려는 건지 궁금해서 견딜 수가 없었어. 그러니까 나도 끼고 싶은 거야. 부탁이야. 제발, 이렇게 부탁할 테니까……."

처음에는 요구였지만, 마지막은 애원에 가까워져 있었다. 태도에 일관성이 전혀 없다. 라스티아라의 감정은 1초마다 뒤흔들리고 있다.

대화를 나누면 나눌수록, 라스티아라라는 인물의 불안정성이 엿보인다.

무시무시할 정도의 불안정함——언제 무너져도 이상할 게 없는, 트럼프 카드로 쌓은 집 같은 상태다.

몸은 성숙했지만 그에 어울리는 정신은 갖추지 못하고 있다. 방금 한 얘기로 미루어 보아, 전형적인 양갓집 규수로 지내온 게 원인이리라. 그 차이가 타인에게는 개미를 짓이기며 노는 어린애 같은 인상을 준다.

"일단, 네가 엄청나게 유치한 녀석이라는 걸 똑똑히 알았어……."

"나는 진지하다고. '돌아간다'라는 카나미의 목적에 힘을 보태줄 테니까, 내 꿈에도 힘을 빌려줘. 부탁이야⋯⋯."

내 솔직한 감상을 들은 라스티아라는 분개했고, 그러면서
도 진지한 표정으로 교섭을 계속한다.

라스티아라가 많은 위험을 내포하고 있다는 건 여전한 사
실이다. 하지만 그렇다 해도, 완전한 정체불명이 아니라면,
이용할 길은 얼마든지 찾아낼 수 있다. 교섭 내용도 나쁘지
않다.

그 유치한 점만 요령껏 컨트롤 해낼 수 있다면, 그녀만 한
수재는 찾기 힘들 것이다.

그리고 라스티아라를 놓아주게 되면, 커다란 불이익이 발
생한다. 그녀는 내가 '이방인'이라는 정보를 갖고 있다. 그
정보가 외부로 유출되는 일만은 피하고 싶다. 그렇다면, 내
시야 안에 두고 감시하는 게 나을 것이다.

얼마 안 되는 시간 속에서 고속으로 손익 계산을 마치고
신중하게 선택한 말을 내뱉었다.

"나는 협조자라면 언제든지 환영이야. 상황에 따라서 파
티를 맺는 정도라면——"

"좋았어! 고마워!"

라스티아라는 기쁨에 겨워서 내 손을 붙잡는다.

나는 고분고분 그녀의 행동을 받아주면서도, 냉정하게 파
티의 조건을 제시한다.

"하지만 불온한 짓을 하면 당장 때려눕혀버릴 줄 알아. 바
로 파티에서 내쫓을 거라고!"

컨트롤이 불가능하다 판단되면 곧바로 입막음을 한다. 그 점만은 확실하게 명심해야 한다.

단, 입막음을 한다고 해도, 내 힘으로 그게 가능할지 어떨지 수상하긴 하지만……

"괜찮아, 괜찮아. 나는 카나미와 같이 미궁에서 놀고 싶은 것뿐이니까. 이상한 짓은 절대 안 해."

"그리고 레이디언트 씨 일행이 가진 오해도 풀어줘."

"어? 으음, 그건 그냥 속행하는 게 어때? 연인이라는 설정이라면, 추적자도 오히려 더 적어질 테고. 그자들은 연애를 엄청나게 신성시하고 있으니까, 이러는 게 더 유리할 거야."

연애를 신성시한다?

사랑이 숭고한 것이라는 점은 의심의 여지가 없다. 하지만, 이 세계에는 어울리지 않는 사고방식인 것 같다.

……아니, 고민해봤자 부질없는 짓이겠지.

지금 중요한 건 그게 아니다. 지금 중요한 건, 추적자들에 대한 문제다.

"아니, 잠깐 잠깐. 너랑 같이 다니면 추척자들도 세트로 쫓아오는 거야?"

"나를 손에 넣으면 연습 상대도 덤으로 따라온다는 거지. 이거 꽤 짭짤한 거래 아냐?"

쫓아오는 모양이다.

확실히, 현재 상황에서는 그 정도 상대는 연습상대 정도로 평가할 수밖에 없다.

다소 라스티아라에게 휘둘리는 것 같은 느낌도 들지만, 시험 삼아 제안을 받아들여보는 것도 괜찮을지 모른다. 기사와의 결투는 공부가 된다. 기사들은 지나치게 강하지도 약하지도 않으며, 그러면서도 풍부한 기량을 갖고 있다. 결투의 맹세라는 보호장치가 있으니 위험성도 적다.

레이디언트 씨와의 일전에서는 단기결전을 택했지만, 경우에 따라서는 적의 기술을 찬찬히 관찰하는 것도 괜찮다. 만약 귀찮아지면, 모조리 내팽개쳐버릴 수도 있다.

"하아…… 그럼 그러지 뭐……."

마지못해 고개를 끄덕인다.

"좋아. 방금 들었어, 똑똑히 들었다고! 나중에 안 된다고 해봤자 소용없을 줄 알아!"

라스티아라는 기다렸다는 듯이 주먹을 움켜쥐고 휘두른다.

【파티에 라스티아라 후즈야즈가 참가합니다】
파티 리더는 아이카와 카나미입니다.

이때 파티 참가 '표시'가 시야에 출현했다.

지금까지 별 생각 없이 파티 시스템을 이용해왔었는데, 방금 전의 대화로 파티 참가의 조건이 충족된 모양이다. 이제 내 파티원은 총 네 명.

고작 이틀 만에 두 명이나 늘어나고 말았다. 아마, 늘어나서 나쁠 건 없겠지만.

"그럼, 카나미의 거점으로 갈까? 이야, 내일부터 어떤 모험이 펼쳐질지 기대되는걸."

"……혹시, 이대로 내 집까지 따라올 생각이야?"

"응, 그럴 건데?"

라스티아라는 당연하다는 듯 웃으며 대답한다.

그 미소는 여성스러움으로 가득했다. 그것은 디아와 같은 중성적인 느낌도 아니고, 마리아와 같은 앳된 느낌도 아니다. 내 또래 여자아이의 느낌이다. 의식하지 않을 수가 없다.

"자, 잠깐 기다려봐. 생각할 시간을 좀 줘."

허겁지겁 그녀를 제지한다.

라스티아라는 내 집을 거점으로 삼을 작정이다. 이 세계의 파티원들 간의 관계가 어떤 식인지는 모르겠지만, 침소를 함께하는 건 흔히 있는 일일까? 돈이 부족한 초보 탐색가라면 절약을 위해 불가피한 일이라고 납득할 수도 있다. 일단 동료가 된 이상, 협력에는 힘을 아끼지 않을 생각이지만, 자금에 여유가 있다면 각각 따로따로 지내는 게 자연스러운 흐름 아닐까.

애초에, 말로는 동료가 되겠다고 했지만 가능하면 평상시에는 멀리하고 싶다.

"으음, 카나미, 아직 생각 안 끝났어?"

"아니, 좀 당황한 것뿐이야. 하지만, 내 집에서 지내는 건 좀 다시 생각해주면 안 될까? 이 세계에서는 어떤지 모르지만, 내 세계에서는 비슷한 또래의 남녀가 한 지붕 안에서 자는 걸 썩 좋게 여기지 않아. 각기 다른 곳에서 묵는 게 좋겠어. 돈은 있을 거 아냐?"

"나는 이 세계에 대해서도 카나미네 세계에 대해서도 잘 모르지만, 책 속에서는 항상 동료들은 모두 같은 숙소에 묵던데? 내가 보기에는 그쪽이 더 재미있을 것 같고, 돈도 무한대로 있는 건 아니니까, 절약할 수 있을 때 절약하는 게 좋지 않겠어?"

라스티아라도 모험가의 상식에 대해서는 모르는 모양이다. 다만, 지금까지 읽었던 책을 통해서 어느 정도의 지식은 갖고 있는 것 같다. 이 세계의 모험담에 그렇게 나온다면, 이세계 모험가들은 그렇게 하고 있는 것이리라. 절약할 수 있을 때 절약해두는 게 좋다. 확실히 일리 있는 말이다.

그런 말을 들은 이상, 부정할 수는 없다.

"그, 그래? 그렇단 말이지……."

잠들어 있는 사이에 라스티아라에게 살해당할 걱정은 없을 것이다. 나를 죽일 생각이었다면, 예전에 내가 잠든 사이에 침입했을 때 이미 죽였을 것이다.

남은 문제는 내가 쑥스러움을 잘 탄다는 점이다. 라스티아라라는 미소녀가 **가까이에 있다**는 문제.

남자로서는 기쁜 일이지만, 그런 감정은 지금의 나에게는 쓸모없는 것이다.

그래, 그런 쓸모없는 생각이나 하고 있을 여유 따위는 없다.

"이게 그렇게까지 고민할 일인가? 좀 더 가볍게 생각해도 되는 거 아냐?"

쩔쩔대며 고민하는 나를 보다 못해, 라스티아라가 끼어든다.

"……알았어. 그럼 따라와도 돼. 방은 많으니까."

"어, 방이 많다고? 여관이 아니었어?"

"그래, 집이 있어. 바로 얼마 전에 샀지."

"그야 잘되긴 했지만……. 모험담 속에 나오는 것 같은 후줄근한 여관을 기대했었는데. 예전에 카나미가 묵고 있던 여관처럼 말야."

"예전이라는 거, 첫날 얘기하는 거야? 그래 봬도 비싼 여관이었다고."

"호오. 그 말은, 그때 그 여관보다 더 후줄근한 여관도 있다는 거네. 재미있을 것 같지 않아, 카나미?"

라스티아라는 빈곤한 생활에 대한 동경을 품고 있는 것 같다. 정말 빈곤 때문에 고생하는 사람이 들으면 보나마나 미칠 듯 부아가 치밀 것이다. 이런 무신경함이 그녀의 결점이다.

교섭이 끝났으므로, 우리는 집으로 돌아갈 준비를 시작했다.

"그리고 앞으로는 나를 카나미라고 부르지 마. 여기서는 지크프리트 비지터라는 이름을 쓰고 있으니까, 지크라고 불러줘."

"알았어, 지크. ……참고 삼아 묻는 건데, 그 이름은 무슨 뜻이야?"

"내 세계의 유명한 영웅 이름을 따온 거야. 그리고 비지터라는 건, 방문자라는 뜻을 가진 세계공용어고. 아는 사람이 들으면 살짝 놀랄 만한 이름이지."

"그랬구나. 그나저나 영웅의 이름이라. 우연 치고는 재미있는걸. 나도 마찬가지거든."

"그러고 보니까, 네 이름은 후즈야즈였었지? 나라 이름을 성으로 갖고 있다는 건, 왕족의 피라도 섞여 있는 거야? 그렇다면 좀 싫은데."

이 발트국 북쪽에는 후즈야즈국이 있다. 그 나라의 이름과 똑같은 성을 갖고 있다는 건, 모종의 연관성이 있다는 뜻일 것이다.

"으음. 그 말이 맞기는 한데, 이 연합국에서는 그리 드물지도 않아. 100명 이상의 권력자들과 귀족들이 왕을 자처하고 있으니까. 이 연합국은, 수많은 왕들이 함께 정책을 결정하고 있어. 옛날에 생각 없이 소국들을 끌어들여 흡수한 흔적이지."

"호오, 그랬었군. 난 이 세계에 대해서 잘 모르다보니, 그런 얘기를 들으면 재미있더라니까."

"옛날에 대국 후즈야즈를 구축한 주도자가 말도 안 되게

멍청하고 재미있는 사람이었거든. 내가 좋아하는 영웅담 중에 하나야. 나라를 훔친 그 주도자는 왕을 자처하는 사람들을 죽이는 대신, 오히려 떠받들어줬어. 그 과정에서 여러 번 실패도 겪었지만, 그 주도자는 결코 포기하지 않았어. 그래서——"

영웅 얘기를 시작한 라스티아라는 즐거워 보였다.

그 얘기를 들으면서 집으로 향했고, 라스티아라는 그 옆에서 지치지도 않고 얘기를 계속했다.

이 세계의 역사를 배우는 것도 나쁘지 않겠다는 생각에, 나는 잠자코 얘기를 들었다.

그리고 얘기를 들으면서 집으로 돌아간 후의 일에 대해 생각한다.

집에서는 마리아가 기다리고 있다.

현재 내 파티에는 네 명이 소속돼 있지만, 디아, 마리아, 라스티아라, 그녀들은 모두들 나와의 2인 파티라 생각하고 있을 것이다.

상황이 좀 성가시게 됐으므로, 그녀들 각각에게 어떻게 설명할지를 궁리했다.

하지만, 곧 그 생각을 멈춘다. 어차피 가벼운 자기소개 정도로 끝날 테니까. 별 대수로운 일은 없을 것이다. 그렇게 판단하고, 아무런 걱정도 없이 마리아가 기다리는 집으로 발걸음을 옮겼다.

◆ ◆ ◆ ◆ ◆

라스티아라와 함께 새 집으로 돌아오니, 마리아는 밝게 웃으며 나를 맞이해주었다. 하지만 이내 라스티아라를 발견하고는 "어서 오세…… 어?!" 하고 말문이 턱 막혔다. 그럼에도, 곧바로 충격에서 벗어나서 손님 대접을 위해 움직여주었다. 그녀의 타고난 성격 덕분이리라.

그리고 지금, 우리 세 사람은 저녁식사를 하기 위해 같은 테이블에 둘러앉아 있는 상태다.

그 테이블에는 마리아가 만든 음식들이 놓여 있다. 식재료는 소박하지만 정성들여 만든 음식이다. 마리아가 자기 돈으로 식재료를 사서, 긴 시간을 들여 만들었다는 걸 쉽게 알 수 있었다.

당연히, 2인분뿐이었다.

식재료를 구입한 마리아에게서 음식을 빼앗을 수도 없는 노릇이었기에, 내 음식을 라스티아라 앞으로 내밀었다. 동료가 됐다고는 해도, 라스티아라는 아직 손님이다. 손님에게 식사 대접도 하지 못하는 사태를 피하려 한 결과였다.

내가 음식을 라스티아라 앞으로 옮겼을 때, 방 안의 온도가 내려간 것 같은 느낌이 들었다.

마리아 쪽으로부터 한파와도 같은 흐름이 느껴졌기에 문득 눈길을 돌렸다. 마리아는 해맑은 웃음을 짓고 있었다. 웃음 가득한 얼굴로, 나를 줄곧 노려보고 있었다.

우, 웃고 있으니까 별 문제없는 거겠지⋯⋯?

자신은 없었다.

"와아, 굉장한데. 그래, 바로 이거야. 나는 이런 음식을 원했다니까. 따끈따끈하잖아. 있잖아, 내가 먹어도 될까?"

라스티아라는 들뜬 얼굴로 식사 허가를 요청한다. 아무래도 마리아가 만든 가정식이 스트라이크존에 들어간 모양이다. 곱게만 자라온 양갓집 규수에게는 이런 서민들의 식사가 신기하게 느껴지는 것이리라.

"으으음, 저기, 아마 괜찮을 거야. 그렇지, 마리아?"

"네, 물론. 괜찮고말고요."

나는 쭈뼛거리며 마리아의 승낙을 얻는다.

마리아는 여전히 한 치의 빈틈도 없는 미소를 유지하고 있다. 라스티아라라는 손님 앞이라서 그런 것도 있겠지만, 무시무시하리만치 빈틈이 없다.

"괘, 괜찮대, 라스티아라."

"그럼, 사양 않고 먹어보실까."

라스티아라는 식사 인사를 하고, 목제 스푼을 들려 했다.

그리고, 마리아는 나를 향해 입을 열었다.

"하지만 이러면 주인님의 식사가 없어지잖아요. 자, 제 몫을 드세――" "――이건 마리아 돈으로 사서 만든 음식이잖아. 그런데 음식을 만든 마리아가 못 먹는다는 건 말이 안 돼. 나는 비상식량을 비축해둔 게 있으니까, 신경 쓸 거 없이 먹――" "――주인님이라면 그렇게 말씀하실 줄 알았다고요!"

마리아의 말을 끊는 내 말을, 마리아가 다시 끊어버린다. 차분한 평소의 그녀답지 않게, 그 말끝은 약간 격앙되어 있었다.

아무래도 내 대꾸가 마음에 안 들었던 모양이다.

하긴, 나에게 주려고 만든 음식을 정작 내가 안 먹는다는 사태가 마음에 안 들긴 하겠지. 하지만 이게 그렇게까지 화낼 일일까…….

"으~음, 역시 내가 먹는 건 곤란한 것 같네."

보다 못한 라스티아라가 음식을 먹으려던 손길을 멈췄다.

"아뇨, 라스티아라 씨는 신경 쓰지 말고 그대로 드시면 돼요."

마리아가 태연하게 그렇게 대꾸했다. 그 말을 들은 라스티아라는 좋은 아이디어가 떠올랐다는 듯 말을 잇는다.

"그래. 하긴 한 명만 식사에서 빠지는 건 안 좋은 일이긴 해. 같은 동료로서, 그런 사태는 피해야겠지. 있잖아, 지크, 우리 같이 먹을까? 적은 음식을 같이 나누는 건, 모험담에도 흔히 나왔었던 것 같으니까."

"아, 아니, 잠깐만요. 같이 먹는다는 건, 그 음식을 둘이서 깨작거린다는 건가요?"

"내 지식에 따르면, 동료들 사이에서는 그런 일도 있을 수 있다는 모양이야. 무엇보다, 재미있을 것 같잖아. 자, 지크."

그렇게 말하고, 라스티아라는 의자와 음식을 내 쪽으로

들이민다. 순진한 그녀는 모험담 속 상식을 믿어 의심치 않는 모양이다.

"그러시다면, 저와 주인님이 둘이서 같이 깨작거릴 테니까, 라스티아라 씨는 제대로 드세요! 주인님과 손님이 그런 짓을 하게 둘 수는 없으니까요!!"

"손님이라니, 그렇게 딱딱하게 굴 거 없어. 나는 앞으로 네 동료가 될 테니까."

"뭐, 뭐라고요? 동료요?"

아무래도 마리아는 라스티아라를 하룻밤 묵고 떠날 손님으로만 생각했던 모양이다. 하지만 라스티아라 쪽은 다르다. 앞으로 고락을 함께할 동료로 생각하며 발언하고 있다.

마침 좋은 기회라고 생각하고 입을 연다.

"그럼 마리아와 라스티아라가 둘이 같이 먹는 건 어때? 아직 너희 둘은 서먹서먹한 사이니까 친목도 도모할 겸. 나는 이 집 주인답게 느긋하게 식사하기로 할 테니까."

이렇게 하면, 마리아의 요구와 라스티아라의 요구를 둘 다 충족시킬 수 있을 것이다.

"그거 묘안인데, 지크."

"뭐라고요?! 아니, 잠깐만요!"

라스티아라는 그걸로 모든 것이 다 해결될 거라는 듯 벌떡 일어섰다. 그리고 자기 앞에 있던 음식을 내게 돌려주고, 의자를 들고 마리아 옆자리로 이동했다.

"좋아, 같이 먹자, 마리아."

"아뇨, 뜻은 고맙지만, 저는 사양——"

"사양할 것 없어. 서로에게 먹여주는 건 어때?"

"뭐예요?!"

보아하니 다 정해진 모양이다. 이제 한시름 덜 수 있겠군.

이대로 두 사람이 친해지게 된다면, 더는 바랄 게 없으리라.

어수선하게 음식을 먹는 두 사람 앞에서, 나는 느긋하게 음식으로 손을 가져갔다.

"후훗, 얘 정말 마음에 드는데. 쬐끄만 게 귀엽기도 해라~. 그리고 목줄도 없는데, 클래스가, 후훗, 클래스가. 우후후, 후후후, 재미있어라, 깜찍하기도 하지——"

"우와, 제발 달라붙지 좀 마세요! 앗, 지금 어딜 만지시는——"

근사하다.

솔직히, 파티 멤버가 늘어나면 성가신 일도 늘어나게 될지도 모른다는 불안감이 있었다. 하지만 그럴 염려는 없을 것 같다. 요컨대, 다 하기 나름인 것이다. 지금처럼 마리아의 성가신 면을 라스티아라의 성가신 면이 상쇄해준다면, 반대로 성가신 일이 줄어들 수도 있다.

덕분에 마음 걱정을 덜고 차분하게 미궁에 대해 생각할 수 있을 것 같다.

눈앞에 있는 두 사람을 방치해두고, 나 혼자서만 우아하게 디너를 만끽했다.

마리아가 만든 맛있는 음식을 먹으면서 앞으로의 미궁 탐색 계획을 세워나가는 건, 더없이 유익한 시간이었다. 그래서 식사를 마친 후에도 두 사람의 교류를 유도했다.

"맞아, 라스티아라. 기왕 이렇게 됐으니, 마리아와 같은 방에서 자는 건 어때? 동료들끼리 한 방에서 대화를 나누는 건, 이야기 속에 나오는 한 장면 같지 않아? 여자애들끼리 한 방에서 자는 건 아무 문제없을 거 아냐?"

어느덧 밤도 깊었다. 이제 잘 시간이었기에 방 배치에 대한 의견을 제시했다.

"응, 그거 좋은데! 그렇게 해야겠다!"

라스티아라는 더할 나위 없이 해맑은 미소와 함께, 마리아를 낚아채려 한다. 마치 맛있는 먹이를 앞에 둔 개나 고양이 같다. 여유를 잃은 표정의 마리아가 구원을 청하고 있는 것 같은 느낌이 들었지만, 못 본 척하기로 한다.

이제 저녁식사 시간 이외에도, 내 시간을 침해받는 일은 줄어들 것이다. 여자애와 한 집에 산다는 게 어쩐지 내키지 않았는데 이제 좀 괜찮아질 것 같다.

나는 두 사람을 내버려두고, 내 방으로 향했다.

그리고 남은 시간과 MP를 활용해서 일과인 마법 훈련을 시작한다. 마법의 완성도는 스테이터스뿐만 아니라 연상력에 따라서도 크게 변동한다. 레벨 업에만 의존해서는 안 되며, 이런 꾸준한 훈련 역시 중요하다는 걸 나는 알고 있었다.

그런 보람이 있었는지, 이제 손바닥 위에 얼음 세공품을 만들어낼 수도 있게 되었다. 첫날에는 방의 온도를 내리는 정도가 고작이었던 걸 생각하면 상당한 진보라 할 수 있다.

물론, 차원마법 훈련도 소홀히 하지 않는다.

〈폼〉과 〈커넥션〉을 얻은 덕분에 차원마법의 응용폭이 넓어졌다. 새로운 활용 방법이 없을지 시행착오를 거듭했다.

하지만 빙결마법과는 달리 차원마법은 연상이 쉽지 않다. 얼음은 원래 세계에서도 쉽게 접할 수 있었지만, '차원'이라는 애매모호한 것은 게임에서밖에 접한 적이 없었던 것이다.

악전고투하며 훈련에 매달리다 보니, 어느덧 밤이 깊어간다. 이제 슬슬 잘까 하고 내 방 침대에 드러누웠다. 물론 경계를 늦춘 건 아니어서 검을 침대 옆에 기대어 세워 둔 상태다.

동료가 되기는 했지만, 라스티아라도 마리아도 무슨 짓을 저지를지 알 수 없는 녀석들이다.

그래서 난 그 둘이 정말 이불 속에 들어가 있는지를 자기 전에 확인해보기로 했다.

둘 다 잠들어 있는 상태가 아니면, 나도 마음 놓고 숙면을 취할 수 없는 것이다.

겸사겸사 훈련도 할 생각으로 〈디멘션〉을 전개시켰다.

하지만, 그 두 사람은 집의 어느 방에서도 찾을 수 없었다. 어쩌면 밖으로 나간 걸지도 모른다는 생각에 〈디멘션〉의 범위를 한층 더 확장시켰을 때── 발견하고 말았다.

마법의 감각기관이 포착한 것은, 알몸으로 욕실에 들어가 있는 두 사람의 모습이었다.

한껏 들뜬 얼굴의 라스티아라가 기겁하는 마리아의 몸을 씻겨주고 있었다.

그 실오라기 하나 걸치지 않은 모습에 소스라치게 놀라서, 곧바로 〈디멘션〉을 해제하려 했다. 하지만 이미 늦었다. 쓸데없이 높은 파악 능력 탓에 그 광경의 정보가 잇따라서 머릿속으로 흘러들어온다.

마리아는 라스티아라의 손이 몸에 닿을 때마다 얼굴을 붉히며 야릇한 한숨을 토해낸다. 그 소리만으로도 내 얼굴은 새빨개질 지경이었건만, 〈디멘션〉에 의한 정보 수집은 여전히 멈추지 않는다.

마리아의 몸은 가녀리고 앳되다. 그렇다고 해서 여자아이로서의 매력이 없는가 하면, 그런 건 절대 아니다. 앳된 건 사실이지만 가슴은 아담하게나마 부풀어 있다. 그 완만한 곡선은 내 정욕을 부채질하기에 충분했다. 노예 생활이 길었기 때문인지, 어렴풋이 갈비뼈가 도드라져 보인다. 하지만 그것이 도리어 금기 어린 매력을 자아낸다. 가녀리기에 지켜주고 싶다. 안아주고 싶다. 그런 생각이 저도 모르게 떠오르게 만든다.

허리는 잘록하고 매끈한 다리가 뻗어 있다. 새치 하나 없이 새까만 머리칼과 새까만 눈동자가 도드라져 보이는 깜찍한 여자아이다.

그리고 그 곁에는, 물에 젖은 라스티아라의 탐스러운 몸이 있다. 그녀의 살갗은 얼룩 하나 없는, 투명감이 감도는 흰색이다. 인형이라 해도 이렇게까지 완벽하게 하얀 피부는 재현할 수 없으리라는 생각이 들 만큼, 그녀의 몸은 티없이 하얗다.

라스티아라에 대한 인상은 첫인상에서 그다지 달라지지 않았다. 그 매끄럽고 찬란한 긴 머리칼에, 조금의 군더더기도 없는 이목구비. 이목을 끌어당기는 황색의 두 눈에, 사람을 현혹시키는 긴 속눈썹. 가슴은 풍만하고, 허리는 호리호리한── 여성이 가질 수 있는 가장 이상적인 몸매다. 그야말로 아름다움의 궁극적 형태라 해도 과언이 아닌, 범할 수 없는 예술성이 깃들어 있었다.

두 사람의 알몸 앞에서, 말로 표현하자면 1만 개의 단어로도 부족할 만큼의 감상들이 머릿속에 떠오른다.

하지만 그 정도라면 그나마 나았을 것이다. 문제는, 내가 가진 〈디멘션〉이라는 마법이 전투시에 상대방의 시선이나 체중 이동까지 파악할 수 있는 수준이라는 점.

당연하게도, 보아서는 안 될 범위의 정보까지 머릿속으로 들어오고 만다.

보아서는 안 될 두 사람의 가슴이며 엉덩이, 그리고 국부까지 뇌리에 찰싹 딜라붙어서 떨어질 줄을 모른다.

더불어, 쓸데없이 높은 '지능'이라는 스테이터스 때문에, 그 모든 것들이 기억 속에 아로새겨지는 것을 알 수 있었다. 그래서 나는 번민한다.

"──아, 아악, 아아아아아……! 내가, 내가 지금 무슨 짓을, 아아아……!"

나도 사춘기 소년이다. 두 사람의 알몸을 보고 흥분해서, 더 보고 싶다는 욕구에 사로잡힌 것도 사실이었다. 하지만 그런 욕망보다는 죄책감이 앞섰다.

침대 위에서 고개를 푹 숙인다. 머리를 싸쥐고 스스로가 저지른 행위를 후회한다.

오늘까지 살아오면서 여자들의 목욕 장면을 엿본 적은 단 한 번도 없었다. 여동생을 제외하면 여자아이의 몸을 본 적조차 없었다.

그랬건만, 이런 타이밍에, 그것도 마음을 터놓은 사이인 동료들의 알몸을 훔쳐보고 만 것이다. 신뢰를 저버리는 행위다.

〈디멘션〉은 사용법에 주의를 기울여야 한다는 건, 첫날부터 알고 있었다. 같은 칼이라도 쓰는 사람에 따라서는 좋은 도구가 될 수도 있고 흉기가 될 수도 있는 것처럼, 〈디멘션〉도 좋은 마법이 될 수도, 나쁜 마법이 될 수도 있다.

나는 〈디멘션〉이라는 힘의 사용자로서, 이것을 좋은 마법으로 만들어야 할 책임이 있었다. 이 마법은 내가 원래 세계로 돌아가기 위해 존재하는 힘이지, 결코 엿보기를 위한 힘이 아닌 것이다──그랬건만, 저지르고 말았다.

수많은 감정들이 쏟아져 나와 마음속을 휘젓고 다닌다.

다행히 신변에 위험이 발생한 건 아니기에 스킬 '???'은 발동하지 않는다. 하지만 그렇다고 해서 그냥 방치할 수는 없는 일이다.

라스티아라의 경우는 그나마 낫다. 하지만, 마리아에 대한 감정만은 어떻게든 억눌러야 한다. 안 그러면 나도 모르게 의식하게 될 테니까. ──**떠올리게 될 테니까.**

그런 사태만은 기필코 피해야만 한다.

나는 한바탕 끙끙대고, 후회하고, 반성하며 크게 숨을 몰아쉬었다.

"……후우."

──그래, 못 본 걸로 치자.

결국, 보고도 못 본 척을 한다.

그게 합리적이라는 걸 알고 있었다. 그것 말고 다른 방법이 없다는 걸 알고 있었다.

──괜찮아. 난 아무것도 못 봤어. 아무것도 못 봤어. 아무것도 못 봤어.

그렇게 스스로를 타일러서, 동요했던 감정을 잠재운다.

스킬 '???'를 거듭 사용하는 동안 감정 억제에도 적응이 된 덕분인지, 이제 '생각하지 않는 것'에도 도가 텄다. 기억까지도 조절할 수 있는 경지에 다다른 것 같은 느낌이다.

몇 분 정도 마음속에서 '아무것도 못 봤어'를 거듭 되뇜으로써, 나는 정말로 마리아와 라스티아라의 알몸을 본 기억을 '없었던 일'로 만들었다.

그리고 욕실에서 나온 두 사람이 한 방에서 자려 하는 것을 〈디멘션〉으로 감지했다. 질색을 하는 마리아를 라스티아라가 붙잡아서 침대로 끌고 가는 것까지 지켜보았다.

조금 더 수다를 떨다가 잘 생각인 모양이지만, 아마 취침하는 건 시간문제일 것이다.

거기까지 확인하고 〈디멘션〉을 완전히 종료한 후, 이불속으로 들어갔다.

예상외의 사태도 있긴 했지만, 이제 나도 숙면을 취할 수가 있게 됐다.

지금의 나에게 있어서는 자는 것도 싸움이다. 미궁의 최심부에 다다르고, 원래 세계로 돌아가고, 그리고 소중한 사람과 재회할 때까지, 단 한시도 방심해서는 안 된다.

그래서 나는 필사적으로 잠들려고 노력했다.

그렇다. 아무것도 생각하지 않으려 애쓰며——

4. 파티

"아, 안녕히 주무셨어요…… 주인님……."

이튿날 아침, 거실에서 마법 실험을 하고 있으려니 수척한 얼굴의 마리아가 나타났다.

간밤에 잠들기 전, 무슨 일이 있었던 걸까. 굳이 물어볼 생각은 없었다. 다만, 마리아가 나를 쏘아보고 있는 것 같은 느낌이 들어서 나중에 어떻게든 비위를 맞춰줘야겠다.

마리아도 일어났고 하여 마법 실험을 중단했다.

일단 〈커넥션〉을 거실 한쪽에 설치하는 데 성공했다. 이제부터는 미궁에서 집으로 곧장 귀환할 수 있게 된 것이다. 다만, 마법 발동뿐만이 아니라 〈커넥션〉 유지에도 마력이 소모되는 건 예상 밖이었다. 하나의 〈커넥션〉을 유지하는 데만 해도 최대 MP가 100 정도 깎여나가 있었다. 마법의 사용 조건도 여러 종류가 있는 모양이다.

라스티아라는 아침 일찍부터 안 보인다 했더니, 큼직한 마대자루를 들고 돌아왔다. 보아하니 미궁에서 사용할 도구들을 바리바리 싸 온 모양이다.

그 무계획적인 짐의 양에 기가 막힐 지경이다. 어쩔 수 없이 나는 얼마든지 물건을 넣을 수 있는 마법도구 보따리가 있다는 식으로 둘러대고, 라스티아라의 마대자루를 '소지품'에 집어넣었다.

라스티아라 몫까지 집어넣으니, '소지품' 속에 든 짐의 양이 막대해졌다. 이 정도 양이면 셋이서 미궁 탐색을 하는 데도 별 지장은 없을 것이다.

준비가 끝났으므로 곧바로 미궁으로 가자고 말을 걸었다.

"그럼, 슬슬 갈까."

"아, 네. 바로 갈게요, 주인님."

마리아를 데리고 집을 나선다. 라스티아라도 그 뒤를 따라온다.

미궁으로 가는 길에 라스티아라가 나를 자기 쪽으로 끌어당기고 목소리를 낮추어 속삭였다.

"있잖아, 지크. 마리아도 데려갈 거야?"

"그럴 건데?"

"그치만, 내 '의신의 눈'으로 스테이터스를 살펴봤더니, 마리아는 미궁에서 버텨내기 힘들 것 같던걸. '요리' 스킬이 있으니까 당연히 집안일 담당일 거라고만 생각했는데."

나와 마찬가지로 스테이터스를 볼 수 있는 라스티아라가 보기에는 마리아의 스테이터스가 영 미덥지 못하게 느껴지는 모양이었다.

"마리아는 미궁 탐색을 함께하기 위한 동료야. 데려가는 게 당연한 거라고."

"하지만 재능이 턱없이 모자라잖아? 스킬이 많은 것도 아니고, 가장 중요한 '소질'도 부족하고. 아마 깊은 층에 들어가면 금방 아무 힘도 못 쓰게 될 텐데, 그래도 괜찮겠어?"

라스티아라는 내 인선을 나무란다. 마리아를 집에 두고 가는 편이 낫다고 은연중에 권하고 있는 것이다.

"나는 딱히 재능만을 기준으로 삼아서 고른 게 아냐. 마리아에게도 미궁에서 할 수 있는 역할이 있어."

"흐응. 뭐, 마음대로 해. 마리아가 죽더라도 난 몰라."

라스티아라는 담담한 표정으로 냉혹한 말을 내뱉는다.

생명을 가볍게 여기는 그 태도에 대해 따끔하게 한마디해 주고 싶었지만, 실질적으로 보자면 라스티아라의 냉정한 사고방식이 미궁에는 더 적합하다. 그럼에도 나는 마리아를 데려가겠다는 말을 되풀이한다.

"마리아가 죽는 일은 절대 없을 거야. 내가 있는 한은."

"……그건 그것대로 괜찮겠는걸. 난 그런 극적인 게 좋으니까. 그게 비극적인 결말로 끝난다고 해도, 나는 재미있을 테니까. 우후후후후."

"취향 한 번 고약한 녀석이군."

"그건 그렇고, 미궁 탐색의 목표 지점은 확실하게 세워 둔 거야? 내 마음 같아서는 30층 정도까지는 가보고 싶은데."

"30층이라면 미답의 영역이잖아. 우리의 현재 목표는 20층이야. 우선 차근차근 레벨 업을 하면서 거기까지 갈 거야."

"으응, 그건 좀 곤란한데. 내 입장에서는 20층 이하의 적은 하나도 재미가 없으니까. 빨리 20층 너머로 가고 싶단 말이지."

"최대한 빨리 미궁을 탐색하고 싶은 건 나도 마찬가지야.

하지만——"

"나한테 좋은 아이디어가 있어."

라스티아라는 내 말을 끊고, 한 발짝 앞서 걸어간다.

그리고 미궁 입구에 다다랐을 때, 기다렸다는 듯 칼집에서 검을 뽑았다.

그 하얀 검신에 햇빛을 반사시키며 웃는 얼굴로 말한다.

"감질나니까, 잔챙이들은 내가 전부 다 해치울게. 지크는 마리아만 지키고 있으면 돼!"

그 선언과 함께, 라스티아라는 선봉에 서서 미궁 안으로 들어갔다.

널찍한 회랑에 빼곡하게 들어찬 무수한 짐승들.

몬스터 무리가 우글거리고 있다.

그것은 내 탐색능력을 활용하면 절대로 조우할 일이 없는 광경이었다.

예전에 술집에서 몬스터 무리에 대한 얘기를 들은 적이 있었기에, 조우하지 않으려고 최대한 노력해왔던 것이다. 다수의 몬스터에게서 공격을 받으면 아무리 적정 레벨 이상의 탐색가라도 목숨을 잃을 염려가 있다. 미궁의 기본은 여럿이서 한 마리의 몬스터를 사냥하는 것. 최소한 일대일이 철칙이다.

분명 그게 상식이건만, 라스티아라는 몬스터 무리 한가운데서 홀로 싸우고 있었다.

미궁 돌입 전에 선언한 대로, 혼자서 모든 몬스터를 상대하고 있다. 폭력에 가까운 숫자에, 폭력에 가까운 재능으로 맞서 싸우는 것이다.

나와 마리아는, 멀찌감치 떨어진 후방에서 그 모습을 함께 지켜보고 있었다.

라스티아라의 전투를 〈디멘션〉으로 포착하고 관찰한다.

방어력 따위는 전혀 없어 보이는 얇은 옷 한 장만 걸친 채, 짐승들의 발톱을 차분하게 회피한다. 그리고 회피와 동시에 검을 휘둘러 베어나간다. 오직 그 움직임을 반복하는 게 전부인 작업. 기술 같은 건 엿보이지도 않는다. 라스티아라는 고레벨 검술 스킬을 갖고 있음에도 불구하고, 그 검술은 난잡하기 짝이 없었다.

이따금씩 눈이 휘둥그레질 정도의 칼부림을 선보이는 때도 있지만, 즉흥적으로 검을 휘둘러대는 경우가 압도적으로 많다. 검술 솜씨가 뛰어나다기보다는, 몸 자체를 다루는 솜씨가 뛰어나다고 하는 게 옳을 법한 움직임이다. 아마 마법도 쓸 줄 알겠지만, 쓰려는 기색은 보이지 않는다.

"도, 도대체 뭐예요, 저 사람은……?"

마리아는 기가 질린 채 라스티아라의 전투를 지켜보고 있다.

그런 마리아의 스테이터스를 '표시'시켜서, 경험치 추이를 확인했다.

3인 파티를 꾸려서 미궁에 들어오는 건 처음이니, 이건 중요한 정보다. 라스티아라의 전투방법보다도 더 중요할 것이다.

만일 이게 게임이라면, 파티 인원에 변동이 있을 때 경험치 배분에도 변동이 생길 것이다. 페널티가 될 것인가 보너스가 될 것인가, 아니면 분배 방식이 완전히 바뀌어버릴 것인가, 그걸 확인해야만 한다.

라스티아라에게는 경험치 취득 담당을 맡기고 싶다. 세 사람의 경험치 변동을 각각 관찰했다.

"주인님, 저 사람은 대체…….."

'표시'를 이용해서 분석하고 있을 때, 마리아가 나에게 의문을 던진다.

분석 작업을 병행하면서 그 의문에 대답해준다.

"나도 잘은 몰라. 어쨌거나 특별한 사람이라는 건 틀림없을 거야. 하지만 지금은, 미궁 탐색을 좋아하는 기사 소녀――그 정도로만 알아두면 되지 않을까 싶어."

"그런, 건가요…….."

마리아와 얘기를 나누고 있는 동안, 라스티아라 쪽도 섬멸을 마친 모양이었다.

100마리에 가깝던 몬스터 무리가 모조리 빛으로 환원되어 있었다.

라스티아라는 검에 묻은 피를 털어내면서 이쪽으로 걸어

왔다. 참고로, 몬스터의 피는 거의 묻지 않았다. 아직 충분히 여유가 있어 보인다.

"하아, 이제야 끝났네. 이제 좀 피곤한 것 같기도 한데?"

"그러니까 우회하자고 내가 얘기했잖아."

"우회하면 시간이 오래 걸리니까 싫어. 일단은 성큼성큼 안쪽으로 들어가자."

"나 참……."

라스티아라는 저층부에 있는 게 싫다는 이유로, 최단거리 루트를 막고 있던 몬스터 무리를 단신으로 돌파해버린 것이다.

나는 우회를 제안하긴 했지만, 이건 이것대로 도움이 됐다. 어느 정도의 경험치가 지속적으로 들어오는 상태라는 건 파티 시스템 분석에 더없는 호기였다. 덕분에 잠정적이나마 네 가지 규칙을 확정할 수 있었다.

1. 한 명만 싸우고 다른 자들은 쉬고 있는 경우에도, 경험치는 공평하게 들어간다는 것.

2. 파티 시스템의 적용 거리는 파티원이 두 명일 때나 세 명일 때나 별반 다르지 않다는 것.

3. 파티원이 다수일 경우에는 미약하게나마 패널티가 걸린다는 것.

4. 경험치 분배 방식은 두 명일 때와 달라지지 않아서, 여전히 균등 분배된다는 것.

이제 그럭저럭 파티 시스템에 대한 감이 잡히는 것 같다.

"그럼, 앞으로 나아가자."

"이번에도 내가 앞장서서 갈게~."

라스티아라는 그렇게 말하고, 선봉에 서서 미궁 속을 나아간다.

발걸음이 빠른 것은, 빨리 안쪽까지 들어가고 싶은 조바심 때문이리라.

장난감 판매 코너로 직행하는 어린아이를 바라보는 것 같은 기분으로 라스티아라 뒤를 따라갔다. 그러다가 문득 마리아가 마음에 걸렸다.

라스티아라의 속도는 상당히 빠르다. 일반인이라면 금방 숨이 찰 정도의 속도다. 나는 괜찮지만, 마리아 정도의 스테이터스라면 피로가 쌓였을지도 모른다.

그렇게 생각하면서 마리아 쪽으로 눈길을 돌리니,

"마리아, 왜 그래?"

마리아는 파랗게 질린 얼굴로, 내 바로 뒤에서 따라오고 있었다.

그 손은 당장이라도 내 옷소매를 붙잡으려는 듯 허공을 방황하고 있다.

"주, 주인님은…… 이상하다는 생각 안 드셨어요? 라스티아라 씨를 보면서……."

아무래도 아까 라스티아라가 싸우던 모습을 보고 공포심을 품게 된 모양이다.

하긴, 실력이 낮은 사람이 보기에는 라스티아라가 무슨 폭력의 화신이라도 되는 것처럼 느껴지리라. 레벨이 낮았던 때의 나도, 라스티아라를 볼 때면 정체불명의 두려움에 휩싸였었다.

"으음, 확실히 라스티아라는 좀 무서운 녀석일지도 몰라. 하지만 저래 봬도 제법 순진한 구석도 있고 나쁜 녀석은 아냐."

내가 생각해도 정말이지 세상일은 말하기 나름이라는 생각이 든다.

나쁜 녀석은 아닌지도 모르지만, 성가신 녀석이라는 건 의심의 여지가 없다.

"그 순수한 점이, 더 무서운 거라고요……."

내 얘기를 듣고도, 마리아의 공포는 가시지 않은 모양이었다.

마리아의 표현은 더없이 적절했다. 라스티아라가 천진난만하게 웃으며 벌레를 밟아 죽이는 타입이라는 건 나도 느끼고 있었던 점이다. 마리아의 기분은 나도 충분히 이해가 간다.

자신이 그 짓밟히는 벌레 신세가 될지도 모른다는 불안감에 휩싸여 있는 것이리라. 나는 마리아를 안심시키기 위해 기운차게 스스로의 가슴을 두드린다.

"걱정 마. 무슨 일이 있어도 마리아는 내가 지켜줄 테니까. 라스티아라한테서 마리아를 지켜줄 자신 정도는 있어."

"네? 주인님은 저 라스티아라 씨를 이길 수 있다는 말씀인가요……?"

"필승이라고 하기는 힘들겠지만, 상당히 유리하다고 생각해. 저 녀석은 정신적으로 빈틈이 많아 보이고, 검술 기량 면에서도 내가 뒤처지지는 않을 거야. 그러니까, 걱정 마."

마리아가 납득할 수 있도록, 승률을 과장해서 다정하게 말한다.

솔직히 말해서, 라스티아라와 나의 실력은 별 차이가 없다. 차이가 있다면 아마 상황의 차이 정도일 것이다. 마리아를 지키면서 싸운다면 내가 불리. 내가 혼자서 자유롭게 싸울 수 있다면 호각. 그 정도가 되리라.

어쨌거나 마리아가 걱정하는 건 바라지 않았기에, 애써 여유 있는 척을 한다.

"그렇군요……. 하지만, 원래는 제가 주인님을 지켜드려야 하는데……."

일단은 믿어준 모양이다. 겁에 질린 기색이 적잖이 사라졌다.

……사라졌을 것이다.

마리아는 허세를 부리는 데 재주가 있으니, 자신은 없다.

그리고 마리아는, 이번에는 자신의 위치와 의의에 대해 고민하기 시작했다.

또 노예냐 친구냐 하는 얘기가 되는 건가 싶어서 바로 대답해준다.

"신경 쓸 것 없어. 혹시 위험한 일이 생기면, 마리아는 자기 안위만 걱정하면 돼."

"그치만, 그건, 한마디로——"

그 말을 들은 마리아의 얼굴이 일그러졌다. 어떤 결론에 다다르고 만 것 같은——그런 표정이었다. 하지만, 곧 그 표정을 지우고 고개를 가로젓는다.

"아뇨, 아무것도 아니에요……."

마리아의 표정을 읽을 수 없게 된다.

이렇게 되니, 그녀가 무슨 생각을 하고 있는지, 나로서는 알 길이 없다.

마리아는 웃는 표정을 지어 보이며 말을 잇는다.

"제 힘이 부족하다——결국은 그런 거죠? 잘 생각해보면, 저 라스티아라 씨가 나쁜 분이 아니라는 건, 사실 저도 잘 알고 있는 일이었어요. 오히려 좋은 사람이죠."

"어, 그, 그래?"

나쁜 사람은 아니라고 분명 내 입으로 말했건만, 좋은 사람이라는 말을 들으니 영 납득하기가 힘들었다.

"간밤에, 저 천진난만한 분과 한 침대에서 오랫동안 얘기를 나눠봤으니까요. 라스티아라 씨의 사람됨은 제가 더 잘 알고 있을 거예요. 어째선지 저분은 이상하게 절 마음에 들어 하는 것 같으니까요."

"하긴, 저 녀석은 너를 꽤 좋아하는 것 같긴 했지……."

마리아의 표정이 밝아진다. 보아하니, 발걸음도 가벼워진 모양이다. 뒤쪽에서 앞쪽으로 나서서, 지금까지와는 반대로 나를 이끌고 미궁 안쪽으로 나아가기 시작한다.

"빨리 가요. 라스티아라 씨한테 뒤처지겠어요."

"그래, 알았어."

나는 마리아의 뒷모습을 바라보며 미궁을 나아간다.

뒤에서 걷고 있기에, 마리아의 표정은 보이지 않는다. 아니, 〈디멘션〉 덕분에 얼굴은 볼 수 있다. 하지만, 마리아가 마음속으로 어떤 표정을 짓고 있는지를 알 수가 없었다.

알 수가 없었다——그러나 나는 그 이상의 추궁은 할 수 없었다.

여러 번 미궁에 도전하다 보니, 이제 점점 몬스터에 대한 대응에도 적응이 돼가는 것 같다.

무엇보다, 출현하는 몬스터의 모습이 눈에 익었다는 점이 내게 여유를 가져다준다.

원래 세계에서 많은 게임을 플레이 해온 나에게 있어서, 완전히 낯선 외견을 가진 몬스터는 그리 흔치 않다. 몬스터들 가운데 적지 않은 수는 게임 속에서 보았던 몬스터와 비슷한 모양을 하고 있다.

처음에는 그 비현실성 때문에 당황했지만, 지금은 새로운 몬스터가 나오면 "아, 이 녀석은 그 게임에 나왔던 몬스터랑 비슷하게 생겼네"라는 생각이 먼저 든다.

이런 식으로 원래 세계의 게임을 떠올리고 있는 동안, 우리는 이렇다 할 부상도 없이 19층까지 도달했다. 라스티아라가 폭력적인 재능의 위력을 동원해서 길을 뚫어준 것이다. 지나치게 깊이 들어왔다고 충고하려 했지만, 지금까지 전혀 고전하는 기색이 없었기에 그저 묵묵히 따라갈 수밖에 없었다.

라스티아라는 신이 나서 19층의 '정도'를 걸어갔다.

그 도중에, 통로를 빈틈없이 틀어막을 만큼 거대한 몬스터가 나타났다.

발굽이 달린 두 다리로 땅바닥을 딛고 서 있고, 하반신은 짙은 갈색 털로 덮이고, 상반신은 인간의 모습에 가까운 근육질의 몸에, 머리는 양의 형태에 가깝다. 그 눈매는 험상궂고, 양손에는 거대한 도끼를 움켜쥐고 있다.

──미노타우로스……?

그게 내가 처음 느낀 인상이었다.

"오오, 뭐야, 이거. 이상한 몬스터네."

"지, 징그러워요. 너무 커요……."

나와는 달리, 라스티아라와 마리아는 게임 같은 걸 해본 적이 없다. 당연히 미노타우로스 같은 모습의 몬스터는 처음 볼 것이다. 그 괴이한 형태에 놀라고 있다.

'표시'를 이용해서, 곧바로 정보를 취득한다.

【몬스터】카마인 미노타우로스 : 랭크 20

——역시 미노타우로스였다…….

언어가 자동으로 번역되기 때문에 명칭이 비슷하게 나오는 거겠지만, 그렇다 해도 위화감은 가시지 않는다. 여기는 분명 전혀 다른 문화를 가진 이세계이건만, 익숙한 말이 튀어나온다는 것이 약간 어색하게 느껴진다.

방금 입수한 정보를 라스티아라에게 전해준다.

"몬스터의 이름은 카마인 미노타우로스. 아마 파워 타입일 것 같은데, 이번에도 라스티아라가 상대할 거야?"

"으응, 이쯤 해서 내가 마리아를 보호하는 일을 맡아볼까? 마리아의 호감도가 떨어질 대로 떨어진 것 같아서 좀 불안해지기 시작하던 참이었으니까."

의외로 라스티아라는 나에게 전투를 양보한다. 처음 보는 몬스터라도 보는 족족 달려들어서 베어버리던 그녀답지 않다.

아마, 그런 소행 때문에 마리아의 두려움을 사고 있다는 걸 이제야 깨달은 모양이다. 그 말을 들은 마리아는, 딱 잘라서 거절한다.

"아뇨, 괜찮아요. 그러느니 차라리 혼자 있는 게 나아요."

"우와! 언제부터 그렇게 미움을 산 거야?! 어제는 한 침대에서 자기까지 한 사이인데!"

"그건 결박당했다고 하는 거예요."

"으음, 그치만 그렇게 틱틱거리고 튕기니까, 나도 더 근질근질거리는데."

라스티아라는 마리아에게 말을 걸면서 접근했고, 마지막에는 확 끌어안았다.

"와앗! 뭐예요, 여기서 왜 달라붙는 건데요! 때와 장소를 좀 가리시라고요!"

"자, 됐어. 지크, 이쪽은 나한테 맡겨."

이게 라스티아라 나름의 호위 방법인 모양이다.

미궁에서 동료와 노는 것도 저 녀석의 목적 중 하나다. 저게 즐거운 거겠지.

라스티아라는 질겁하는 마리아를 한 팔로 제압하고 있다. 마리아의 근력도 상당히 오르긴 했지만, 라스티아라의 압도적인 스테이터스 앞에서는 무력한 모양이다. 저 정도면, 내가 위험에 빠졌다고 착각한 마리아가 함부로 달려들 염려는 없을 것 같다.

마음 놓고, 미노타우로스 쪽으로 돌아섰다.

그러자, 미노타우로스는 이미 숨을 씩씩거리며 코앞까지 다가와 있었다.

랭크는 20. 이렇게 높은 랭크의 몬스터를 상대하는 건 처음이다.

지금까지 겪어온 경험상, '랭크'라는 건 적정 레벨을 나타내는 것이다. 술집에서 얻은 정보 속의 적정 레벨과 '표시' 속에 나타나는 랭크는 항상 비슷하다. 다시 말해, 이 미노타우로스는 보통은 레벨 20의 탐색가가 상대하는 몬스터라는 뜻이 된다.

나는 어제 레벨이 제법 올라서, 현재는 갓 레벨 11이 된 상태다. 적정 레벨과는 한참 거리가 있다. 하지만, 스테이터스는 레벨 20인 사람과 비교해도 손색이 없는 수준이다. 내가 가진 정보가 사실이라면 좋은 대결 상대가 될 것이다.

"──마법 〈디멘션·글래디에이트〉, 마법 〈폼〉."

3미터쯤 되는 대형 도끼가 내게 덮쳐든다.

차원마법을 구축하면서, 아슬아슬하게 그 도끼를 피한다.

딱히 일부러 종이 한 장 차이로 아슬아슬하게 피하는 건 아니다. 이 정도 깊은 층까지 오니 여유가 사라진 것이다.

만약 나 혼자였더라면 차근차근 레벨을 올리고 승률 100퍼센트의 자신이 붙었을 때에나 싸웠을 상대였다. 하지만, 지금은 라스티아라가 있다.

상황이 위험해지면 나와 동등한 힘을 가진 라스티아라가 지원해줄 것이다. 더 중요한 건, 라스티아라가 회복마법을 쓸 수 있다는 점이다.

본인은 마법을 썩 좋아하지 않아서 어지간하면 사용하지 않지만, 만약에 내가 부상을 입는다면 라스티아라가 회복시켜줄 것이다. 그것만으로도 한결 안심하고 싸울 수 있다.

예전에는 부상을 당하면 지상으로 귀환하는 수밖에 없었다. 하지만, 지금은 다소 부상을 입더라도 탐색을 속행할 수 있다. 어느 정도의 위험요소는 감수해도 된다는 뜻이다.

미노타우로스의 공격을 아슬아슬하게 피하며, 대량의 〈폼〉을 미노타우로스의 몸에 부착시켜나간다.

일단 〈폼〉이 몸에 부착되고 나면, 미노타우로스가 내게 공격을 적중시키는 건 사실상 불가능에 가깝다. 이 마법 거품이 붙으면 붙을수록 내 공간파악능력이 상승된다는 건, 어제 레이디언트 씨와의 전투에서 이미 확인했다.

미노타우로스의 위협이 사라진 것을 확인하고, 다음 마법 실행으로 넘어간다.

"──마법 〈폼〉. 마법 〈프리즈〉──"

최대한 큰 거품을 만들어내고, 그 안에 마법으로 냉기를 가득 채운다. 예전에는 방의 기온을 내리는 정도가 고작이었던 〈프리즈〉였지만, 지금은 그때와는 비교도 할 수 없는 냉기를 발할 수 있게 되었다. 싸우면서 새로운 마법의 구축을 마친다.

그리고 그 냉기 거품을 다른 거품 사이에 섞어서, 천천히 미노타우로스 발치까지 이동시킨다. 미노타우로스는 무수히 존재하는 거품 하나하나에까지 주의를 기울이지는 못한다. 별다른 문제없이, 새로운 마법은 적의 다리에 적중했다.

거품 안에 담겨있던 냉기가 터져 나가고, 미노타우로스의 발은 얼어붙어서 지면에 접착된다. 갑자기 팔목이 붙들린 미노타우로스의 몸이 크게 휘청거리며 고꾸라졌다.

이것이 바로 〈폼〉과 〈프리즈〉의 합성 기술, 굳이 이름을 붙이자면,

"──마법 〈디 스노우(차원설, 次元雪)〉."

정도가 될 것이다. 성공해서 다행이다.

얼마 전에, 빙결마법 〈리틀 스노우〉 습득에 실패한 것이 한이 되었기에, 비슷한 걸 만들어내려고 애쓴 결과가 바로 이것이다.

〈디 스노우〉 때문에 빈틈을 드러낸 미노타우로스에게 달려들어서, 그 목을 베려고 든다.

검은 목뼈에 가로막힐 때까지 파고들었다. 레벨 차이 때문에 칼날이 박히지 않으면 어쩔까 하고 걱정했는데, 그건 기우였었던 모양이다. 그렇기는 해도, 쉽게 베어질 것 같지는 않다.

목 베기를 포기하고 혈관을 찢어발기듯이 검을 당겨 뺀다. 미노타우로스의 목에서 냇물과도 같이 피가 분출한다. 중상을 입은 미노타우로스는 미친 듯이 분노하며 대형 도끼를 휘둘러댔다. 하지만, 그 공격은 분노 때문에 예리함이 결여되어 있었다. 힘은 있을지언정, 속도가 떨어진 상태다.

이번에는 고의적으로 그 공격을 종이 한 장 차이로 피하고, 뒤이어 미노타우로스의 두 눈을 파괴한다.

이것이 결정타다.

미노타우로스는 대량의 혈액을 상실한다. 그러는 동안, 나는 거대 도끼를 회피하는 일에만 전념한다. 눈이 파괴되어 우격다짐으로만 움직이는 상태라 회피는 식은 죽 먹기다. 덤으로 난무하는 피가 묻지 않도록 주의를 기울인다. 그리고 수십 초 후, 미노타우로스는 힘이 다했다.

다른 몬스터들처럼 빛이 되어 사라지고, 마석이 떨어진다.

라스티아라처럼 낙승이라고 할 수준은 아니지만, 랭크 20 짜리 몬스터를 상대로 싸운 것 치고는 그럭저럭 괜찮은 성과였다. 나는 경험치를 확인한다.

【경험치】7122/25000

깊은 층까지 들어오니, 한 마리를 잡을 때마다 수백의 경험치가 들어온다. 셋이서 나눠 가진 경험치라고는 믿기지 않는 수치다.

마석을 주워서 그 상세정보를 확인한다.

【준3위 화염마법석】
불의 힘이 깃든 고농도 마법석. 화염속성 몬스터에게서 드롭된다.

마법석의 질이 올라가고, 상세정보에 대한 설명문도 길어졌다.

삼키면 마법을 익힐 수 있을 테지만, 이건 말하자면 날것이다. 섣불리 삼키기에는 두려웠다.

손에 넣은 마석을 쳐다보고 있으려니, 멀찌감치 떨어져 있었던 라스티아라와 마리아가 돌아왔다.

"수고했어, 지크. 20층까지 가는 건 너무 이르다고 그러더니, 식은 죽 먹기잖아."

"아니, 방금 그건 식은 죽 먹기가 아니었어. 호각이라고 하는 거야. 더 완벽하게 압승을 거둘 수 있을 정도가 아니면, 나는 웬만하면 싸우기 싫어."

"음? 방금 그거보다 더 압승이라면…… 그건 그냥 보리 베기 수준이라는 거 아냐?"

"나는 그 정도가 좋아."

"우와아……."

보리 베기를 하듯이 미궁 최심부까지 도달하는 것. 내게 있어 가장 이상적인 건 그런 거다.

하지만, 그런 내 이상을 들은 라스티아라는 도통 이해할 수 없다는 표정이었다.

"라스티아라의 이상과 맞지 않는다는 건 나도 알아. 하지만, 그렇기에 오히려 더 잘 맞는 거야."

"아니, 사고방식이 들어맞아야 되는 거 아냐?"

"그건 아냐. 위험해 보이는 상황은 전부 너한테 양보하고, 안전한 싸움은 내가 맡으면 되니까. 그럼 너는 재미있고 나는 편하겠지. 그럼 손해 보는 사람은 아무도 없잖아. 이것보다 더 잘 맞는 관계가 어디 있겠어?"

"으~응, 뭐, 그야 그렇긴 하지만 말야. 그치만, 뭔가 내가 생각했던 거랑은 다른걸."

"현실이란 건 대개 다 그런 거야."

"에이~."

라스티아라와 가볍게 대화를 나누면서, 다시 미궁의 '정도'를 따라 나아갔다.

그러는 동안, 마리아는 내가 부상을 당하지 않았는지 확인하고 있었다. 흉터나 타박상의 흔적을 찾기 위해 내 몸을 더듬는다. 내가 싸울 때마다 그렇게 확인해볼 생각이겠지, 마리아는…….

"마리아, 나는 안 다쳤어. 그렇게 걱정할 필요 없다고."

"아, 아뇨, 딱히 걱정하는 건 아닌데……."

아무리 봐도, 마리아는 이상할 정도로 내 안위를 걱정하고 있다. 내가 죽어버리기라도 하면 라스티아라에게서 자신을 보호해줄 방파제가 없어질 거라고 생각하고 있는 걸까.

머리를 쓰다듬어주고, "걱정할 것 없어" 하며 웃어 보였다.

마리아는 얼굴을 붉히며 나를 째려보았다. 자신을 어린애 취급했다고 화내는 건지도 모른다. 쓰다듬던 손을 떼고, 다시 미궁 안쪽을 향해 돌아섰다. 그리고 앞장서서 걷는 라스티아라에게 말을 건다.

"있잖아, 이제 좀만 더 가면 20층이야?"

"그래. 조금만 더 가면 돼."

지금까지 라스티아라는 줄곧 앞장서서 길안내를 맡고 있었다. 그건 단지 그녀의 성격 때문만은 아니다. 본인의 얘기에 의하면, 라스티아라는 혼자서 인류의 한계――23층까지 들어간 경험이 있었다고 한다. 물론 기본적으로 '정도'를 따라갔다고 하지만, 그래도 방금 전처럼 '정도'까지 들어오는 몬스터도 존재한다. 더 깊은 층으로 내려가면 내려갈수록, 그런 경향은 더 강해진다.

그 위험한 길을 혼자 힘으로 답파한 그녀의 경험은 더없이 든든하게 느껴진다.

이렇게 해서, 우리는 그녀의 거침없는 발걸음에 이끌려서 20층 코앞까지 다다랐다.

몇 번인가 몬스터의 습격이 있긴 했지만, 나도 라스티아라도 아직 MP에 여유가 있다.

어떤 상황에도 대처할 수 있도록 나는 〈디멘션〉을 짙게 둘러친 채 20층으로 이어진 계단을 천천히 내려갔다.

그 너머에 펼쳐져 있는 것은, 고색창연한 석조 공간이었다.

10층과 마찬가지로 미궁의 형태가 아닌, 그저 드넓게 펼쳐져 있을 뿐인 공간. 하지만 10층과는 달리 화염이 타오르거나 하지는 않았다. 아르티의 예상대로 아무런 마력의 흔적도 없는 공간이다. 〈커넥션〉 설치에 이보다 더 좋은 곳은 없으리라.

하지만── 문제가 하나 있었다.

그 황량한 공간 중앙에 두 명의 남자가 서 있었던 것이다.

이렇게 깊은 층에서 다른 탐색가와 조우할 줄은 생각도 못했었다.

한 명은 잡다한 색이 전혀 섞이지 않은 금발을 길게 늘어뜨린 미남. 나이는 나보다 약간 위로 보인다. 차분해 보이는 기사다.

다른 한 사람은 희끗희끗한 머리의 장년 사내. 황토색 외투 위로, 그동안의 고생이 엿보이는, 윤기 없는 백발을 늘어뜨리고 있다. 외투 틈으로 검이 엿보이는 걸로 보아, 이 자도 기사다.

경계하면서, 곧바로 '주시'한다.

【스테이터스】

이름 : 하인 헤르빌샤인 HP 321/333 MP 34/102 클래스 : 기사

레벨 24

근력 10.21 체력 8.95 기량 9.29 속도 11.88 지능 12.21

마력 7.77 소질 1.98

선천 스킬 : 최적행동 1.21 바람마법 1.77

후천 스킬 : 검술 2.02 신성마법 1.23

【스테이터스】

이름 : 홉스 조쿨 HP 253/282 MP0/0 클래스 : 기사

레벨 20

근력 4.41 체력 6.25 기량 11.72 속도 8.21 지능 13.41

마력 0.00 소질 1.12

선천 스킬 : 무기전투 1.89 공작 1.45

후천 스킬 : 검술 0.78 신성마법 0.00

금발이 하인, 희끗희끗한 머리가 홉스인 모양이다.

두 사람 모두 레벨이 높은 데다, 1급의 실력을 갖고 있다.

관찰하다 보니 깨달을 수 있었다. 금발 쪽은 낯이 익은 얼굴이었다. 첫날에 라스티아라와 조우했을 때, 그녀와 같이 행동하던 자들 중에 하나가 그였다. 말수가 적고 눈에 띄지 않는 자였지만, 틀림없다.

라스티아라 쪽으로 눈길을 주고, 아는 사이로 보이는 남자가 있다는 걸 알렸다.

"어라?"

라스티아라는 놀라서 저도 모르게 목소리를 흘린다.

그 소리에 반응해서, 중앙에 자리 잡고 있던 두 사람이 이쪽으로 다가와서 인사한다.

"기다리고 있었습니다, 아가씨."

먼저, 금발 남자가 먼저 말을 건다.

"어라, 하인 씨?"

"네, 하인입니다. 임무 때문에 왔습니다."

예상대로 라스티아라와는 서로 아는 사이인 모양이다.

하지만, 하인 씨라는 사람은 라스티아라를 내버려두고 내쪽으로 눈길을 돌린다.

"그때 만났던 그 소년……. 그랬군. 네가 아가씨의 연인……."

그리고 중얼거린다. '아가씨의 연인' ──요컨대 레이디언트 씨와 같은 부류인 모양이다.

다만, 나를 바라보는 하인 씨의 표정은 온화하다. 레이디언트 씨처럼 노려보는 게 아닌, **기대** 같은 것까지 느껴지는 시선이다. 그 진의를 파악할 수가 없다. 어쨌거나, 나는 일단 하인 씨의 오해를 바로잡으려 시도한다.

"아뇨, 저는 딱히 라스티아라의 연인 같은 게 아니라——"

"——하인 씨, 미안해요. 나는 꼭 지크와 함께 있고 싶어요. 함께 살아가고 싶다는 말이에요. 아시다시피 제게는 시간이 별로 없어요. 그러니까 하다못해 그때까지만이라도 사랑하는 사람과 함께 있고 싶다고 생각하는 건 잘못일까요?"

라스티아라는 내가 변명할 기회를 주지 않겠다는 듯 내 말을 가로막았다. 처음 만났던 때 같은 공손한 어조로 돌아가서 연극적인 말투로 한탄하는 연기를 한다.

역시 그쪽 방향으로 얘기를 진행시켜 갈 생각인 모양이다. 될 수 있으면 회피하고 싶었던 방향이다.

그 말을 들은 하인 씨는 땅이 꺼질 듯 한숨을 쉬면서, 허리에 찬 검을 천천히 뽑아 든다.

"후우……. 저희들은 더 이상 당신의 거짓말을 간파할 수 없습니다. 다만, 그것이 정말로 사랑을 위한 일이든, 거짓말이든, 단순한 장난이든…… 제가 해야 할 일은 변하지 않습니다."

"슬프네요, 하인 씨. 그 말씀은, 제가 지금 거짓말을 하고 있다는 뜻인가요? 사랑을 가지고 거짓말을 하다니, 저는 그런 부끄러운 짓은 절대로 못 해요!"

라스티아라는 박진감 넘치는 연기는 연기를 펼치며 눈가에는 눈물까지 머금고 있다.

으음, 나쁜 건 이 여자군. 틀림없어.

마음 같아서는 하인 씨를 전면적으로 지지하고 싶은 심정이다.

하지만 지금은 타산적으로 행동해야 할 상황이다. 미궁 탐색의 재능 면에서 하인 씨는 라스티아라보다 떨어진다. 또한, 보아하니 하인 씨는 직업에 얽매여 있고 라스티아라는 자유롭게 행동하고 있다. 누가 내게 도움이 되는지를 기준으로 생각한다면, 라스티아라를 선택하는 수밖에 없다.

라스티아라의 박진감 넘치는 연기에 하인 씨는 냉정하게 대응한다.

"그 사랑이라는 면죄부 때문에 윗분들은 대혼란에 빠졌습니다. 저희들도 적극적으로는 움직일 수 없지요. 합의를 통해서 대응을 결정하자면, 그 과정만 해도 한 달은 걸릴 겁니다. 하아……. 레반교의 계율도 참 골치 아프군요."

"제가 계율을 이용하고 있다고 생각하고 계신 거군요. 아아, 어쩜 그렇게 가슴 아픈 오해를 하실 수가……."

가슴 아프게도 그건 오해가 아니다. 라스티아라는 뻔뻔하게 슬퍼하는 시늉을 한다.

아니, 그보다 '윗분들'이니 '합의'니 하는 말들이 더 마음에 걸린다. 라스티아라는 자기 신분이 그리 대단한 게 아니라고 했지만, 하인 씨가 한 말로 미루어 보아, 그냥 평범한 부잣집 아가씨는 아닌 것 같다.

"그러니까 기사답게, 결투를 통해서 아가씨를 대성당으

로 돌려보내도록 하겠습니다. 이 수속을 밟으면 가르침에 위배되지 않으니까요. 그럼 홉스 씨, 부탁드립니다."

하인 씨는 뒤쪽에서 자리 잡고 있던 희끗희끗한 머리의 기사에게 말을 걸었다.

희끗희끗한 머리의 홉스 씨는 히죽히죽 웃으며 앞으로 나왔다. 약간 경박하게 느껴지는 인상을 주는 남자다.

"알았어. 하지만 하인 군이 하지 않아도 괜찮겠어? 내 생각에 이건 자네의 역할인 것 같은데."

"이건 어느 누구의 역할도 아닙니다. 『셀레스티얼 나이츠』라는 직책의 역할입니다. 저는 아가씨를 감시해야 합니다. 절대 방심해서는 안 돼요. 행방불명된 지 이제 고작 며칠밖에 안 지났습니다만, 『셀레스티얼 나이츠』 수준까지 성장해 있을 가능성이 있으니까요."

"뭐, 하긴 아가씨를 감시하는 역할이라면 자네가 적임자긴 하지. ——하는 수 없군. 거기 있는 매력남 소년, 나와 결투다."

이제야 나에게 얘기가 돌아온다. 나는 대답하면서 검을 뽑는다.

"이것만은 미리 말해둬야겠어요. 저에게 있어서, 라스티아라가 연인이냐 아니냐 하는 건 상관없어요. 하지만 동료인 이상, 라스티아라의 꿈을 이뤄주고 싶어요. ……정말 그게 전부예요."

이것만은 말해두고 싶었다. 연애 운운하는 문제는, 나에

게는 난이도가 너무 높다. 라스티아라처럼 연기를 할 줄도
모르니 말을 맞출 자신이 없다.

　그래서, 연애 쪽에 대해서는 둔감한 척을 해보았다.

　"오, 오오. 알았어. 자네 꽤 멋있는데?"

　풋내 나는 내 대사를 들은 홉스 씨는 쑥스러워 하며 나를
멋있다고 평가한다.

　나까지 쑥스러워지니까 그러지 좀 말아줬으면 좋겠다.

　그런 동요를 들키지 않도록 의연하게 얘기를 계속한다.

　"그리고, 본래 저는 결투 같은 건 원치 않아요."

　"그건 안 돼. 결투를 하지 않으면, 우리는 자네들의 미궁
탐색을 끝까지 방해할 거니까. 어디든지 따라가서 휘저어
놓을 거라고. 민망한 짓거리지만 이것도 임무니까. 이것
참, 정말 미안하게 됐네."

　홉스 씨는 머리를 긁적이면서 말한다.

　겉치레로 하는 말이 아니라 정말 미안해하는 것 같았고,
더불어 귀찮아하는 것 같았다. 그러면서도 눈 속 깊은 곳에
는 임무를 수행하려 하는 프로의식이 엿보인다.

　이렇게 대놓고 방해하겠다고 선언하는 건, 머리 위로 불
티가 쏟아지는 거나 다름없다. 될 수 있으면 피하고 싶었지
만, 이렇게 된 이상 '연습'을 하는 수밖에 없을 것 같다.

　"임무 때문에 하시는 일이라면, 저도 당신을 비난할 생각
은 없어요. **이것**이 라스티아라를 동료로 삼기 위한 조건이
라는 건, 일단 각오는 하고 있었으니까……."

그리고 한 발짝 앞으로 나선다.

연습시합 개시다. 패배하더라도──뭐, 기껏해야 라스티아라가 돌아가는 게 전부다. 딱히 부담 가질 필요도 없는 것이다. 다만, 그렇다고 쉽게 질 생각도 없다.

"그럼, 결투를 하는 수밖에. 아가씨를 두고 대결하는 걸세. 뭐, 목숨까지 빼앗진 않을 테니까 걱정 말게."

"알았어요. 저도 목숨을 걸고 싸우고 싶지는 않아요."

홉스 씨도 검을 뽑아 들고, 서로 인사를 주고받는다.

일단 여기도 '정도' 위니까, 이것으로 결투는 성립한 것이리라.

홉스 씨와 나 사이의 공간에 긴장이 차오르는 것이 느껴진다.

"──마법 〈디멘션ㆍ글래디에이트〉, 마법 〈폼〉."

이 대결은, 무난하게 나가면 내 승리가 될 것이다. 하인 씨라면 몰라도, 홉스 씨의 스테이터스를 가지고는 내 속도를 따라잡을 수 없을 것이기 때문이다. 다만, 변수는 그가 가진 스킬인 '공작'이다. 그것이 내 의식의 허를 찔러 들어온다면, 내 승산이 뒤흔들릴 수도 있다.

나와 홉스 씨는 야금야금 서로간의 거리를 좁혀나간다.

나는 자연스러운 아마추어의 자세다. 홉스 씨의 자세도 그와 비슷하다. 비스듬하게 자세를 취한 게 아닌, 오른손에 검을 들고 있는 게 전부인 상태.

그대로 서로의 검이 닿을 만큼 접근하고── 두 줄기의

칼부림이 난무한다.

움직임의 시작은 동시. 하지만 내 눈에는 홉스 씨가 일부러 타이밍을 맞춘 것처럼 보인다.

검은 같은 궤적을 그리며 맞부딪친다. 석조 벽으로 된 방 안이 종소리 같은 딱딱한 금속음으로 가득 찼다.

그리고 제2격.

이번에도 홉스 씨는 같은 궤적으로 대응해 온다. 두 번째 종소리가 울려 퍼진다.

그리고 3격째도 같은 궤적. 그 다음도, 그 다음의 다음도, 같은 종소리가 울려 퍼진다.

나는 깨닫는다. 홉스 씨의 검은 '대응' 일변도. 재능이 있기는 하지만, 레이디언트 씨에 비하면 뒤처진다. 그만이 가진 천성적 검술이라는 게 없다.

그런 그가 할 수 있는 건, 지금까지 쌓아온 경험을 통해 상대방의 공격에 맞춰 대응하는 것. 그리고 차분히 반격 기회를 기다리는 것. 그것뿐인 것 같다.

나는 조급히 굴지 않고 검의 스피드를 점점 올려나가기로 한다. 상대는 호시탐탐 반격 기회를 노리고 있는 상황이니, 괜히 동요해줄 필요는 없다. 조바심 내지 말고, 빈틈없이, 압도해나가는 것. 그거면 충분하다.

검이 그리는 선이 점점 더 고속화되어 간다. 홉스 씨는 어떻게든 그 속도를 따라잡으려 한다. 하지만 얼마 안 되어 한계가 찾아온다. 똑같은 행동을 하고 있는데 속도에서 차이가 나면 그걸로 끝장인 것이다.

오래지 않아서, 홉스 씨가 미처 막아내지 못한 검의 칼끝이 그의 목 바로 앞으로 들이닥친다.

연신 울려 퍼지던 검격의 음악은 끝나고, 그 메아리소리만이 방 안에 남았다.

나는 마지막으로 승리선언을 한다.

"제가 이겼네요."

"이럴 수가. 내가 졌네. ……아, 미안하게 됐어, 하인 군."

홉스 씨는 항복 포즈를 취하고, 뒤이어 하인 씨에게 사과한다.

그 모습을 보고 검을 칼집에 집어넣는다.

"해내셨네요, 지크. 역시 제가 눈여겨본 보람이 있네요. 어때요, 하인 씨? 저의 기사 지크프리트는 저에게 승리를 바쳤어요."

라스티아라는 조신하게 내 승리를 축복한다. 응, 이거 진짜 소름이 쫙 끼치네.

하인 씨는 아무런 동요도 보이지 않고 대꾸한다.

"보아하니 그런 모양이군요. 이렇게 된 이상, 오늘은 이만 물러나는 수밖에 없겠네요."

"이것 참, 미안, 미안. 이거, 정면승부로 붙어서는 도저히 당해낼 재간이 없을 것 같은데."

하인 씨는 방 중앙에서 비켜서서, 홉스 씨를 손짓해 부른다.

더 이상 길을 막아설 생각은 없다는 뜻이리라.

"최소한의 힘은 갖고 있는 것 같군요."

"어이, 어이, 하인 군. 최소한이라니, 아무리 나 같은 아저씨라도, 그런 소리를 들으면 상처 받는다고."

"이 정도면 일시적으로나마 아가씨를 지크 군에게 맡길 수 있겠군요."

하인 씨는 홉스 씨의 말을 무시하고, 나를 보며 말한다.

그 눈빛은 변함없이 온화하다. 라스티아라는 그걸 의아하게 느낀 모양이다.

"하인 씨. 당신은 제 기사에게 도전하지 않는 건가요?"

"그럴 필요는 없습니다. 홉스 씨는 별개지만, 저는 모범적으로 '계율'을 엄수해야 하니까요. 그리고 아가씨의 짝사랑이라고는 해도 이건 엄연한 연애입니다. 교육 담당인 제 입장에서는 진심으로 응원하고 있습니다."

"아아, 제 열의가 하인 씨에게도 전해져서 다행이에요. 진심으로 고마워요."

하인 씨와 라스티아라는 겉치레적인 말을 주고받으면서도 불꽃을 튀긴다. 양쪽 다 말투는 정중하지만, 한 치의 빈틈도 보이지 않겠다는 기백이 느껴진다.

다만, 옆에서는 홉스 씨가 "나는 별개라니, 너무하잖아"라고 뇌까리며 풀이 죽어 있다. 어쩐지 이 사람의 위치를 알 수 있을 것 같은 기분이 든다. 연장자인 것 같은데 이런 신세라니, 불쌍한 사람이다.

"지크 군이『셀레스티얼 나이츠』에 필적하는 힘을 갖고 있다면 얘기가 달라지죠. 이 사실을 알게 되면, 윗분들도 안심할 겁니다. 아가씨도, 딱히 그 의식까지 망가뜨리고자 하는 건 아니지 않습니까?"

"**네, 물론이죠.** 성탄제 때는 일단 돌아갈 거예요. 무슨 일이 있더라도."

막힘없이 대답하는 라스티아라에 비해, 하인 씨는 약간 대답이 늦어진다.

"……**그러시군요.** 그렇다면, 지크프리트 비지터는 그 라스티아라가 첫눈에 반한 영웅으로서 대접해야겠죠. 저는 그 사실을 보고해야 하니, 일단 돌아가도록 하겠습니다."

"대성당에서 얘기했을 때부터 계속 그렇게 말했었잖아요? 어서 가세요."

라스티아라는 그렇게 말하면서 동물이라도 쫓아내듯 손을 젓는다.

두 기사는 그 모습에 쓴웃음을 지으며 19층 쪽으로 천천히 걸어갔다.

그리고 나와 엇갈리는 순간에 하인 씨는 조그맣게 속삭였다.

"……아가씨를 부탁합니다."

부드러운 목소리였다. 방금 전까지의 딱딱한 목소리가 아닌, 마음속 깊은 곳에서 우러나는 자애로운 목소리다. 그 다정한 음색에 놀라서 하인 씨의 얼굴을 쳐다봤다.

그는 미소 짓고 있었다.

옛날이야기 속 왕자님을 연상케 하는 부드러운 얼굴이 그 미소를 한층 더 돋보이게 한다.

남자인 내가 봐도 반해버릴 것만 같은 그 미소에 이끌려, 저도 모르게 고개를 끄덕인다.

그것을 확인한 하인 씨도 고개를 끄덕이고, 19층으로 올라가는 계단 너머로 사라졌다.

두 사람의 모습이 완전히 시야에서 사라지자, 라스티아라는 한시름 덜었다는 듯 한숨을 내쉰다.

"후우, 설마 저 녀석이 여기서 기다리고 있었을 줄은 몰랐어. 깜짝 놀랐네."

방금 전까지의 연기는 안개처럼 사라지고, 평소의 라스티아라로 돌아온다.

상황 파악이 안 돼서 한 발짝 물러서 있었던 마리아가 이쪽으로 다가왔다.

"괘, 괜찮으세요, 주인님?"

"그래, 끄떡없어. 그냥 장난 같은 거였어."

"도대체 뭔가요, 방금 그 사람들은? 그리고, 여, 연인이니 어쩌니 하는 소리는……."

"저 사람들은 라스티아라의 집안 사람들이야. 그리고 연인이니 뭐니 하는 소리는 다 거짓말이야. 신경 쓸 거 없어."

"거짓말, 이라고요……?"

마리아는 내 말을 되새기면서 내 눈을 빤히 쳐다본다. 말의 이면을 살피려고 하는 것 같지만, 이것만은 아무런 거짓도 없는 사실 그대로다.

"그래, 거짓말이야. 저런 기사들이 또 나타나면, 마리아는 연극이라도 보는 것 같은 기분으로 한 발 물러나서 지켜보고 있기만 하면 돼."

"하아, 알았어요."

정말 납득한 건지 어떤지는 모르지만, 마리아는 고개를 끄덕였다.

"지금 중요한 건 그게 아니라 〈커넥션〉이야. 그 마법을 시험해보자."

본래 목적이었던 그 마법을 설치하기 위해서, 방 한쪽 구석으로 걸어간다.

그 말을 들은 라스티아라가 호기심 가득한 얼굴로 다가온다.

"오, 아까 얘기한 그거 말이지?"

설명은 여기까지 오면서 해두었다. 고위 차원마법인 〈커넥션〉이 어떤 건지 기대하고 있는 모양이다.

"여기는 조용하고 공기 중의 마력도 희박한 편이야. 절호의 위치지. ——마법 〈커넥션〉."

마력을 소비해서, 마법의 문을 생성한다.

10층에서 시도했을 때는 금방 흩어져버렸지만, 이 20층에서는 마법 구축이 매끄럽게 진행되었다.

마법 구축도 이제 적응이 돼 있었기에, 짧은 시간 만에 완성시킬 수 있었다.

방의 벽에 마력으로 이루어진 문이 생겨난다.

"좋아, 성공이야."

마력의 문을 밀어 열고, 그 너머에 내 집 거실이 있는 것을 확인했다.

공간은 완벽하게 이어져 있었다.

"호오, 이게 마법의 문이란 말이지. 한번 지나가볼게. ──오, 끝내주는데!"

라스티아라는 재미있다는 듯 문을 지나서, 방과 20층 사이를 오간다.

그 손놀림이 너무 난폭해서, 나는 문을 유지하는 데 상당한 마력을 소모해야 했다.

"난폭하게 다루지 마. 그 문은 약하다고──, 앗."

몇 번째인가 문을 여닫다 보니, 눈앞에 있었던 문이 안개가 되어 사라져버렸다.

마침 라스티아라가 건너편에 가 있을 때였으므로, 라스티아라는 내 집에 혼자 남겨지는 신세가 되고 말았다.

"아, 이거 큰일 난 거 아니에요, 주인님?"

"──마법 〈커넥션〉!"

어쩔 수 없이, 다시 한 번 마법을 영창한다.

건너편 문이 소실된 게 아니기를 기도하며, 이쪽 문을 재생성한다.

내 잔여 MP가 무시무시한 속도로 깎여나가는 걸 알 수 있었다.

그리고 천천히 문을 여니, 건너편 문 너머에는 식은땀을 줄줄 흘리는 라스티아라가 있었다.

"앗, 지크. 갑자기 문이 사라져서, 내가 얼마나 놀랐는데……."

"네가 망가뜨린 거라고……."

"여, 역시 그랬던 거야? 으음…… 내가 잘못했어."

"당황했잖아. 그건 됐으니까, 이쪽으로 돌아와."

사과하는 라스티아라의 손을 잡아당겨서, 이쪽으로 이동시킨다.

"그나저나, 집에 있었던 문은 왜 사라지지 않은 걸까……."

"그쪽 문은 오늘 아침에 마력과 시간을 들여서 만든 거였으니까. 당연히 완성도가 다르지."

"아아, 그랬구나."

"하아……. MP가 절반 가까이 빠져나갔잖아……."

"정말 내가 잘못했어. 진짜 반성하고 있어."

라스티아라는 그녀답지 않게 풀이 죽어서, 얌전해진다.

그때 마리아가 입을 연다.

"그렇게 MP가 줄어들었다면, 일단 한 번 돌아가서 쉬시는 게 좋지 않을까요? 마침 〈커넥션〉도 완성된 참이니까요."

확실히 마리아 말에도 일리가 있다. '정도'를 따라서 곧바로 왔는데도, 20층까지 오는 데에는 시간이 걸렸다. 체력적인 면에서도 이제 슬슬 물러나는 게 좋을지도 모른다.

하지만, 라스티아라는 수긍하지 않을 것이다. 그녀가 재미를 느끼는 건, 20층 이후의 미궁이다.

"응? 으음, 그건 내가 좀 곤란한데."

라스티아라는 말끝을 흐리면서 반대한다. 그런 그녀의 말에 다시 마리아가 반론한다.

"어느 정도 경험치가 쌓였으니까, 교회에 가보고 싶어요. 레벨이 오르지 않으면, 주인님께 도움이 돼드릴 수 없는걸요."

"아, 그거라면 내가 있으니까 걱정 마. 난 이래 봬도 신관 흉내를 낼 줄 아니까."

"네? 라스티아라 씨가요……? 그, 그치만, 이런 건 아무래도 전문가분께 맡기는 게 마음이 놓일 것 같으니까……."

"아니, 괜찮아, 괜찮아! 지크의 레벨 업도 시켜준 적이 있었다니까!"

너무 강압적인 거 아냐? 라스티아라에게 레벨 업을 받던 때를 떠올리고, 쓴웃음을 지었다.

마리아는 그런 내 표정을 보고 걱정 어린 눈길로 내 눈치를 살핀다.

"주인님……."

의견을 제기하긴 했지만, 결정권은 내게 맡길 생각인 모양이다. 잠시 고민하다가 대답한다.

"라스티아라가 그런 능력을 갖고 있는 건 사실이야. 레벨 업을 맡기도록 해. 내 MP도 아직 괜찮아. 완전히 다 떨어진 건 아냐. 술집 출근 시간까지는 버틸 만하니까, 조금만 더 들어가보자."

"그렇군요……. 주인님께서 그렇게 말씀하신다면야……."

마리아는 당장 귀환하기를 원했었는지, 애석한 듯 고개를 끄덕인다.

그 모습을 본 라스티아라는 애써 밝은 목소리로 마리아에게 말을 건다.

"여기는 방해할 녀석도 없으니까, 레벨 업에는 안성맞춤이야. 자, 이리로 와봐!"

마리아의 경험치를 확인해보니, 레벨 업에 필요한 만큼의 경험치가 쌓여 있었다. 라스티아라도 내 '표시'와 비슷한 스킬을 갖고 있기에, 그것을 알아볼 수 있는 것이리라.

마리아는 약간 토라진 표정으로 라스티아라 쪽으로 걸어 갔다.

"그, 그렇게 화내지 마, 마리아."

"화낸 적 없어요."

"화내고 있잖아……."

내 위치에서는 마리아의 얼굴이 안 보이지만, 보아하니 마리아는 지금 기분이 언짢은 모양이다. 본인은 화낸 적 없다고 하지만, 라스티아라의 표정을 보면 그 언짢은 정도를 알 수 있다.

잠시 후, 하얀 빛이 라스티아라와 마리아를 감싼다.

"좋아, 레벨이 올랐어요. 이제——"

【스테이터스】

이름 : 마리아 HP 102/102 MP 112/122 클래스 : 노예

레벨 8

근력 3.42 체력 3.52 기량 2.66 속도 2.01 지능 3.55

마력 5.71 소질 1.52

상태 : 없음

경험치 512/10000

마리아는 레벨도 오르고, 의욕도 보이고 있다. ——하지만, **부족하다.**

내 스테이터스와 비교해보면 일목요연하게 알 수 있다.

레벨 차이는 3밖에 안 나지만, 능력치에서 절대적인 차이가 난다.

【스테이터스】

이름 : 아이카와 카나미 HP 350/352 MP 221/533

클래스 : 없음

레벨 11

근력 6.69 체력 6.78 기량 7.74 속도 10.12 지능 10.01

마력 24.07 소질 7.00

마리아는 미궁에서의 자기 자리를 잃고 싶지 않으리라. 하지만, 현실은 비정하다.

신이 나서 미궁 탐색에 임하던 마리아의 얼굴이 뇌리를 스쳐서, 결국 아무 말도 하지 못한다.

──결말은 이미 알고 있건만. 말릴 수가 없다.

그런 우리를 보고, 라스티아라가 조용히 웃고 있다.

"그럼 어서 가요, 주인님. 저도 조금은 강해졌을 테니까, 이번에는 꼭──!"

나와 라스티아라는 볼 수 있기에 알 수 있다.

마리아는 볼 수 없기에 용기를 가질 수 있다.

나는 마리아를 다독이고, 무리하지 말라고 타이른다. 내 허락이 있을 때까지는 절대로 싸우지 않겠다는 마리아의 약속을 받고 나서야, 21층으로 나아갔다.

그런 나와 마리아의 등 뒤에서 라스티아라는 입매를 손으로 가리고 있었다.

◆ ◆ ◆ ◆ ◆

그리고 21층.

처음 오는 20층대. 이건 상당히 큰 의미를 갖는다.

미궁 탐색가들 사이에서, 21층부터 난이도가 껑충 뛰어오른다는 건 잘 알려진 상식이다.

과거에 연합국이 20층까지의 공략에 들인 시간은 채 1년도 되지 않는다. 그랬건만, 21층부터 23층까지를 공략하는데에는 10년 이상이나 되는 시간을 소모해야 했다는 게, 그 난이도 급상승의 증거다. 20층의 티다에 의해서 많은 정예 탐색가들이 목숨을 잃은 것도 한 원인이라지만, 무엇보다 미궁의 질이 다르다는 것이 주된 이유라는 모양이다.

저층부에서는 대형 몬스터가 나오지 않지만, 20층을 넘으면 대형 몬스터들이 수도 없이 우글우글 쏟아져 나온다. 그런 가운데서 '정도' 공사를 하는 건 여간 어려운 일이 아니다.

20층 이후의 세계. 그 세계는 단 한마디로 집약된다.

──수지타산이 안 맞는 곳.

거기에 도전하는 건, 어지간히 괴짜스러운 바보거나 혹은 하늘의 사랑을 받은 자뿐.

그것이 연합군의 인식이다. 그리고──

"아하하핫, 강해, 장난 아냐! ──앗, 그쪽으로 갔어, 지크! 하핫!"

그런 21층에서 환호성을 내지르며 신나게 뛰어노는 소녀가 한 명.

상당한 괴짜에, 바보에, 하늘의 사랑을 받은 소녀인 라스티아라다.

라스티아라가 놓친 몬스터 두 마리가 이쪽으로 달려온다.

양쪽 모두 대형 몬스터다. 아까 미노타우로스 한 마리에도 상당히 애를 먹었었건만, 이번에는 그보다도 더 크고 강한 녀석이 두 마리나.

"마리아, 내 뒤에서 절대로 벗어나면 안 돼! 적이 많으니까, 너무 멀리 떨어지면 위험해!"

"아, 네!"

대형 몬스터. 새까만 털로 뒤덮여 있고, 네 개의 팔과 네 개의 다리를 가진 괴물 늑대, 퓨리.

움직임은 느리지만 외모에서 볼 수 있듯, 팔이 많다는 점이 성가신 몬스터다.

덮쳐드는 괴물의 굵직한 팔을, 나는 검 한 자루로 받아친다.

퓨리의 팔 측면을 있는 힘껏 후려쳐서 방향을 틀고, 때로는 마리아를 안고 후퇴한다.

무작정 기동력에만 의존하는 전투를 할 수는 없다. 몬스터의 출현 빈도가 높은 층에서는 마리아를 멀리 떨어뜨려 둘 수 없기 때문이다. 필연적으로 마이라를 보호하면서 전투해야 한다.

──"마리아가 죽더라도 난 몰라."

오늘 미궁에 들어오기 전에 라스티아라가 했던 말이 뇌리를 스친다.

확실히, 이대로 가다가는 마이라가 죽을 수도 있다. 지금은 힘을 아낄 때가 아니라고 즉각적으로 판단한다.

"──마법 〈디멘션 · 글래디에이트〉, 〈멀티플〉, 〈폼〉, 〈아이스〉, 〈프리즈〉!!"

내가 보유한 마법을 모조리 해방한다.

레벨이 낮았던 시절과는 차원이 다른 마력에 의한, 마법의 탁류가 일어난다.

대량의 마법 거품이 발사되어, 공간 전체에 대한 상세정보를 파악한다. 물론, 빙결마법이 포함된 거품도 섞여 있다. 빈틈을 노려서 적을 얼려버리기 위해서다. 동시에 공간 전체의 기온을 낮춰서, 빙결마법의 구축을 보조한다. 이렇게 해두면, 〈아이스 · 애로우〉나 〈디 스노우〉를 생성하기도 편해진다.

달려드는 퓨리의 네 팔들을 후려쳐서 떨쳐낸다.

이렇게까지 정신없이 검을 휘두르는 건 티다와의 전투 이후로 처음이다. 보유한 마법의 성질상, 내가 힘에 의지해서 싸우는 경우는 적다. 그럼에도 힘으로 싸울 수밖에 없다는 건 여유가 없어졌다는 증거다.

여유가 없다면, 마리아를 미끼로 내주고 도망친다── 탐색가로서는 그게 정답일 것이다.

하지만 마음이 술렁거려서 차마 그럴 수가 없었다. 그것만은 절대로 못 하겠다는 생각에 휩싸인다. 얼마 전까지만 해도 이해득실을 냉정하게 숫자로 계산하고, 그럭저럭 타산적으로 움직여왔었다. 하지만 지금은 뭔가가 달라졌다. 얼마 전의 나와 지금의 나는, 결정적으로 뭔가가 다르다.

언제부터였을까?

어느샌가 커다란 위화감이 뇌리에 달라붙어 있다.

어째서 이런 위화감을 느끼는 거지?

모르겠다.

하필이면 궁지에 몰렸을 때 줄줄이 터지는 새로운 문젯거리에, 조바심이 인다.

그 조바심이 움직임을 둔하게 만들었고, 퓨리의 팔이 어깨를 스친다.

"크으윽!"

스치기만 했는데도 외투가 찢어지고, 살갗이 떨어져 나가고, 피가 튄다.

이대로 가면 위험하다. 육체적으로 정신적으로도 버거운 상황이다.

이 이상 위기감에 휩싸이면, 그 스킬 '???'가 발동할 것이다.

자연 회복시켜 왔던 혼란이, 다시 증가하고 마는 것이다.

요즘은 줄곧 스킬 '???'의 발동을 억제해왔던 만큼, 이런 상황에서 발동시키고 싶지는 않았다. 조바심과 망설임이 뒤섞인 사고가 판단력을 둔하게 만든다.

"주인님——!"

마리아의 떨리는 목소리가 내 귀에 들어온다.

그 목소리가 내 정신을 뒤흔든다. 잠깐만 방심하면 스킬 '???'가 발동하고 말 것만 같다.

"괜찮아, 마리아. 조금만 더 있으면 라스티아라가 해결해 줄 거야!"

그렇다. 이 싸움은 시간만 벌면 이길 수 있는 싸움이다. 굳이 스킬 '???'를 써서 망설임을 걷어낼 필요도 없다.

마음껏 활동하고 있는 라스티아라가 섬멸해줄 때까지 기다리기만 하면 되는 것이다. 라스티아라는 다수의 퓨리를, 오직 혼자만의 힘으로 줄여나가고 있다. 시간만 벌면, 라스티아라가 이 위험을 타개해줄 것이다.

그러니까 지금은 버티고 또 버텨서, 장기전으로 끌고 가면 된다.

오직 반격에만 집중하고 있는 나를, 두 마리 퓨리가 포위하는 듯한 형태로 덮쳐든다. 하지만 내 위치가 워낙 좋다. 적 근처에 있었던 〈디 스노우〉 중 몇 개를 발동시킨다. 갑자기 몸이 얼어붙은 퓨리는 자세가 무너졌고, 그 기세를 이기지 못한 두 마리는 서로 충돌했다.

그 틈을 타서 마리아를 안고 그 두 마리로부터 거리를 벌린다.

"아직 멀었어, 라스티아라?!"

"네, 네! 지금 가요!"

그제야 다른 퓨리들을 모두 빛으로 만들어버린 라스티아라가 지원을 위해 달려온다.

그 다음은 순식간이었다. 내 빙결마법 때문에 움직임을 저지당하고 빈틈을 보이던 퓨리 두 마리는, 라스티아라의 일격을 정통으로 얻어맞는다.

라스티아라의 검이 퓨리의 급소에 박힌다.

비명을 내지르는 적에게 라스티아라는 인정사정없이 추가 공격을 날린다.

퓨리로서는 따라잡을 수도 없는 속도로, 몸 곳곳의 급소에 빠짐없이 검을 찔러 넣었다. 얼마 되지 않아, 두 마리는 대량의 혈액을 흩뿌리면서 고꾸라졌다.

그리고 모든 퓨리가 빛으로 변해 사라진 것을 확인한 나는, 곧바로 지시를 날린다.

"퇴각이야, 퇴각! 20층으로 돌아간다!"

"네, 주인님!"

마석도 줍지 않고, 왔던 길을 되짚어 가려 한다. 라스티아라가 옆에서 "뭐야~" 하고 불만 어린 소리를 토해냈지만 무시했다.

〈디멘션〉을 이용해서 적을 피해 가며, 우리는 20층 공간까지 내달렸다.

안전권에서 거칠게 숨을 몰아쉬고 있을 때, 라스티아라가 불만을 토로한다.

"……저기, 왜 퇴각한 거야?"

"적이 이렇게 강하다는 얘기는 들은 적 없다고……."

"어, 얘기했잖아. 좀 강해질 테니까 조심하라고."

그 말만 믿고 마리아를 데려와서 레벨 업을 시키려던 내가 바보였다. 이 녀석의 가치관이 상식과 어긋나 있다는 걸, 더 진지하게 명심해둬야 했다.

"그건 '좀' 수준이 아니잖아. 엄청 강해진 거라고, 엄청!"

"그런가아?"

"어쨌거나, 21층에서의 전투는 예전과는 너무 다르니까, 오늘은 그만할래. 이런 상태에서는 마리아가 참가할 수 없잖아."

"으응. 그럼, 역시 마리아는 집에 두고 오는 게 나은 거 아냐?"

"마리아는 동료야. 그럴 수는 없어."

"──그렇게는 안 되는 거야? 정말로?"

라스티아라는 고압적으로 따지고 있다.

마리아만 없었더라면 저 정도가 나에게 딱 좋은 적일 거라는 것이 라스티아라의 생각일 것이다. 그 말마따나 미궁 공략을 목표로 삼는다면, 지금은 라스티아라와 둘이서 21층에 도전하는 게 옳을 것이다. 그 점은 나도 안다.

그렇기에, 나는 대답할 수가 없었다.

그것이 이치에 맞는 얘기라는 걸 알고 있기에, 아무런 말도 할 수가 없었다.

뒤에서는 마리아가 울분에 찬 얼굴로 서 있다. 작은 목소리지만 똑똑히 들려왔다.

"분명히 레벨은 올랐는데……. 주인님이랑 거의 같은 레벨인데 아무것도 할 수 없다니……."

마리아는 일반적인 기준으로 보면 무시무시한 속도로 성장하고 있다. 하지만, 그건 일반인의 범주로 따졌을 때 얘기다.

고작 며칠 만에 최고 클래스의 탐험가 레벨에 다다랐지만 그건 아직 상식을 벗어나지 못한 수준.

나와 라스티아라 같은 규격 외의 성능과는 거리가 멀다. ……따라올 수 없다.

그렇기에, 확연하게 골이 생길 수밖에 없다.

레벨은 거의 차이가 없건만, 전투에도 참가할 수 없다.

그것이 재능의 차이. 재능을 타고난 자와 타고나지 못한 자── '소질'의 차이.

그런 마리아를 차마 보고 있을 수가 없어서, 나는 라스티아라를 무시하고 말했다.

"마리아, 신경 쓰지 마. 레벨이 오르면, 마리아도 얼마든지 싸울 수 있게 될 거야."

"그, 그렇겠죠? 레벨만, 레벨만 오르면──!"

"반대야."

라스티아라가 나와 마리아의 대화에 끼어든다.

우리의 대화를 도저히 못 봐주겠다는 듯이 말을 잇는다.

"레벨이 오르면 오를수록, 마리아는 더더욱 따라올 수 없게 될 거야. 평생, 마리아는 우리를 따라잡을 수 없어."

라스티아라가 단호하게 말했다.

나도 어렴풋이 깨닫고는 있었지만 차마 말로 표현하지 못했던 사실을, 마리아에게 얘기한다.

"네……?"

마리아는 그 말의 의미를 받아들이지 못하는 기색이

었다.

"마리아와 우리들은, 성장의 폭에 압도적인 차이가 있다는 애기야……. 그러니까, 레벨이 오르면 오히려 더 멀어질 뿐이지. 마리아가 지크를 도울 수 있는 상황은 영원히 찾아오지 않아. 돕기는커녕, 오히려 발목만 잡아당겨서 지크의 목숨까지 위험에 빠뜨리는 게 고작이겠지."

혼란에 빠진 마리아를, 라스티아라는 사정없이 몰아붙인다. 나는 보다 못해 끼어들었다.

"라스티아라, 기다려봐."

"못 기다려."

"조금씩이나마 마리아는 점점 강해지고 있잖아. 적재적소에 활용하기만 하면!"

"그렇게 스스로를 속이는 지크를 보면서, 마리아의 비극적 장면을 보게 될 수도 있겠다는 생각이 들어서 말린 거야. 나는 내가 생각했던 것보다 훨씬 더 마리아가 마음에 들었던 것 같으니까."

내가 스스로를 속이고 있다? 그, 그건 절대…….

인정하고 싶지 않다. 하지만 라스티아라의 진지한 눈빛이 그것을 용납하지 않는다.

"아냐…… 그건 절대, 아냐……."

"지크한테도 마리아의 '소질'이 보이잖아. 그 소질이 낮으면, 어떻게 해볼 도리가 없어. 아무리 발버둥을 쳐봤자, 기본적인 상승률이 다르니까. 그런데도 마리아를 미궁에 데리고 다니는 건 이성적으로 말이 안 되는 행동이야. 자기가 왜 그런 일을 하고 있는지, 알 수 있겠어?"

"그건……."

그래, 알고 있다.

'소질'이 스테이터스 상승치와 관련이 있다는 건, 그녀가 레벨 7이 됐을 때부터 눈치채고 있었다. 나와 디아의 성장 폭과 마리아의 성장 폭을 비교해보면 한눈에 알 수 있다. 마리아는 '소질'이 절대적으로 부족하다. 언젠가는 틀림없이 벽에 부딪히게 된다. 그것을 알고 있으면서도 마리아를 데리고 다니는 건…….

"그만, 됐어요……. 더 이상은 말씀하실 것 없어요……."

내가 모든 걸 털어놓기 전에, 마리아가 나를 제지했다.

그 표정은 파랗게 질려 있었다. 내가 하고자 하는 말을 이미 이해한 눈치다.

이것도 알고 있었다. 마리아가 그 점을 알고 있다는 것까지도. 나는 그저 모르는 척하고 있었을 뿐이다. 라스티아라의 말마따나 스스로를 속이고 있었던 것이리라.

마리아는 라스티아라가 싸우는 모습을 보고, 내가 싸우는 모습을 보고── 자신은 더 이상 도움이 되지 않는다는 걸 깨달은 상태였다.

마리아는 의기소침해져서 표정이 어두워진다. 그 얼굴에서는, 공허함까지 엿보인다.

공허. 예전에 봤을 때와 같은 공허한 눈…… 아아, 싫다.

그것은 트라우마인 것이다.

마리아는 '그녀'와 닮아 있기에, 그럼 모습만은 보고 싶지 않다.

그래서 나는 마리아를 **편들고** 있었다.

그래, 인정하자. 지금까지 계속 데리고 다닌 건── 전부 단순한 편들기일 뿐이었다.

"후훗, 흥흥, 그런 거구나. 아아, 좋겠다. 둘 다 정말 좋겠 어. 부러워라."

나와 마리아가 스스로 다다른 해답에 대한 충격에 휩싸여 있으려니, 라스티아라는 흥분한 얼굴로 부러워하기 시작한 다.

예전 같은 천진난만하면서도 무자비한, 아마도 일반인으 로서는 이해하지 못할 무기질적인 눈동자.

그 눈동자로 나와 마리아를 바라보고, 부러워하며…… 감 탄하고 있었다.

"성격 참 못돼먹었군, 라스티아라."

"잘못이 있다면 너희 둘 쪽이야. 그런 아슬아슬하면서도 재미있는 인생을 보내고 있는 게 잘못이라고."

"미안하게 됐네, 아슬아슬해서."

"뭐, 그게 **좋지**만 말이지. 너희들은 둘 다 자기가 자기 스 스로를 속이는 재주가 있는 애들이니까, 한참 더 즐길 수 있 을 것 같거든. 그치만 걱정 마. 꼼꼼하게, 죽지 않도록, 파 탄 나지 않도록, 내가 잘 챙겨 봐줄 테니까."

라스티아라는 광기 섞인 눈으로 우리를 향해 웃어 보인다.

요즘 들어 라스티아라의 생각도 어느 정도 파악할 수 있을 것 같다고 생각했었는데, 아직 갈 길이 먼 것 같았다. 다만, 그 광기에도 이제 어느 정도 적응이 됐기에 나는 한숨을 지으며 대꾸했다.

"그런 말을 듣고 어떻게 걱정을 안 하겠어……."

"라스티아라 씨, 제발 좀 자중하세요."

곁에 있는 마리아 역시 나와 같은 표정이다.

눈앞에 드러난 진실에 충격을 받기는 했지만, 라스티아라의 방약무인한 발언을 받아칠 정도의 기력은 있었던 모양이다.

"응, 응. 잘됐어, 잘됐어. 둘 다 그렇게 투덜거릴 기운이 있다면 아직 괜찮은 거야. 그대로 갔더라면 나중에 더 심각한 상황이 됐을 테니까. 모험담을 잔뜩 읽은 덕분에 파티 경험이 풍부한 나한테 더 고마워해도 좋다니까."

라스티아라는 우리 얘기에 전혀 개의치 않은 채, 가슴을 쫙 펴고 웃는다.

"고마워할 리가 없잖아……."

"아무래도 고마워할 생각은 안 드네요……."

나와 마리아가 동시에 대꾸했다.

거기에는 실의뿐만이 아니라, 황당함을 넘어선 쓴웃음도 섞여 있었다.

그 무자비하면서도 친진난만한 명랑함이, 이 희미한 웃음을 이끌어낸 것이었다.

라스티아라 때문에 절망에 빠져 있었지만, 그녀 덕분에 회복할 수 있었던 것도 사실이었다.

나는 쓴웃음을 지으면서 조금이나마 밝아진 이 분위기가 사라지지 않도록 말을 잇는다.

"하아, 나 참……. 역시 무서운 녀석이야, 너는."

"응? 내가 무서워?"

"상식이 없고, 엉뚱하고, 인정사정도 안 봐주니까. 내 입장에서 보면 무지하게 무섭다고. 안 그래, 마리아?"

살짝 웃으면서, 가벼운 말투로 마리아에게 농담을 건넨다.

"네, 맞아요……. 라스티아라 씨는 무슨 짓을 하실지 모르니까 항상 조마조마해요."

"뭐야, 마리아까지 그러기야?!"

놀랍게도, 마리아도 내 농담에 맞추어준다.

억지로 기운을 짜낸 것이긴 해도, 그렇게 농담을 한 덕분에 세 사람의 분위기는 서서히 밝아져간다. 말썽거리는 산더미 같았지만, 어떻게든 기분은 끌어올릴 수 있었다.

그 후로는 라스티아라를 놀리는 식으로, 가라앉아 있던 분위기를 가까스로 전환시켰다.

이렇게 해서, 우리는 겉으로나마 웃으면서 20층의 〈커넥션〉을 통해서 집으로 돌아올 수 있었다.

저마다가 안고 있는 일그러진 문제점을 확인했지만, 최

악의 결말만은 가까스로 회피한 채 돌아오는 데 성공한 것
이다.

그렇다. 최악의 결말만은 회피한 채…….

21층에서 도망쳐 돌아온 우리는, 저마다 휴식을 취하기
시작했다. 하지만 라스티아라는 용건이 있다면서 일찌감치
외출해버렸기에, 마리아와 단둘이 거실에서 지내게 되었
다.

저 여자……. 실컷 분위기를 휘저어 놓고는 아무런 도움
도 안 주고 내빼버리다니.

"마리아, 괜찮아……?"

"네, 괜찮아요. 레벨이 올랐다고 해서 조금 지나치게 우
쭐댔던 것 같아요. 주제도 모르고 지나친 기대를 품은 결과
였어요……."

마리아는 차분한 말투로 말하고, 고개를 숙인다.

적어도 내가 보기에는, 라스티아라에게서 들은 얘기는 더
이상 신경 쓰지 않는 것 같다.

"아니, 내 판단 미스야. 내가 세운 계획을 확신하느라 물
러날 때를 잘못 짚었어. 데려가서는 안 되는 위험한 곳까지
마리아를 데려간 게 잘못이었어."

"후후, 주인님이라면 그렇게 말씀하실 줄 알았어요. 고맙

습니다."

마리아는 살짝 웃고, 감사를 표한다.

"뭐가 고맙다는 거야? 내 실수 때문에 마리아가 죽을 뻔했잖아!"

"하지만, 그 실수는 저를 도우려다가 일어난 일이잖아요?"

마리아는 웃음을 머금은 채, 말을 이었다.

아니라고. 그렇게 좋게 얘기할 일이 아냐…….

"그건 자의식 과잉이야, 마리아. 지금의 나는 다른 사람을 배려해줄 만한 여유가 없어."

"아뇨, 그건 아니에요. 주인님은 제가 슬퍼하는 걸 원하지 않아서 물러날 때를 결정하지 못하셨던 거잖아요? 제 꿈이 짓밟히는 걸 주저하셨던 거 맞죠?"

마리아는 마치 내가 좋은 사람이라는 듯이 얘기해준다. 하지만, 그건 잘못 생각한 거다.

내가 마리아를 데리고 다니는 건 전부 다 나 자신을 위해서다.

"그런 게 아니라니까 그러네……."

"후훗, 역시 주인님은 참 착하세요…….""

계속 부정하는 나에게 마리아가 웃으며 말한다.

그리고 어느 정도 웃고 나서, 마리아는 불현듯 어두워진 얼굴로 말을 잇는다.

"그치만…… 더 이상 미궁에서 도움이 안 된다는 건 사실이에요. 이제 주인님께 민폐밖에 안 된다는 걸 깨달았으니, 저는 어쩌면 좋을지…….”

그리고 번민에 차서 말끝을 흐린다.

나는 그 감정의 낙차에 놀란다. 방금 전까지 보이던 미소가 거짓말이었던 것처럼, 그 표정은 어둡기 그지없었다.

역시 신경이 쓰이지 않을 수가 없었던 모양이다. 이렇게 짧은 시간에 마음을 정리할 수 있을 리가 없다.

“진정해, 마리아. 그렇다고 이제 아무것도 못하게 된 건 아냐. 천천히, 여기서 할 수 있는 일을 찾아나가면 돼.”

“여기 있어도 괜찮은 건가요?”

내가 ‘여기서’라고 말하자, 마리아는 어리둥절한 얼굴로 되물었다.

나는 황당해서 다시 되묻는다.

“설마 여기서 나갈 생각이었어?”

“물론, 반드시 은혜는 갚을 거예요. 하지만, 이제 더 이상 이 집에서 신세를 질 이유가 없어졌으니까요…….”

“예전의 그 당당함은 어딜 간 거야. 그렇게까지 풀이 죽을 건 없잖아. 너 바보 아냐?”

바로 얼마 전까지만 해도 그렇게 자신감이 넘쳤건만, 지금은 그 자신감의 흔적조차 찾아볼 수 없다. 그 극단적인 차이가 나를 당황하게 한다.

“그건 그냥, 억지로 허세를 부린 거였는걸요…….”

마리아는 자조하면서 대답했다.

무엇이 마리아의 마음을 이렇게까지 약하게 만든 건지, 나로서는 알 길이 없다.

하지만 이렇게 슬퍼하는 마리아는 보고 싶지 않다. 그 모습은 처음 만났을 때의 마리아를 연상케 한다.

그건 곤란하다── 마리아가 의연한 태도를 보여주지 않으면 내가 곤란하단 말이다.

예전처럼 드센 태도로 떠난다면 나도 별 상관없다. 하지만 이런 표정으로 나가버리면, 걱정과 후회 때문에 토악질이 나올 지경이 될 것이다.

"할 일은 얼마든지 있어. 여기서 요리를 해주면 되잖아. 이 집을 마리아에게 맡길게."

그렇기에 억지로라도 마리아에게 존재의의를 부여하려 한다. 가장 먼저 떠오른 것은 '요리'다. 그녀의 스킬이 있다면 집안일을 맡겨도 문제없을 것이다.

"그치만, 전에는 요리는 필요 없다고……."

"그건 마리아를 미궁으로 데려가기 위한 방편이었어. 그때는 어떻게든 미궁에 데려가고 싶다는 생각에 일부러 그렇게 얘기했던 거야."

거짓말은 아니다. 그때는 정말로 요리보다 미궁 탐색을 도와주기를 원하고 있었으니까.

"그랬군요……."

"그러니까, 이번에는 내가 부탁할게. 이 집에서 매일 요리를 만들어줘."

내가 진지하게 애원하자, 마리아는 곤혹스러운 듯 우물거리며 대답한다.

"매, 매일이라니……. 하아, 엉뚱한 말씀을 하시는 건 여전하네요. 주인님, 그거 엄청나게 부끄러운 대사라고요. 저한테 별 마음도 없으면서."

"그러게. 말하고 나니까 엄청나게 쑥스러워지네……."

마리아는 평소처럼 황당해하는 눈길로 나를 본다. 하지만, 그녀가 평소 모습으로 돌아와주기만 한다면, 어떤 눈길을 받든지 나는 상관없다.

"그럼, 감사하게 일을 받아드릴게요. 고맙습니다, 주인님."

"그래, 부탁할게."

마리아는 웃으면서 감사를 표한다.

그 표정에는 아까 같은 어두운 그림자는 없는 것처럼 보인다. 하지만 내 안목으로 마리아의 연기까지 간파할 수 있는 건 아니니 아직 방심할 수는 없다.

"그럼, 기왕 그러기로 한 김에 오늘은 같이 요리하자."

"같이요?"

아직 안심할 수 없으니, 요리를 하면서 상태를 지켜봐야겠다.

"마리아의 솜씨를 좀 구경하고 싶어서. 나도 자신이 없지는 않지만, 아마 마리아보다는 못 할 거야."

"별 말씀을요. 제가 주인님의 솜씨를 당해낼 수 있을 리가 없는걸요."

"아니, 마리아한테는 요리에 대한 재능이 있어. 내 눈에는 재능이 보인다고, 전에 얘기했었잖아?"

"저에게 요리에 대한 재능이 있다고요?"

"그래, 그건 틀림없어. 자신을 가져도 돼."

"요리에 대한 재능……."

그 표정이, 어쩐지 밝아 보인다.

이것으로 스스로의 존재의의를 확고히 해주면 좋겠다.

마리아가 요리를 좋아할 수 있도록, 나는 그녀에게 내가 가진 지식을 가르쳐준다. 나도 마리아에게서 이 세계의 요리를 배우다 보니, 요리 얘기는 예상 이상으로 즐겁게 흘러갔다.

그렇게 둘이서 주방에 서서 저녁식사 준비를 시작한다.

요리를 하는 내내 마리아의 얼굴은 밝았다. 내가 한 선택이 그르지 않았다는 것에 일단 안심하며, 마리아와 즐겁게 요리를 했다.

이렇게 해서 우리는 일시적이나마 미궁 일을 잊고, 요리라는 공동작업에 몰두했다.

그리고 저녁식사 준비가 끝났을 무렵, 라스티아라가 돌아왔다.

"나 왔어~. 우와아, 이거 냄새 끝내주는데~."

마치 저녁시간이면 반드시 집에 돌아오는 어린아이 같다.

어쨌거나 그녀가 돌아온 덕분에 해가 저물고 있다는 걸 알 수 있었다. 요리를 중단하고 술집 일을 하러 가려 했다.

"마리아, 나는 슬슬 술집 쪽에 다녀올게."

"네, 주인님. 다녀오세요."

마리아의 표정이 약간 변한 느낌이 든다. 그래도 웃으며 나를 배웅해준다.

"되도록 일찍 돌아올 테니까, 기다리——"

"아, 지크. 술집이라면 이제 안 가도 돼. 휴가를 받아뒀으니까."

"——고 있어………아니, 뭐라고? 무슨 소리야?"

일터로 향하려던 내 발길을 라스티아라의 말이 붙잡는다.

"말 그대로야. 점장님한테 얘기해서 무기한 휴가를 받아 왔다고~."

별일 아니라는 듯 얘기하지만, 내 입장에서는 그냥 넘어 갈 수 없는 일이었다.

"잠깐, 그게 무슨 뜻이지? 설마 너 방금, 그 술집에 갔다 온 거야?"

"맞아~. 가게에 가서 점장님한테 부탁했지. 지크가 자리를 잡을 때까지 휴가를 줬으면 좋겠다고. 또 세라 같은 기사가 찾아올지도 모른다고 했더니 곧바로 승낙해주던걸."

"저, 정말 점장님이 승낙해준 거야?"

"눈물을 그렁그렁 매달고 부탁했더니 식은 죽 먹기더라고. 그 점장님, 여자한테 약하다니까~."

다시 말해, 내숭을 부려 대면서 우리 가게 점장님을 구워 삶았다는 얘기다.

겉보기에는 안 그래 보여도, 그 점장님은 미인에게 약하다. 그건 어제의 레이디언트 씨나 점원인 린 씨에 대한 대응을 보면 쉽게 알 수 있다. 점장님과 친하게 지내는 사람이라면 누구나 알고 있는 사실이다.

미인인 라스티아라가 엉겨 붙었으니, 사정을 자세히 캐묻지도 않았을 게 분명하다.

아마 내가 당분간 휴가를 받았다는 건 사실이리라.

"이봐, 라스티아라. 지금 당장 테이블로 가. 하고 싶은 말이 산더미처럼 쌓여 있어."

술집에 가는 것도, 저녁식사를 준비하는 것도 중단하고, 주방 중앙 테이블 앞에 앉는다.

"아, 아니, 잠깐, 잠깐. 먼저 내 얘기를 좀 들어보라니까."

라스티아라는 곧바로 변명을 시작했다.

"나도 아무 생각 없이 지크의 일을 쉽게 만든 건 아냐. 돈이며 시간이며, 이런저런 것들을 고려해서 내린 결정이었어. 보나마나 그 가게 사람들한테 미안해서 일을 못 줄이고 있는 게 분명할 것 같아서 내가 대신 얘기해준 거야. 지크는 엉뚱한 면에서 우유부단한 구석이 있으니까."

"그래. 하긴, 거기서 일하는 게 그다지 효율적이지 못하다는 건 사실일지도 몰라. 하지만 말야, 나는 그 술집에서 수집하고 싶은 정보가 아직 많단 말야. 그리고 술집 입장에서도 사정이 있을 거 아냐? 갑자기 일손이 줄어들면, 가게가 제대로 안 돌아가잖아."

"그 점은 나도 다 생각해뒀어. 23층까지에 대한 정보는 나도 그럭저럭 갖고 있고, 가게 운영이 힘들어지면 마리아라도 파견하면 되잖아."

정보라면 자신이 갖고 있다고 강조해서 빠져나가려는 심산인 모양이다. 정보가 있다면 나도 더 이상은 강경하게 나가기가 껄끄러워진다. 하지만 가게 사정에 대한 문제는 다르다.

"정보 수집 문제에 관한 얘기는 백 보 양보해서 그렇게 넘어간다고 쳐. 하지만 내가 하던 일을 다른 사람이 그렇게 쉽게 대신할 수 있을 것 같아? 그리고 마리아가 그 일을 맡아준다는 보장도 없잖아."

"으음, 지크가 하던 일은 접시 닦기랑 접시 치우는 일밖에 없었잖아. 그 정도 일은 아무나 할 수 있다고. 요리 준비를 거드는 것도, 요리 스킬을 가진 마리아가 훨씬 더 잘할 수 있을 테고. 무엇보다 가게 입장에서도 귀여운 여자애가 있는 게 좋지 않겠어? 마리아가 맡아줄지 어떨지 하는 문제는…… 어때 마리아, 맡아줄 거지?"

라스티아라는 요리하고 있는 마리아에게 묻는다.

"그게 주인님께 도움이 되는 일이라면 기꺼이 할게요."

마리아는 쓸데없이 기합이 들어간 목소리로 대답했다. 그 말을 들은 라스티아라는 그것 보라는 듯 득의양양하게 말한다.

"이러면, 만약에 정보 수집이 필요해지더라도 마리아에게

297

부탁하면 될 거 아냐? 어때, 완벽한 역할 분담 아냐? 아무리 지크라도 이 의견에 반대할 만큼 과보호는 안 하겠지?"

"큭……."

될 수 있으면 마리아가 술집에서 일하게 하는 건 피하고 싶다. 손님들 중에 무뢰한들이 많다는 이유 때문이지만, 그 문제도 마리아의 레벨이 해결해준 상태다.

나와 라스티아라에 비하면 한참 낮지만, 마리아의 실력은 숙련된 탐색가들과 비교해도 손색이 없는 수준이다. 여기서 반대하면 과보호라는 낙인이 찍히는 걸 피할 수 없을 것이다.

"하지만 얘기는 아직 끝난 게 아냐. 애초에 너 혼자 단독으로 일을 처리했다는 건 변함이 없고, 마리아 일도 사후 승인이잖아. 네 독단적인 행동은 용납 못 해."

"어, 어디 보자, 오늘 저녁 메뉴는 뭘까~?"

라스티아라는 형세가 불리해진 것을 느끼고 화제를 전환하려 한다.

하지만, 나는 그것을 용납하지 않는다.

"나는 먹으면서 얘기해도 돼. 설교하면서 먹으면 밥도 더 맛있으니까."

"아니, 나는 밥맛이 뚝 떨어진다구……."

도망치려는 라스티아라를 강제로 테이블 앞에 앉힌다.

뒤이어 마리아가 완성된 요리를 가져왔고, 셋이서 식사를 시작했다. 물론, 라스티아라의 독단적인 행동에 대한 설교를 곁들인 식사다.

하지만 설교는 금방 끝났다. 절차야 어찌 됐건, 라스티아라도 좋은 뜻으로 한 일이라는 것쯤은 나도 어렴풋이 알고 있었기 때문이다.

이 녀석은 독단적이고 정신 나간 행동을 해대지만, 그것들도 모두 선의에서 비롯된 행동이다.

첫날의 레벨 업도, 『셀레스티얼 나이츠』와의 결투를 유도한 것도, 파티 참가도, 마리아에 대한 충고도──그리고 이번 일도, 모두 이 녀석 나름의 선의인 것이리라.

결국 라스티아라가 풀이 죽어 기어들어가는 목소리로 사과하면서 모든 일은 일단락. 그 뒤로는 셋이서 즐겁게 식사를 하며 내일의 미궁 탐색에 대해 얘기를 나눈다.

대화를 나눈 끝에, 마리아는 미궁 이외의 일들을 담당하고, 라스티아라와 나는 미궁 탐색에 집중하기로 했다.

그리고 또 하루가 끝나간다. 라스티아라 탓에 이런저런 일들이 있었지만, 그녀 덕분에 이겨낼 수 있었던 일도 있었다. 그렇게 느껴지는 하루였다.

식사 후에 일단 술집으로 가서 점장에게 사과했다.

그날 밤, 평소보다 마음 편하게 잠든 것 같은 느낌이 든 건, 단순한 착각이 아닐지도 모른다.

이튿날, 나와 라스티아라는 둘이서 21층에 재도전한다. 마리아는 집을 보고 있다.

"자, 이제야 본격적으로 미궁 탐색에 나설 수 있겠네, 지크."

"네가 생각하는 본격적과 내가 생각하는 본격적은 꽤 큰 차이가 있을 것 같지만 말야."

집에 설치한 〈커넥션〉을 경유해서 20층까지 단숨에 이동한다. 아침 일찍부터 이렇게 깊은 20층에 있는 건 신선한 감각이었다.

라스티아라는 몸을 풀면서, 들뜬 얼굴로 내 뒤를 따라오고 있다.

어제와는 달리 오늘은 내가 앞장서고 있다. 내 능력을 최대한으로 살리기 위해 본래 포지션으로 돌아온 것이다. 적을 탐색하면서 21층을 걷는다. 그러는 와중에도, 뒤에서 라스티아라의 시끄러운 목소리가 쉴 새 없이 들려온다.

"좋아, 목표는 30층이야!"

"아니, 한 층 한 층 차근차근, 상황을 봐가면서 나아가야 돼. 우선 21층에서 적응을 좀 하기로 하고, 당면 목표는 '정도'의 끝부분 정도로 설정하고, 그리고——"

"지크는 얘기가 너무 길어!!"

내가 방침을 제시하자 라스티아라는 토라진 듯 내 말에 퇴짜를 놓았다.

미궁 탐색의 방침에 있어서, 나와 라스티아라는 전혀 맞지 않는다. 오늘 아침에도 그런 얘기를 했었다. 미궁에 들어온 지금도 그 방침을 통합하지 못하고 있다.

다만, 나는 이 상태도 나쁘지 않다고 생각하고 있다.

라스티아라를 제어하는 게 쉽지 않은 일이라는 건, 처음부터 알고 있었다. 결국은 내가 그녀에게 맞춰나갈 수밖에 없지만, 처음부터 라스티아라에게 양보만 하고 응석을 다 받아줬다가는 후환이 생기기 마련이다.

그리고 잘 생각해보면, 지나치게 적극적인 라스티아라와 지나치게 소극적인 나 사이에서 균형을 잡는다는 건 가장 이상적인 방안이라 할 수 있다. 양쪽 모두 양보하지 않는 정도가 딱 좋다.

"얘기가 좀 길게 들릴지도 모르지만, 미궁을 탐색하는 데 있어서는 틀린 말은 아닐 텐데."

"미궁을 탐색하는 데 있어서, 무지하게 재미없는 소리를 하고 있긴 하지만."

"옳은 것과 재미없는 건 서로 비례하기 마련이야. 그리고 난 딱히 즐기려고 온 게 아니라고."

"그럼 계약 위반이잖아? 내가 지크의 미궁 공략이라는 목적에 협조해주는 대신, 지크는 미궁을 즐긴다는 내 목적에 협조할 의무가 있으니까."

"그래, 그 말이 맞아. ——이건 계약이야. 그러니까 한쪽에 치우치지 말고 중간을 취해서 행동하잔 얘기야. 라스티아라, 물론 네가 즐기는 것도 좋아. 하지만 내 목적도 잊으면 안 돼. 독단적인 행동은 될 수 있으면 자제해줘."

"아아……. 그렇게 못을 박으려고, 아침부터 그렇게 단호하게 굴었던 거였구나……."

이 녀석은 이 정도로 못을 박아두지 않으면 마음을 놓을 수 없다.

지금까지 함께 싸워왔던 디아나 마리아와는 전혀 다른 성격의 소유자인 것이다.

"네 평소 행실이 문제였어…… 아, 수다 시간은 이제 끝난 같은데."

라스티아라와 얘기를 나누다 보니, 〈디멘션〉이 몬스터의 접근을 감지했다.

"와앗, 벌써 왔네. 우와. 진짜 편리하다니까, 지크의 탐색 마법은."

"요 앞에 적이 한 마리 있어. 어제 만났던 것과 같은 덩치 큰 늑대야. 내가 먼저 뛰어들어서 유인할 테니까, 네가 뒤를 이어서 뛰어들어줘. 콤비네이션은 내 쪽에서 맞출게."

"혹시 나를 무슨 멧돼지 같은 녀석으로 생각하는 거 아냐? 뭐, 일단은 따라줄게."

"간다!"

외치는 동시에 내달렸다.

내가 있는 힘껏 달리고 있는데도 불구하고, 라스티아라는 내 바로 뒤에 찰싹 따라붙어 있다. 역시, 능력 면에서는 안심할 수 있는 녀석이다.

회랑의 모퉁이를 한 번 도니, 괴이한 형태의 몬스터를 육안으로 확인할 수 있었다. 어제와 같은 몬스터, 퓨리다. 적의 접근을 눈치챈 퓨리는 네 개의 팔로 공격하려 한다.

그 네 개의 팔을 회피하며 접근해서, 퓨리의 가랑이 밑을 지나 배후로 파고든다. 퓨리는 배후로 간 나를 공격하기 위해 몸을 틀려고 한다. 하지만, 나를 쫓아 달려든 라스티아라가 그것을 용납하지 않는다.

퓨리는 두 팔을 이용해서 라스티아라의 검을 막아낸다. 그리고 나머지 팔을 내 쪽으로 뻗었다. 하지만 나는 그것을 회피하고, 곧바로 퓨리의 사각으로 파고든다. 퓨리는 나를 시야에서 놓치지 않기 위해 얼굴을 이쪽으로 돌리려 했다가── 전방의 라스티아라 때문에 단념할 수밖에 없었다. 이 상황에 그녀에게서 시선을 떼었다가는 치명상을 입게 된다는 걸 알고 있는 것이리라.

이 순간, 나는 승리를 확신한다.

그 우람한 팔이 라스티아라에게 닿는 순간, 내 검이 퓨리의 등을 찢어발긴다. 등을 베인 탓에 라스티아라를 붙잡으려 하던 팔의 움직임이 순간적으로 멈춘다. 라스티아라는 그 틈을 놓치지 않고, 팔 밑을 빠져나가서 퓨리의 몸통을 찢어발긴다.

퓨리는 절규를 내지르며 분노해서, 라스티아라를 짓이겨 버리려 한다. 나는 그런 적의 호흡에 맞추어 다시 검을 휘두른다. 당연히, 퓨리의 움직임은 다시 한 순간 멈춘다. 내가 배후에 있는 한, 퓨리는 제대로 된 공격을 할 수 없다.

〈디멘션〉으로 라스티아라와 적의 움직임을 파악하고 있기에 구사할 수 있는 전법이다.

그리고 잇따라 빈틈을 보이는 퓨리에게 라스티아라가 연신 검을 휘두른다. 결국에는 그 검이 목을 찢어발기고, 마지막으로 내가 등 뒤에서 심장부를 꿰뚫었다.

퓨리는 단말마의 비명과 함께 피를 분출하더니, 얼마 안 되어 빛으로 변해 사라졌다. 떨어진 마석을 주우면서 라스티아라에게 확인을 취한다.

"다친 데 없어?"

"적의 피도 안 튀었어. 이 정도는 식은 죽 먹기라고. 그나저나, 방금 그 몬스터 좀 불쌍하지 않아? 아무것도 못 해보고 당하다니⋯⋯."

"우리가 전력을 다하면 이렇게 돼. 잔디라도 깎는 것 같은 작업이라 아주 마음에 들어."

"으응, 너무 압도적으로 이기니까 재미가 좀⋯⋯."

"그건 걱정할 수 없어. 21층은 지금부터니까. ──마법 〈디멘션〉."

마법의 감각을 확장시킨다.

이 21층의 특징은, 압도적인 파워를 가진 몬스터가 대량으로 출몰한다는 점이다. 아까 그 단말마의 비명이 그 대량 출몰과 관계가 있을 것이다.

목소리가 들렸을 법한 영역 내에 있는 모든 몬스터를 파악해나간다. 예상대로, 동료의 단말마를 들은 몬스터들이 모조리 이쪽을 향해 다가오고 있다.

"어때?"

"아아, 예상대로야. 한 마리를 해치우면 주위에 있던 몬스터들이 몰려들게 돼 있는 것 같아."

어제는 찬찬히 멀리까지 탐색할 여유가 없었지만, 오늘은 다르다. 미궁에 있는 몬스터들의 움직임을 충분히 파악할 수 있다.

"해치우면 해치울수록 포위당한다는 얘기네."

"하지만 나한테는 아무 의미도 없어. 〈디멘션〉이 있으면 포위당할 일이 없으니까. 따라와."

"알았어. 2대1로 척척 처치해나가는 거야?"

"기본적으로는 그렇게 할 생각이지만…… 귀찮아지면 단번에 해치울 거야. 만에 하나 포위당하더라도, 우리 둘이라면 별 문제없을 테고."

"물론이지."

라스티아라는 웃으며 대답하고 내 뒤를 따라온다.

실제로, 나와 라스티아라는 전형적인 솔로 플레이어 타입이다. 1대 다수의 싸움에서 그 진가를 발휘한다고 해도 과언이 아니다.

방금처럼 협력해서 싸워도 강한 건 사실이지만, 그것은 서로의 역량과 전투력이 엇비슷하기 때문이다. 본래는 나이외에 라스티아라의 움직임에 맞춰줄 수 있는 사람은 아무도 없다.

"조금만 더 가면 또 한 마리의 퓨리와 조우하게 돼. 이번에는 배후에서 기습해 들어올 것 같군."

"알았어. 아, 몬스터 사냥도 좋지만, 22층 방향으로 가는 것도 잊으면 안 돼."

"여유가 있으면 그렇게 할게."

솔직히 말해서 지금 있는 건 여유밖에 없다. 나와 라스티아라의 속도로 달려가면 어지간해서는 포위당할 일은 없을 것이기 때문이다.

그렇기에 이렇게 담소도 나눌 수 있다. 어제는 고전을 펼쳤지만, 이제는 전혀 위협이 되지 못한다.

무엇보다, 퓨리의 특징인 집단 공격이 봉쇄당한 상황이니 그럴 수박에 없다.

각개격파를 되풀이하며 우리는 21층을 격파해나간다.

포위당하지 않도록 '정도'를 벗어나거나 우회하며 나아가긴 했지만, 아무런 문제도 없이 22층 계단까지 도달할 수 있었다.

시간으로 따지면 한 시간도 되지 않은 시간 만에, 열 마리 이상의 퓨리를 격파했다.

그야말로, 벼 베기나 다름없는 수준의 작업이다.

계단 앞까지 도착한 우리는, 주위를 경계하면서 회복 작업을 시작했다.

연속된 전투로 인해 나와 라스티아라의 의복은 상당히 너덜너덜해진 상태다. 식은 죽 먹기라고는 해도, 많은 전투를 거치다 보면 실수도 생겨나는 법이다.

"『무구 청정의 세계』『희미한 햇볕을 쬐어』──〈큐어풀〉."

하지만 라스티아라 덕분에 아무 문제없이 회복할 수 있었다.

라스티아라는 읊조리고, 마력을 모아서, 회복마법을 사용했다. 경상 하나하나까지 꼼꼼하게 회복시키면서 나는 질문을 던져봤다.

"있잖아, 라스티아라. 그 마법 전에 읊는 시에는 뭔가 의미가 있는 거야?"

"시? 아아, 영창 말이지? 으~음, 그냥 이미지 연상의 보조 같은 거니까, 딱히 없어도 별 상관은 없어. 습관 같은 거라고나 할까?"

같은 마법이라도 사람에 따라 습관이 다른 모양이다. 이미지를 연상하는 방법도 다르고, 구사하는 방법도 다르다. 술식(術式) 자체는 몸속에 있다고 했으니까, 그것도 당연한 건지도 모른다.

"좋아, 이제 완전히 회복됐어."

"그래, 고마워."

서로의 MP를 확인하면서, 덤으로 경험치도 확인했다.

티다와의 전투 이후로 제대로 된 사냥을 하지 못했던 만큼, 경험치가 순식간에 쌓인 것처럼 느껴졌다. 역시 깊은 층에 있는 몬스터들은 한 마리당 경험치도 차원이 다르다.

레벨에 비해 깊은 층에서 사냥하고 있다는 것도 큰 영향을 미칠 것이다.

나와 라스티아라는, 남들과는 차원이 다른 '소질' 덕분에, 본래의 적정선보다 더 깊은 곳에서 싸울 수 있다. 낮은 레벨로 고레벨의 몬스터와 싸울 수 있으니 경험치가 쌓이는 것도 빠르다.

"이 틈에 레벨 업도 해두자. 지크, 경계 좀 부탁할게."

"나만 믿어."

라스티아라도 경험치를 확인해본 것이리라. 이제 레벨 업이 가능할 거라고 판단하고, 마법을 영창한다.

【스테이터스】

이름 : 아이카와 카나미 HP 321/372 MP 334/623-200

클래스 : 없음

레벨 12

근력 7.12 체력 7.45 기량 8.55 속도 10.92 지능 10.88

마력 26.91 소질 7.00

【스테이터스】

이름 : 라스티아라 후즈야즈 HP 670/709 MP 283/325

클래스 : 영웅

레벨 16

근력 11.71 체력 11.11 기량 7.12 속도 8.39 지능 12.97

마력 9.12 소질 4.00

발생한 보너스 포인트는 MP에 배분한다. 〈커넥션〉을 유지하느라 사용할 수 있는 MP의 양이 상당히 줄어들었기 때문이다. 이번에도 스킬 포인트는 어느 정도 남겨두기로 한다.

"나는 아직 MP에 여유가 있어. 그런데 지크, 왜 그렇게 MP가 줄어든 거야?"

"게이트 마법을 유지하느라 최대 MP가 200 깎여나가 있어. 그리고 탐색마법을 계속 사용하다 보니까 MP가 계속 줄어들고 있고. 전투 중에는 보조마법도 쓰니까, 더더욱 줄어들지."

"우와아, 연비가 나쁘잖아……. 좀 더 절약하면서 쓰라고."

"싫어. 만에 하나라도, 괜히 절약했다가 죽기는 싫으니까."

"으응, 그야 물론 그렇게 되면 나도 곤란하긴 하지만……."

마법에 대해 라스티아라와 얘기를 나누다 보니, 예전부터 마음에 걸렸던 점이 떠오른다. 마침 좋은 기회라는 생각에 물어보기로 한다.

"계속 궁금했었는데, 예전에 얘기했던 스킬 '이방인'이라는 건 뭐야?"

"응? 내 쪽에서 보면, 지크의 스킬은 '검술', '빙결마법', '차원마법', '이방인', '???' 이렇게 다섯 개가 보이는데?"

"그 '이방인'이 나한테는 '???'로 보인단 말이지. 라스티아라의 눈이 나보다 레벨이 높은 건가? 라스티아라, 그 '이방인'이라는 건 어디에 도움이 되는 거지?"

"그런 걸 나한테 물어보면 어떡해? 나도 자세히는 몰라. 이 세계 사람이 아니라는, 단순한 칭호 같은 거 아냐?"

"그런 건가?"

우리는 잡담을 나누면서 22층으로 내려간다.

21층에서 보스 몬스터를 찾아볼 수도 있지만, 이렇게 깊은 층의 보스 몬스터에 대해서는 자세한 정보가 없기에 포기했다. 술집에 드나드는 탐색가들 가운데 20층까지 도달한 사람은 거의 없었기 때문이다.

21층에서 22층으로 내려가는 계단은 유난히 길었다.

그건 다시 말해, 22층의 천장이 유난히 높다는 뜻이다.

"드디어 22층이네. 지난번에 왔을 때는 죽을 뻔했지만, 둘이서 같이 싸우면 괜찮겠지."

"죽을 뻔했다고? 아무리 혼자라고는 해도, 네가 일반 몬스터에게 그렇게까지 내몰렸단 말야?"

"전에는 레벨 10도 안 된 상태에서 여기까지 왔었거든. 너무 강해진 상태에서 오면 시시할 것 같아서. 이야아, 그때는 진짜 신나더라니까."

"내가 보기에는 별 생각 없이 저레벨에서 클리어 시도를 하는 네가 더 무서워. 너 혹시 자살하고 싶어서 환장이라도 한 거야?"

목숨이 위태롭다는 걸 알면서도 태연하게 일부러 어려운 길을 택하는 라스티아라였다.

"아니, 나도 죽는 건 싫어. 이래 봬도 나도 목숨이 소중하다는 것 정도는 알아. 남이 죽는 걸 보는 것도 싫고."

"남이 죽는 걸 싫어한다는 것 치고는, 나랑 마리아가 위기에 처한 모습을 볼 때는 즐거워 보이던데?"

"목숨이 간당간당한 정도의 아슬아슬한 상황은 좋아하니까 어쩔 수 없잖아. 걱정 마. 죽기 전에는 반드시 구해줄 테니까."

만약에 마리아가 들었다면 따끔하게 한마디해줄 것 같은 소리를, 라스티아라는 태연하게 지껄인다. 그 정신 나간 가치관에 황당해 하면서 22층을 나아가기 시작한다.

21층과는 달리, 22층의 회랑은 폭이 좁고 천장이 높다. 좌우 폭은 수 미터, 높이는 수십 미터 정도다. 지금까지 거쳐 온 미궁도 층마다 조금씩 특색이 있긴 했었지만, 이렇게까지 큰 변화는 처음이다.

더 깊은 층으로 들어가면 들어갈수록, 각 층들의 특색이 점점 더 짙어지는 건지도 모르겠다.

회랑에 대해서 이런저런 고찰을 해나가고 있으려니, 〈디멘션〉이 22층의 적을 포착한다.

조류형 몬스터다. 미궁에 있는 조류형 몬스터는 몸집이 작은 경향이 있었지만, 이 몬스터는 다르다. 몇 미터는 되는 거구에, 매와 같은 날개와 발톱, 그리고 겹눈이 달린 머리가 셋이나 있다. 매서워 보이는 송곳니가 확인되었으니 발톱과 이빨, 양쪽 다 조심해야 할 것 같다.

【몬스터】리오 이글 : 랭크 20

"라스티아라, 새 같은 몬스터가 나타났어."

"아아, 그 녀석 말이지. 부상을 입으면 도망치니까 한 방에 해치워줘. 안 내려오는 녀석은 무시하고, 접근해서 내려온 녀석에게만 카운터를 먹이는 방침으로 가자."

"도망치는 몬스터라고? 그거 성가시겠는데, 그나저나, '안 내려오는 녀석은'이라는 말은, 항상 무리를 지어 다닌다는 거야?"

"21층에 나오던 늑대의 새 버전 같은 거야. 전투 방식이 좀 많이 다르지만, 뭐, 지크라면 별 문제없겠지?"

"나에 대한 너의 그 이상한 신뢰는 도대체 뭔지 원······."

"그야, 나에게 있어서 지크는 '주인공'이니까 말이지······."

라스티아라는 의미심장하게 대답했다. 나는 그 말에 농담으로 대꾸하려다가, 활공해 오는 리오 이글을 발견하고 의식을 라스티아라에게서 적 쪽으로 이동시킨다.

"왔어."

"위쪽은 어두운데 잘도 알아채네."

검을 움켜쥐고, 하강해 오는 리오 이글을 요격한다. 라스티아라도 느긋한 소리를 하면서 내 행동을 따른다.

리오 이글은 21층의 퓨리와는 비교도 할 수 없이 빠른 속도로 하강해서, 그 발톱을 이용해 내 목을 노린다. 나는 그 것을 검으로 막아내고, 곧바로 적의 몸을 찢어발기려 했다.

하지만 하강하는 에너지를 한 몸에 받는 바람에 몸이 젖혀지고 만다. 반동을 이용해서 검을 휘둘렀을 때, 리오 이글은 이미 내 검이 닿지 않는 범위로 벗어나 있었다.

그 일격 이탈 전법을 저지하는 데 실패한 나는, 녀석의 도주를 지켜볼 수밖에 없었고——고도를 올리려 하던 리오 이글의 복부에 어디선가 날아온 검이 박힌다.

라스티아라가 투척한 검이다.

리오 이글은 빛이 되어 사라지고, 라스티아라는 그 자리에 남은 검과 마석을 줍고 웃는다.

"일대일로 붙으면 엄청나게 성가신 녀석인데, 둘이서 같이 상대하니까 그렇지도 않네. 한 명이 막아내고, 다른 한 명이 공격하면 간단하게 해치울 수 있어."

"그런 것 같네. 하지만 상대도 다수라면 사정이 달라질 텐데."

"하긴."

라스티아라는 마석을 내게 던진다. 마석을 '소지품'에 넣고, 앞으로의 방침을 묻는다.

"그래서, 어쩔 거지? 이 녀석들을 상대할 거야?"

"아니, 이 녀석들은 무지하게 성가셔서 말야. 그러니까 22층은 기본적으로 패스하자."

확실히 성가신 건 사실이다. 움직임이 빠른 데다, 전술이 영리하다. 이 녀석들을 일일이 상대하다 보면, 상당히 정신이 피곤해질 것 같다.

상공이 어두워서 보통 사람이라면 공습을 알아챌 수 없다. 알아챘다고 해도, 그 압도적인 스피드 때문에 방어할 수 없다. 요령껏 막아낸다 해도, 낙하의 에너지가 동반된 공격이기에 반격이 쉽지 않다. 그리고 공격이 실패하면 곧바로 이탈해서 같은 과정을 되풀이하게 된다. 라스티아라의 말에 따르면, 부상을 당하면 도망친다고 하니 그 성가심은 22층까지 오면서 만난 모든 몬스터를 통틀어서도 톱클래스에 해당할 것이다.

"나도 이 녀석들은 상대하기 싫어. 원거리용 공격수단이 없으면 손해만 보면서 싸울 수밖에 없으니까."

"하긴, 우리는 근거리나 중거리 전투에만 특화돼 있지."

"그러게 말야."

검사인 나와 라스티아라가 할 수 있는 원거리 공격이라고는 검을 던지는 것 정도가 고작이다. 빗나가면 애용하는 검을 한동안 쓸 수 없게 되고, 그렇다고 투척용 검을 한 자루 더 들고 다니자니 움직임이 둔해진다. 단순하게 말해서, 우리는 멀리 있는 적을 상대하는 데는 적합하지 않은 것이다.

디아가 있으면 편할 테지만, 지금의 우리로서는 무시하는 게 나을 것이다.

이번만은 라스티아라와 의견이 일치했으므로, 최대한 리오 이글과의 접촉을 피하면서 이동하기로 했다. 하지만, 몇 분 정도 걷다 보니 일이 그렇게 순조롭게 풀리지는 않는다는 걸 알 수 있었다.

"칫……."

"왜 그래?"

〈디멘션〉을 통해 얻은 정보를 분석하다 보니, 저도 모르게 혀를 찰 수밖에 없었다.

아까 리오 이글을 처치한 것을 계기로, 주위에 있던 녀석들이 이쪽을 향해 몰려들 거라는 건 예상하고 있었다. 그래도 포위당하지 않도록 길을 골라가며 온 것이었는데, 녀석들은 특유의 재빠른 움직임으로 퇴로를 봉쇄하고 우리를 포위하려 하고 있다.

근처에 내 〈디멘션〉의 빈틈을 찌른 개체가 두 마리 접근해 있는 상태다.

"미안, 라스티아라. 앞쪽과 뒤쪽에서 한 마리씩 오고 있어."

"어쩔 수 없지. 앞뒤에서 온다면 일단 등을 맞대는 자세로 싸울까?"

"알았어. 하지만 너무 오래 시간을 들였다간 포위당할 테니까, 최대한 빨리 끝내도록 하는 게 좋겠어. 마법 〈디 스노우〉. 〈폼〉."

〈폼〉의 거품은 내 검에 붙이고, 〈디 스노우〉는 주위에 띄워 놓는다.

"그 냉기가 들어 있는 거품, 본 적도 들은 적도 없는 마법인데, 직접 개발한 거야?"

"개발했다기보다는, 마법들을 결합시킨 거라고나 할까? 함정 마법이니까, 건드리지 않게 조심해야 돼. 여기에 맞으면 움직임이 둔해질 테니까, 요령껏 이용해."

"오~케이."

준비를 마쳤을 때, 리오 이글 두 마리가 이쪽을 향해 활공하기 시작한다.

나와 라스티아라는 등을 맞댄 자세로 각각 한 마리씩 상대한다. 나는 〈디멘션 · 글래디에이트〉로 리오 이글의 움직임을 파악한다.

그리고 그 공격을 간파해서, 첫 번째 공격을 막아내는 데 성공했다. 하지만 그 충격 때문에 반격이 한 템포 늦어지고 말았다. 아쉽게도, 반격을 위해 휘두른 검은 또 허공을 갈랐다. 등 뒤에 있는 라스티아라도 사정은 마찬가지였다.

하지만 〈폼〉의 거품을 리오 이글에게로 옮기는 데 성공했다.

그 개체에 대한 파악 능력이 껑충 뛰어올랐으므로, 다음에 공격해 오면 확실하게 해치울 수 있다는 자신이 있다. 하지만 〈폼〉을 맞은 리오 이글은 그런 나를 비웃듯이 멀찌감치 도망쳤다.

"어, 어? 거품이 닿기만 했는데도 도망쳤잖아?"

"뭐 저런 겁 많은 몬스터가 다 있나 몰라. 조금이라도 이상이 생기면 도망치는 건가?"

게다가 도망친 리오 이글은 멀찌감치 떨어진 곳에서 요란하게 울어댔다. 척 보기에도 지원군을 부르는 게 분명해 보인다.

〈디멘션〉의 범위를 확장시키자, 멀리에 있는 몬스터도 우리를 발견했음을 알 수 있었다. 그중에는 리오 이글 이외의 몬스터도 포함되어 있다. 이대로 가다가는 여러 종류의 몬스터를 상대해야 하는 상황이 벌어지게 된다.

"게다가 도망친 녀석이 여러 동료들까지 부르고 있어……."

"역시 그렇게 되는구나. 전에는 전력질주로 도망쳤었는데, 지크는 어떻게 하고 싶어?"

"나도 그렇게 하고 싶은데."

"찬성. 강력한 적이긴 하지만, 너무 잔꾀만 부려서 별로 재미가 없단 말이지."

나와 라스티아라는 서로를 마주 보고, 고개를 끄덕이고, 동시에 내달린다.

리오 이글을 내버려두고 전력질주로 23층까지 달린다.

〈디멘션〉을 이용해서 길을 선택했기에, 도중에 적을 만나는 일은 거의 없었다. 22층의 몬스터들은 신중한 타입이 많기 때문에 모두들 해치우기 직전에 도망쳐버린다.

그 결과 괜히 MP만 소모하고 경험치는 벌어들이지 못하는, 그야말로 고된 여정이 될 수밖에 없었다.

"하아, 하아, 하아……."

우리는 숨을 몰아쉬면서, 23층 앞까지 도달한다.

라스티아라는 거침없이 투덜거린다.

"하아, 하아, 아, 진짜 귀찮아 죽겠다니까, 이놈의 22층."

그녀도 상당히 체력을 소비한 상태다.

어깨를 들썩이면서, 내 뒤를 따라온다.

계단을 내려가기 시작하니 쫓아오던 몬스터들은 그대로 물러갔다. 보아하니, 몬스터는 각 층과 층 사이를 넘나들 수는 없는 모양이다.

안도의 한숨을 내쉬며, 우리는 23층으로 내려간다.

그리고 숨을 고르면서 '정도'를 따라 걸었다.

하지만 걸으면 걸을수록 체력이 소진된다. 숨을 고르고 싶어도 뜻대로 되지 않는다.

이유는 간단하다. 미궁의 습도가 지금까지 거쳐 온 던전들과는 비교도 안 될 정도로 높기 때문이다.

22층의 특색이 '높이'라면, 23층의 특색은 '더위'였다.

라스티아라는 옷의 앞섶을 풀어헤치고, 넌덜머리가 난 표정으로 걷고 있다. 나보다 몇 배는 더 많은 땀을 흘리고 있다는 걸 멀리서도 알 수 있다. 보아하니 라스티아라는 땀이 많은 체질인 모양이다.

"더워, 더워더워더워! ……지크, 물!"

"그래, 그래."

보따리를 통해 '소지품'에서 가죽 물통을 꺼낸다. 아침에 라스티아라가 맡긴 물통인데, 제법 튼튼하게 만들어져 있다.

라스티아라는 아무런 망설임도 없이 벌컥벌컥 물을 들이킨다.

물 마시는 데에도 성격이 드러나는구나 하고 생각하면서, 23층에 대해 묻는다.

　"라스티아라, 23층은 왜 이렇게 더운 거야?"

　"으응, 24층에 마그마가 흐르고 있어서 그래."

　"마, 마그마? 본 적 있어?"

　"아니, 우리 집에 놀러 온 탐색가한테서 들었어. 나는 23층까지밖에 몰라."

　"24층까지 가 본 탐색가랑 아는 사이야?"

　"유명인사인 글렌 워커야. 최강의 탐색가라는 소리를 듣는 녀석."

　글렌 워커. 미궁 공략 최고기록보유자의 이름이었던 걸로 기억한다.

　"그 사람은 23층까지밖에 못 갔다고 들었는데."

　"정확히 표현하자면 '정도'를 23층까지밖에 못 깔아서, 라고 해야겠지."

　사람들 사이에서 널리 알려진 23층이라는 건 '정도'가 깔린 범위만을 가리키는 것이었던 모양이다. '정도'를 깔아야 한다는 조건이 없으면, 최강자 글렌 씨는 더 깊은 곳까지도 갈 수 있다는 것이다.

　"라스티아라가 정보를 많이 갖고 있는 것도 이해가 되네. 세계 최고의 탐색가에게서 정보를 들은 거니까."

　"내가 가진 정보 중 대부분이 그 녀석한테서 나온 건 사실이긴 해."

"그래서, 그 사람은 어떤 사람이지?"

들떠서 글렌 씨에 대해서 물어봤다.

아무래도 나는 '최강'이라는 칭호에 약한 모양이다. 게임을 좋아하고 로망을 좋아하는 사람으로서, 글렌 씨라는 인물에 관해 관심이 가지 않을 수 없었다.

"어떤 사람이긴……. 내 취향에 딱 들어맞는, 불쌍한 녀석이라는 말 말고는 표현할 길이 없는데. 자기가 원하는 건 끝끝내 아무것도 손에 넣지 못하는 재미있는 인생을 살아왔고……. 그나마 재능이라도 있었다면 조금이나마 낫겠지만……."

라스티아라에게 있어서, 글렌 워커는 재능을 타고나지 못한 부류에 속하는 모양이다. 그 정도로 유명한 사람이라면 당연히 재능이 넘치고, 세계로부터 사랑받고, 모든 걸 뜻대로 이루어온 사람일 거라고만 생각했었다. 내가 그리던 '최강'이라는 건 그런 것이었다.

"헤에, 그랬구나."

"성격이 여리고, 미련이 많고, 자학을 좋아하는 녀석이야. 못난 녀석이지만, 그럭저럭 강하기는 해."

"아니, 그렇게 얘기하니까 하나도 안 강할 것 같은데……."

"실제로 그렇게까지 강한 건 아니니까……."

내 안에 있는 '최강'이 무너져가는 걸 느낄 수 있었다. 이 세계의 최강조차도, 내 기대에 부응해주지 못하는 모양이다.

꿈이 없는 현실에 실망하고 있으려니, 〈디멘션〉이 '정도'

의 막다른 길을 발견한다. 23층은 적이 '정도'에 접근하지 않아서 매끄럽게 나아갈 수 있었다.

다만 미궁 안의 '정도'가 끊겨버렸기에, 일단 멈춰 서기로 한다.

"여기가 결승점인가. 일단 오늘 목표는 달성한 셈이군."

약간의 성취감이 느껴진다. 드디어 나는 이 세계의 인류와 어깨를 나란히 하게 된 것이다.

"좋아, 그럼 이제부터는 30층을 목표로 나아가는 거야. 여기부터는 나도 잘 모르니까, 지크의 〈디멘션〉을 팍팍 써서 성큼성큼 안쪽으로 가보자!"

"그건 싫어."

나는 더 안쪽으로 나아가려 하는 라스티아라를 제지했다.

20층부터 여기까지, 시간으로 치면 그리 긴 시간은 아니었지만 처음 만난 적들과의 전투가 많아서 피로가 쌓인 상태다. 이 상태에서 낯선 심층부로 들어가는 건, 체력적으로 내키지 않는 일이었다.

나는 그런 내 뜻을 라스티아라에게 전했지만, 당연히 라스티아라는 납득해주지 않았다.

결국 말다툼을 한 끝에, 절충안으로 오늘은 23층을 중점적으로 탐색하기로 했다.

앞으로는 '정도'라는 길잡이가 없는 이상, 지리 파악 작업도 해야만 한다고 라스티아라에게 얘기하니, 마지못해 승낙해주었다.

그 방침을 지침으로 삼아, 나와 라스티아라는 걸음을 내딛는다.

양피지에 직접 지도를 그려가며 23층의 지형을 익혀나간다.

다행히 23층의 몬스터 중에는 딱히 위협이 될 만한 녀석이 없었다. 아마 21, 22층에서 나타난 거대한 몬스터는 이 습도 높은 층에서는 서식할 수 없는 건지도 모른다. 23층의 몬스터는 내구성이 강한 녀석들이 많지만, 성가시다는 생각은 전혀 들지 않았다.

무엇보다, 라스티아라의 높은 공격력이 큰 도움이 됐다. 제아무리 적의 내구성이 강해 봤자, 라스티아라의 무지막지한 힘 앞에서는 아무 의미를 갖지 못한다.

이 점들을 종합해본 결과, 이 층의 강점은 높은 습도에 의한 탐색자들의 체력 소모라고 판단된다.

내구력을 중시하는 적으로 발길을 묶고, 높은 습도로 수분을 앗아가고, 체력을 소모시킨다. 생각하기에 따라서는 21, 22층보다도 버겁게 느껴질 수도 있을 것 같다.

"아, 아아…… 지크, 물……."

라스티아라는 몇 분마다 대량의 물을 소비한다.

나도 상당한 빈도로 수분을 보급하고 있지만, 라스티아라만큼은 아니다. 그녀의 낮은 연비는, 23층 탐색에 있어서 최악의 상황을 초래할 우려가 있었다.

"자, 잠깐, 라스티아라. 너 지이이인짜 목마른 거 맞아?

이대로 가다가는 그렇게 많이 가져왔던 물이 다 떨어질 거라고."

"지이이인짜라구. 지이이인짜 목말라 죽겠다니까!"

몇 시간 동안 돌아다닌 끝에, 나는 도저히 참지 못하고 라스티아라에게 물었다. 하지만 라스티아라는 장난기라고는 찾아볼 수 없는 진지한 표정으로 물을 요구하며 졸라댔다.

"이 이상 물을 소모해야 할 것 같으면, 일단 다시 돌아가야 해."

"어, 내가 그렇게 많이 마셨어?"

"그래, 몽롱한 얼굴로 벌컥벌컥 마셔댔다고."

이 어마어마한 물 소비 속도로 미루어 보아, 탐색계획을 재점검할 필요가 있을 것 같다.

앞으로 24층에도 가야 한다는 걸 고려하면, 현재 소지한 물만 가지고는 부족해질 것이다.

"나는 원래 땀이 많은 체질이라서 말이지~."

"그런 것 같네. 당초 예상보다 몇 배는 더 많은 물을 가져오기 전에는, 탐색을 계속하기 어려울 것 같아."

내 입장에서는 지금 당장 돌아가고 싶을 지경이다.

예상치 못한 사태 때문에 실패하는 거라면 몰라도, 사전에 충분히 예측 가능했던 컨디션 난조 때문에 실패하는 건 싫다.

"으~음, 그만 돌아가려고?"

"좀 있으면 물이 떨어질 거야."

"으, 으~음, 그렇다면 어쩔 수 없지……."

라스티아라는 불만스런 표정이었지만, 목마른 건 못 참겠는지, 물 없는 탐색을 상상하고 얼굴빛을 흐린다.

"하지만, 23층도 대충은 파악했어. 수확은 있었던 셈이야."

"지형 파악은 지크에게 맡기고 있는데, 우리 진짜 제대로 돌아갈 수 있는 거야?"

"그 점은 걱정 마."

차원마법이 있는 이상, 미아가 될 일은 없다.

그리고 기억력에는 자신이 있다. 만약에 대비해서 '정도'가 없는 지역의 길은 양피지에 기록해두었다. 빠뜨린 건 절대 없다.

라스티아라는 자신이 몽롱한 의식으로 돌아다녔기 때문에, 돌아가는 길을 제대로 찾아갈 수 있을지 걱정이었던 모양이다. 나는 그녀의 불안이 가시도록 거침없는 걸음걸이로 길을 되짚어나갔다.

약간 어중간하게 끝났지만, 오늘의 성과는 23층 중간까지.

하루에 1층씩이라는 목표에 비교하면, 탐색은 대성공이라 할 수 있다.

탐색을 중단한 우리는 20층에 있는 〈커넥션〉의 문으로 향했다.

돌아가는 길에도 많은 몬스터들의 습격을 받았지만, 충분히 대응할 수 있는 몬스터들뿐이었기에 별 문제는 없다. 대신, 문제가 생긴 곳은 아무것도 없을 거라 생각했던 20층이었다.

〈디멘션〉에 뭔가가 걸리는 걸 느끼고, 20층으로 올라가기 전에 마법을 사용해서 상황을 살폈다.

거기에는 소녀 기사가 하나, 그리고 파르스름한 털을 가진 늑대가 한 마리 있었다.

20층까지 도달한 기사── 아마, 『셀레스티얼 나이츠』이리라.

21층으로부터 마법의 감각을 뻗어서 소녀 기사를 '주시'한다.

【스테이터스】

이름 : 라그네 카이크오라 HP 152/153 MP 34/34

클래스 : 기사

레벨 16

근력 3.22 체력 3.91 기량 11.23 속도 5.22 지능 7.12

마력 1.52 소질 1.12

선천 스킬 : 마력조작 2.11

후천 스킬 : 검술 0.52 신성마법 1.02

【스테이터스】

이름 : 세라 레이디언트 HP 252/256 MP 43/101

클래스 : 기사

레벨 21

근력 6.23 체력 7.92 기량 8.89 속도 10.02 지능 5.60
마력 7.77 소질 1.57

소녀 기사는 라그네, 늑대는 세라라는 이름을 갖고 있다.

"어, 저 늑대. 레이디언트 씨?"

그 사실에 놀라서, 저도 모르게 소리를 내고 말았다.

"지크, 왜 갑자기 멈춰 서는 거야?"

"아니, 20층에 레이디언트 씨 같은 늑대가 있어서. 그리고 라그네라는 애도."

"그거 우리 애들 둘이잖아. 잘해봐, 지크."

"뭐, 질 일은 없겠지만……."

라스티아라는 별일 아니라고 생각하고 있을 것이다. 사실, 그건 나도 마찬가지다.

우리는 가벼운 기분으로 20층에 올라갔다.

20층에 들어서자, 한가운데 자리 잡고 있던 기사가 이쪽을 향해 고개를 숙였다. 어제와 마찬가지다.

"아가씨, 무사하셨습니까?"

쇼트커트 스타일의 소녀 기사가 가볍게 인사하며 라스티아라의 안부를 묻는다.

나보다 약간 작은 키의, 활발해 보이는 소녀다. 절세의 미인이라고 할 정도는 아니지만, 이목구비는 가지런하고 나이에 걸맞은 귀여움도 갖고 있다. 위에는 고급스러운 반팔 셔츠를, 밑에는 유난히 긴 스커트를 입고 있다. 그 긴 스커트 위로 허리끈을 여러 겹 두르고 있어서, 하반신만 엄청나게 무거울 것 같아 보인다.

"라그네, 오랜만이네."

라스티아라는 소녀를 살갑게 부른다. 나이가 어려 보이니, 나도 그냥 친근하게 불러봐야겠다. 두 사람은 대화를 계속한다.

"그런데 라그네, 여기는 무슨 일로 온 거야?"

"홉스 아저씨한테 얘기를 들어서 말임다. 그 소년은 미궁 탐색가로, 지금은 20층 부근에 있다고."

"아아, 그렇게 된 거였구나."

라스티아라가 작은 목소리로, "그놈의 아저씨, 쓸데없는 짓을……" 하고 뇌까리는 것을 나는 놓치지 않는다.

"그게 말임다, 사실은 저도 성당에서 푹 쉬고 싶었는데 말이죠……."

라그네는 옆에 있는 늑대에게 눈길을 주며 쓴웃음을 짓는다.

그 시선을 느낀 늑대는 멍 하고 한 번 짖는다.

"네? 아아, 네, 할게요, 한다고요. 지금 당장 하면 되잖아요."

늑대가 짖자 라그네는 그 뜻을 감지하고 곧바로 검을 뽑아 든다.

궁금해서 속닥속닥 라스티아라에게 물었다.

"저 늑대, 레이디언트 씨 맞지?"

"응. 세라는 수인의 피가 짙게 흐르고 있으니까. 마법으로 라그네한테만 얘기하고 있는 것 같아. '눈'이 있으니까 뻔히 다 보이지만, 재미있으니까 모르는 척하자."

"······그렇게 하지."

섣불리 지적했다가 따박따박 말대꾸를 듣는 것도 짜증나는 일이다. 아마 저게 그녀 나름의 '눈앞에 나타나지 않는' 행위이리라. 그냥 내버려두자.

검을 뽑아서, 라스티아라 앞에 섰다.

그러자 라그네는 품속에서 메모지 같은 것을 꺼내서, 소리 내어 읽는다.

"으, 으음, 내 이름은 기사 라그네 카이크오라. 지크프리트 비지터에게, 아가씨를 건 결투를 신청한다. 규칙은 예전에 세라 레이디언트와 했던 결투와 같다. 자, 순순히 결투에 나서라──임다."

응. 의욕이 제로에 가깝군.

뭐랄까, 체육 관련 부활동에서, 후배가 선배에게 등을 떠밀려서 억지로 경기에 나가는 것 같은 분위기다.

"응, 그렇게 하자. 하지만 하나만 바꿔줬으면 좋겠어. 내가 승리하면, 다른 기사를 데려오지 않는다는 조항을 더해도 될까?"

"아, 그렇게 하십쇼. 그리고 될 수 있으면 상처 하나만 나면 곧바로 끝내자고요. 이런 일 때문에 중상을 입기는 싫으니까."

"물론, 나도 좋아."

라그네는 순순히 고개를 끄덕이고, 다시 규칙을 추가했다. 보아하니, 이 아이는 레디언트 씨만큼 의욕이 있지는 않은 것 같다. 그 태도를 보고, 옆에 있는 늑대가 으르렁거리고 있다. 라그네가 겁을 내는 것 같으니 그러지 좀 말아 줬으면 좋겠다.

"그럼, 시작해도 되겠슴까?"

"그래, 괜찮아——"

"아니, 잠깐만요."

라그네가 덩치에 어울리지 않는 우람한 한손검을 움켜쥐려 했을 때, 라스티아라가 끼어들었다. 그 이유를 알 수 없어서 라스티아라에게로 눈길을 돌리니, 라스티아라는 나에게만 들리도록 작은 목소리로 말한다.

"지크. 방금 별 생각 없이 받아들인 '상처를 입으면 패배하는 규칙'—— 이거 꽤 불리한 거야. 라그네는 그 방면에 특화돼 있으니까."

"응? 하지만 저 애, 스테이터스만 봐서는 별거 없는데?"

라그네의 스테이터스는 지금까지 상대한 그 어떤 『셀레스티얼 나이츠』보다도 낮다. 라스티아라가 심각한 표정을 지을 만한 점은 느낄 수 없었다.

"변칙적인 '수치로 나타나지 않는 수치'가 나타나는 아이야. 더 이상 얘기하는 건 너무 편파적이라 여기까지만 얘기하겠지만, '첫 수'에 패배하지 않도록 조심해야 해."

라스티아라의 눈은 진지했다.

기사와의 결투 때면 항상 낙관적인 태도를 보였던 그녀였지만, 라그네가 제안한 '상처를 입으면 패배하는 규칙'을 받아들이는 것만은 낙관할 수 없었던 모양이다.

'첫 수'. 변칙적이고, 스테이터스 이상의 위력을 가진, 변칙성 있는 공격을 라그네가 '첫 수'로 시도할 거라는 얘기다.

라스티아라가 나한테 엄청나게 결정적인 정보를 줬군……

이렇게까지 가르쳐줬는데 질 수는 없는 노릇이다. 나는 〈디멘션 · 글래디에이트〉를 강하게 전개시켰다.

"그럼, 슬슬 시작해도 돼요?"

"그래, 준비 됐어."

서로에게 확인을 취한 후, 검을 움켜쥐고 묵례를 나눈다. 그리고, 결투 개시.

나는 곧바로 보조마법을 전개시키려 하다가——

"마법 〈프——윽?!"

——정체불명의 칼날이, 내 목 앞으로 뻗어 왔다.

라그네의 검이 뻗어 오기 시작하는 타이밍을 〈디멘션 · 글래디에이트〉로 파악하고 있었기에, 손에 들고 있던 검을 휘둘러 올려서 칼날의 궤도를 틀어 놓는 식으로 회피에 성공했다.

그리고, 그 칼날의 정체를 확인한다.

라그네는 손에 들고 있던 우람한 한손검은 조금도 움직이지 않았다. 그 대신 검을 들지 않은 다른 쪽 손에서, 고형화된 마력의 칼날을 뻗어 온 것이었다. 눈으로 보고 피한 게 아니다. 마법으로 라그네의 전체를 파악할 수 있었기에 알아챌 수 있었던 것이다.

일반적으로 싸웠다면 틀림없이 부상을 입었을 것이다. 내 마법의 특성과 라스티아라의 조언이 있었던 덕분에, 가까스로 회피에 성공한 것뿐이다.

첫 번째 공격에 실패한 라그네는, 곧바로 마력의 칼날을 거둬들이고 초조한 얼굴로 말했다.

"켁. 이렇게 말끔하게 피해버리다니."

그리고 숨 돌릴 틈도 없이 라그네의 제2격, 제3격이 덮쳐든다.

그 공격들을 칼끝으로 비껴내고, 쳐낸다.

서로 간의 거리는 10미터 정도였지만, 마치 바로 코앞에서 싸우고 있는 것 같은 느낌이다.

항시 발사시킬 수 있는 레이저총을 상대로 싸우는 것 같은 감각이다.

하지만, 라스티아라가 얘기했다시피 위협적인 것은 '첫 수'뿐이었다.

수법이 밝혀진 이상 내 상대가 되지 못한다. 라그네의 기술은 전혀 세련미가 없다. 간단히 말하자면 센스가 없다. 가장 중요한 '감'이 없다.

뻗어 오는 검에도 익숙해져서 내가 공격을 튕겨내며 거리를 좁혀 가자, 라그네는 곧바로 두 손을 들었다.

"아, 이제 틀린 것 같슴다. 이렇게 유리한 조건에서 진 건 처음임다."

보아하니, 이대로 계속 싸워봤자 승산이 없다고 판단한 것 같다.

라그네는 우람한 검을 난폭하게 땅바닥에 내던져서, 항복의 뜻을 표한다.

"응, 재미있는 승부였어. 고마워."

"아뇨아뇨, 별 말씀을."

거리를 좁혀서 양쪽 모두 후련하게 웃으며 악수를 나눈다.

뭔가, 정말 운동선수 같은 분위기다.

라그네의 등 뒤에서 라그네의 선배, 레이디언트가 짖어대고 있지만 못 들은 척하기로 하자. 라그네는 황당하다는 듯 늑대를 향해 말했다.

"에이, 어쩔 수 없잖슴까. 이 오빠는 강하고 착하고 잘생겼는데, 도대체 뭐가 문제라는 건데요? 오히려 아가씨가 먼저 안 갔더라면, 제가 반해버렸을 지도 모를 정도라고요."

하지만 그 말을 들은 늑대는 요란하게 멍멍거리며 쉴 새 없이 짖어댈 뿐이었다.

라그네는 그 소리를 번역해서 내게 전해준다.

"으, 으음. '저 가냘프고 아름답고 순진무구한, 티 없이 깨끗한 첫눈으로 만들어진 한 떨기 꽃과도 같은 아가씨를, 이런 남자가 덮치는 일은 있어서는 안 된다'? 에이, 아가씨는 꽤 속이 시커먼데 말임다~."

그 말에 라스티아라가 반응한다.

"아아, 너무해, 라그네. 나는 항상 솔직하게 있는 그대로 얘기하고 있는 것뿐인데, 속이 시커멓다니……. 눈물이 나올 것만 같아요……."

라스티아라는 라그네의 말에 상처라도 받은 척을 하며, 훌쩍훌쩍 우는 시늉을 한다. 그러자 짖고 있던 늑대가 라그네를 물어뜯으려 들기 시작한다.

"우, 우왓! 이러지 마십쇼, 선배! 잘 생각해보십쇼, 아가씨의 이런 점을 두고 속이 시커멓다고 하는 거라고요!"

늑대와 라그네가 어느 정도 어울리는 걸 지켜본 후에 라그네에게 약속 엄수 확인을 받는다. 라그네는 기사로서 맹세를 어기는 일은 없을 거라고 선서했다.

그리고 흥분한 늑대를 진정시키고 20층을 떠나려 한다.

"아, 그럼 아가씨, 또 뵙겠슴다. 멋있는 오빠도 또 보자고요."

소탈한 태도로, 곧바로 지상으로 돌아가기 위해 19층 쪽으로 발걸음을 내딛었다.

우리는 마법을 이용해 이동할 수 있었기에, 그들을 따라가지 않고, 그들의 모습이 사라질 때까지 손을 흔들며 배웅했다.

이렇게 해서, 나는 세 번째 〈셀레스티얼 나이츠〉와의 전투를 클리어 한 것이었다.

5. 분기점 『전야제』

라그네 일행이 떠나간 후, 우리는 집으로 돌아왔다.

청소와 빨래를 하고 있던 마리아가 우리의 귀환을 알아채고, 곤혹스러운 표정을 짓는다.

"어서들 오세요. 오늘은 일찍 돌아오셨네요. 식사 준비가 아직 안 됐는데……."

보아하니, 우리가 예정했던 시간보다 빨리 돌아오는 바람에, 미처 식사 준비를 못 한 모양이다.

시간이 난 김에 장도 볼 겸 디아에게 문병이라도 다녀오려고 했더니, 라스티아라가 제지했다.

"있잖아, 지크. 축제에 놀러가자."

거실 의자에 앉아 있던 라스티아라가, 들뜬 얼굴로 나를 축제에 초대한다.

"축제?"

"응. 지금 후즈야즈에서는 한창 축제가 열리고 있는 중이거든. 나흘 뒤에 1년에 한 번 열리는 성탄제가 있는데, 그날까지 1주일 동안 국가적으로 축제를 벌이는 거야."

"아아, 들은 적 있어."

디아에게서 그런 얘기를 들었었던 것 같다.

퇴원 날이 성탄제 날이니, 퇴원하거든 같이 축제를 즐기기로 약속했었던 기억이 났다.

"나는 축제에 참여하는 게 처음이라서, 아주 관심이 많단 말이지."

"하긴 나도 관심이 없지는 않아."

다른 문화의 축제에 대해서는 관심이 있다.

애초에, 원래 세계에서도 축제를 경험한 적은 별로 없다.

그래서일까, 축제라는 이벤트는 나에게 있어서 제법 매력적으로 다가온다.

"그럼 결정된 거다. 가자, 가자."

"그래. 어차피 물 사러 가야 하던 참이었으니까."

별 의미 없는 이벤트일지도 모르지만, 남는 시간에 간다면 기분전환에 안성맞춤일 것이다. 지금 현재, 내가 해야 할 일이라고는 물을 보급하는 것 정도가 고작이다.

그렇게 생각한 내가 별 생각 없이 동의하자, 요리를 시작했던 마리아가 입을 연다.

"자, 잠깐만요. 그건, 흔히 말하는——"

하지만 그 목소리는 끝을 맺지 못한다. 마리아 쪽으로 눈길을 돌리니, 순간적으로 울분에 찬 표정을 짓는 것처럼 보였다. 하지만 곧 그 표정을 지우고 침묵한다.

우리가 마리아를 혼자 두고 갈 거라고 생각하는 걸까. 라스티아라는 웃음을 애써 참고 있을 뿐, 대화에 끼어들려고 하지 않는다. 할 수 없이 내가 말을 걸었다.

"마리아도 같이 가자. 빨리 준비해."

"어, 저도 가도 되는 건가요?"

"당연하지."

여기서 안 데려가면 친구라고도 동료라고도 할 수 없다. 내 입장에서는 당연하게 느껴지는 일이지만, 마리아 입장에서는 그렇지 않은 모양이다.

"그치만, 식사 준비가……."

"오늘은 밖에서 먹자. 다 같이."

"아, 네."

억지로 마리아를 설득한다. 그리고 그 손을 붙잡고 밖으로 끌고 나간다.

"가자. 라스티아라, 안내해줘."

"후훗, 알았어."

라스티아라는 히죽히죽 웃으면서, 천천히 자리에서 일어선다.

즐거워 보이니 다행이긴 하지만, 정말이지 성가신 녀석이다. 마리아를 데려갈 생각이 있으면서도 일부러 말하지 않았다. 자신의 즐거움을 위해서, 일부러 내가 권유하는 식으로 유도한 것이다.

"웃고만 있지 말고, 빨리 안내나 해."

앞쪽에서 큭큭거리며 웃는 라스티아라의 머리를 떠밀면서 밖으로 나왔다.

집에서 후즈야즈까지는 그다지 멀지 않다. 미궁에 가깝다는 것은, 다시 말해 이웃나라와 가깝다는 뜻이기도 한 것이다.

한 시간쯤 걸어가니, 곧바로 축제의 활기가 느껴지기 시작한다. 후즈야즈에서 국가적으로 축제를 연다는 건 사실인 모양이다. 국가의 변방인 이곳에서도 이 정도 열기가 느껴질 정도이니 말이다.

도시의 큰길로 들어서니, 많은 노점들이 늘어서 있고, 점주들이 목청을 높여 가며 손님을 끌고 있었다. 음식이 놓여 있는 가게가 있는가 하면, 잡화 같은 걸 파는 가게도 있는 등, 장르도 다양하다.

우선 식문화에 이끌려서, 노점상의 음식을 관찰해나간다.

내 세계에 있는 것과 비슷한 가벼운 과자류도 있는가 하면, 난생 처음 보는 과자들도 여럿 보인다. 그리고 조리도구도 난생 처음 보는 것들뿐이다. 이 세계 특유의 마석을 이용한 열원이며, 마법이 작용되고 있는 것으로 보이는 부엌칼 등을 보니, 이세계의 축제라는 것을 실감할 수 있었다.

정체불명의 구이, 여러 종류의 못생긴 나무열매들을 담은 모둠요리, 특별한 방식으로 구운 고기 꼬치, 들고 다니면서 먹기는 불편해 보이는 거대한 빵 등등, 낯선 음식들투성이다.

맛을 상상할 수조차 없는 음식들을 앞에 두니, 흥분을 감추기가 힘들어진다.

"주인님, 고작 노점 정도에 그렇게 두리번거리시는 건 좀……."

촌놈처럼 들떠 있는 내 모습을 보고, 마리아가 주의를 준다.

"아, 아니, 좀 신기해서……."

"성탄제 축제는 매년 열리는 거잖아요. 노점도 다들 흔한 것들이고……."

마리아 입장에서는 낯익은 가게들인 모양이다. 이 광경을 보고도 아무런 감회도 느끼지 않는 것 같다.

하지만, 내 입장에서는 다르다. 전혀 다른 문화의 축제이니만큼 모든 것들이 신선하게만 느껴진다. 마리아는 그런 내 사정을 모르고 있기 때문인지, 뭘 그렇게 신기해하는 건지 어리둥절하다는 표정이다.

"아니, 내 고향에서는 이런 축제가 없었거든. 이런 건 처음 봐."

"어, 주인님은 파니아 출신이라고 하셨지 않나요?"

"마, 맞아. 하지만 내가 살던 곳은 파니아에서도 변경이라서, 축제 같은 건 구경도 못 했어. 그래서 축제는 처음이야."

"변경──이라고요?"

마리아는 내 말을 되풀이한다. 고향 얘기를 계속하면 계속할수록, 내 거짓말은 무너지게 마련이다. 축제의 분위기를 즐기느라 바쁜 척하며, 나는 마리아에게서 거리를 벌린다.

주위를 관찰하며 다니다 보니, 분장을 한 일행과 엇갈렸다.

짐승 탈을 뒤집어쓴 집단이다. 늑대와 곰을 본떠서 분장하고 있는 것 같다. 이 축제에서는 그런 차림을 하는 것에 뭔가 의미가 있는 건지도 모른다.

후즈야즈에 대해 풍부한 지식을 갖고 있을 라스티아라에게 묻는다.

"이봐, 라스티아라. 방금 그 분장에는 어떤 의미가 있는 거지?"

앞장서서 걷고 있던 라스티아라는, 이쪽을 돌아보고는 흥분한 얼굴로 대답한다.

"몰라! 방금 그거 뭐지?!"

"어, 너 모르는 거야?"

"응, 나도 축제에는 처음 오니까!"

라스티아라는 한껏 들뜬 목소리로 소리치며, 나와 마찬가지로 주위를 둘러본다.

흥분하느라 미처 눈치채지 못했지만, 라스티아라도 나 못지않게 들떠 있는 상태였던 것이다.

그 말을 들은 마리아가 도무지 믿을 수 없다는 듯, 언성을 높이며 놀란다.

"어, 정말 처음 오신 거예요?"

"쑥스럽지만 말야. 사정이 좀 있어서, **축제 기간 중인 도시에** 온 건 오늘이 처음이야. 그러니까, 우리 중에 축제 경험자는 마리아밖에 없다는 얘기야."

"마, 말도 안 돼요……. 축제 미경험자가 둘이나 있다니……."

"그러니까 아까 그 가장 행렬이 뭔지 마리아가 좀 알려줘. 나도 궁금하던 참이었다구."

라스티아라는 앞장서서 걷던 걸음을 멈추고, 마리아 곁으로 이동한다. 그리고 셋이서 나란히 걷기 시작하면서, 마리아의 설명을 듣는다.

"아까 그 가장 행렬은, 질병과 재해 방지를 기원하는 분장이에요. 대륙에서 전해져 오는 신화를 기원으로 한 풍습이죠. 신화에 나오는 성인(聖人) 티아라 후즈야즈의 동료와 비슷한 차림으로 변장해서, 그 성인의 가호를 기원하는 거예요. 탄신일이 다가오면 성인의 힘이 대륙으로 돌아온다고 전해지고 있어서, 많은 분들이 축제 기간 동안에 분장을 하고 다니죠."

"아아. 맞아, 맞아. 그러고 보니까 그랬었던 것 같아."

마리아의 설명을 들은 라스티아라는 이제야 기억이 났다는 듯 손뼉을 쳤다.

"그러고 보니, 라스티아라 씨의 이름은 성인의 이름과 비슷하네요. 부모님이 성인의 가호를 기원하면서 붙여주신 이름인가요?"

"오, 역시 마리아야. 딱 맞췄어."

"길한 이름이네요."

라스티아라는 별것 아니라는 듯 동의했고, 이에 마리아는 살짝 웃는다.

하지만, 나는 웃을 수 없었다. 마리아는 모르고 있지만, 나는 라스티아라의 성이 '후즈야즈'라는 걸 알고 있다. 그렇기에 아마 뭔가 속사정이 있을 게 분명하다는 억측이 들 수밖에 없다.

우리는 마리아의 설명을 들으면서 후즈야즈의 도시 안을 걷는다.

축제가 가장 성행하는 곳은 도시의 중심부이므로, 저절로 발걸음이 그쪽으로 향한다.

"좋아, 마리아. 우리 같이 마음껏 군것질하고 다니는 거야."

"음, 싫어요. 축제 때 파는 음식은 비싸서 사 먹기가 아깝다고요."

"그치만, 안 먹으면 여기 온 의미가 없잖아?"

"저는 보기만 해도 충분해요."

"마, 말도 안 돼!"

마리아의 말도 일리가 있다.

나는 이 세계의 시세에 대해 잘 모르지만, 노점에 놓여 있는 물건들의 가격이 비교적 비싼 편이라는 것쯤은 알 수 있었다. 축제에 익숙한 마리아에게 있어, 여기 있는 물건들은 비싸기만 하고 부가가치가 없는 물건으로만 보이는 것이리라. 그냥 두면 라스티아라가 불쌍할 것 같아서, 내가 도움의 손길을 내밀어준다.

"라스티아라, 포기해. 군것질은 내가 같이 해줄 테니까."

"할 수 없지."

라스티아라는 나보다 마리아와 놀고 싶었던 모양이다.

낙담한 기색으로 마지못해 승낙한다. 일단 군것질을 하면서 돌아다니기로 한다.

축제의 열기는 훈훈하게 주위를 채우고 있었다. 그저 돌아다니기만 하는데도 몸속 깊은 곳에서부터 기분이 들떠온다.

원래 세계에서도 축제는 경험해본 적이 없어서인지, 채한 시간도 되지 않아 나와 라스티아라의 흥분도는 정점에 달해 있었다. 신기한 가게를 발견하고는 소리 높여 떠들어가며 다가간다.

"잠깐, 라스티아라. 여기 뭔가 신기한 게 있어!"

"우와아, 끝내주는걸. 그거 뭐야?"

나는 처음에는 쿨한 태도를 유지하려 애썼지만, 신기한 것들이 너무 많아서 흥분을 주체할 수 없었다. 라스티아라도 나와 마찬가지의 반응을 보여주었기에, 둘이서 거리낌 없이 신을 낼 수 있었다. 역시 오락이라는 건 공감해주는 사람이 있어야 즐길 수 있는 법이다.

"그건 아동용 놀이인데요?"

뒤에서는 쿨한 태도의 마리아가 동정심까지 담긴 눈길로 우리를 보고 있다.

하지만 마리아의 냉랭한 목소리를 듣는 데도 이골이 난 우리는 아랑곳하지 않고 신이 날 따름이었다.

군것질을 거듭하면서 나아가다 보니, 우리는 어느덧 도

시 중심부에 있는 대광장까지 다다라 있었다. 거기에는 물건을 파는 가게뿐만이 아니라, 놀이공원의 놀이기구 같은 것들도 배치되어 있었다. 놀이기구라고 해봤자 현대적이고 호화스러운 게 아닌, 활터나 모형 뜨기 같은 소박한 광장이다.

하지만 우리를 흥분시키기에는 충분했다.

우리는 이런 놀이를 경험한 적이 전혀 없었다. 그리고 아마 현대에는 존재하지 않을 부류의 물건들도 잔뜩 있다. 흥미는 점점 더 커져가기만 한다.

그리고 현재, 내 관심은 이세계의 활쏘기에 집중되어 있었다.

화살촉 대신 천을 두른 화살을 이용해서, 울타리 안을 달리는 동물을 쏘는 게임 같다. 천에는 염료가 칠해져 있어서, 그걸 이용해서 화살이 동물에 맞았는지를 판단할 수 있게 되어 있다. 내 세계 같았으면, 안전 문제나 동물 보호 문제 때문에 실현되기 어려웠을 게임이다.

동물들이 울타리 안을 경쾌하게 내달린다. 그 민첩한 움직임으로 보아, 동물이 아니라 몬스터가 아닐까 하는 생각이 든다. 하지만, 얄팍한 지식밖에 없는 나로서는 판단하기 힘들다.

상품은 별 볼 일 없는 것들이었지만, 쉽게 맞히기는 힘들어 보이는 표적을 보니 좀이 쑤신다.

하지만 마리아의 말마따나, 다 큰 어른이 이런 놀이나 하고 있을 수도 없는 노릇이다.

요컨대 나와 라스티아라는 키가 평균보다 크기 때문에, 사람들이 보기에 성인들이 하는 것처럼 보일 수 있다는 게 문제인 것이다.

나는 괜히 이목을 끌지 않기 위해, 일단 마리아가 먼저 하도록 권한다.

"아직 어린애인 마리아가 해주면 안 될까? 그러면 우리도 자연스럽게 참가할 수 있잖아."

"저, 저는 어린애가 아니에요! 벌써 열세 살인걸요!"

내 유치한 발상에 대해 한소리 들을 줄 알았는데, 마리아는 그것보다 자신의 연령에 대해 반론했다. 어린애 취급 받은 것에 울컥한 모양이다.

열세 살이라는 말을 듣고 짐작보다 나이가 많다고 생각했다. 하지만 내 입장에서는 열세 살이면 엄연한 어린애의 범주에 속한다. 애초에 나 자신도 아직 어린애라고 생각하고 있는 마당이니, 나보다 더 어린 마리아를 어른이라 생각하기는 힘든 노릇이다. 하지만 그건 어디까지나 내 세계의 가치관일 뿐일지도 모른다. 그래서 라스티아라에게 확인해본다.

"라스티아라, 열세 살이면 어른이야?"

"으응, 이쪽에서는 어엿한 사회의 일원으로 취급해."

"그랬었군……."

이쪽 세계에서는 성인으로 구분되는 연령이 낮다는 걸 확인하고, 마리아에게 가볍게 사과한다. 그러자 마리아는 뭔가 의문이 떠오른 듯 우리를 보며 묻는다.

"그러고 보니, 두 분은 몇 살이세요?"

내 연령.

언어 번역의 정확성이 어느 정도인지는 모르지만, 지금까지 보고 겪은 바에 의하면, 내 세계와 이 세계의 역법은 큰 차이는 없는 것 같다. 내 세계의 연령을 가르쳐줘도 될 것이다.

"나는 열여섯이야, 아마."

"열여섯?!"

내 연령을 들은 마리아가 소스라치게 놀랐다.

나는 키가 큰 편이긴 하지만 나이에 걸맞은 동안이라 이렇게까지 놀라는 사람은 지금까지 한 명도 없었다.

"어, 그렇게 놀랄 일이야?"

"아뇨, 스무 살쯤 되실 거라고 생각했어요. 키도 크고, 행동거지도 어른스러워서……."

나를 상당히 연상으로 알고 있었던 모양이다. 이쪽 세계의 평균 신장이 내 세계보다 낮을 가능성이 있다. 하지만, 또 하나의 이유로 '행동거지'를 든 건 좀 뜻밖이었다. 뒤이어 라스티아라도 대답한다.

"나도 열여섯 살이야, 일단은."

"뭐라고요?!"

마리아가 또 다시 경악에 찬 절규를 내지른다.

라스티아라도 키가 큰 편이다. 게다가 어른 뺨치는 몸매를 갖고 있으니, 더더욱 어른스럽게 보인다.

"어라, 그렇게 놀랄 일이야?"

라스티아라가 어리둥절한 얼굴로 이쪽을 쳐다본다.

살짝 웃으며 고개를 가로젓는다. 나는 그다지 놀라지 않았다.

하지만, 마리아는 아직도 경악을 주체하지 못하고 있는 것 같다.

"고작 세 살 차이인데, 이, 이렇게 크다니……. 키도, 가슴도……."

부들부들 떨기까지 하면서, 자신의 체형과 라스티아라의 체형을 비교하고 있다.

확실히, 세 살 차이라고는 믿기 힘들 정도다. 그만큼 성장 정도에 차이가 난다.

내가 동정 어린 시선으로 마리아를 쳐다보고 있으려니, 그 시선을 깨달은 마리아는 마음을 가다듬고 우리에게 주의를 준다.

"나, 나이가 문제가 아니에요. 두 분 모두 어엿한 어른으로 보이니까, 이런 짓을 하면 비웃음을 산다고요!"

결국은 그런 결론에 다다른다. 나이가 들어 보이면, 실제 연령 따위는 중요치 않은 것이다.

"그렇게까지 신경 쓸 건 없을 것 같은데……."

"이 미지근한 시선들을 좀 보라고요. 창피하지도 않으세요?!"

소란을 피우는 우리를 보며 웃는 시선들이 있는 건 사실이다. 하지만 그건 축제에 흥분해 있는 젊은이들을 보는 시선일 뿐, 동정하는 시선은 아니다. 그리고 굳이 따지자면, 라스티아라의 미모에 눈길이 이끌려 있는 시선이 훨씬 더 많아 보인다.

라스티아라는 그 존재 자체만으로도 사람들의 이목을 끈다. 그 미모 때문에 아무리 인파 속에 있어도 튀는 존재가 될 수밖에 없다. 그래서 그런지, 나에 대한 질투 섞인 시선도 많다. 원래는 남들 눈에 띄지 않고 놀려고 했었는데, 이쯤 되면 그 계획은 일찌감치 포기하는 수밖에 없을 것 같다.

"후후훗~. 마리아가 그렇게 부끄러워하니까, 나는 오히려 더 신이 나는걸. 마리아, 이 라스티아라가 고작 이 정도 눈길 때문에 생각을 바꿀 것 같아?"

부끄러워 어쩔 줄을 모르는 마리아가 귀여워 죽겠다는 듯 쳐다보며, 라스티아라는 의기양양하게 활쏘기 접수창구로 발길을 옮겼다.

마리아는 그런 그녀를 말리려고 했지만, 말리려고 하면 할수록 더 좋아하는 라스티아라를 보고는 기어이 체념하고 말았다.

얼마 후, 라스티아라는 접수원 아저씨에게서 활을 받아 들었고 놀이가 시작되었다.

놀이 내용은 일정한 위치에서 필드 내의 동물들을 얼마나 많이 처치하느냐를 겨루는 것이다. 시간 내에 해치운 적의 수에 따라 상품의 내용이 달라진다고 한다.

라스티아라는 활시위에 화살을 얹고, 한 발씩 침착하게 쏘아나간다. 그 한 발 한 발이 하나같이 유려하면서도 정확무비하여, 마치 영웅담에 출연하는 사수와도 같은 절묘한 솜씨였다.

게다가 그런 솜씨를 발휘하는 것이 엄청난 미모의 소유자인 라스티아라라니, 사람들의 이목이 끌리는 건 당연한 일이다. 처음에는 잇따라 동물들을 쏘아 맞히는 도전자의 모습에 경악과 호기심을 느낀 아이들이 모여들고, 그 모습을 본 주위의 어른들도 덩달아 모여들고, 최종적으로는 그 아름다움에 눈길을 빼앗긴다.

종료시간을 가리키는 모래시계가 다 떨어졌을 때에는, 필드에 풀어 놓았던 새와 동물들 대부분이 쓰러진 뒤였다.

종료와 동시에, 주위에서 구경하고 있던 아이들이 "우와, 끝내준다!"라며 떠들어대고, 멀찌감치 떨어져서 구경하고 있던 어른들도 박수로 라스티아라에게 찬사를 보냈다.

"훗. 생각보다 재미있잖아……!"

라스티아라는 흡족한 표정으로 고개를 끄덕이고, 춤이라도 추듯 활을 빙글빙글 돌리다가 마지막으로 척 하고 멋들어진 포즈를 취해서 관중들에게 화답했다.

그리고 라스티아라는 그대로 박수 속을 걸어가서, 딱딱하게 굳은 얼굴의 접수원 아저씨로부터 상품을 받았다. 다만,

자기가 일반인과는 거리가 멀다는 걸 자각하고 있기 때문인지, 값나가는 상품이 아닌, 점수가 낮아도 받을 수 있는 귀여운 목걸이를 골랐다.

대부분 목제였지만, 중심부에 마석이 하나 장식되어 있었다. 너무 싸구려도 아니고 너무 사치스럽지도 않은 물건이다.

라스티아라는 그 목걸이를 받은 후에, 그것을 마리아의 목에 걸어준다.

"내가 주는 선물이야, 마리아."

"하, 하아⋯⋯. 고맙습니다⋯⋯."

마리아가 작은 목소리로 감사를 표한다. 주위 사람들은 훈훈한 표정으로 그 모습을 바라보고 있었다.

그렇다. 라스티아라는 어린아이에게 선물을 함으로써, 자신의 철없는 행동을 희석시킨 모양이다. 저렇게 하면 민망함이 덜할지도 모른다.

이 상황에서 도전하는 건 너무 눈에 띌 것 같다. 하지만 라스티아라가 이렇게까지 눈에 띄는 행동을 한 이상, 우리 일행이 눈에 띄는 건 이미 피할 수 없는 일이다.

기왕 그렇게 될 바에 차라리 하고 싶은 일이나 마음껏 해야겠다고, 나는 판단했다.

"좋아, 나도 질 수 없지. 마리아한테 줄 선물을 위해서, 나도 실력 발휘 좀 해보실까."

실은 내가 하고 싶은 것뿐이면서, 주위 사람을 구실로 삼는다.

"아, 아뇨, 전 선물 같은 건 딱히……."

"그럼 어디, 한번 해보자고!"

마리아의 거부가 채 끝나기도 전에 나는 접수처 쪽으로 걸어간다. 라스티아라가 하는 걸 보고 있으려니, 나도 한 번 해보고 싶어서 좀이 쑤셨던 것이다.

무시무시한 실력을 선보인 라스티아라 다음 차례에 하는 건 상당한 용기가 필요하기에, 줄을 서 있는 사람은 아무도 없었다.

표적에 묻은 염료를 말끔하게 닦은 후 활과 화살을 들고 가니, 놀이가 시작되었다.

"——마법 〈디멘션 · 글래디에이트〉."

남들 모르게 마법을 전개한다. 어지간한 실력자가 아니면 마법을 간파하지 못하겠지만, 그 '어지간한 실력자'인 라스티아라는 끝내 참지 못하고 웃음을 터뜨린다.

라스티아라처럼 유려하게 해치울 수는 없으므로, 라스티아라의 점수를 앞지르는 것에 집중하기로 한다. 하지만 나는 활을 쏴본 경험이 없었기에, 처음 몇 발은 빗나가고 말았다. 제아무리 마법과 스테이터스의 가호가 있다 해도, 라스티아라처럼 할 수는 없는 모양이다.

그래도 몇 번 정도 조정을 거치니, 적응이 되는 건 금방이었다. 초인적인 감각기관과 기량이 조준을 보정해준다. 아까 라스티아라가 쏘던 것을 흉내 내어 스테이터스의 힘을 통해 잇따라 화살을 쏘아댄다. 그리고, 방금 전 라스티아라의 득점을 앞지르는 데 성공한다.

주위에서 구경하고 있던 어른들이 갈채를 보내고, 그 자리의 분위기가 후끈 달아오른다.

상품을 받으러 가서는 잠시 선택을 망설였다. 그냥 마리아에게 줄 수 있는 물건이기만 하면 뭐든 상관없지만, 액세서리 중에서 고르자면 선택지가 많지 않다. 나는 할 수 없이, 아까 라스티아라가 고른 목걸이와 비슷하게 생긴 반지를 골랐다. 곧바로 마리아 쪽으로 걸어가서 건네줬다.

"받아, 마리아."

"어쩜 이렇게 유치하실 수가……."

마리아는 황당한 표정으로 그것을 받아 들고는, 곧바로 등을 돌려서 그 자리를 떠나려 한다.

더 이상 튀는 걸 피하고 싶은 것이리라. 더불어, 떠들썩한 분위기에 익숙하지 않아서 그러는 건지도 모른다.

"자, 잠깐만. 지크 점수 좀 넘게 한 번만 더 하자!"

승부근성 넘치는 라스티아라가 재도전을 요구하고 있었다. 하지만 마리아는 그런 라스티아라를 본 체도 안 하고 멀어져 간다. 이대로 가다가는 난장판이 될 것 같았기에, 라스티아라를 다독이기로 한다.

"한 번씩 했으면 됐어. 라스티아라, 그만 가자."

"안 돼, 안 돼! 이기고 있을 때 빠지다니 너무 비겁한 거 아냐?"

"다시 대결하고 싶다면 다음 축제 때 상대해줄 테니까. 지금은 일단 빨리 가자고."

"**못 해**. 다음까진 못 기다려."

승부를 내년으로 미루자는 애기에 라스티아라는 얼굴을 찌푸렸다.

"철없는 소리 하지 마. 그래도 하겠다면, 인정사정없이 두고 갈 테니까."

"우우우……. 자기만 재미 보고 빠지다니……."

라스티아라는 내키지 않는 얼굴로 그 자리를 떠났다.

인파 사이로 사라져 가는 마리아를 놓치지 않으려고 우리는 호기심 어린 사람들의 눈초리 속에서 종종걸음을 친다.

마리아를 거의 따라잡았을 때쯤이 되자, 더 이상 우리를 주목하는 사람은 없었다. 여러모로 이목을 끄는 짓을 하긴 했지만, 그래 봤자 이 축제 전체로 따지면 작은 소동에 불과하다. 일단 인파 속에 숨어들고 나니 선망 어린 시선을 보내는 몇몇 이외에는, 더 이상 아무도 우리에게 시선을 보내지 않게 되었다.

앞서 가는 마리아에게 라스티아라가 말을 건다.

"저기, 마리아는 안 할 거야? 돈이 걱정된다면 내가 내줄게. 축제에 가자고 한 건 나였으니까."

"하아……. 두 분이 하신 다음 차례에 어떻게 제가 나설 수 있겠어요? 저는 생각 없어요. 어렸을 적에 해본 적 있으니까요."

"아, 해본 적 있었구나. 그렇다면 괜찮겠네."

라스티아라는 그렇게 말하고 앞장서서 걸어간다.

뭔가 재미있는 게 없을지 찾기 위해 정신없이 시선을 두리번거리며, 축제에 모여든 인파를 헤치고 나아간다. 어느 정도 나아가다 보니, 냇가의 모습이 눈에 들어온다. 거기에는 한층 더 많은 인파가 몰려들어 있었는데, 뭔가 이벤트 같은 게 열리고 있는 모양이었다.

그것을 발견한 라스티아라는, 한껏 들떠서 나를 손짓해 부른다.

"냇가 쪽에서 뭔가 하고 있는 것 같아!"

"호오. 뭔가 물가에서만 할 수 있는 걸 하고 있나 보네."

원래 세계의 축제에서 흔히 있는 금붕어 건지기를 떠올리고, 기대에 가득 차서 라스티아라를 따라간다.

일행이 떨어지면 안 되니 한 손으로는 라스티아라의 손을, 다른 한 손으로는 마리아의 손을 붙잡는다. 그리고 셋이서 냇가의 가게를 향해 걸어갔다.

강에는 상류와 하류에 그물이 쳐져 있고, 그 두 그물 사이의 공간에 대량의 물고기들이 풀어놓아져 있는 상태였다. 냇물의 깊이는 어른 무릎 정도밖에 되지 않으므로, 많은 아이들이 물고기를 손으로 잡으려고 애를 쓰고 있었다.

"손으로 잡으면 잡은 만큼 마음껏 먹을 수 있는 게임……인가?"

이런 건 내 세계에도 있는 것이었으므로, 약간 실망했다. 하지만 라스티아라는 눈을 초롱초롱 빛내며 도전의식을 불태우고 있다.

"저거야! 이번에는 지크한테 안 질 테니까 각오해!"

겸사겸사 나와의 경쟁도 하고 싶은 모양이다. 보아하니, 아까의 패배에 대한 울분이 아직 가시지 않은 모양이다.

"할 수 없지. 내가 참가하지 않으면, 라스티아라도 김이 빠질 테니까."

본 적은 있지만 해본 적은 없는 놀이다. 재미있어 보이는 놀이인 건 사실이니, 내 입장에서도 딱히 거절할 이유는 없다.

차례를 기다리고 있는 사람들 뒤에 줄을 서서, 자연스러운 잡담을 나누기 시작한다.

마리아와 생선 요리에 관한 지식을 나누고, 라스티아라가 지금까지 어떤 음식들을 먹으며 지냈는지 등등을 물어보며 시간을 보냈다. 그리고 줄이 절반 정도로 줄어들었을 때, 누군가가 우리에게 말을 걸었다.

"──으음. 이건 지크와 마리아잖아."

동물 가면을 머리 옆쪽에 매단 소녀가, 우리를 발견하고 다가온다.

덥지도 않은지 옷을 몇 겹이나 껴입은 미궁의 가디언, 아르티였다.

경계를 강화하고 주위를 둘러본다. 아르티가 혼자인 것을 확인하고, 일단 안도한다.

"왜 여기에 있는 거야, 아르티?"

"왜긴, 나는 놀면 안 되는 거야?"

"아니, 안 될 건 없지만."

안 될 건 없지만, 미궁의 보스가 어슬렁어슬렁 돌아다니고 있는 걸 보면 내 심장에 좋지 않단 말이다.

"방금 전까지 학원 친구들이랑 놀고 있었어. 아아, 지금은 네가 껄끄러워하는 프랑은 없으니까, 걱정 안 해도 돼."

"그래, 그건 좀 마음이 놓이네."

나와 아르티가 얘기를 나누고 있으려니, 뒤에서 라스티아라가 웃기 시작한다. 그리고 즐거운 표정으로 이쪽으로 다가온다.

"푸훗, 깜짝 놀랐다니까. 이렇게 귀여우면서도 **제법인** 애가 다 있구나 싶어서 너를 '눈'으로 봤더니, 이건 생각도 못 했지 뭐야, 후후후후훗."

얼굴은 웃고 있지만, 눈매는 살벌하다. 끈끈히 달라붙는 것 같은 전의를 뿜어대고 있다.

아마 아르티가 인간이 아닌, 상당한 실력을 가진 보스 몬스터라는 사실을 **본** 것이리라. 그 사정에 대해 설명하기 위해 나는 아르티와 라스티아라 사이로 끼어든다.

"잠깐, 라스티아라. 이 녀석은 내 협력자야."

"나도 알아. 분위기를 보면, 대충 그런 관계일 거라는 건 알 수 있어. 으~음, 아르티 양이라고 했던가? 나는 라스티아라야. 잘해보자구."

라스티아라는 내 말을 가로막고, 아르티에게 인사를 건넨다.

"호오, 네가 **바로 그**……. 잘해보자, 라스티아라. 다만, 쑥스러우니까 '양'은 붙이지 말아줘. 너와는 그냥 서로의 이름으로만 불렀으면 좋겠어."

"알았어, 아르티."

"으음, 잘 부탁해, 라스티아라."

두 사람은 악수를 나누고, 마주 보며 싱긋 웃는다.

나는 안절부절못하며 그 모습을 지켜본다. 솔직히 말해서, 당장 여기서 피 튀기는 살육전이 벌어진다고 해도 나는 놀라지 않을 것이다. 그런 상황이 벌어지거든 마리아만 데리고 〈커넥션〉을 이용해서 집으로 돌아갈 생각이다.

내 그런 시선을 눈치챘는지, 아르티는 웃으며 내 쪽으로 말머리를 돌린다.

"지크는 참, 걱정도 팔자라니까."

"내가 일반적인 거야. 그래서, 아르티는 이제 어쩔 거지?"

"글쎄. 너희들이랑 같이 좀 놀아볼까. 오래 놀 수는 없지만 말이지."

"뭐, 노는 정도라면……."

마음 같아서는 어딘가 다른 곳으로 가줬으면 좋겠지만, 여기서 쫓아내는 건 협력자로서 너무 매정한 일이다. 나는 마지못해 동행을 허락했다. 그 말을 들은 라스티아라는 한

층 더 반기며 말한다.

"그거 재미있겠는걸. 그럼 아르티, 지크. 우리 셋이서 경쟁하는 건 어때? 아르티 실력도 한번 보고 싶으니까."

미궁의 가디언인 아르티와 겨루는 것이 즐거운 모양이다.

"그건 사양할게. 나는 물에는 약하니까. 이번에는 그냥 구경만 하지."

하지만 아르티는 쓴웃음을 지으며 참전을 사양한다.

자연의 법칙대로 화염 계열 몬스터인 아르티는 물에 약한 모양이다. 뒤로 물러나서 마리아와 얘기를 시작한다.

얼마 후 우리 차례가 되었기에, 나와 라스티아라가 둘이서 대결을 펼치게 되었다.

라스티아라를 이기기 위해서 최선을 다해 작전을 짜낸다. 그것이 그녀의 바람이라는 걸 알고 있기 때문이다.

결국── 라스티아라의 바람은 언제나 최선을 다해 노는 것이다. 그 녀석이 내 곁에 있는 것은, 나와 함께 있으면 그렇게 할 수 있다는 걸 알고 있기 때문이다.

나에게는 라스티아라를 즐겁게 해줄 의무가 있다. 그렇게 계약했으니까.

하지만 그렇다고 해서 오직 의무감만으로 참가하는 건 아니다. 나 역시 마음속 한구석에는, 이 세계를 즐기고 싶다는 마음이 있는 것이리라. 그녀와 어울리는 것은 딱히 괴롭게 느껴지지는 않는다.

이 세계를 즐기면서 라스티아라라는 훌륭한 전력도 확보

할 수 있으니, 불만이 있을 리가 없다.

　나는 차원마법을 한껏 구사해서 게임에서의 승리를 도모했다.

　그 결과, 주위 손님들이 기겁하고 점주의 얼굴이 새파랗게 질리는 수준의 경쟁이 벌어지고 말았다. 마지막에는 아르티의 완력에 의해 저지당하고, 마리아에게 주구장창 설교를 듣는 신세가 되었다.

　그래도 라스티아라는 즐거워 보였다. 나도 그럭저럭 즐거웠다.

　그리고 미궁에 얽힌 일만 아니라면, 나와 라스티아라는 서로 죽이 잘 맞는다는 걸 알게 되었기에, 조금 아쉽다는 생각이 들었다.

　아아, 만약에 걱정거리 같은 게 없었더라면, 제한시간 같은 게 없었더라면.

　라스티아라와는 조금 더, 조금 더──

　그렇게 생각했다. 하지만, 곧바로 그 감각을 마음속 깊이 가라앉힌다.

　마리아 때와 마찬가지로 그렇게 할 수밖에 없었다.

　그리고 축제는 앞으로도 한참이나 더 남았다.

　찰나에 스쳐 지나간 감정에 뚜껑을 덮고, 나는 라스티아라 일행과 함께 웃으며 시간을 보냈다.

◆ ◆ ◆ ◆ ◆

"으음, 나는 이제 슬슬 돌아가봐야겠어."

날이 저물어 밤이 되자, 아르티는 그만 돌아가봐야겠다는 뜻을 표한다. 그 말을 들은 라스티아라는 뾰로통하게 뺨을 부풀린다.

"뭐야~, 더 놀자."

"안 돼, 안 돼. 내일은 학교에 출석해야 하거든. 오래는 같이 못 놀아."

라스티아라의 애원에, 아르티는 미안해하는 표정으로 대답한다. 그 분위기에 마리아도 덩달아서 아르티와 같은 얘기를 꺼낸다.

"아, 저도 그만 돌아가볼게요. 저는 여기서는 할일도 없고, 모처럼 아르티 씨도 만났으니 같이 돌아가는 게 좋겠어요."

마리아는 한 번 식사를 한 것 이외에는 전혀 돈을 쓰지 않았다. 그 때문인지 마찬가지로 돈을 쓰려 하지 않는 아르티와 얘기하는 시간이 많았다. 같이 돌아가겠다고 하는 건, 그렇게 얘기를 나누는 사이에 친해졌기 때문인지도 모른다.

"그럼, 마리아는 내가 책임지고 바래다줄게. 지크랑 라스티아라는 둘이서 좀 더 놀다가 와."

아르티가 집까지 바래다주겠다고 제안하고, 마리아는 웃으며 그 제안을 받아들인다.

라스티아라가 좀 투덜거리기는 했지만, 아르티와 마리아는 별 탈 없이 돌아갔다. 그리고 라스티아라와 내가 둘만 남게 되자 라스티아라는 웃으며 내게 말했다.

　"마리아도 집에 갔으니, 본격적으로 즐겨볼래?"

　"으음, 사양할게. 나도 이제 좀 피곤해서 말야."

　"하긴 그렇겠지. 나도 그래. 이제 재미있어 보이는 음식이라도 찾아다니면서 얘기나 하자."

　"그 정도가 적당하겠지. ……그나저나, 얘기를 할 거라면 이 세계에 대해서 얘기해주지 않겠어? 이런 건 라스티아라 말고 다른 사람들에게는 못 물어보니까, 지금이 얘기하기 딱 좋은 상황일 것 같은데."

　"그야 안 될 거 없지만……. '이방인'이라는 걸 괜히 감추고 다니니까 그렇게 되는 거잖아. 그 정도는 딱히 감출 것도 없는 거 아냐?"

　"참고할 만한 전례가 없으니까. 들키면 무슨 짓을 당할지 알 수 없는 만큼, 신중해질 수밖에 없잖아. 그러니까 이렇게 사람 많은 곳에서 그런 단어를 입에 담지 말아줘."

　라스티아라는 인파 속에서 거리낌 없이 '이방인'이라는 단어를 사용한다.

　내 세계의 과거에서는 마녀사냥이며 이교도 사냥 같은 것이 존재했었다. 현대에도, 만약에 외계 생물체 같은 게 발견되면 '모르모트'로 취급당할 가능성이 높다. 내 일천한 지식으로도 '이방인'이라는 건 이곳 사람들 입장에서 외계 생물

체와 견주어도 손색이 없는 존재라는 건 짐작할 수 있다. 나를 주저하게 만들기에는 충분할 정도로 무서운 가능성이다. 그렇기에, 라스티아라에게 말을 주의해달라고 부탁했다.

"지크는 정말 겁쟁이네. 알았어. 가능하면 언급하지 않도록 할게. 그래도 마리아한테는 일찌감치 얘기해주는 게 좋을 것 같지만 말야."

"마리아한테? 그건 왜지?"

"왜긴, 그야 '동료'잖아? 동료라면 비밀을 털어놓아야 되는 거 아냐?"

"'동료'인 건 맞아. 하지만, 그렇다고 모든 걸 털어놓을 수는 없어."

"헤에, 흐으~응…… . 지크는 **그렇**구나. 후훗, 뭐, 지크가 그렇게 얘기한다면, 그렇다고 치고 넘어가지 뭐."

아무리 '동료'라고 해도, 간단히 비밀을 밝힐 생각은 없다. 내가 그렇게 얘기하자, 라스티아라는 흡족한 듯 연신 고개를 끄덕인다.

그렇게 좋아하는 라스티아라를 보니 불안감이 느껴진다. 그녀가 이렇게 기뻐한다는 것은 바꿔 말하자면, 보통 사람 입장에서는 달갑지 않은 생각을 하고 있다는 뜻인 것이다.

"뭐야, 무슨 문제라도 있어?"

"아니, 아니, 문제는 무슨. 오히려 **좋아**. 그래, 아무리 '동료'들 사이에서라고 해도, 모든 걸 다 얘기할 필요는 없지."

라스티아라에게 있어서 '좋다'는 것.

그것은 다시 말해, 나에게 있어서는 '좋지 않다'는 뜻이리라. 라스티아라가 밝은 얼굴로 추천하는 일은, 최대한 피하는 편이 좋다. 그리 오래 알고 지낸 사이는 아니지만, 그 정도는 알 수 있다.

그렇기에, 나는 앞서 한 말을 철회한다.

"알았어. 기회가 있으면 마리아한테도 얘기해볼게. 마리아는 '동료'니까."

"어, 얘기할 거야? 뭐, 그건 그것대로 나쁠 것 없지만."

라스티아라는 약간 실망한 기색을 보인다.

하지만 곧 마음을 다잡고 밝은 표정으로 돌아온다. 그리고 처음에 내가 부탁했던, 이 세계에 대한 얘기를 시작해주었다.

"그럼, 이 세계에 대해서 얘기해줄게. 그치만, 그냥 이 세계에 대한 얘기라고만 하면 범위가 너무 넓어서, 어디부터 어떻게 얘기해야 될지…… 좀 어려운걸."

하긴 그럴 만도 하다. 내 세계에 대해서 설명해달라는 부탁을 받는다면, 나도 바로 설명하기는 힘들 것이다.

"아니, 단번에 다 설명할 건 없어. 설명하기도 어려울 테고, 만약에 설명한다고 해도 나도 모든 걸 바로 이해할 수는 없을 테니까. 가까운 것부터 차근차근 얘기해주면 돼. 예를 들면…… 이 축제에 대한 얘기부터, 조금씩 범위를 넓혀나가면 돼. 거기서부터 풍습이나 상식에 대해서 조금씩 알아 가면 되니까."

"이 축제라⋯⋯. 그거라면 얘기해볼 만하겠는데. 실제로 경험한 적은 없었지만, 지식은 충분히 갖고 있으니까."

"특히, 이 축제 마지막에 있는 성탄제라는 게 궁금해."

"⋯⋯**마지막에 있는 성탄제**라. 좋아, 가르쳐줄게."

라스티아라는 성탄제라는 말을 듣고 아련한 웃음을 지었다. 그녀에게 있어서, 성탄제란 특별한 축제인지도 모른다. 감회에 젖은 듯 부드러운 눈매로 말을 이어나간다.

"지금 벌어지고 있는 축제는, 어떤 사람의 성탄제에 앞서 펼쳐지는 전야제야. 이 전야제는 1주일 정도 계속되는데, 성탄제 당일에는 후즈야즈의 대성당에서 성대한 의식이 열리지."

"내 세계에도 비슷한 게 있으니까 대충은 알 것 같아. 그런 행사가 해마다 몇 번씩 있는 거야?"

"그래. 연합국의 주교──레반교에는 성인들이 여럿 있으니까. 성탄제만 해도 세 개나 되고, 그 외에도 신을 찬양하기 위한 축제가 여러 개 있어. 이번 축제는, 그 큰 성탄제들 가운데 하나지."

"호오⋯⋯."

풍습은 다르지만, 넓게 보면 내 세계와 비슷하다. 살아가는 별이나 문명의 근간은 다르다 해도, 사람 사는 곳이라면 다들 하는 생각은 똑같은 건지도 모른다.

"이번 축제는 성인 티아라 후즈야즈의 성탄제야. 대륙에 전해져 오는 마법의 기초를 구축했다고 전해지는 성인인

데……."

"잠깐. 아까부터 마음에 걸렸었는데, 저기, 이름이 너랑 너무 비슷한 거 아냐?"

반사적으로 말을 끊는다. 라스티아라는 그렇지 않아도 태생에 대해서 여러모로 수상한 구석이 많은 것이다. 그런 그녀가 성인과 비슷한 이름을 갖고 있으니, 당연히 불길한 예감이 든다.

"그야 당연히 그렇지. 그 성인 티아라는 '나'니까."

그리고, 라스티아라는 그 불길한 예감에 확실히 부응해주었다.

"하아……."

예감은 하고 있었기에, 충격은 어느 정도 감쇄된 상태다. 하지만 그렇다고 해도 이것이 성가신 사태라는 점은 달라지지 않는다. 한숨을 한 번 지은 후, 라스티아라에게 다음 얘기를 재촉한다.

"물론, 그 성인 본인이라는 건 아냐. 그 성인은 수백 년 전에 살던 사람이니까. 단지 육체가 **그 사람** 그 자체인 것뿐이지. 정신은 전혀 다르다구."

"육체가 그 자체라니……. 그것만 해도 충분히 어마어마한 일인 것 같은데. 뭐야, 이 세계에서는 마법으로 그런 일도 할 수 있는 거야?"

"응, 할 수 있어. 막대한 돈과, 막대한 시간과, 막대한 마력을 들였더니, 그 성인과 똑같은 몸을 만들어내는 데 성공한 모양이야. 정말이지, 인간의 업보란 무섭다니까~."

공포와 동시에 황당함에 휩싸인다. 결국은, 내 세계의 클론 기술이나 유전자 조작 기술과 같은 것. 문명은 다르지만 도달하는 지점은 비슷하다는 얘기다. 아까 들은 축제 얘기와 마찬가지다.

"마법으로 그런 것까지 할 수 있다니……. 그런데, 뭘 하려고 성인 티아라의 육체를 재생시킨 거지? 물론, 뭔가 목적이 있었을 거 아냐?"

"으응, 물론 여러 가지 목적이 있어. 그치만, 이 이상은 가르쳐주기 곤란하겠는데. 더 이상 가르쳐주면, 내 미스터리어스하고 재미있는 부분까지 설명해야 할 테니까."

라스티아라는 자기 스스로에 대한 얘기가 나오자마자 말을 아끼기 시작한다. 예전에도 언급한 적이 있었는데, 조금씩 자기 정체를 드러내는 것에 대해 로망을 갖고 있는 모양이다.

하지만, 이쯤 되니 나도 호기심을 주체할 수가 없었기에, 아까 라스티아라가 한 말의 말꼬리를 붙잡는다.

"어이, '동료'라면 비밀을 다 털어놓아야 한다고 한 건 너 아냐?"

"응, 맞아. 나도 그렇게 생각해. 그러니까, 이렇게 하자. 지크가 '카나미'라는 걸 마리아한테 솔직하게 털어놓으면, 나도 '나의 티아라'에 대해 제대로 가르쳐줄게."

"큭, 그런 식으로 나오다니……."

아까는 때가 되면 마리아에게 얘기하겠다고 말했었지만, 그 구체적인 시기까지는 정하지 않았다. 될 수 있으면 최대한 미루려고 생각하던 참이었으니, 이 거래는 나에게 불리하다.

"알았어. 하지만 타이밍을 재야 하니까, 아마 꽤 시간이 걸릴 거야."

"당장 오늘이라도 얘기해버리면 될 걸 가지고……. 지크는 참 허당이라니까."

"누굴 보고 허당이라는 거야! 밑도 끝도 없이 그런 얘기를 하면 마리아가 곤란할 거 아냐? 요즘 마리아는 여러모로 충격 받을 일을 많이 겪었다고. 노예가 되고, 많은 것들을 잃은 마당에, 내 사정 얘기까지 들으면 얼마나 곤란하겠어?"

"후훗, 지크가 그렇게 얘기한다면, 그렇다고 치지 뭐. 얘기하고 싶어질 때까지 얼마든지 타이밍을 연장하라구."

내가 필사적으로 마리아의 상태를 설명하자, 라스티아라는 뜨뜻미지근한 시선으로 나를 쳐다본다.

"그래, 내 마음대로 할게. 내가 마리아한테 얘기하거든, 너도 꼭 너에 대해서 가르쳐줘야 해."

"그야 물론이지."

라스티아라에게 약속을 받아냈을 때, 신기한 음식을 파는 노점을 발견했다. 매콤한 냄새를 풍기는 기름으로 튀긴 나무열매다. 먹어본 적 없는 종류의 음식인 것 같아서, 라스티아라에게 같이 먹어보자고 제안한다.

구입한 나무열매를 둘이 같이 먹으면서, 라스티아라는 얘기를 계속한다. 자기 스스로에 대해서는 얘기하지 않았지만, 역사에 대해 얘기하는 건 좋아하는 모양이다.

"지금의 나에 대해서는 얘기해줄 수 없지만, 예전의 티아라에 대해서는 가르쳐줄 수 있어. 과거의 위인을 알면, 자연스럽게 이 세계에 대해서도 알 수 있을 테니까, 딱 좋은 얘깃거리이기도 하고."

"호오. 성인 티아라라는 사람이 그렇게 위대한 인물이야?"

"그냥 위대한 정도가 아냐. 여러모로 기초를 만든 사람이니까. 애초에, 처음으로 마법을 만든 사람이 이 사람이었어. 그리고, 후즈야즈도 이 사람이 만들었고."

"그거 굉장한데……."

"다른 성인들도 대단한 사람들이야. 대개는 나라를 만들거나, 세계를 구하거나 했지."

"세계를 구했단 말이지……. 성인이란 사람들은 인간이었던 것 맞지……?"

"당연히 인간이지. 다만, 성인들한테는, 남들에게는 안 들리는 목소리가 들린다나 봐. 그 목소리를 통해서 이 나라에는 없는 지식을 얻고, 대륙에 기적을 불러일으켰다는 거야. 결과적으로 수많은 사람들을 구해냈으니까, 사람들 입장에서도 성인이라 부르면서 숭배하고 싶어질 만도 하지."

성인의 정의는 '들리지 않는 목소리를 듣는 사람'이라는 모양이다.

"들리지 않는 목소리라면, 신의 목소리 같은 거야?"

"아니. 그 사람들한테 들리던 건, 대륙 한가운데 나 있는 거대한 나무의 목소리…… 라고 알고 있어. 세계수라는 나무인데, 성인들에게는 그 나무의 목소리가 들린다나 봐. 아니, 어쩌면 나나 지크한테도 들릴지도 몰라. 우리들, 꽤 거시기하잖아."

확실히, 우리는 특수한 사정을 안고 있으니, 들린다 해도 이상할 건 없다. 기회가 있거든 한번 시험해봐야겠다. 그 목소리를 통해서 지식을 얻을 수만 있다면, 시험해볼 가치는 충분히 있다.

"그 세계수라는 건 어디 있지?"

"아주 멀어. 따지고 보면, 연합국은 대륙의 변경이니까. 본토 중심에 있는 후즈야즈 본국에 있으니, 수십 일은 걸릴 거야."

5개 연합국에는 본국이 존재한다. 그리고, 그 본국과 연합국은 국토가 이어져 있지 않다.

이 연합국이 존재하는 곳은 세계지도 전체로 따지자면 구석이다. 본토라 불리는 대륙으로부터는 한참 떨어진 곳이다. 내가 도서관에서 얻은 정보에 따르면, 후즈야즈 본국까지 가려면 수십 일에 걸친 여정을 각오해야 한다고 알고 있다.

다섯 나라 모두 대국이니만큼, 대륙 구석에 수도를 둘 일은 없다. 실제로 연합국 가맹 조건 중에 하나는, 벽지에 파생국을 만들더라도 부담을 느끼지 않을 정도의 국력이었다.

"애석하군. 가까운 곳이라면 그 목소리를 듣고 기적의 힘이라도 얻을까 생각했는데."

"그러게. 나라면 성인인 티이라가 그랬던 것처럼, 모든 마법의 기초가 되는 지식을 얻을 수 있을지도 모르는데 말야."

나와 라스티아라는 어깨를 축 늘어뜨린다. 나는 반쯤 농담으로 한 소리였지만, 라스티아라는 정말 목소리를 들을 수 있게 되는 걸 전제로 얘기하고 있는 것처럼 보인다.

하지만 라스티아라는 금방 기운을 되찾고, 바로 고개를 들어 얘기를 계속한다. 늘 생각하지만, 정말 회복이 빠른 녀석이군.

"성인 티아라에 대한 얘기가 나왔으니, 다음은 그녀가 만들어 낸 9속성의 마법에 대해서 얘기해야겠지? 싸움을 생업으로 하는 우리 입장에서는 중요한 얘기니까 말야."

"감각만으로 마법을 쓰고 있는 내입장에서는 정말 고마운 정보겠는데. 내 세계에는 마법이 없었으니까."

게임 같은 것에 마법이 존재하긴 했지만, 실제로는 존재하지 않는다.

마법세계의 역사를 배우는 건 신선한 경험이다.

내 말을 들은 라스티아라의 눈이 심상치 않게 반짝인다.

"뭐? 마법 그 자체가 없는 거야? 지크가 살던 곳에는?"

"그래, 마법도 없고 몬스터도 없어."

"괴, 굉장해! 나는 오히려 그쪽 얘기가 더 궁금한걸!"

"음, 나는 마법에 대한 얘기를 듣고 싶은데."

"그쪽 얘기가 더 재미있어 보이는걸!"

마법 얘기를 더 듣고 싶었지만, 라스티아라의 관심이 온통 내 세계 쪽으로 집중돼 버리는 바람에, 난감하기 짝이 없다.

이런 상태에 빠진 라스티아라를 설득하는 건 그야말로 등골이 휘도록 고된 일이다. 할 수 없이, 내 세계에서 마법을 대체하는 과학에 대한 얘기를 시작한다.

어느 정도 과학에 대해서 얘기해주고 나서, 다음으로는 내 세계의 영웅 얘기를 해주었다.

라스티아라는 영웅 얘기가 더 마음에 들었던 듯, 내 세계의 영웅담을 흥미진진하게 듣는다. 듣는 사람이 워낙 즐겁게 들어주니, 얘기하는 쪽도 괜히 즐거워진다. 점점 신이 나서, 내 세계의 역사에 대해 라스티아라에게 주구장창 떠들어대는 지경이 되었다.

열 가지가 넘는 영웅담을 얘기해주고 군것질한 음식의 수가 그 영웅담의 수를 뛰어넘었을 때쯤, 그제야 나와 라스티아라는 집으로 돌아왔다.

물론, 마법에 대한 얘기는 끝끝내 전혀 하지 못했다.

집으로 돌아오고 나니 다들 녹초가 되어 있었는지, 마리아와 라스티아라는 곧바로 잠이 들었다.

나도 물론 지쳐 있었는지, 오늘도 푹 잠들 수는 있었다.

"저도 미궁에 데려가주세요……."

축제를 즐기고 온 이튿날, 거실에서 아침식사를 하고 있으려니, 마리아가 각오에 가득한 얼굴로 미궁에의 동행을 부탁해 왔다.

"으, 응? 왜 갑자기……?"

그 돌발적인 지원에 곤혹스럽지 않을 수가 없었다. 상담을 거쳐서 간신히 마리아의 포지션이 정착된 참이지 않았던가. 그런 상황에서 다시 마리아가 미궁에 가고 싶다고 할 줄은 생각도 못 했었다.

"조금이라도 좋아요. 한번 시험해보고 싶어요. 저도 요 이틀 동안에 강해졌으니까……."

"강해져?"

그건 내가 보고 있지 않은 동안에 수련 같은 걸 했다는 걸까? 다시 말해, 마리아는 미궁 탐색을 포기한 게 아니라는 뜻이 된다.

여전히 마리아의 생각을 도통 모르겠다. 여자 마음은 갈대라는 말은 들었지만, 이렇게까지 쉽게 마음이 달라져버리니 도무지 갈피를 잡을 수가 없다.

내가 고민에 휩싸여 있으려니, 라스티아라가 뒤에서 조그만 목소리로 말을 걸었다.

"마리아의 스킬을 좀 봐……."

라스티의 말대로 '주시'한다.

【스킬】

선천 스킬 : 안력 1.45

후천 스킬 : 사냥 0.67 요리 1.08 **화염마법 1.00**

"화, 화염마법……?"

마리아의 스킬에 '화염마법 1.00'이 새로 생겨나 있었다. 얼마 전까지만 해도 없던 스킬이다.

그 사실에 놀랐다. 이 세계에 온 후로 많은 사람들의 스킬을 살펴봐왔지만, 스킬이 늘어난 사람은 본 적이 없었다. 사람들에게 들은 얘기로도, 스킬이 늘어나는 건 일생에 한 번 있을까 말까 한 일이라고 했다. **후천** 스킬이라는 분류가 있는 이상, 스킬이 늘어나는 경우가 있을 수 있다는 건 알고 있었다. 하지만 설마 마리아가, 고작 이틀 만에 스킬을 늘릴 줄은 생각도 못 했다.

입을 쩍 벌린 채 놀라고 있으려니, 마리아는 내 놀람을 알아채고 화염마법에 대해 털어놓는다.

"아, 그러고 보니 주인님한테는 보였었죠…… 맞아요. 화염마법을 배워서, 연습했어요……."

"배웠다고……?"

"네, 아르티 씨가 가르쳐주셨어요."

"그 녀석이?"

그 대답을 들으니, 얼음이 녹듯 나의 의문도 풀린다.

하지만 타이밍이 최악이다.

이제야 마리아가 단념해주려던 참이었건만, 이런 거미줄 같은 희망의 끈을 내려주다니 성가시기 짝이 없는 노릇이다. 덕분에 오늘 마리아는 나를 따라올 생각으로 머릿속이 가득하다.

"20층에서도 통할 만한 마법을 아르티 씨가 가르쳐주셨어요. 그 외에 마법의 사용법이나 요령 같은 것들까지⋯⋯."

아르티 녀석, 정말이지 쓸데없는 짓을⋯⋯.

가르쳐주려거든 나한테 가르쳐줬으면 됐을 것을, 왜 마리아한테 가르쳐주는 거냐⋯⋯?!

"가르쳐준다고 해서, 쓸 수 있는 마법이 늘어나는 거야?"

"네. 이제 〈파이어플라이〉만이 아니에요."

"그럼, 마석을 샀다는 얘기 아냐?"

"⋯⋯네. **마석을 샀어요.**"

마지막 응답에서 마리아가 약간 말을 어물거린 것 같은 느낌이 든다.

마석은 값비싼 물건이다. 그런 물건을 구입한 것에 대한 죄책감을 갖고 있는 걸까.

"어쨌거나 마법이 늘어났다면, 어떤 건지 한번 보고 싶은데⋯⋯."

늘어난 마법의 위력에 따라서는, 22층의 리오 이글에 대한 대항수단을 얻을 수 있게 된다. 마리아를 거기까지 데려가는 건 현실적이지 못한 생각이겠지만, 거기서만 부르는 방법도 있다. 22층에 진입하면 집에서 대기하고 있던 마리아를 〈커

넥션〉으로 부르고, 23층에 들어서면 다시 〈커넥션〉을 통해
집으로 돌려보내는 방법도 충분히 생각해볼 수 있다. 상황에
따라서는, 얼마든지 도움이 될 게 분명하다. 하지만, 그렇다
해도…… 솔직히 좀 꺼림칙하다.

"부탁이에요. 한번 시험해볼 기회를 주세요. 안 되겠다 싶
으면, 당장 돌아올게요."

마리아는 결연한 의지를 지닌 눈으로 애원한다.

대답이 곤란해서 라스티아라 쪽으로 눈길을 돌린다. 재미
있다는 듯 가만히 웃고만 있는 걸 보면, 끼어들 생각은 없
는 모양이다.

나는 생각한다. 받아들이면 어떻게 될까, 거절하면 어떻
게 될까.

양자의 손익을 계산해보려 하지만…… 어떤 감정이 그 계
산을 끈질기게 방해하고 든다.

정답 찾기를 포기하고, 타협안을 제시한다.

"알았어. 다만, 먼저 얕은 층에서 새 마법을 확인하고 유
효한 전술을 짠 다음에 깊은 층으로 들어가는 거야. 그리고
마리아의 안전을 보장할 수 없는 상황이라고 판단되면 곧바
로 돌아갈 거야."

"네. 그렇게 해요."

마리아는 힘주어 고개를 끄덕인다. 그 눈에는 미궁에서
전력에 보탬이 되고자 하는 결의가 서려 있었다.

어떻게 하면 그 결의의 불꽃을 진화할 수 있을지, 골머리

를 잃는다.

뒤에서 쿡쿡거리고 웃는 라스티아라가 성가시기 짝이 없다. 조언할 생각이 없거든 조용히 좀 해줬으면 좋겠다.

그러고 나서 마리아로부터 화염마법에 대한 자세한 얘기를 듣고, 그 유용성에 놀랐다. 그 얘기가 사실이라면 "도움이 안 된다" "따라올 수 없다"는 한마디로 거절하기는 힘들 정도의 위력을 갖고 있음이 분명했다.

마리아를 미궁에 데려가보는 수밖에 없었다.

그래서 우리는 거실의 〈커넥션〉을 통해서 20층으로 이동했다.

21층은 위험하기에 계단을 올라가서 19층에서 시험해보기로 한다.

적당한 몬스터인 카마인 미노타우로스 한 마리를 유인해서, 안전을 확보한 상태로 전투에 들어간다.

마리아는 후방에서 새로 익힌 마법을 영창하기 시작하고, 전위를 맡은 라스티아라가 경쾌하게 회랑을 내달린다.

먼저, 미노타우로스의 큰 도끼가 라스티아라를 노리고 날아들었다. 그 강렬한 일격은 정확하게 라스티아라의 몸에 적중해서, 종잇장이라도 찢어발기듯 손쉽게 그 살점을 찢어발겼고…… 라스티아라의 몸이 사라진다.

사라졌다……. 다시 말해, 찢어발겨져서 뒤틀린 라스티아라의 몸이, 그대로 허공에 사라져버렸다는 것이다.

물론, 그 라스티아라는 가짜였다. 진짜 라스티아라는 먼찌감치 떨어진 곳에서 멀쩡하게 뛰어다니고 있었다.

그러는 동안에도 옆에서 마법을 전개하는 마리아의 목소리가 들려온다.

"——〈파이어플라이 · 미라지(신기루)〉, 〈파이어플라이 · 팬텀(환영, 幻影)〉."

마리아가 땀을 뻘뻘 흘리며 점점 더 마법을 보태나간다.

아까 사라졌던 라스티아라는 마리아가 마법으로 구축한 환영이었다.

〈파이어플라이 · 미라지〉는 습도 차에 의해 빛을 굴절시켜서 원근감에 이상을 일으키는 마법이고, 〈파이어플라이 · 팬텀〉은 불꽃으로 인간형 환영을 만들어내는 마법이다.

그 두 개의 마법이 어우러져서, 미노타우로스가 엉뚱한 곳을 공격하게 만든 것이다.

라스티아라는 마리아의 마법 보조를 받으며, 별 위험 없이 미노타우로스 주위를 내달린다.

예정대로, 라스티아라는 철저하게 교란에만 집중하고 있다. 공격으로 전환하려 하지 않는다.

이 19층에 온 목적은 시험운용이다.

마리아의 보조마법에 대한 확인. 그리고 마리아가 가진 최대 화력의 마법——〈미드가르즈 블레이즈〉에 대한 확인이 끝날 때까지, 라스티아라는 절대로 공격하지 않을 예정이다.

참고로 내 역할은 마리아에 대한 호위다.

"『단염(斷炎)이여 일어라』『몽상창랑(夢想蹌踉) 과 섬(纖)에 따라』──"

마리아는 처음 들어 보는 시를 영창한다. 예전에는 하지 않았던 행동이다. 아마 아르티가 가르쳐준 것이리라. 시를 영창하면 영창할수록, 마리아 주위의 온도가 올라가는 것 같은 느낌이 든다.

이윽고 시가 끝나고, 마법이 발동된다.

"──『별을 집어삼켜라』! 〈미드가르즈 블레이즈〉!!"

그 말과 함께, 압축에 압축을 거듭한 마리아의 마력이 불꽃으로 전환된다.

마리아의 등 뒤에서 불기둥이 일어나고, 그 불기둥이 거대한 뱀의 모습을 형성했다. 그리고 화염으로 이루어진 뱀이 커다랗게 입을 벌리고, 마치 살아 있는 뱀처럼 허공을 유영한다.

그 화염마법의 파동을 느낀 라스티아라는, 미노타우로스로부터 거리를 벌린다. 라스티아라와 대치하고 있던 미노타우로스도 마법의 불꽃을 발견했다.

하지만 이미 늦었다.

그 강인한 육체로 마법의 불꽃을 견뎌내기 위해, 미노타우로스는 경계태세를 취한다.

그런 미노타우로스를 큰 뱀이 인정사정없이 물어뜯었다. 불꽃의 이빨이 미노타우로스의 살점을 파고들고, 그 긴 몸통은 적의 몸을 휘감고 옥죈다. 옥죄면서 살점을 그을려

나가고, 최종적으로는 업화로 불살라버린다.

미노타우로스는 비통한 비명을 내지르면서, 잿더미로 변해 무너져 내렸다.

남은 재는 빛이 되어 사라지고, 그 뒤에는 마석만이 남았다.

"하앗하앗, 하앗하앗……! 어, 어떤가요, 주인님……?!"

마리아는 거칠게 숨을 몰아쉬면서, 나에게 감상을 요구한다.

하지만, 나는 그보다 마리아 쪽이 걱정이었다. 방금 전 마법으로, 엄청나게 체력을 소진한 상태다.

단지 마법을 쓴 것뿐이었건만, 마리아의 HP가 줄어 있었다.

HP 82/102 MP 102/122

내 감상은 단 한마디. 그저, **비정상이다.**

비정상의 결정체인 내가 할 소리는 아니지만, 이건 아무리 봐도 단기간에 습득할 수 있는 마법이 아닌 게 분명하다.

……마법이 강해도 너무 강하다. 그리고, '대가'도 너무 치명적이다.

기존의 〈파이어플라이〉를 응용한 마법도 충분히 비정상적이지만, 마지막의 〈미드가르즈 블레이즈〉는 유독 더 비정상이다.

레벨에 걸맞지 않은 어마어마한 공격력. 그리고, 사용 후 마리아에게 일어난 상태 악화. 아무리 고위 마법이라 해도, 단지 사용한 것만으로도 이렇게까지 체력을 소모한다는 건 이상하다.

예전에 나도 최대 HP를 소모해서 마력을 사용한 적이 있었지만, 그것과는 경우가 다르다. 그때는 잔여 MP가 없었기에, 최대 HP를 대가로 사용한 것에 불과했었다.

하지만 이 〈미드가르즈 블레이즈〉는, MP가 남아 있는데도 불구하고 다짜고짜 HP를 갉아먹었다. HP를 갉아먹는 걸 전제로 한 마법인 것이다. 최대 HP까지 잃는 건 아니지만, 단지 마법을 사용하기만 해도 HP가 깎여나간다는 건 상식의 범주를 초월한 현상이다.

지나치게 특수한 그 마법에 할 말을 잃고, 라스티아라에게 도움을 청했다.

라스티아라는 내 시선을 느끼고 대답해준다.

"나도 처음 보는 마법이야. 그리고, 이런 운용법은 나도 들어본 적 없어. 내 눈에도 보여. 이 마법은 MP만 소모하는 게 아니라는 거."

라스티아라 역시 나와 같은 감상을 느끼고 있다.

그 말을 들은 마리아는, 자신의 마법에 대해 설명을 시작한다.

"그 말씀이 맞아요. 아르티 씨에게서 받은 두 가지 마법 〈미드가르즈 블레이즈〉〈플레임 플랑베르주〉는 HP와 MP를 동시에 소모하는 마법이에요. 하지만, 어차피 저는 적의 공격에 직접 얻어맞으면 일격에 죽는 몸이니까, 굳이 HP를 신경 쓸 필요가 없잖아요?"

마리아는 별것 아니라는 듯이 설명한다.

그 말투에서는 조금의 망설임도 동요도 느껴지지 않는다. 당연한 얘기를 하는 것뿐이라는 태도다.

그 논리도 일리가 있긴 하다. 만약에 이게 게임이라면, 효율을 최대화하기 위해서 HP를 소모하는 행동도 얼마든지 취할 수 있다. 하지만, 마리아는 사람이다. 마리아는 분명히 살아 있는 사람인 것이다.

살아 있단 말이다⋯⋯.

실제로 몸 상태가 악화됐고, 마법을 쓴 후에는 괴로워하고 있다.

HP가 감소하고, 죽음에 성큼 다가갔다는 걸 보고 말았다. 그랬기에 나는 반론한다.

"아니, 그럴지도 모르지만 너무 비현실적이야. 척 보기에도 몸 상태가 악화된 게 보일 정도잖아. 컨디션이 악화되면, 집중력과 판단력이 떨어져서 전투에 지장이 생기게 돼 있어. 돌이킬 수 없는 사태가 벌어진 후에 후회해봤자 소용없다고. 그 마법을 여러 번 사용할 수는 없어."

"제 임무는 후방에서 마법을 구축하는 거예요. 두 분처럼 전선에 나서서 1분 1초를 다투는 게 아니니까, 어느 정도는 몸 상태에 변화가 생겨도 큰 영향은 없어요. 애초에, HP가

깎이지 않고 미궁을 탐색하겠다는 발상 자체가 너무 안이한 거예요."

마리아는 내 의견을 일도양단한다.

맞는 말이다. 마리아가 한 얘기가 더 이치에 들어맞는다. 효율적으로 미궁을 탐색하고 싶다면, 그 편이 더 타당하다. 내 의견은, 단순히 불길한 예감이 드니까 안 했으면 좋겠다는 식의── 감정론이다.

나와 마리아가 눈싸움을 벌이고 있으려니, 라스티아라가 둘 사이에 끼어든다.

"지크, 마리아 말이 맞아."

"그야 옳을지도 모르지……. 하지만……."

"괜찮아. 아직 최저 기준을 통과한 것뿐이야. 우리들의 싸움에 따라오기에는 아직 턱없이 부족하니까, 그렇게 걱정할 것 없어."

라스티아라는 냉랭하게 마리아를 평가한다.

방금 전의 강력한 마법을 보고도, 라스티아라는 '턱없이 부족하다'라고 평가했다. 다시 말해, 19층까지는 괜찮더라도, 20층 이후에서의 싸움에는 데려갈 수 없다고 판단한 것이다.

그런 평가에 반발해서 마리아가 물고 늘어진다.

"그렇다면, 한번 시험해보세요. 다시 한 번, 21층에 데려가주세요. 제가 꼭 효율 상승에 도움이 돼드릴 테니까요."

마리아의 의지는 단호하다. 최진선에서의 전투를 원하고

있다. 라스티아라는 흔쾌히 그 요구를 받아들였다.

"응, 물론 시험해도 좋아. 아직 턱없이 부족하다는 걸 바로 알 수 있을 테니까."

그렇게 말하고, 라스티아라는 20층으로 발걸음을 옮긴다. 그대로 마리아를 21층까지 데려가려는 생각이리라. 마리아는 힘찬 발걸음으로 라스티아라를 따라간다.

나는 그런 그녀들을 말리지 않는다. 나도 라스티아라의 생각을 짐작할 수 있었기 때문이다.

데려가면, 마리아는 금방 뼈저리게 느낄 것이다.

같은 것을 보아 왔기에, 라스티아라와 나는 같은 결론에 이를 수 있었다.

기껏해야, 앞으로 몇 발

마리아의 한계를 고려해서, 후퇴시의 시뮬레이션을 머릿속으로 꼼꼼하게 되풀이하면서, 나는 두 사람의 뒤를 천천히 따라갔다.

그리고 21층에 다다라서, 사전에 구상했던 포메이션을 짠다.

19층과 마찬가지로 라스티아라가 전위를 맡고 뒤에서 마리아가 마법에 집중하는 형태다.

이번에는 라스티아라의 벽이 적에게 돌파당하는 경우도 생길 수 있다. 그런 사태가 발생했을 경우에는, 영창에 집중하고 있는 마리아를 데리고 후퇴하기로 되어 있다.

마리아는 전폭적인 신뢰 하에, 내게 "목숨을 맡길게요"라고 말했다. 마리아는 마법에 집중하면 주위를 파악할 수 없게 된다. 그녀의 목숨은 오로지 나에게 달려 있다.

포메이션을 짠 채 나아가다 보니, 내 〈디멘션〉이 고립되어 있는 퓨리를 발견한다. 곧바로 최적의 위치를 찾아내서, 저격 태세를 취한다.

이것은 예전에 디아와 함께 사용했던 연계의 재활용이다.

표적과의 거리는 수백 미터. 표적까지 가는 길에는 모퉁이가 하나 있다. 마리아의 마법은 조작성이 뛰어나서, 모서리를 하나 도는 정도는 가능하다는 모양이다.

표적의 위치와 회랑의 구조를 마리아에게 말로 설명해주고, 마법 영창을 지시한다.

"――〈미드가르즈 블레이즈〉!"

마리아의 마력을 듬뿍 소모해서 만들어진 화염 뱀이 회랑을 돌진한다.

적중시키는 것까지는 별 문제가 없었다. 화염 뱀은 움직임이 더딘 퓨리를 물어뜯고 불사른다.

하지만, 즉사시키지는 못했다.

단말마의 비명을 내질러서 다른 몬스터를 부른 후에야 죽었다. 진짜 싸움은 지금부터다.

"좋아, 한 마리는 해치웠어. 하지만, 죽으면서 소리를 질러서 다른 몬스터들을 불러들였어. 곧바로 위치를 이동하자."

결과를 두 사람에게 전하고, 이동을 재촉한다. 마리아는 그 결과를 듣고 기뻐했다.

"헉헉, 해냈어……!"

그 호흡은 거칠다. MP와 함께 HP까지 소모되었으니 당연한 일이다.

마리아는 비틀거리는 발걸음으로 걷는다. 라스티아라는 들뜬 얼굴로 그 모습을 쳐다보았고, 나는 그런 라스티아라를 냉담하게 바라본다.

그리고 냉정하게 생각한다. 앞으로 몇 번의 전투를 거친 후에——언제든지 20층으로 퇴각할 수 있는 위치를 잡아야 한다. 절대로 본격적인 전투를 벌여서는 안 된다.

"이쪽이야, 따라와."

라스티아라와 마리아를 데리고 다음 전투 개시 예정지점으로 달린다.

하지만 수백 미터쯤 이동했을 때, 몰려든 몬스터를 미처 따돌리지 못하고, 두 마리의 퓨리에게 포위되고 말았다.

마리아는 곧바로 지원용 마법 〈파이어플라이〉를 전개한다.

그리고 뒤이어 〈미드가르즈 블레이즈〉 영창으로 이행한다. 나와 라스티아라는 각각 한 마리씩의 퓨리를 담당했다.

퓨리는 눈앞에 있는 우리를 노릴 뿐, 마리아를 노리지는 않는다. 다만, 마리아의 마력이 부풀어 오름에 따라서, 퓨리들 사이의 공격 우선순위도 변동되어 간다.

마리아의 마법 완성이 얼마 남지 않았을 때, 퓨리가 결사적인 태세로 우리의 유인을 무시하려 든다.

곧바로 검을 '소지품' 안에 집어넣고, 마리아 곁으로 전력 질주한다. 그리고 마리아를 번쩍 안아 들어서, 퓨리로부터 거리를 벌린다.

거리를 벌리는 와중에, 마리아의 마법이 완성되었다.

"──〈미드가르즈 블레이즈〉!"

마리아는 내 품에 안긴 채로 화염 뱀을 구현시켜서, 추격해 오는 퓨리에게로 내쏜다. 똑바로 쫓아오던 퓨리는 그 공격을 미처 피하지 못하고, 화염 뱀에 정통으로 얻어맞는다.

불길에 휩싸인 퓨리는, 미노타우로스와 마찬가지로 발버둥 치며 숨이 끊어졌다.

하지만 화염 뱀의 진격은 아직 끝나지 않았다. 퓨리 한 마리를 불살라 버린 화염 뱀을, 마리아는 그대로 유지하고 있다. 그리고 그 화염 뱀을 라스티아라가 상대하고 있던 퓨리에게로 보내서 공격시킨다. 나는 퓨리의 발을 묶고 있는 라스티아라를 향해 소리친다.

"라스티아라! 마법이 갈 테니까 물러서!"

"네, 네~!"

마리아의 마법이 숨통을 끊어주기를 기다리면서 적당히 전투에 임하고 있던 라스티아라는, 여유 있게 거리를 벌린다.

그 순간 마리아의 화염 뱀이 덮쳐든다. 방금 전과 마찬가지로, 퓨리는 일격에 숨이 끊어졌다.

이제 일단 섬멸은 완료된 셈이다. 품속에서는, 불다버린 몬스터의 잔해를 마리아가 흡족한 얼굴로 바라보고 있었다.

하지만, 그녀가 흘리는 땀의 양이 심상치 않다. 온몸의 신경이 닳아버린 걸 알 수 있었다. 무엇보다, '표시'에 나타난 HP가 격감해 있다.

휴식이 필요하다.

퓨리의 목소리를 듣고, 주위에 있던 더 많은 몬스터들이 몰려들고 있다. 이러다가는 점점 더 많은 몬스터들에게 둘러싸이고 만다.

적의 위치를 알아내서, 20층으로 돌아가기 위한 안전한 루트를 찾는다.

그 결과 도출된 루트를 꼼꼼히 살피며, 마석을 회수하고 있는 라스티아라에게 소리친다.

"금방 몬스터 증원군이 올 거야! 라스티아라, 이동하자!"

마리아를 안은 채로 내달린다. 마리아는 품속에서 어쩔 줄 몰라 했지만, 숨을 헐떡거리고 있는 그녀를 달리게 할 수는 없었으므로 무시한다.

어느 정도 나아가다 보니, 이번에는 세 마리의 퓨리가 길을 막아선다. 이번에는 포위되지는 않았으므로, 나와 라스티아라가 앞으로 나서고, 마리아를 후방으로 물러서게 했다.

마리아가 마법을 영창하기 시작한 것을 확인한 후, 눈앞에 있는 퓨리에게 집중한다.

라스티아라와 연계를 취해서 퓨리 세 마리가 후방으로 돌파하지 못하도록 주의하며 싸운다.

외길인 데다가 몬스터의 위치도 적절했기에, 별 문제없이 시간을 벌 수 있었다. 그리고 후방으로부터 화염 용이 헤엄쳐서 이쪽을 향해 날아온다.

〈디멘션〉이 있는 덕분에, 나는 제 타이밍을 맞춰서 거리를 벌릴 수 있었다. 하지만, 라스티아라는 후방을 파악할 수단이 없기 때문인지, 타이밍을 제대로 맞추지 못했다.

미리 말해주지 않은 것을 후회한다. 라스티아라가 항상 상상 이상의 움직임을 선보여 왔기에, 이번에도 별 문제없이 타이밍을 맞출 수 있을 거라고 확신했던 게 잘못이었다.

화염 뱀이 퓨리 한 마리를 처치하긴 했지만, 그 여파로 나와 라스티아라의 연계가 무너지고 말았다. 그 연계가 무너진 틈을 노리고, 다른 한 마리의 퓨리가 마리아 쪽으로 내달린다. 나는 그 모습을 보자마자 바로 녀석을 뒤쫓으려 했지만, 마지막 한 마리에게 발이 묶이고 말았다.

라스티아라가 곧바로 달려오려 하지만, 상황을 확인한 마리아가 그녀를 제지한다.

"라스티아라 씨, 괜찮아요. ──『달려라 각염(刻炎)』"

마리아는 불꽃 뱀 유지를 포기하고, 다른 영창을 시작한다.

마리아의 제지를 받긴 했지만, 라스티아라는 만약의 사태에 대비해서 마리아에 대한 구원을 중단하지 않는다. 영창을 마친 마리아가 다음 마법을 내쏜다.

"――〈플레임 플랑베르주〉!"

마리아의 팔에서 불꽃이 분출되고, 순식간에 응축되어 검의 형태를 이룬다.

그 화염검은 한층 더 불꽃을 부풀려서, 덮쳐들려 하는 퓨리를 향해 뻗었다. 화염검은 완벽하게 퓨리의 몸통을 꿰뚫고, 그대로 불살라버리려 한다. 그러나 화력이 부족하다.

영창이 짧았던 탓도 있지만, 애초에 〈미드가르즈 블레이즈〉에 비해서 위력이 낮은 마법이었던 것이었다. 검이 박힌 채로, 퓨리는 계속 전진하려 한다.

하지만 그 전진은, 뒤쫓아 온 라스티아라의 검에 의해 저지당한다. 불꽃과 검의 공격을 받은 퓨리는, 그대로 고꾸라져서 빛으로 변했다.

남은 건 나와 대치하고 있는 퓨리뿐이었지만, 라스티아라와 마리아가 가세한 덕분에 손쉽게 처리할 수 있었다.

세 마리의 퓨리를 모두 해치우고, 우리는 마석을 주워 모은다.

하지만, 마리아만은 움직이지 못한다. 숨을 헐떡이며, 한 발짝도 걷지 못한다.

"마리아, 20층으로 돌아가자――"

마리아는 내 말에 반응하지 못했다.

대답하려 하긴 했다. 하지만 거칠어진 숨결이 그것을 용납하지 않았다.

고작 몇 번의 전투를 거쳤을 뿐이건만, 마리아는 대답도 할 수 없을 만큼 기진맥진해 버렸다.

　나는 곧바로 마리아를 등에 업고, 라스티아라와 함께 20층으로 향한다.

　품속에서 마리아가 뭔가 말하려 했지만, 그 말을 알아들을 수는 없었다.

　"——한마디로 전투능력이 부족하다는 거야, 마리아. 자기 능력에 걸맞지 않은 마법을 쓰면, 금방 MP가 바닥나게 된다구."

　숨을 헐떡거리며 털썩 주저앉아 있는 마리아에게, 라스티아라가 설명한다.

　위치는 20층의 〈커넥션〉 앞. 안전을 확인하고, 반성의 시간을 갖는 중이다.

　"그, 그런 모양이네요…… . 저는 안 되나 보네요…… ."

　마리아는 고개를 푹 숙이고 동의한다.

　라스티아라가 했던 얘기를 몸으로 통감한 것이다. 반론의 여지 같은 게 있을 리가 없다. 마리아는 천천히 일어서서, 웃으며 말을 잇는다.

　"**아직은** 안 되는 것 같으니까, 오늘은 이만 돌아갈게요. 괜히 수고만 끼쳐드렸네요…… ."

하지만, 얼굴에는 웃음을 머금고 있다. 창백한 얼굴에 떠오른 미소가 불길하기 짝이 없다. 마리아가 어떤 감정으로 웃고 있는 건지, 나로서는 짐작도 가지 않았다.

무슨 말을 해야 할지 몰라서 머뭇거리고 있으려니, 라스티아라가 나 대신 대답한다.

"응, **아직은**. 마리아, 오늘은 고기 요리를 먹고 싶은걸. 뭐랄까, 서민적인, 투박하면서도 든든하게 먹을 수 있는 걸로 부탁할게."

"네, 알았어요. 맛있는 음식을 만들어서 기다릴게요."

두 사람은 웃는 얼굴로 마주 보며 오늘의 저녁식사 메뉴를 정한다.

──따라가질 못하겠다.

내 신경은 그녀들처럼 단단하지 못하다.

마리아는 그 대화를 끝으로 〈커넥션〉을 통해 집으로 돌아갔다.

그리고, 20층에는 나와 라스티아라만이 남는다.

라스티아라는 가볍게 기지개를 켜고, 스트레칭을 하면서 나에게 묻는다.

"후~, 제법 재미있었지?"

"재밌긴 뭐가. 나는 식은땀이 나서 혼났다고."

"그 검 같은 화염마법이 있으면, 마리아도 21층 몬스터와의 접근전을 어느 정도는 감당할 수 있을 테니까, 예전보다는 안심할 수 있는 거 아냐?"

"어중간한 공격수단을 갖추고 있는 게 더 무서워. 차라리 아무것도 못 하는 편이 안심하고 지켜볼 수 있었다고."

강력한 마법을 손에 넣었다고는 하지만, 마리아의 스테이터스는 아직 21층을 헤쳐 나가기에는 부족한 수준이다.

마리아는 퓨리의 속도를 따라잡지 못하고, 공격을 막아내지 못하고, 당연히 단 한 번의 실수가 곧 죽음으로 직결될 것이다. 그런 그녀를 어떻게 안심하고 지켜보겠는가.

아르티 녀석……. 정말 쓸데없는 짓을 한다니까.

나는 한숨을 지으면서, 21층으로 내려가는 계단을 향해 발걸음을 내딛는다.

라스티아라는 그런 내 뒤를 따라오면서, 목표를 확인한다.

"오늘이야말로 30층에 도전하는 거야?"

"아니, 가능하면 21층에서 계속 몬스터를 사냥하고 싶은 심정인데……."

"레벨 업이 필요할 정도로 적이 버거웠어?"

"꼭 그렇지만은 않지만……."

적의 위력이 문제라는 생각은 안 든다. 어찌 됐건, 지금까지 클린 히트를 얻어맞은 적은 없었으니까.

"레벨 업을 하겠다면, 좀 더 깊은 곳으로 들어가서 하자. 다음 목표가 될 적의 레벨을 먼저 확인해보는 편이, 레벨 업도 더 쉽게 할 수 있을걸?"

"그야 그렇지만…….말이란 참 갖다 붙이기 나름이라니

까……."

라스티아라는 그저 더 깊이 들어가고 싶은 것뿐이리라. 어떻게든 구실을 붙여서, 깊은 층으로 나아가려 하는 것이다. 그 열의에 져서, 나는 고개를 끄덕이고 만다. 지금까지 만난 적들 중에 딱히 위협적인 상대가 없었던 건 사실이니까.

"알았어. 가자."

"그렇게 나와야지."

나와 라스티아라는 미궁 안쪽으로 나아간다.

20층부터 23층까지는 별다른 문제없이 이동할 수 있었다.

몬스터의 종류가 적은 층이므로, 새로운 몬스터와 맞닥뜨리는 일 없이 '정도'를 따라 나아갔다. 물론, 그 과정에서 적과의 접촉은 최대한 회피했다. 24층을 탐색할 여력을 남겨두기 위해서다.

우리는 그렇게 상당한 여력을 남긴 채로 23층 탐색을 시작했지만, 24층으로 가는 계단을 좀처럼 찾아내지 못하고 있었다.

"안 보이네……."

"없어……. 아아~, 짜증나~……."

두 번째 탐색이니만큼 24층으로 가는 계단도 금방 찾을 수 있을 줄 알았는데, 일이 생각만큼 뜻대로 풀리지 않았다. 한 시간쯤 돌아다녔는데도, 도무지 계단을 찾을 수가 없었다.

그런 현재의 상황에, 라스티아라의 욕구불만은 점점 더

쌓여가고만 있다.

결국 인내심의 한계에 다다른 라스티아라가 소리쳤다.

"지크, 감지마법을 광범위하게 펼쳐봐!"

"으음……."

가능하면 피하고 싶은 수단이다.

현재 〈디멘션〉은 주위 수 미터 범위에만 전개해둔 상태다. 경우에 따라서는 아예 꺼버릴 때도 있다. 마법으로 탐지하는 건 일정 시간마다 한 번뿐. 주위 몬스터를 확인할 때 이외에는 사용하지 않고 있다.

MP 절약이라는 이유도 있지만, 애초에 미궁을 헤매고 있는 이 상황이 썩 나쁘지 않다고 생각했기 때문이다.

헤매고는 있지만, 그 과정에서 지도는 점점 채워져가고 있다. 만만한 몬스터와 적절하게 싸워 나가고 있다. 시간을 잡아먹고 있긴 하지만, 경험치와 자금은 착실하게 쌓여 가고 있다. 위험부담을 감수할 것 없이, 확실하게 한 발짝씩 '귀환'이라는 목적을 충족시키고 있다.

하지만, 라스티아라는 다르다. 23층의 찜통더위 때문에 짜증이 정점에 달해가고 있다.

"시간이 아깝잖아! 이대로 가다가는 또 바짝바짝 말라서 끝나고 말 거 아냐!"

"할 수 없지……."

이대로 계속 뜸을 들이면, 라스티아라가 무슨 짓을 저지를지 알 수 없다. 그리고 하루에 한 층씩은 전진하고 싶다는 생각도 있다.

나는 〈디멘션·멀티플〉을 사용해서 다음 계단을 찾아낸다. 일단 찾아내기만 하면, 그 다음부터는 식은 죽 먹기다. 도착하는 데 10분도 걸리지 않았다.

라스티아라는 "드디어 다음 충이네~"라며 계단을 내려간다.

"——?!"

하지만, 우리는 내려가자마자 숨을 죽였다.

24층으로 내려가서 제일 먼저 느낀 것은, 그 공간의 광대함.

지금까지는 미궁이라는 이름에 걸맞은 미로밖에 없었기에, 보스의 방 이외에는 넓은 공간이 존재하지 않았었다. 하지만, 24층은 그런 규칙을 무시하고 있었다.

미궁 어디에나 있던 회랑은 존재하지 않고, 10층과 20층 같은 드넓은 공간만이 있을 뿐이었다. 그렇다고 해서 전망이 뻥 뚫린 공간이라는 건 아니다. 돌기둥이 늘어서 있어서, 마치 동굴 같은 구조로 되어 있다. 그리고 가장 특이한 것은 용암이었다. 펄펄 끓는 용암이 여러 줄기의 냇물을 이루고 있다.

23층도 일반인은 견디기 힘들 정도의 습도였는데, 직접 용암이 흐르는 24층은 그야말로 살인적인 수준이었다. 아니, 보통 사람이었다면 아마 숨도 제대로 쉴 수 없을 것이다. 나와 라스티아라는 레벨의 영향으로 신체가 강화되어 있는 덕분에 여기서 가까스로 서 있을 수 있었다.

"지, 지크……."

"왜 그래……?"

"감지마법으로 계단을 찾아줄 거지……?"

"그래야지……."

우리는 순식간에 말수가 줄어들었고, 짤막한 대화를 통해 이 층에서의 행동방침을 정한다.

둘 다 이의는 없었다. 이 층에서 오래 머물고 싶지 않다는 마음으로 우리 둘은 하나가 되었다. 〈디멘션〉을 광범위하게 전개시켜서, 계단의 위치를 찾는다.

하지만 찾아낼 수 없었다.

반경 1킬로미터 정도의 정보를 〈디멘션〉으로 수집했는데, 그 범위 안에 계단이 없다는 걸 알 수 있었다.

어느 정도 이동해야만 할 것 같다.

"라스티아라, 근처에는 계단이 없어. 조금 더 안쪽으로 들어가보자."

"으에……."

제대로 대답도 하지 못하는 라스티아라를 데리고 24층을 나아갔다. 라스티아라가 폭포수와도 같이 땀을 흘리고 있으니 시급히 계단을 찾아낼 필요가 있을 것 같다.

걸음을 한층 더 빨리해서, 우리는 용암을 피해 가며 나아갔다.

24층은 몬스터의 수가 극단적으로 적다. 용암만 피해 가면 다른 건 딱히 조심할 필요가 없었기에, 딱히 장해물과 맞닥뜨리는 일 없이 나아갈 수 있었다.

초기 지점으로부터 500미터 가량 나아갔을 때, 다시 〈디멘션〉을 사용하기 위해 멈춰 섰다.

"다시 한 번 감지마법을 펼쳐볼게."

"어어……."

라스티아라에게 물을 건네면서, 마법에 집중하려 했다.

그 때였다. 근처에서 거품이 터지는 것 같은 소리가 울려 퍼졌다.

"뭐야──?!"

하필이면 그때는 나와 라스티아라의 주변에 대한 경계가 옅어진 순간이었다.

그 빈틈을 찔러서 근처의 용암 속에서 몬스터가 튀어나왔다.

몬스터는 도마뱀 같은 모습을 하고 있었다. 다만, 그 크기는 내 세계의 도마뱀보다 수십 배는 더 크다. 도마뱀은 용암에서 튀쳐나오는 그 기세를 살려서, 방심하고 있던 라스티아라를 발톱으로 찢어발기려 한다.

하지만, 라스티아라는 아슬아슬하게 발톱을 회피해냈다.

몬스터가 출현할 때 덩달아 튄 용암도, 그 경이적인 반사신경을 활용해 회피해 낸다.

나는 놀라는 한편, 라스티아라가 공격을 회피해낸 것에 안심했다.

라스티아라가 발톱을 회피해내자, 몬스터는 색깔을 띤 숨을 내뱉으면서 거리를 벌려 이쪽을 쏘아본다. 곧바로 '주시'해서, 그 몬스터에 대한 상세정보를 확인한다.

【몬스터】포이즌 샐러맨더 : 랭크 23

이름에 '포이즌'이 붙어 있는 것을 확인하고, 독의 위험성이 있다는 정보를 머릿속에 입력한다.

포이즌 샐러맨더가 내뱉는 숨결이 가장 위험해 보였기에, 그 사실을 라스티아라에게 전한다.

"라스티아라! 그 녀석의 숨결에는 독이 들어 있을 가능성이 있어! 잠깐 숨을 참아"

"미, 미안. 벌써 꽤 많이 들이마셨어." 포이즌 샐러맨더와 거리가 가까웠던 라스티아라는 충만한 적의 숨결 속에 서 있었다. 공격은 피할 수 있었지만, 곧바로 숨을 참는 건 불가능했던 모양이다.

나는 라스티아라의 상태를 확인했고,

【상태】독 1.00

독을 흡수하고 만 것이 확정된다.

자세히 보니 라스티아라의 안색이 심히 좋지 않았다. 어마어마한 습도 때문에 약해져 있던 마당에 독까지 들이마신 것이다. 천하의 라스티아라도 괴로워 보인다.

라스티아라의 부담을 줄여주기 위해, 전속력으로 포이즌 샐러맨더에게 칼을 휘두른다. 하지만, 내 접근을 알아챈 포이즌 샐러맨더는 용암 속으로 뛰어들어버렸다. 물론, 그 와중에도 독이 섞인 숨결을 남겨두고.

이렇게 되면, 우리로서는 더 이상 공격할 수단이 없다. 용암 때문에 접근조차 불가능한 상태. 어쩔 수 없이 〈디멘션〉을 이용해서 위치라도 확인해두려 했다. 하지만, 유동성인 용암 속에는 마법이 제대로 침투하지 못했기에, 정확한 움직임을 파악할 수 없었다.

일단 외투 자락으로 입을 틀어막고, 안색이 창백한 라스티아라에게 다가갔다.

"젠장, 용암 속으로 들어가버리니까 손 쓸 길이 없잖아. 라스티아라, 독을 마신 건 좀 괜찮아?"

"으응, 어째 머릿속이 좀 어질어질한걸. 더워서 그런 건지, 독이 유독 더 괴롭게 느껴지는 것 같아……. 하지만 괜찮아. 마법을 써서 바로 배출할 테니까……. ──『가지런한 물은 환상으로, 돌지 않는 피』"

라스티아라는 마법을 영창해서 독을 치료하려 했다.

하지만 그것을 용납하지 않겠다는 듯, 다시 용암 속에서 포이즌 샐러맨더가 뛰쳐나온다. 게다가 이번에는 두 마리였다.

라스티아라에게 대한 접근을 차단하기 위해 '소지품' 속에서 예비용 검을 꺼내서 두 마리 모두 쫓아버린다. 그리고 곧바로 반격하려 했다. 하지만 포이즌 샐러맨더는 다시 독이 담긴 숨결을 남겨둔 채 용암으로 뛰어들었다.

나와 라스티아라 주위를 독안개가 휘감는다.

"——〈큐어〉."

라스티아라가 마법 영창을 마친다. 그러나 그 마법은 무용지물이었다.

치료해봤자, 이 독안개 속에 있으면 금방 다시 독에 침식당한다.

"라스티아라, 일단 이 녀석들을 뿌리치지 못하면, 제대로 회복도 못 해. 일단 도망치자."

"분하긴 하지만, 그 말이 맞는 것 같네. 나는 다음에 접촉하면 녀석들을 해치울 자신은 있지만······."

"녀석들이 두 마리뿐일 거라는 보장은 없어. 〈디멘션〉이 용암에 제대로 침투가 안 돼서, 숫자를 정확하게 파악할 수가 없으니까."

"그렇다면 어쩔 수 없지······."

나와 라스티아라는 왔던 길을 되짚어가기 위해 내달린다.

하지만 포이즌 샐러맨더는 우리를 놓치지 않겠다는 듯 덤벼든다.

충분히 예상 가능한 습격이었다. 별 어려움 없이 용암에서 뛰어나온 포이즌 샐러맨더를 검으로 베어냈다. 일단 용암 밖으로 나오기만 하면 제아무리 사각에서 덤벼든다 해도 충분히 대처할 수 있는 녀석들이다.

추가 공격을 뿌리친 우리는 몸속에 퍼져 있는 독을 견뎌내며 달렸다.

원래는 안전권인 20층까지 후퇴할 생각이었지만, 23층과 24층을 잇는 계단 주위는 용암도 적도 적었기에 거기서 회복을 시도하기로 했다.

"──〈큐어풀〉. 그리고 또 〈퓨어풀〉."

라스티아라의 마법으로 독을 제거하고 HP도 최대한 회복시킨다. 하지만 그 대가로 많은 MP를 소모하고 말았다. 나도 썩 여유가 있는 상황은 아니다.

"둘 다 MP를 너무 많이 썼어……. 일단 돌아가기로 할까……. 지금이라면 〈커넥션〉을 여기에 전개해서 곧바로 돌아갈 수 있어."

"그럼 그렇게 할까……."

라스티아라가 토라질 줄 알았는데, 의외로 고분고분했다. 아무래도 MP뿐만이 아니라, 독에 의한 체력 소모도 심각한 모양이다.

라스티아라에게 주위 경계를 부탁하고, 〈커넥션〉을 구축한다.

이렇게 급히 만든 문을 지나, 우리는 오늘의 탐색을 마쳤다.

◆ ◆ ◆ ◆ ◆

"——어째 일찍 오셨네요."

24층에서 도망쳐서 집으로 돌아오니, 어제와 마찬가지로 식사를 준비 중인 마리아가 기다리고 있었다.

앞서서 집에 돌아오자마자 집안일을 시작한 모양이다.

"그게 말이지, 좀처럼 뜻대로 풀리지가 않아서——"

뜻대로 풀리지 않는 미궁 탐색에 대한 투정을 마리아에게 토로한다.

그 말을 들은 마리아는, 후훗 하고 웃으며 대답한다.

"보면 알아요."

그리고 우리들의 차림새를 가리킨다.

나와 라스티아라도 옷 여기저기가 그을려서 넝마 꼴이 되어 있었다.

마리아 눈에는, 우리가 역습을 당해서 도망쳐 온 것으로 보일 것이다.

하긴, 그게 사실이긴 하다.

곧바로 라스티아라가 넝마 꼴이 된 옷을 내맹개치고, 다른 옷으로 갈아입으려 했다. 속옷까지 벗지는 않았지만, 눈 둘 곳을 모르겠으니까 그러지 좀 말아줬으면 좋겠다. 마리아가 허겁지겁 라스티아라를 옆방에 쑤셔 넣었다.

그리고 옷을 갈아입은 라스티아라는, 한숨을 쉬며 거실 중앙에 있는 테이블 앞에 앉는다.

"하아~, 더워 죽는 줄 알았네, 피곤해~, 더워 죽는 줄 알았다구~."

아마도, 고온다습한 23층과 24층은 라스티아라에게 있어서 지옥문이나 다름없는 곳이었던 모양이다. 기진맥진한 기색으로, 맥없이 테이블에 엎어진다.

"라스티아라, 나는 높은 습도에 대비한 아이템을 사러 갈 건데, 넌 어쩔 거야?"

24층에 다시 도전하자면, 이것저것 더 사야 할 물건들이 많다. 용암지대에 대한 정보도 수집하고 싶으니, 집에 눌러 앉아 있을 생각은 없다. 같이 장을 보러 갈 생각이 있는지 라스티아라에게 확인한다.

"일단 나도 한번 가볼까."

라스티아라는 비틀거리며 자리에서 일어선다.

"이봐, 괜히 무리하지 마. 필요한 물건을 얘기해주면 내가 사다줄 테니까……."

"아니, 못 움직일 정도는 아니니까 나도 따라갈게."

요리를 준비하는 마리아의 배웅을 받으며 나와 라스티아라는 집을 나선다.

먼저 물과 식료품을 조달하기 위해 가게를 돌아다니고, 술집과 도서관에서 용암지대에 대한 공략법을 찾는다.

장보기는 별 어려움 없이 수월하게 끝났지만, 용암지대 공략 방법 쪽은 쓸 만한 정보를 찾아낼 수 없었다. 아무리 물어보고 조사해봐도, 용암지대에는 접근하지 말라는 한마디 대답밖에 나오지 않았고, 24층에서 도움이 될 만한 정보는 아무리 찾아도 없었다.

그나마 기대볼 만한 구석이 있다면, 라스티아라의 지인이자 최강의 모험가인 글렌 정도가 있겠지만, 그리 쉽게 만날 수 있는 인물이 아니라는 이유로 라스티아라에게 거절당했다.

결국 용암지대 공략 방법은 몬스터를 무시하고 내달리는 것밖에 없다는 결론이 나왔다.

장보기와 정보 수집을 마치고 이제 슬슬 집으로 돌아가려 했을 때, 라스티아라가 제안했다.

"──앗, 용암지대 말야, 아르티라면 어떻게 할 수 있지 않을까? 그 애는 불 속성의 보스 몬스터잖아?"

머릿속 한구석으로 생각하고 있었으면서도 무시해왔던 수단을, 라스티아라가 대단한 묘안이라도 떠올렸다는 듯이 제안한다. 나는 말문이 막히고 말았다.

아르티와 같은 가디언이었던 티다 때문에 죽을 고생을 한 경험이 있기 때문이리라. 몬스터인 아르티라는 소녀와는 되도록 얽히고 싶지 않았다.

하지만 그것이 유효한 방안이라는 건 사실이다.

아르티는 이 고난을 해결해주기 위해 마련되어 있는 거나 다름없는 캐릭터다. 만약에 이게 게임이라면, 두 말 없이 가장 먼저 아르티에게 물어보러 갔을 것이다. 하지만, 현실에서는 좀처럼 그녀 쪽으로 발걸음을 옮길 수가 없었다.

"아르티라……."

"어라? 내가 생각하기에는 묘안인 것 같은데, 문제가 있는 거야?"

묘안 정도가 아니라, 아마 그것이 정답일 것이다.

오늘은 일찌감치 탐색을 마쳤으니 그 녀석의 거처인 10층까지 갈 시간도 충분하다. 덤으로, 마리아에게 마법을 가르쳐준 경위에 대해서도 물어볼 수 있다.

라스티아라의 제안을 거부할 이유가 없다. 나는 마지못해 승인한다.

"그래……. 그럼 갈까……."

이렇게 해서 우리는 미궁 입구를 통해 10층까지 이동하기로 했다. 두 사람의 MP가 미덥지 못했기에, 난이도가 낮은 입구 쪽으로부터 도보로 이동하는 길을 선택했다.

1층에서 10층까지는 '정도'만 따라가면 안전하게 갈 수 있다. 이렇다 할 문제없이, 우리는 불타는 10층에 도달한다.

예전에 했던 것처럼 나는 불꽃을 향해 말을 건다.

"아르티! 지금 시간 있어?!"

주위에 다른 탐색가가 없다는 건 이미 확인해둔 상태다. 10층 전체에 쩌렁쩌렁 울릴 정도로 목청을 높여서 부른다.

그런 보람이 있는지 아르티는 곧바로 응답해주었다.

"그래, 시간 있어. 무슨 용건이지? 지크, 라스티아라."

불꽃이 일렁이며 소녀의 깜찍한 목소리가 들려온다.

언제 보고 들어도 적응이 안 되는 광경이다. 목소리의 볼륨을 낮춰서 오늘 있었던 일들을 얘기한다.

"좀 곤란한 일이 생겨서 그래. 미궁 24층 말인데……."

미궁에서 처한 곤경에 대해서 간결하게 설명한다.

그 얘기를 들은 아르티는 흔쾌히 요청을 들어주었다.

"흐음, 무슨 얘긴지는 대충 알겠어. 나만 믿으면 돼. 용암을 피할 수 있는 마법을 가르쳐줄 테니까. 덤으로, 열기로부터 몸을 보호하는 마법도. 그 습도는 인간에게 있어서는 흉기나 다름없을 테니까."

뒤에서 라스티아라가 환호성을 내지른다.

"고마워~, 아르티! 난 그 더위는 도저히 견딜 수가 없더라니까!"

라스티아라는 아무런 의문도 품지 않고, 아르티에게 감사의 말을 전한다.

하지만 나는 라스티아라처럼 구김살 없이 기뻐할 수 없었다.

내 불안은 걷히지 않는다. 얘기는 아직 끝나지 않았다.

아르티에게 그 마법을 **누구한테** 가르쳐줄 것인지를 물었다.

"이봐, 아르티. 그 마법을 누구한테 가르쳐줄 거지? 될 수 있으면 나한테——"

"너와 라스티아라 말고 다른 사람에게."

아르티는 내 불안감에 완벽하게 부응했다.

"어, 어째서, 나와 라스티아라가 아닌 거야……?"

"우선, **너한테는 소질이 없어.** 괴롭히려고 이러는 게 아니라, 너는 차원마법에만 지나치게 특화돼 있어서 안 된다는 거야."

나는 차원마법에만 특화되어 있다고, 아르티는 단호하게 말했다.

그 점은 얼마 전에 마법상점에서 겪은 경험을 통해서도 어렴풋이 느끼고 있었다. 나는 차원마법 이외의 다른 적성은 전혀 없어서, 차원마법 이외의 마법은 익힐 수 없는 체질일 가능성이 있다.

이를 갈면서, 차선책을 확인한다.

"그럼, 라스티아라는 왜 안 되는 거지?"

"그 애는 마법을 익힐 **여백이 없어.** 이미 완성돼 있어서 안 된다는 얘기야. 그건 라스티아라 본인도 잘 알고 있을 텐데?"

불꽃으로 이루어진 아르티의 입은 라스티아라에 대해서도 단호하게 평한다.

라스티아라는 놀라면서도 그 말에 동의한다.

"용케도 알고 있는걸. 그 말대로, 나는 마법을 못 익혀. 내 피에는 새로운 술식을 써넣을 여유가 더는 없으니까."

그 정보는 나로서는 처음 듣는 얘기였다. 나는 라스티아라 이상으로 놀랐다.

"그러니까, 나는 **마리아한테** 가르쳐줄 생각인데, 어떻게 생각해?"

"――!"

말도 안 되는 소리다.

최악의 제안이다.

만능이라고 생각했던 나와 라스티아라가, 실은 마법 면에 있어서 확장성이 결여되어 있을 줄은 미처 생각도 못 했다.

하지만, 나는 바로 마음을 다잡는다. 마법 면에 있어서 신뢰할 만한 인물이 따로 있기 때문이다.

"마리아한테 가르쳐주겠다는 생각은 접어둬. 될 수 있으면…… 디아한테 가르쳐줘. 그 녀석은 아르티도 안면이 있잖아? 마리아는 안 돼. 미궁 공략에는 부적합해."

디아의 이름을 언급해도 좋을지 순간적으로 망설여졌다. 하지만 라스티아라에게 디아의 존재가 알려지는 한이 있더라도, 일단 마리아의 능력 강화는 피하고 싶었다.

디아와 라스티아라의 만남은, 최대한 신중에 신중을 거듭해서 세팅한 후에나 주선하고 싶었지만, 지금은 그런 걸 따질 상황이 아니다.

"그건 안 돼. 나는 마리아에게 가르쳐줄 거야."

아르티는 내 부탁을 일도양단한다.

내 목소리가 나도 모르게 거칠어진다.

"어째서?!"

"왜긴. 그야 **마리아는 너에 대해 연심을 품고 있기 때문이야.** 나는 그걸 응원하지 않을 수 없어. 뭐, 그 애의 사랑이 순수한 건지 불순한 건지는 제쳐두고 말야."

"──뭐?"

내 부탁을 일도양단한 것도 모자라서, 폭탄까지 투하해버린다.

순간적으로, 머릿속이 새하얘진다.

아르티의 말을 머리가 제대로 처리하지 못해서 제대로 된 대꾸조차 할 수 없었다.

그런 내 혼란을 무시하고 아르티는 말을 잇는다.

"나는 가디언으로서 마리아의 '사랑의 성취'를 응원할 거야. 그리고 될 수 있으면 너도 거기에 협조해줬으면 해. 협력자 지크프리트 비지터."

가디언이 협력을 요청해 온다. 하지만, 지금은 그 말조차 귀에 들어오지 않았다.

——'마리아가 나에게 연심을 품고 있다'

이 한마디만으로, 다른 걸 생각할 여유가 사라져버렸다.

이해해보려 하지만, 두뇌가 그것을 거부한다.

인정하고 싶지 않았던 것이다.

마리아가 나를 사랑하고 있다니 믿을 수 없다. 믿고 싶지 않다.

처음 얘기를 나누었을 때, 마리아는 나를 형편없는 녀석이라 했다. 항상 반항적으로 굴 뿐, 나에 대해 사랑을 느끼는 기색은 전혀 없었다. 항상 나를 신랄하게 비판하고, 건방지게 굴기만 할 뿐, 결코 사랑에 빠진 소녀 같은 모습은 보이지 않았다. 이 중에서 마리아와 가장 오래 알고 지낸 것은 나다. 그런 내가 알아채지 못했는데, 마리아가 사랑에 빠져 있다는 건 말도 안 된다. 그럴 일은, 절대로 없다. 그런 일은 절대로──!

"아르티, 무, 무슨 소릴 하는 거야! 마리아가 그렇게 열심히 숨겨왔는데! 이런 곳에서 까발려버리다니!"

하지만 나의 그런 필사적인 저항은 라스티아라의 해맑은 목소리에 의해 깨져나가고 말았다.

"하지만 말야, 라스티아라. 이런 제3자의 간섭 때문에 커플이 생겨나는 경우도 있어. 그리고 평생 자기의 마음을 털어놓지 않은 채 기특하게 헌신하려 하는 소녀를 지켜보기만 하는 취미는, 적어도 나한테는 없거든."

"나는 취향이 다르다고. 그렇게 안달복달하고, 생각처럼 안 돼서 조바심 내고, 답답해하고, 끝조차 알 수 없는 사랑이 좋단 말야!"

"그건 너무 잔혹한 거 아냐? 나랑은 취향이 다른 것 같네."

아르티와 라스티아라의 대화가 귀에 들어온다. 라스티아라도 마리아의 연심에 대해 부정하려 하지 않는다. 마치 당연한 사실이라는 것처럼 애기한다.

상당히 오래 전부터 알고 있었으면서도, 일부러 계속 숨기고 있었다는 애기처럼 들린다.

그건 다시 말해, 라스티아라의 눈으로 보기에도 마리아의 연심은 틀림없는 사실이라는 건가?

그렇다면 나는 어떻게 반응해야 하는 걸까.

어떻게 대답하는 게 정답인가.

손익을 최우선으로 생각해서── 아니, 나 자신의 스트레스를 최우선으로 생각해서—— 아니 도덕과 마리아의 마음을 최우선으로 생각해서—— 아니, 아니아니, 다 틀렸다.

내 목적은 돌아가는 것이다. 최우선으로 생각해야 하는 것은 '귀환'이다.

내게는 돌아가야 할 이유가 있다. 지금까지 내가 **생각하지 않도록**, 이 세계 사람들과 깊이 얽히지 않도록 만들었던, 돌아가야만 하는 확실한 이유가 있다.

그렇다. 내가 돌아가지 않으면, 돌아가지 않으면 가족이, 그 녀석이, **여동생이**——

——안 된다. **더 이상은 안 된다.**

더 이상 생각했다가는, 억제할 수가 없게 된다. 그렇게 되면, 첫날 겪은 사태가 되풀이되고 만다.

스킬 '???'가 수도 없이 발동하고 마는 것이다.

물론, 여기서 일단 스킬을 발동시켜서 이성을 되찾는 것도 나쁘지 않다.

혼란이 10.00에 달하지 않을까 하는 불안이 있긴 하지만, 요 며칠 동안 참아온 덕분에, 한 번 발동으로 10.00까지 다다를 거라는 걱정은 안 해도 될 만큼 회복된 상태다.

일단 발동시키면 모든 감정이 가라앉고, 합리적인 해답을 도출해줄 것이다. 그것은, '귀환'을 위해서 나쁘지 않은 선택이다.

나쁘지는 않지만…… 몸이 굳어진다.

그것은, 인간으로서 해서는 안 될 일인 것처럼만 느껴지는 것이다.

스킬 '???'가 발동하면, 나는 틀림없이 마리아의 연심을 받아들이지 않으려 할 것이다. 합리적으로 생각하면, '귀환'에 전혀 필요 없는 행동이기 때문이다.

이런 얼토당토않은 스킬 하나 때문에, 한 소녀의 사랑이 끝나버린다. 그것은 끔찍할 정도로 불성실한, 최악의 행위다. 만약에 정말로 마리아가 나에게 연심을 품고 있다면, 내가 나만의 힘으로 고민해서 답해줘야만 한다.

십여 년에 불과한 나의 인생 경험이 그런 해답을 도출해서, 더 이상의 혼란을 잠재운다. 견딜 수 없을 정도는 아니다. **아직** 긴급성은 없다.

나는 크게 숨을 내쉬고 안정을 되찾는다.

그것을 알아챈 아르티는 감탄한 듯 내게 말한다.

"보아하니 마음이 좀 진정된 모양이네."

애써 냉정을 유지하며 대꾸한다.

"진정되기는 무슨. 얼마나 놀랐는데."

"내가 보기에는 차분해 보이는데."

"어쨌거나, 마리아가 나를 사랑하고 있을지도 모른다는 건 잘 알았어. 그리고 아르티가 물러서지 않을 거라는 것도 잘 알았어. 그럼 어쩔 수 없지. 나는 아르티의 숙원을 방해할 생각은 없으니까, 그냥 마리아한테 마법을 가르쳐줘도

돼. 하지만, 나중에 디아한테도 가르쳐주겠다고 약속해줬
으면 좋겠어. 나는 마리아를 미궁에 데려가지 않는 방침을
취하고 있으니까."

"흐음…… 알았어, 디아한테도 가르쳐줄게. 나는 두 사
람의 스승이니까."

"스, 스승이라니……."

"실은, 네가 모르는 곳에서 그 둘이랑 꽤 자주 만났거든.
이제는 스승님이라고 불릴 정도의 사이가 됐을 정도야."

또 다시 새로운 사실이 밝혀지는 바람에 혼란에 빠져든
다. 하지만 정신을 똑바로 붙들어 매고, 얘기를 계속한다.

"……아, 그리고 마리아의 '사랑의 성취'는 이루어지기 힘
들 거라는 건 각오해둬. 프랑류르 때처럼 냉정하게 말할 생
각은 없지만, 그래도 내가 마리아한테 그런 마음을 품고 있
지 않다는 것만은 분명해. 이건 마리아한테 문제가 있어서
그런 게 아니라, 내게 그럴 시간이 없기 때문이야. 나는 최
대한 빨리 미궁의 최심부로 가야만 해. 그게 그 무엇보다도
우선이야."

"그렇게 얘기할 줄 알았어. 걱정 마. 나도 억지로 지크와
마리아를 이어 붙이려는 건 아냐. 이런 건 서로의 마음이 제
일 중요하니까."

"좋아. 둘 다 무리하지 말기로 하자. 그러면 되겠지?"

"물론이지."

좋아, 무사히 넘겼다.

여기서 동요해서 괜히 얘기가 꼬이는 사태만은 피할 수 있었다.

아르티와의 교섭을 마치고, 언제 마리아와 디아에게 마법을 가르쳐줄지에 대한 얘기로 옮겨간다. 그런데, 그 뒤에서 라스티아라가 쓸데없이 집적거렸다.

"흐흥. 그래서, 결국 지크는 마리아를 어떻게 생각하고 있는 거야?"

"어떻게 생각하긴. 그야 그럭저럭 좋아해, 동료로서. 다만, 나이 차이도 많이 나고 하니 이성으로서 생각한 적은 없어."

"호오~ 돌아가면 마리아한테 그렇게 얘기할 거야?"

"안 해. 마리아가 100퍼센트 연심을 갖고 있다는 보증이 없으니까. 이건 어디까지나, 아르티와 라스티아라가 보기에 그렇게 보였다는 것뿐이잖아. 괜히 얘기했다가 마리아가 딱히 나를 좋아하는 게 아니라는 식으로 나오면 민망해지고, 분위기도 어색해질 거 아냐?"

"흐~응, 내 생각에는 100퍼센트인 것 같은데."

"마리아 본인의 입으로 얘기한다면, 나도 확실하게 답을 낼게. 하지만 그런 경우가 아니라면 내가 먼저 언급하는 일은 없을 거야. 지금까지 취했던 태도 그대로, 지금까지 해왔던 것처럼 대할 거야."

"흥흥……."

라스티아라는 말을 걸었을 때와 마찬가지로, 연신 고개를 끄덕이며 내 얘기를 음미한다.

그리고 잠시 시간이 흐른 후, 웃음기 가득한 얼굴로 말을 잇는다.

"지크다운 대답이야. 그리고, 그건 내 입장에서도 나쁘지 않은 일이야. **편리해.**

뭔가 사람을 열 받게 만드는 미소였다.

라스티아라는 더없이 흡족해 보인다. 하지만, 그런 그녀와는 전혀 다른 목소리가 끼어든다.

"<u>흐으응</u>……."

아르티였다.

내 태도에 대해 불만을 품고 있다는 걸, 목소리만 들어도 알 수 있었다.

"아르티?"

"아니, **아무것도 아냐.** 그건 됐고, 마법에 대한 얘기나 하자. 언제까지 가르쳐주면 되지?"

하지만 그녀는 그 언짢음의 이유를 얘기할 생각은 없는 모양이다. 곁길로 샜던 얘기를 원래대로 되돌린다.

"으, 으음, 최대한 빠른 편이 좋겠는데. 내 입장에서는."

"흐음. 알았어. 그렇다면──"

라스티아라를 방치해두고, 아르티와 얘기를 진행해나갔다.

그 결과, 당장 오늘이나 내일이라도 마리아와 디아에게 마법을 가르쳐주기로 했다. 그 둘이라면, 그 마법을 익히는 데에도 그리 오랜 시간은 걸리지 않을 거라고 한다.

마지막으로 상세한 사항을 확인하고, 아르티에게 감사를 표한 후 10층을 떠났다.

"여러모로 고마워, 아르티. 그럼, 오늘은 이만……."

"그래, 또 만나자, 지크. ──기대할게."

헤어지는 순간, 아르티가 자신의 바람을 툭 내뱉었다.

그 바람이 내 마음을 짓누른다. 집념이 마음을 짓눌러서 숨을 턱 막히게 만든다.

사랑 같은 건 생각도 하기 싫다는 나에게, 아르티는 분명히 못을 박은 것이다.

그리고 지상으로 돌아오는 길에 라스티아라까지 계속 그 얘기를 끄집어낸다.

그 질문공세를 가까스로 회피했지만, 아까 이름을 언급하고 만 디아에 대해서는 발뺌할 수 없었다. 더 이상은 감출 수 없다고 체념하고, 디아에 대해서 솔직하게 얘기했다.

"──호오. 마리아나 나와 같이 다니기 전에는 그 디아라는 애랑 같이 다녔었단 말이지?"

"그래. 하지만, 딱히 숨기려고 했던 건 아냐. 지금은 입원 중이라서, 언제 다시 돌아올지 알 수 없는 상황이다 보니까, 얘기할지 말지 망설이고 있었던 거야. 상당히 강력한 마력을 갖고 있는 녀석이야."

"그나저나, 지크가 그렇게까지 신뢰하고 있는 마법사라……."

"그래, 톱클래스 마법사야. 레벨은 조금 낮지만, 금방 따라잡을 수 있을 거야. 우리를 따라올 수 있을 정도의 재능을 갖고 있어."

덮어놓고 디아를 칭찬한다.

단순한 수치만 따지고 보자면, 라스티아라마저 뛰어넘는 인재. 무엇보다 성격이 좋다.

그렇다. 성격이 좋다. 아주 중요한 점이다.

"하지만, 우리 정도의 재능을 가진 사람은 그렇게 흔하지 않을 텐데."

"아니, 정말이라니까."

"아니아니, 지크의 평가는 너무 후하니까 말이지~. ……응, 그렇다면 내가 똑똑히 보고 판단해주지."

라스티아라는 "그래, 그게 좋겠어"라고 말하면서 앞장서서 걷는다.

당장 오늘이라도 디아를 소개해주길 바라는 눈치다.

어차피 두 사람은 언젠가 만나게 될 운명이었다. 나는 할 수 없이 고개를 끄덕인다.

마침 시간도 있었기에, 둘이서 디아가 입원해 있는 병원에 가기로 했다.

나는 가는 내내 기대에 가슴이 부풀어 있는 라스티아라를 진정시키면서 안내해줬다.

병원까지는 그리 멀지 않다. 발트의 미궁 입구에서부터 가면 한 시간도 걸리지 않는다.

예전에 갔을 때처럼 디아가 입원해 있는 병동으로 걸어간다.

그런데 병동까지 걸어가다 보니, 주위의 분위기가 예전과는 달라진 것을 알 수 있었다.

복도에 어쩐지 바람이 잘 통하는 것 같은 기분이 들었다. 까놓고 말해서, 벽이 구멍투성이가 되어 있었다.

그 지나치게 전위적인 개조에 어리둥절해하면서, 디아의 병실로 들어간다.

"——?!"

디아의 병실은 복도보다 더 끔찍한 참상이었다.

여기저기에 구멍이 뚫려 있고, 그 구멍들을 판자로 대충 막아둔 게 보였다. 바닥이며 벽이 그을려 변색되어 있는 데다, 가구며 기구도 파손되어 있다.

예전에 왔을 때의 편안함이나 청결감은 티끌만큼도 남아 있지 않았다.

그렇게 변모해버린 병실에서, 디아는 변함없이 병상에 앉아 있었다.

"디아……."

"지크구나!"

나와 디아가 인사를 나눈다. 디아는 이 참상을 전혀 개의치 않는 모양이다.

"저, 저기, 디아. 이거, 도대체 무슨 일이 있었던 거야?"

"아아, 이 방 말이지……. 미안, 이것 때문에 수리비가 좀 든다는 모양이야. 내 몫에서 좀 떼서, 접수창구 사람한테 내주면 안 될까?"

"아니, 그건 괜찮아. 디아의 돈이니까 당연하지. 그보다, 도대체 무슨 일이 있었던 건지 좀 가르쳐주면 안 돼?"

"으응. ……적습?"

디아는 반의문형으로 되물었다. 내게 물어본들 내가 어떻게 알겠는가.

"적이 쳐들어온 거야? 병실에?"

"그래, 아르티라는 녀석이야. 티다와 싸웠을 때, 뒤에 있었던 녀석과 싸웠어."

"그렇게 된 거였군……."

납득이 갔다.

하지만, 아르티가 먼저 싸움을 건다는 게 연상이 되지 않는다. 오히려…….

"아르티가 먼저 싸움을 건 거야?"

"그, 그게……. 저기, 그 녀석은 전혀 손을 안 썼어. 전부다 내 마법에 의한 피해야."

"역시나……."

"미안. 화해는 했지만, 화해했을 때는 이미 이 꼴이 된 뒤였어."

"아니, 그건 어쩔 수 없는 거였어. 아르티에 대해서 설명을 안 한 내 잘못도 있고……. 그나저나, 이런저런 마법에 대해 배웠다지? 아르티한테 얘기 들었어."

"그래, 이것저것 많이 배웠어! 〈플레임 애로우〉의 화력을 조절할 수 있게 됐고, 신성마법의 감도 돌아왔어. 이제 예전의 내가 아니라고!"

"와아……."

화력 조절. 무한에 가까운 MP를 가진 디아라면 항상 최대화력으로 쏘는 게 더 낫긴 하겠지만, 어쨌든 배워둬서 나쁠 건 없다.

솔직하게 감탄하는 나를 보며, "에헤헤" 하고 쑥스러워하는 디아.

하지만, 문득 그 디아의 미소가 굳어진다. 내 뒤를 보고 얼굴이 파랗게 질려 간다.

"──아, 어라? 어째서, 여기에……?"

그에 반해, 라스티아라는 손을 팔랑팔랑 흔들면서 인사한다.

"오랜만이에요, 시스 씨."

라스티아라는 디아에게 '오랜만'이라고 말했다. 그리고, 기사들을 대할 때 같은 차분한 태도로 변한다. 보아하니, 두 사람은 서로 아는 사이였던 모양이다.

"어? 어, 어어어어째서 라스티아라 씨가 여기에 있는 거야?"

라스티아라는 차분한 표정으로 내숭을 떨면서 얘기하고 있었지만, 디아는 정반대였다. 당황해서 어쩔 줄을 모르며 병상에서 일어서 임전태세를 취한다.

"제가 더 놀랐어요. 시스 씨와 이런 곳에서 뵙게 될 줄은 몰랐으니까요."

"──?! 설마, 라스티아라 씨가 나를 데리러 온 거야?!"

"진정하세요. 저는 지크의 동료로서 여기에 온 것뿐이에요. 그 이상도 그 이하도 아니에요."

"라스티아라 씨가 지크의 동료라고?!"

당장이라도 공격마법을 영창할 것만 같은 기세인 디아와는 달리, 라스티아라는 부드러운 목소리로 말하며 다가가서, 온화한 동작으로 디아의 손을 잡는다.

"네. 그러니까, 시스 씨가 생각하시는 그런 일은 없을 거예요. 안심하시길."

"저, 정말……?"

"정말이에요."

라스티아라는 온화하게 미소 지었다. 그걸 본 디아의 몸에서도 덩달아 힘이 빠져나간다.

라스티아라는 여전히 내숭 떠는 연기의 달인이다. 눈 깜짝할 사이에 디아의 경계를 풀어버렸다. 두 사람의 대화가 일단락된 것을 보고, 나도 대화에 끼어든다.

"디아, 라스티아라가 내 동료라는 건 사실이야. ……그것보다도, 나는 둘이 서로 아는 사이라는 게 더 놀라운데. 어디서 알게 된 거지?"

두 사람의 얼굴을 번갈아 쳐다보면서 묻는다.

라스티아라가 그런 내 질문에 대답하려 했을 때, 디아가 허겁지겁 가로막는다.

"고, 고향에서 알게 된 사이야! 그렇다고 그렇게 깊이 아는 사이는 아니지만!"

말을 끊는 그 태도가 너무나도 부자연스러웠기에, 라스티아라의 얼굴을 보며 확인을 취한다.

라스티아라는 순간적으로 묘한 표정을 지었다가, 곧바로 평소의 명랑한 미소를 되찾는다. 그리고는 디아라의 얘기에 동조한다.

"맞아요. 조금 아는 사이예요, 시스 씨랑은."

"그래, 그냥 좀 아는 사이야. 하지만 라스티아라 씨, 나는 지금 디아라는 이름을 쓰고 있으니까, 그 이름으로 불러줘."

"그랬군요. 알았어요, 디아 씨."

두 사람의 대화가 어색하게 느껴진다. 하지만 굳이 그걸 추궁하지는 않는다. 분위기로 보아, 디아가 그녀의 과거가 밝혀지는 걸 꺼리는 것 같았기 때문이다.

될 수 있으면 디아를 곤란하게 만드는 짓은 하고 싶지 않다.

"아는 사이라면 잘됐네. 앞으로 미궁탐색을 함께하는 동료가 될 테니까."

알아채지 못한 척하며, 얘기를 진행한다.

'동료'라는 말을 듣고, 디아는 목소리가 뒤집어진 채 손을 내밀어 라스티아라에게 악수를 청한다.

"지, 지크의 동료라면, 내 동료라는 얘기나 마찬가지야.

앞으로는 '씨'자는 빼고, 편하게 그냥 디아라고 불러도 돼."

"하긴 그렇겠네요. 동료 사이라면, 이 딱딱한 말투도 그만두는 게 좋겠죠. ──디아 양."

라스티아라는 그렇게 대답하고, 악수한다. 손을 꽉 붙든 채로 놓으려 하지 않는다.

"야, 양은 붙이지 말아줘. 나, 나는 남자니까, 될 수 있으면 아무런 호칭도 붙이지 말고……!"

붙잡힌 손을 붕붕 흔들며 허둥대는 디아. 라스티아라는 그 손을 놓지 않고 애정표현을 계속한다. 그 표정과 눈은, 먹잇감을 눈앞에 두고 입맛을 다시는 짐승처럼 무섭다.

"미안해. 얼굴이 너무 예쁘장하게 생겨서 나도 모르게. 그럼…… 디아 군이라고 부를까? 그것도 아니면……."

"그냥 이름만!"

"후후훗, 알았어. 디아."

라스티아라의 태도를 보니, 디아의 자칭 '소녀가 아냐' 발언의 신빙성은 점점 더 낮아져갈 뿐이다. 하지만 나는 계속 디아를 남자로 대할 생각이었으므로, 굳이 이 실랑이에 끼어들지는 않는다.

그리고 이제 와서 다른 성별로 대하라고 해봤자…… 난감하기만 하다.

두 사람의 성격이 너무 달라서 서로 반발할 줄 알았는데, 그것도 기우에 그쳤다. 마음 놓고 병실의 의자 중 하나에 앉아서 대화를 나누는 두 사람을 지켜본다.

그 후에, 아르티가 마법을 가르치러 올 거라는 걸 디아에게 얘기해줬다. 그러는 김에 미궁 24층의 상황도 설명해주었다.

라스티아라와 디아는 서로 사용하는 마법이 다르기 때문인지, 둘이서 마법에 대한 논의로 이야기꽃을 피우기 시작한다. 둘이서 24층 공략 방법을 고안하고 있는 모양이다.

나는 두 사람이 사용하는 마법에 대해서는 잘 모르기 때문에, 뒤에서 듣고만 있을 수밖에 없었다. 할 수 없이 나 혼자, 집에 돌아간 후의 일에 대해 생각했다.

아마, 마리아는 식사 준비를 마치고 기다리고 있을 것이다.

하지만 아르티의 문제발언 때문에, 지금까지와 같은 태도로 마리아를 대할 수는 없을 것만 같아서 불안해 견딜 수가 없었다. 지금 미리 이미지 트레이닝을 해두지 않으면, 태도에서 모두 다 들통 나고 말지도 모른다.

마법에 대한 의논을 계속하는 두 사람 뒤에서, 나는 마리아에 대한 대처법 마련에 전념했다.

날이 저물 때까지, 그런 상황은 계속되었다.

◆ ◆ ◆ ◆ ◆

디아의 문병을 마친 우리는 다음 탐색 준비를 끝내고 집으로 돌아왔다.

"어서 오세요, 주인님."

마리아는 웃으며 우리를 맞이한다.

하지만, 나는 그 미소의 이면을 읽을 수가 없었다.

나도 모르는 사이에 강력한 화염마법을 익힌 것. 나에 대해 연심을 품고 있을지도 모른다는 것. 나는 그 둘 중 어느 것도 알아채지 못했다.

"으, 응……. 다녀왔어, 마리아……."

시선을 회피하면서 대답한다.

그렇게 시뮬레이션을 반복했건만, 결국은 이렇게 어색한 인사밖에 하지 못했다.

나는 마리아에 대해서 잘 모르고 있건만, 그녀의 '안력'은 나를 꿰뚫어 보고 있는 것 같은 느낌이 든다. 길게 얘기하다 보면, 내가 마리아에 대해 품고 있는 감정을 간파당하고 말 것만 같다. 지금은 아예 그녀와 제대로 눈도 마주치지 못할 정도다.

"마리아, 나 왔어!"

활기찬 목소리와 함께, 라스티아라가 마리아를 끌어안는다.

순간적으로 마리아가 어리둥절한 눈길로 나를 쳐다보았지만, 라스티아라의 행동이 그 시선을 끊어 버렸다. 라스티아라에게 감사하면서 허둥지둥 내 방으로 도망쳤다.

그리고 그날 저녁에는 늘 그렇듯, 집에서 마리아가 준비해준 식사를 셋이 같이 먹었다. 하지만 척 보기에도 부자연스러운 식사였다.

파티의 분열이 가속되고 있다.

라스티아라의 엷은 웃음은 30퍼센트 정도 늘어났고, 내가 별다른 이유 없이 마리아를 서먹서먹하게 대했고, 마리아가 그 이유를 간파하려고 날카롭게 눈을 번뜩이고——

마리아가 이쪽을 쳐다볼 때마다, 나는 고개를 돌려 외면할 수밖에 없었다.

스스로의 얼굴이 약간 빨개져 있다는 걸 나 스스로도 알 수 있을 정도였다.

마리아는 어리고 키가 작긴 하지만, 이목구비는 가지런하다. 처음 만났을 때는 당시에 처해 있던 환경 탓에 돋보이지 않았지만, 청결만 유지하면 귀여운 여자아이의 부류에 포함될 게 틀림없다. 디아나 라스티아라와는 달리, 현실감 있는 귀여움이다. 검은 머리에 검은 눈을 가졌다는 점도 내 입장에서는 친근감이 느껴지는 요소여서, 한층 더 그녀를 가깝게 느끼게 만들었다.

일단 한 번 의식하고 나니, 그녀의 매력을 무시하기가 힘들어졌다.

그래서 〈디멘션 · 글래디에이트〉까지 동원해서 마리아와 시선을 마주치는 것을 회피해가며, 가까스로 식사를 마쳤다.

그런 후에 평소와 같은 흐름으로 각자의 방으로 돌아가 잠들었다.

……우선 하루는 무사히 극복해냈다.

마리아가 나에게 연심을 품고 있더라도, 그럭저럭 무난히 지낼 수 있을 거라는 자신감이 생겼다.

그날 밤, 묘하게 **바람이 수런거리는** 느낌이 들기는 했지만 안심하고 잠들 수 있었다.

──그리고, 이튿날.

"주인님, 안녕히 다녀오세요."

"응, 다녀올게──"

어제 들은 얘기가 아직도 머릿속에 남아 있기 때문인지, "안녕히 다녀오세요"라는 마리아의 짧막한 말조차 나를 안절부절못하게 만들었다. 최대한 마리아의 얼굴을 쳐다보지 않으려 애쓰며, 〈커넥션〉을 통해 20층으로 향했다. 라스티아라도 그런 나를 따라온다.

라스티아라의 장비는 어제에 비해 중장비다. 가벼운 차림으로 뛰어다니는 걸 즐기는 라스티아라였지만, 오늘은 살갗을 태우는 열을 막기 위한 외투를 두르고 있다. 허리춤에는 언제든 마실 수 있도록 물과 해독약을 매달고 있다.

연보라색 마법의 문을 통해, 아무것도 없는 싸늘한 공간으로 나온다.

그리고 계단으로 향하려다가 그 계단을 등지고 서 있는 한 사람의 존재를 깨닫는다.

바람의 마력을 몸에 휘감고 있는 한 남자── 금발의 미남, 『셀레스티얼 나이츠』의 하인 씨였다.

오늘은 홉스 씨가 안 보인다. 보아하니 혼자서 기다리고 있었던 모양이다.

그리고 그의 복장도 예전과는 달리 위압감이 있다. 예전에는 은제 검 한 자루만 장비하고 있었을 뿐이었는데, 오늘은 허리춤에 두 자루나 차고 있다. 게다가 큼직한 은 건틀릿을 양손에 끼고 있다. 무거워 보이는 장비를 착용한 건 아니지만, 다양한 무기를 갖추고 있었다. 유독 눈에 띄는 것은 손가락에 끼고 있는 열 개의 반지다. 남자가 대량의 반지를 끼고 있으니 눈에 띄지 않을 수 없었다.

"기다리고 있었습니다, 아가씨……."

지난번에 만났을 때와 마찬가지로, 하인 씨는 이쪽을 향해 인사한다.

그 동작을 본 나는 한기를 느꼈다.

뭔가가 다르다. 머릿수나 장비가 아닌──결정적인 '무언가'가 다르다.

그렇게 생각했다.

그리고 그 위화감의 정체를 알지 못하고 있는 사이에 하인 씨와 라스티아라가 대화를 시작한다.

"안녕하세요, 하인 씨. 오늘은 혼자 오셨나요?"

"네, 오늘은 저 혼자입니다."

주위에 숨어 있는 사람이 없는지를 〈디멘션〉으로 확인한다. 라스티아라가 이쪽을 쳐다보았기에 정말로 하인 씨가

혼자라는 것을 고갯짓으로 전달한다.

그것을 확인한 라스티아라가 얘기를 계속한다.

"오늘도 제 기사인 지크에게 결투를 신청하러 온 건가요?"

결투라는 말을 듣고 하인 씨가 약간 경직된다. 그리고, 연신 고개를 끄덕이며 대답한다.

"네, 그렇습니다. 그래서 온 겁니다. 결투를 신청하겠습니다. 하지만 그 전에, 얘기하고 싶은 게 있습니다."

"얘기라고요?"

"네, 당신의 기사인 지크프리트 비지터와."

하인 씨는 그렇게 말하고 내 쪽으로 고개를 돌렸다.

그 얘기라는 걸 듣기 위해 한 발짝 앞으로 나섰다.

"하실 말씀이 뭐죠, 하인 씨?"

"뭐, 싸우는 것만이 전부는 아니니까요. 예를 들어, 제가 당신이 원하는 것을 마련해주고, 당신은 그것으로 패배를 인정하는 식으로 이길 수도 있지 않겠습니까? 오늘은 그런 얘기를 하러 온 겁니다."

하인 씨는 부드러운 말투로 비폭력을 표방한다. 하긴, 교섭으로 얘기가 정리된다면, 내 입장에서도 그러는 편이 낫다.

하인 씨는 조금의 빈틈도 없는 미소를 머금고 교섭을 계속한다.

"그러니까 당신이 원하는 걸 가르쳐주시죠."

"제가 원하는 거라고요……?"

"돈이든 명예든, 당신이 원하기만 하면 얼마든지 마련해 드리겠습니다. 아가씨처럼 즐거움을 원하시는 거라면, 어떤 쾌락이든 마련해드리겠습니다. ……그러니, 결투에 패배해 주실 수 없겠습니까?"

아주 합리적인 제안이었다.

하지만 애석하게도 나는 돈도 명예도 원하지 않는다. 내가 원하는 건 단 하나. '귀환'하는 것뿐이다. 단 하나밖에 없는 가족을 되찾는 것이다. 그것만이 내 소원이다.

현재, 그 소원을 이루어줄 수 있는 가능성이 있는 것은 오로지 미궁의 '최심부'뿐.

오늘까지 수없이 정보를 수집해왔지만, 다른 가능성은 찾아낼 수 없었다. 그렇기에 내가 원하는 건 오로지, 미궁의 심층부에서 통하는 재능뿐이다.

현 상태에서 그에 상응하는 재능을 갖고 있다고 여겨지는 건 '라스티아라', '디아', '아르티' 이 셋뿐이다. 그 얼마 안 되는 전력 중 한 명을 버리면서까지 하인 씨에게 승리를 양보할 이유는 없다.

"죄송해요. 제가 원하는 건 하인 씨가 마련할 수 없는 거예요."

"마련할 수 없다?"

"제가 원하는 건 미궁의 '최심부'에 있어요. 그러니까, 마련할 수 없어요."

단호하게 말한다. 그 대답에 하인 씨는 약간 미간을 찌푸린다.

"'최심부'……. 그 '기적'을? 최심부의 '기적'을 원하고 계신다는 겁니까……?"

"네."

"하긴, 그건 마련하기 힘들겠군요……."

내 목적을 알자, 하인 씨는 머리를 싸쥐고, 고개를 푹 숙인다.

그리고 어느 정도 생각에 잠긴 끝에 우두커니 목소리를 흘린다.

"최악이군요……."

그 목소리는 떨리고 있었다.

지금까지 듣던 부드럽고 서글서글한 목소리가 아닌, 뱃속 깊은 곳에서 흘러나온 탁한 목소리였다.

지금까지 항상 보였왔던, 한 치의 빈틈도 없는 미소 따위는 흔적도 찾을 수 없었다. 평범한 인간이 비통한 일을 맞닥뜨렸을 때 보이는 얼굴…… 슬픔에 잠긴 표정이다.

그 급변한 분위기에 나는 당황한다.

그러나 하인 씨는 내 동요에 아랑곳하지 않고, 슬픔에 잠긴 표정과 쉰 목소리로 얘기를 계속한다.

"아아, 최악입니다. 당신의 소원은, 저로서는 '최악'. 기적을 원하시는 건 상관없습니다. 하지만 그 미궁── 여기만은 안 됩니다. 아아, 어쩌면 이렇게── **장소가 나쁜 건지.**"

"그게 무슨 말씀인지……."

하인 씨의 말이 이해가 가지 않아서 되물으려 했다.

"어쩔 수 없군요. ──승부를 냅시다."

하지만 하인 씨는 내 질문에는 대꾸하지 않고 결투를 요구한다.

"그건 상관없지만……."

"늘 그랬던 것처럼, 당신이 이기면 두 번 다시 당신 앞에 모습을 비추지 않는 조건으로 하면 되겠습니까?"

"네, 물론 그거면 돼요. 하지만──"

벌레가 등을 타고 오르는 것만 같은 불안감을 느끼고 일단 대화를 중단하려고 했다. 그러나 하인 씨는 그것을 용납하지 않는다. 쉴 새 없이 말을 쏟아내서, 얘기를 끊을 틈을 주지 않는다.

그리고 핵심적인 조건을 내게 얘기한다.

"그럼 제가 이긴다면, 당신과 아가씨는 **연합국을 떠나주십시오.**"

그 한마디를 얘기한 순간, 하인 씨의 얼굴이 미소 띤 표정으로 돌아왔다.

반해버릴 듯 부드러운 미소와, 오늘 들은 것 중 가장 부드러운 목소리로 그렇게 선언했다.

"네?"

좀처럼 그 말뜻을 이해할 수 없었다.

지금까지의 흐름으로 미루어 보아, 내가 지면 라스티아라를 집으로 돌려보내라는 조건일 거라고 지레짐작했었다.

하지만 하인 씨는 그것과는 전혀 다른 보상을 요구했다.

그렇게 되면 얘기가 완전히 달라진다.

그 조건을 거절하려고, 나는 한 발짝 앞으로 내딛으려했다.

"──〈시어 와인드〉."

하지만, 그 한 발짝은 끝내 대딛을 수 없었다.

발이 지면에 닿지 못하고, 몸은 부양감에 휩싸였다.

하인 씨의 반지가 하나 깨져 나가고, 짙은 마력이 질풍으로 변해서 내 몸을 깃털처럼 날려버렸다. 몸이 1회전해서 상하 감각에 이상이 생겼을 무렵이 되어서야, 내가 하인 씨에게 공격을 받았다는 것을 이해했다.

하인 씨의 사람 좋아 보이는 분위기에 방심해서 미처 제때 대처하지 못했다.

위화감은 분명히 느꼈지만, 긴장감이 부족했었던 것이다.

"──디, 〈디멘션 · 글래디에이트〉."

바람에 나가떨어지면서 마법을 전개, 주위의 정보를 수집한다. 시간으로 따지자면 채 1초도 되지 않는 사이에, 나는 나가떨어지고 있는 스스로의 위치를, 앞으로 충돌하게 될 벽의 위치를 파악한다.

탓 하고 두 발로 벽을 디뎌서 충격을 흡수한다. 가까스로 낙법을 취하는 데는 성공했다.

그리고 벽에 달라붙은 채로 방 전체의 상황을 파악한다.

우선, 멀리서 라스티아라가 벽에 내동댕이쳐져서 기절해

있는 걸 확인한다.

죽지는 않은 것 같지만 멀리서 보기에도 팔 하나가 부러져 있는 걸 알 수 있었다. 나와는 달리 라스티아라는 낙법을 취하지 못한 모양이다.

나보다 라스티아라의 반응이 나빴던 건 아니다. 나빴던게 있었다고 한다면, 그녀가 서 있었던 위치였다. 나는 벽에서 10미터 정도는 떨어져 있었지만, 라스티아라는 벽 바로 앞에 서 있었기에, 미처 대처 방법을 생각할 겨를도 없이 당한 것이리라.

라스티아라의 조력은 기대할 수 없다고 판단한다. 그녀는 방치해두고, 적에게만 집중하는 수밖에 없다.

하인 씨가 은제 쌍검을 뽑아 들고 이쪽과의 거리를 좁혀오는 것이 보인다.

나도 '소지품' 속에서 보검을 꺼내고, 지면에 발을 딱 붙인다. 그리고 하인 씨가 쇄도하기 전에 상황을 유리하게 만드는 마법을 구축한다.

"——마법 〈폼〉〈디 스노우〉!"

무수한 마법의 거품들을 만들어나간다.

그것을 본 하인 씨가 마법으로 대응한다. 동시에, 반지 하나가 더 깨져 나갔다.

"——〈지테르트 와인드〉."

그 목소리와 함께 하인 씨의 은검에서 부드러운 바람이 흘러나온다.

그 바람에는, 방금 전의 돌풍과 같은 압력은 없었다. 하지만 그것으로 충분했다. 부드러운 바람은 하인 씨의 앞쪽으로 흘러서, 내 마법 거품들을 날려버렸다.

하인 씨를 상대하는 데 있어서 〈폼〉이 아무 효과도 발휘하지 못한다는 것을 깨닫고, 곧바로 거품 양산을 중단한다.

더불어 검에 집중하기로 결심하고, 〈디멘션 · 글래디에이트〉에 힘을 쏟으려고 하다가── 마법의 감각이 흐트러져 있다는 걸 깨닫는다.

하인 씨가 만들어낸 부드러운 바람의 방해 때문에, 〈디멘션 · 글래디에이트〉가 제대로 주위의 정보를 수집하지 못하고 있는 것이다.

이를 갈면서 불충분한 보조마법만 가지고 하인 씨에게 반격한다.

하인 씨의 쌍검이 좌우로부터 내게 덮쳐든다. 손에 든 검으로 한쪽 검을 받아내고, 나머지 한 자루는 몸을 틀어서 회피한다.

나는 쌍검을 상대로 싸워본 경험이 없었기에, 반사적인 움직임만 가지고 공격을 버텨내는 수밖에 없었다.

힘을 아꼈다가는 후회하게 될 것임을 직감한다.

하인 씨의 허를 찌르기 위해, 손을 뒤로 돌려서 '소지품' 속의 예비용 검을 꺼낸다.

좌우에서 닥쳐드는 하인 씨의 쌍검을, 나도 같은 쌍검으로 막아낸다.

하인 씨는 약간 놀란 표정을 보인다. 그 빈틈을 찔러서 쌍검을 바깥쪽으로 쳐내고, 그의 몸통을 향해 발길질을 날렸다.

발길질 자체는 별 위력이 없지만, 그 반동을 이용해서 하인 씨로부터 거리를 벌릴 수 있었다.

일단 거리를 벌린 후에 정보 수집을 하려고 '주시'했을 때——

【마석 『진풍(震風)』의 반지】『진풍』의 힘이 깃든 반지
【마석 『산풍(散風)』의 반지】『산풍』의 힘이 깃든 반지
【마석 『천풍(天風)』의 반지】『천풍』의 힘이 깃든 반지

——열 개의 반지 중 하나, 마석『천풍』의 반지가 깨져 나간다.

"〈시어 와인드〉!"

하인 씨는 주위의 바람을 빨아들이고 압축시켜 그 덩어리를 나에게 방출한다.

내쏘아진 폭풍은 또 다시 내 몸을 손쉽게 들어 올려 아득히 먼 곳으로 날려버리려 한다.

하지만 이번에는 그 마법의 시발점을 확인한 상태다. 이번에는 평형감각을 잃지 않은 채, 군더더기 없는 동작으로 벽을 이용해 낙법을 취한다.

내가 말끔하게 낙법을 취해서인지, 이번에는 하인 씨의

추가 공격은 없었다.

"하인 씨! 뭘 어쩌시려는 거예요?!"

하인 씨는 새로운 마법을 구축하기 위해서 주위의 바람을 모으면서도, 그런 내 외침에 대답해주었다.

"뭘 어쩌기는요——결투입니다. 하지만 이건, 『라인』에 맹세하고 벌이는 뜨뜻미지근한 결투가 아닙니다. 서로에게 폭력을 퍼부어서, 각자의 소원을 이루기 위한 진짜 결투죠."

부드러운 목소리였다. 말하는 내용은 살벌하건만, 그 목소리는 너무나도 다정하게 들렸다.

이렇게 노골적으로 공격당한 이상, 대화를 통한 해결은 불가능할 거라고 짐작은 했었지만, 남아 있던 일말의 가능성마저도 이제 완전히 사라져버린 것을 통감할 수밖에 없었다.

"크윽—— 마법 〈디멘션 · 글래디에이트〉!"

이렇게 된 마당이니, 상황을 수습하려면 하인 씨를 공격하는 수밖에 없다.

하지만 그러기 위해 전술을 구축하려다가—— 아연실색한다.

대등한 실력을 가진 자와의 대인전은 이번이 처음이라는 걸 깨닫고 나니, 그 결말에 대한 불안감에 휩싸인다.

——어디까지 공격해야 하는 거지?

망설인다.

기절을 노려야 하나? 그게 최선이다. 하지만, 적 쉽게 기절시킬 수 있을 만큼 만만한 상대가 아니다.

이렇게 된 이상, 하인 씨의 팔 한둘쯤은 베어버릴 각오로 싸워야 하나? 그 정도는 괜찮을지도 모른다. 하지만, 주저 없이 그것을 실행할 자신이 없다.

죽일 것을 각오하고 싸운다? 아아, 그렇다. 그게 가장 큰 문제다.

──문제는, 이것이 인간과 인간의 목숨을 건 싸움이라는 것이다.

몬스터를 상대로 하는 싸움이라면 양심에 흠집이 날 일도 없다. 아무리 인간과 비슷하게 생겼더라도, 그것이 몬스터라면 스스로에게 변명할 수 있다.

하지만, 하인 씨를 베게 되면 그런 변명도 통하지 않게 된다.

나는 전술이라면 순식간에 짜낼 수 있는 자신이 있었지만, 이 문제에 대한 해답만은 좀처럼 찾아낼 수 없었다. 몸이 경직돼서, 최적의 행동을 취할 수가 없었다.

그 경직을 틈타서 하인 씨의 마법이 완성되었다.

"그 다리를 베어버려서라도, 얌전하게 만들어드려야겠습니다……!"

각오가 담긴 하인 씨의 목소리가 울려 퍼진다.

주위의 공기가 일그러져 있다. 육안으로 파악하기 힘든 '일그러진 선'들이 무수하게 공중에 떠 있는 것처럼 보였다.

그리고 하인 씨는 은검을 이쪽으로 겨누고, 소리친다.

"——〈레이스 와인드〉!"

'일그러진 선'이, 칼날처럼 공기를 찢어발기며 몰아친다.

그것을 피하기 위해서 〈디멘션ㆍ글래디에이트〉에 집중하려 했다. 하지만, 방을 가득 채우고 있는 부드러운 바람 때문에 다시 감각이 흐트러진다. 마법이 완전히 사라져버린 건 아니지만, 약간의 오차가 생긴 건 확실하다. 그리고 내 마법은 그 약간의 착오가 치명적인 결과를 초래하는 마법인 것이다.

마법에만 의존하는 건 위험하다는 판단 하에, '소지품' 속에 있는 식재료를 향해 손을 뻗는다. 그중에서 밀가루 보따리를 골라 움켜쥐고, 내던졌다.

보따리가 '일그러진 선'에 명중하고 찢어발겨져서, 대량의 밀가루가 즉석 연막을 형성한다.

연기처럼 흩날리는 가루들이 공기의 형태를 명확히 알려주어서, 공기를 찢어발기는 '일그러진 선'을 육안으로 똑똑히 확인할 수 있게 되었다. 그 대가로 시야에 약간의 제한이 생기긴 했지만, 보이지 않는 바람을 상대하는 것보다는 낫다.

나는 '일그러진 선'을 회피하면서 전속력으로 연막 속을 내달려 하인 씨에게 접근한다.

"〈와인드〉."

하인 씨는 다음 마법을 영창해서, 공중에 살포되어 있는 연막을 날려버린다.

하지만 나는 이미 '일그러진 선'들을 모조리 회피한 상태였다. 곧바로 하인 씨를 향해 검을 휘두른다.

상대를 죽일 각오는 아직 없었다. 나처럼 나약한 정신의 소유자가 그런 짓을 할 수 있을 리가 없다. 하지만, '다리를 베어버리겠다'라는 말을 들은 이상, 나도 그 정도의 각오를 갖고 검을 휘두른다. 그것이 지금 내가 할 수 있는 각오의 한계선이었다.

검과 검이 충돌해서, 작은 불꽃이 피어난다.

다시는 거리를 벌리지 않을 생각이다.

정보 수집을 하고 싶어도, 하인 씨가 몸에 장착하고 있는 무기가 너무 많아서 일일이 '주시'할 수도 없다. 원거리에 있으면 마음 놓고 바람마법을 써댄다. 중거리에서 잔재주를 부려보려 해도, 마법의 바람이 모든 것을 날려버린다. 그러니까 내게 남겨진 선택지는 근접전뿐이다.

독특한 쌍검술은 위협적이지만, 그렇다고 곧바로 승부를 판가름 낼 수 있을 정도는 아니다.

잡아먹을 기세로 하인 씨의 검을 모조리 쳐낸다.

〈디멘션·글래디에이트〉에 한층 더 많은 MP를 쏟아부어서, 근접전에서 승기를 잡을 방법을 모색한다.

그리고 두 사람의 검 사이에 불꽃이 튄 횟수가 열 번을 넘었을 무렵, 하인 씨의 표정이 달라진다.

그답지 않게 혀를 차는 동시에, 나에게서 거리를 벌렸다.

그런 그를 뒤쫓기 위해 발걸음을 내딛으려다가 멈춘다. 하인 씨가 거리를 벌린 이유를 깨달았기 때문이다. 하인 씨의 씁쓸한 시선 너머에서 라스티아라가 신음소리를 흘리고 있다. 당장이라도 의식을 되찾을 것 같다.

안도와 함께 검을 고쳐 쥔다.

여기서 라스티아라가 눈을 뜨면, 형세는 역전된다. 백중세인 이 싸움에 라스티아라가 참전하면, 제아무리 하인 씨라도 승산이 사라질 것이다.

그러니까 나는 라스티아라가 눈을 뜰 때까지 버티기만 하면 된다.

방어에 들어간 나를 보고 하인 씨는 깊은 한숨을 짓는다. 그리고는, 손에 들고 있던 쌍검을 허리춤의 칼집에 꽂아 넣고, 천천히 목소리를 자아낸다.

"설마, 소년이 이렇게까지 할 줄이야……. 제 계산이 어긋나버렸군요……."

하인 씨는 애석한 듯, 그리고 한편으로는 기뻐하는 듯 말한다.

계획이 틀어진 것을 기뻐하는 것처럼 보이기도 한다.

오늘 온 하인 씨의 진의를 전혀 읽을 수가 없어서 경계를 강화하며 대꾸한다.

"하인 씨, 왜 이런 짓을……?"

알고 싶었다.

그렇게 사람 좋아 보이던 하인 씨가, 우리의 허를 찔러서까지 이루고자 하는 요구의 진의를.

"왜일까요. 소년과 신나게 노는 아가씨를 보았기 때문일까요?"

나약한 목소리로 대답이 돌아온다.

"신나게 노는 라스티아라……? 그게 왜……?"

그게 어째서, 나와 라스티아라를 연합국에서 쫓아낸다는 소원으로 이어지는 것인가.

현재까지 내가 가진 정보로는 그 둘 사이의 연관성을 찾아볼 수 없다.

나의 의문에 대해 하인 씨는 덧없는 웃음을 짓는다.

"아마 제가 잘못된 거겠죠……."

뒤이어 표정을 일그러뜨리고 스스로를 책망한다. 나는 그런 그를 넋 나간 표정으로 쳐다보고만 있을 수밖에 없었다.

하인 씨의 정신에는 문제가 없어 보인다. 그래 보이지만, 기본적인 부분에서 대화가 성립하지 않고 있는 것 같은 느낌이 든다. 마치 기분이 한껏 들떠 있는 라스티아라를 상대할 때와 같은, 그런 불안정함이 느껴진다.

그래서 하인 씨에게 해줄 말을 찾을 수 없었다.

하지만 하인 씨는 개의치 않고 말을 잇는다.

"소년……. 이대로 가면 **아가씨는 죽고 맙니다**. 성탄제의 마지막에, 이 세계에서 지워져버리고 맙니다. 그러니, 제발 부탁입니다. 아가씨를 내보내주십시오……! 성탄제가 끝나기 전에, 이 연합국 밖으로⋯⋯!"

그런 끝에, 하인 씨는 라스티아라가 죽게 될 거라고 말했다.

"네?"

라, 라스티아라가 죽는다고⋯⋯?

쿵쾅쿵쾅 하고, 심장이 격렬하게 요동쳤다.

그런 나를 무시하고 하인 씨는 봇물이 터진 듯 쉴 새 없이 말을 토해낸다.

"제 말은 이제 아가씨에게 전해지지 않습니다. 전해지지 않는단 말입니다! 그러니까, 억지로라도 데리고 나갈 수밖에 없습니다⋯⋯! 소년, 절대로── 절대로, 아가씨의 말씀을 귀담아들으시면 안 됩니다! 아가씨의 말은 솔직해 보이지만, 실은 모두가 **'만들어진 것'**입니다. 그 표정도, 감정도, 사고방식도, 모조리 '만들어진 것'입니다. **저도 가담했**으니까 그 점은 의심의 여지가 없습니다. 그 일그러지고, 불안정하고, 인간미가 결여된 '라스티아라'라는 존재가 아니라, '거기에 있는 소녀'의 본심을 들어주십시오──!!"

무슨 소리를 하는 건지 이해가 안 간다.

너무 돌발적인 데다 얘기 자체가 지나치게 추상적이다.

'만들어진 것'? '거기에 있는 소녀'?

그건 한마디로, 라스티아라가 본심을 얘기하지 않고 있다는 걸까?

하인 씨가 한 말의 진의를 헤아리지 못해 갈팡질팡하고

있으려니, 시야 한쪽에서 라스티아라가 일어서려 하는 모습이 보인다. 그 모습을 본 하인 씨는 19층으로 올라가는 계단 쪽으로 후퇴하면서 울분에 찬 목소리로 내뱉는다.

"무슨 일이 있어도 끌어내겠습니다……. 소년과 소녀는, 이곳이 아닌 멀리 떨어진 곳에서 행복해져야만 합니다……."

하인 씨의 두 눈은 어둡고 야릇하게 흔들리고 있었다. 그 눈빛과 금발의 미모가 어우러져서, 그 야릇함이 내 피부에 닭살을 돋게 만들었다.

그 말을 끝으로, 하인 씨는 계단 너머의 어둠 속으로 사라져 갔다.

나는 그 뒷모습을 바라보고만 있을 수밖에 없었다.

공격 따위는 엄두도 낼 수 없었다.

라스티아라를 미궁에 혼자 남겨둬서는 안 된다는 이유도 있었지만, 애초에 혼란 때문에 두 발이 떨어지지 않았다.

그리고 눈을 뜬 라스티아라 쪽으로 시선을 돌린다. 그 탄력 있고 아름다운 사지가 일어서고, 반짝이는 머리칼이 하늘하늘 늘어진다. 이렇게 지저분한 미궁 속에서도, 신성한 느낌까지 주는 광경이었다.

그렇다. 하인 씨의 말마따나, 그것은 마치 '만들어진' 것처럼만 보였다.

항상 느껴왔던 점이었다. 그녀의 아름다움은 현실미가 결여되어 있다.

아니, 아름다움에 국한된 문제가 아니다.

그 불안정한 성능, 불안정한 생활 방식, 불안정한 마음── 모든 것이 누군가가 만든 피조물처럼 느껴진다. 그렇기에, 하인 씨가 얘기한 '만들어진 것'이라는 말의 신빙성이 더해진다. 라스티아라에 대한 죽음의 예언이 거짓말처럼 느껴지지 않게 된다.

……아아, 또 다시 여유가 사라져 간다.

마리아 일만 해도 허용 범위를 넘어선 마당에, 또 다른 골칫거리까지 생겨나는 바람에, 머릿속이 점점 더 지끈거린다.

──이대로 가면 라스티아라가 죽는다고?

──마리아는 나를 좋아한다고?

아아, 도대체 왜 이렇게도 말썽거리가 동시에 일어나는 건가.

마음이 깎여 나가는 것만 같다.

한동안 멀어져 있던 스킬 '???'가, 조금씩 이쪽을 향해 기어오고 있다.

아직──이라고 허세를 부리고 싶다. 하지만, 이제 슬슬 한계가 다가와 있다는 건 나 스스로도 알고 있다.

손으로 머리를 싸쥐고 있으니, 머릿속에 떠오르는 것은 하인 씨의 한마디.

──**"성탄제의 마지막에"**──

문득 오늘 날짜를 떠올린다.

1주일에 걸친 전야제는 얼마 후면 끝나고, 성탄제가 시작된다.

　한참 전부터 알고 있던 정보이건만, 주체할 수 없이 가슴속이 수런거린다. 하인 씨의 절규가 귓전을 떠나지 않는다. 성탄제가 다가오고 있다는 것에 대한 공포가 나를 지배한다.

　오랫동안 스킬 '???'가 발동하지 않았던 탓인지, 어느 틈엔가 비합리적인 감정이 가슴속을 가득 채워버린 것 같다. 그 감정들의 나에게 고한다.

　그것은, 말하자면 직감. 속된 말로 근거 없는 예감. 조금 거창하게 말하자면── **운명을 느낀 것이다.**

　성탄제의 끝에, **모든 것**이 '청산'된다── 어째선지, 나는 그렇게 생각했다.

　그것은 라스티아라 일뿐만이 아니라, 아르티와 마리아, 그리고 **나 자신을 포함한 모든 것**의 청산. 물론, 그렇게 생각하게 된 논리적인 이유는 단 하나도 없다.

　하지만, 확실하게 그런 생각이 들었다.

　그 불길한 예감에 어쩔 줄 몰라 하고 있으려니, 일어선 라스티아라와 눈길이 마주친다.

　앞으로 며칠 후면 죽을지도 모른다는 소녀의 눈동자가 황금색으로 빛나고 있다. 죽어도 빛이 바래지 않을 아름다운 광채다. 그 초현실적인 아름다움에 눈길을 빼앗기면서, 나는 남은 날수를 머릿속에 떠올린다.

　——성탄제까지 남은 날수는, 앞으로 이틀.

　앞으로 이틀이다…….

후기

안녕하세요, 좋은 아침, 혹은 저녁입니다. 와리나이 타리 사입니다. 또 찬찬히 뒷이야기나 해볼까…… 하는 생각이 었습니다만, 이번에는 후기의 페이지 수가 적어서 많은 얘기는 할 수 없겠네요. 이번 히로인은 라스티아라와 마리아입니다. 하지만 표지의 히로인은 라스티아라 한 명뿐입니다. 이건 마리아를 따돌리느라 그런 게 아니라, 3권 표지는 꼭 마리아를 메인으로 하는 게 좋을 것 같다는 제 생각 때문입니다. 그래서 마리아는 다음 권까지 기다리게 된 거죠. 그리고 2권의 이야기 말입니다만, 등장인물이 꽤 많이 늘었습니다. 이번에는 라스티아라와 마리아에게만 초점이 맞춰져 있지만, 다른 등장인물이 가진 배경도 꼼꼼히 묘사해나갈 생각입니다. 일러스트레이터인 우카이 씨가 캐릭터 디자인도 해주셨으니까. 누구 하나도 헛되이 쓰고 싶지는 않습니다. 그중에서도 특히 마음에 드는 건 라그네입니다. 예전에는 작가 한정 억지 인기투표 잠정 1위의 자리에 앉은 바가 있었고, 이번에는 억지로 일러스트 한 장을 통째로 얻어낸 무시무시한 소녀입니다. 무, 물론 작중에 사적인 감정을 개입시킬 생각은 없습니다. 무의식적으로 들어갈 경우를 제외하면, 아마도.

이래 놓고 3권에서도 또 같은 짓을 저지르고 말 것 같은 생각이 듭니다만, 양해해주시면 감사합니다. 3권은 볼 만한 장면들이 가득 담겨있으니 필연적으로 제 억지가 늘어나게 될 것입니다. 3권의 그 장면…… 그 장면만은 꼭 일러스트로 보고 싶다……(반성 따위 없음)! 이렇게 못난 제가 2권까지 책으로 낼 수 있게 된 것은, 오로지 이 책을 손에 집어주신 여러분 덕분입니다. 물론, WEB 연재판의 독자님이 주신 조력의 힘, 제 망상을 구현해주신 우카이 씨의 힘 덕분이기도 합니다. ──그럼, 3권에서 다시 뵐 수 있기를.

이세계 미궁의 최심부로 향하자 2

2016년 2월 1일 1판 1쇄 발행
2020년 8월 15일 1판 6쇄 발행

저   자 와리나이 타리사
일 러 스 트 우카이 사키
옮 긴 이 박용국
발 행 인 유재옥
본 부 장 조병권
담당편집 정영길
편집 1 팀 정영길, 김민지, 조찬희
편집 2 팀 김다솜, 이본느
편집 3 팀 오준영, 곽혜민, 김혜주
미   술 김보라, 서정원
라이츠담당 김슬비, 한주원
디 지 털 박상섭, 이성호, 최서윤
발 행 처 ㈜소미미디어
인쇄제작처 코리아피앤피
등   록 제2015-000008호
주   소 서울 마포구 토정로 222, 403호 (신수동, 한국출판콘텐츠센터)
판   매 ㈜소미미디어
마 케 팅 한민지, 이주희
경영지원 우희선
전   화 편집부 (070)4164-3962, 3963 기획실 (02)567-3388
            판매 및 마케팅 (070)4165-6888, Fax (02)322-7665

ISBN 979-11-5710-275-4 04830
ISBN 979-11-5710-166-5 (세트)